Um refúgio nas montanhas

ROBYN CARR

Um refúgio nas montanhas

Tradução
Natalia Klussmann

Rio de Janeiro, 2020

Copyright © 2007 by Robyn Carr. All rights reserved.
Título original: *Shelter mountain*

Todos os personagens neste livro são fictícios. Qualquer semelhança com pessoas vivas ou mortas é mera coincidência.

Direitos de edição da obra em língua portuguesa no Brasil adquiridos pela Editora HR LTDA. Todos os direitos reservados. Nenhuma parte desta obra pode ser apropriada e estocada em sistema de banco de dados ou processo similar, em qualquer forma ou meio, seja eletrônico, de fotocópia, gravação etc., sem a permissão do detentor do copyright.

Direitos exclusivos de publicação em língua portuguesa cedidos pela Harlequin Enterprises II B.V./ S.À.R.L para Editora HR Ltda.

A Harlequin é um selo da HarperCollins Brasil.

Contatos: Rua da Quitanda, 86, sala 218 — Centro — 20091-005
Rio de Janeiro — RJ
Tel.: (21) 3175-1030

Diretora editorial: *Raquel Cozer*

Editor: *Julia Barreto*

Copidesque: *Mariana Rimoli*

Revisão: *Thaís Lima*

Adaptação de capa: *Weslley Jhonatha*

Diagramação: *Abreu's System*

CIP-Brasil. Catalogação na Publicação
Sindicato Nacional dos Editores de Livros, RJ

C299r

Carr, Robyn, 1951-
 Um refúgio nas montanhas / Robyn Carr ; tradução Natalia Klussmann. – 1. ed. – Rio de Janeiro : Harlequin, 2020.
 368 p.   (Virgin River ; 2)

Tradução de : Shelter mountain
ISBN 9786586012972

1. Romance americano. I. Klussmann, Natalia. II. Título. III. Série.

20-65570   CDD: 813
                      CDU: 82-31(73)

Camila Donis Hartmann - Bibliotecária - CRB-7/6472

Para Karen Garris, outra filha querida, com amor.

Capítulo 1

Um vento forte e inesperadamente frio para o mês de setembro soprava uma chuva gelada nas janelas. Preacher passava um pano no balcão do bar e, embora fossem apenas sete e meia da noite, já estava escuro. Ninguém em Virgin River estaria na rua em uma noite como aquela. Depois do jantar, nas noites frias e chuvosas, as pessoas tendiam a ficar em casa. Os campistas e pescadores da região estariam bem trancados para se proteger da tempestade. Era a temporada de caça a ursos e cervos, mas seria pouco provável que caçadores passassem por ali, indo para seus chalés e abrigos ou voltando deles, àquela hora e em um clima como aquele. Jack, sócio de Preacher e dono do bar e restaurante, sabendo que o movimento, se é que haveria algum, seria pouco, estava enfiado em sua cabana na floresta com a nova esposa. Preacher também tinha dispensado o ajudante, Rick, de 17 anos. O plano de Preacher era, assim que o fogo na lareira diminuísse um pouco, desligar o sinal luminoso onde se lia ABERTO e trancar a porta.

Ele se serviu de uma dose de uísque e levou o copo até a mesa que ficava mais próxima da lareira, então virou a cadeira em direção ao fogo e se acomodou com os pés para o alto. Gostava de noites calmas como aquela. Era um sujeito solitário.

A paz, contudo, não duraria muito. Alguém deu um puxão na porta, e Preacher franziu o cenho. A porta se abriu só um pouquinho, mas, então, o vento a empurrou e fez com que ela se escancarasse com um estrondo. Preacher se levantou da cadeira na mesma hora. Uma jovem, segurando uma criança, entrou e depois lutou para fechar a porta. A mulher usava um boné e, pendurada em seu ombro, havia uma pesada bolsa de matelassê. Preacher foi até a porta para fechá-la. A jovem se virou, olhou para ele e os dois deram um pulo para trás, surpresos. Ela, provavelmente, havia se assustado porque Preacher era intimidador — tinha mais de um metro e noventa de altura, era careca e com sobrancelhas grossas e pretas, usava um pequeno brinco de diamante e seus ombros eram largos e quase do mesmo comprimento do cabo de um machado.

Debaixo da aba do boné, Preacher viu uma mulher bonita que ostentava um hematoma na bochecha e um corte no lábio inferior.

— Eu... me desculpe. Eu vi o letreiro...

— Sim, entre. Achei que ninguém fosse estar na rua numa noite dessas.

— Você está fechando? — perguntou ela, erguendo seu fardo, um menininho de uns 3 ou 4 anos. A criança dormia em seu ombro, as pernas compridas balançando, relaxadas. — Porque eu... Você está fechando?

— Vamos, entre — disse ele, dando um passo para trás a fim de abrir caminho para ela. — Está tudo bem. Não tenho nenhum outro lugar para ir. — E gesticulou em direção à mesa. — Sente-se ali, perto do fogo. Para se esquentar e se secar.

— Obrigada — respondeu ela, com a voz fraca. Em seguida, foi até a mesa perto da lareira e, ao ver a bebida, perguntou: — Você está sentado aqui?

— Não tem problema. Pode se sentar aí — respondeu ele. — Eu estava tomando algo antes de fechar. Mas não precisa ter pressa. A gente não costuma fechar tão cedo assim, mas com essa chuva...

— Quer ir para casa? — perguntou ela.

Ele sorriu para ela.

— Eu moro aqui. O que faz meus horários serem bastante flexíveis.

— Se você tem certeza...

— Tenho — garantiu ele. — Quando o tempo está bom, ficamos abertos até pelo menos nove da noite.

Ela se sentou na cadeira de frente para o fogo, as pernas finas do menino desajeitadamente posicionadas no colo. Ela deixou a bolsa escorregar do ombro para o chão e ajeitou a criança, aconchegando-a junto a seu corpo, depois, abraçando-a com firmeza, fez um carinho em suas costas.

Preacher desapareceu nos fundos do bar, deixando que a jovem se aquecesse por um instante. Ele voltou com algumas almofadas que trouxe de sua cama e a manta que ficava em cima de seu sofá. Pousou as almofadas na mesa perto dela.

— Aqui. Para você colocar ele deitado. Deve estar pesado.

Ela olhou para Preacher com um ar de quem estava prestes a cair no choro. Ah, tomara que ela não fizesse aquilo. Ele detestava quando as mulheres choravam. Não tinha ideia do que fazer. Jack conseguia lidar com esse tipo de coisa. Era todo galante, sabia exatamente como agir com uma mulher, não importava qual fosse a circunstância. Preacher ficava desconfortável na presença das mulheres até que as conhecesse. Para ser sincero, era inexperiente. Embora não fosse intencional, sua simples aparência costumava assustar mulheres e crianças. Mas o que elas não sabiam era que, debaixo de seu semblante às vezes austero, ele era tímido.

— Obrigada — repetiu a moça, transferindo a criança para a mesa com as almofadas.

Na mesma hora, o garoto se enroscou, parecendo uma bolinha, e colocou o dedão na boca. Preacher ficou ali, meio desajeitado, segurando a manta. Como a jovem não pegou a coberta de sua mão, ele mesmo cobriu o menino, ajeitando as bordas em volta do corpinho dele. Preacher notou que as bochechas do garoto estavam coradas e seus lábios, bem rosados.

Ao voltar para sua cadeira, a moça olhou ao redor. Viu a cabeça de veado pendurada em cima da porta da frente e estremeceu de leve. Girou, dando uma volta completa, e notou a pele de urso na parede e o esturjão em cima do bar.

— Aqui é algum tipo de lugar de caça? — perguntou.

— Não exatamente, mas muitos caçadores e pescadores passam por aqui — respondeu ele. — Meu sócio atirou no urso para se defender, mas o peixe ele pegou de propósito. Um dos maiores esturjões do rio. Eu matei o veado, mas prefiro pescar a caçar. Gosto do silêncio. — Ele deu de ombros, continuando: — Eu sou o cozinheiro aqui. Se eu mato, a gente come.

— Dá para comer cervo — afirmou ela.

— E foi o que a gente fez. Tivemos um ótimo inverno com carne de veado. Quer beber alguma coisa? — perguntou ele, tentando manter a voz suave e em um tom não ameaçador.

— Preciso encontrar um lugar para ficar. Onde é que eu estou, afinal?

— Em Virgin River. Meio afastado de tudo. Como foi que você encontrou a gente?

— Eu... — Ela balançou a cabeça e deixou escapar uma risadinha. — Eu saí da rodovia, procurando uma cidade com um hotel...

— Você ficou um bom tempo fora da rodovia.

— Não achei nenhum ponto largo o bastante para fazer a manobra e voltar — explicou ela. — Então, vi este lugar, seu letreiro. Meu filho... Acho que ele está com febre. Preferi não continuar dirigindo.

Preacher sabia que ela não conseguiria um quarto em nenhum lugar ali perto. Aquela mulher estava em uma enrascada; não precisava ser um gênio para perceber aquilo.

— Vou arrumar um lugar para você ficar — garantiu ele. — Mas antes... quer beber alguma coisa? Comer? A sopa do dia está ótima. Feijão com pernil. E pão. Eu fiz o pão hoje. Gosto de fazer isso quando está frio e chovendo. Que tal um conhaque, para você se esquentar primeiro?

— Conhaque?

— Ou o que você quiser...

— Pode ser um conhaque. E a sopa também. Já faz algumas horas que não como nada. Obrigada.

— Aguenta aí.

Preacher foi até o bar e serviu uma dose de Remy em um copo de conhaque — uma coisa chique para aquele lugar. Ele quase nunca usava os copos de conhaque com o pessoal que frequentava o bar, mas queria fazer algo especial pela moça. Com certeza ela não estava em seu melhor momento. Ele levou a bebida até ela e, então, voltou para a cozinha.

A sopa já tinha sido guardada, mas ele a tirou da geladeira, serviu uma concha e colocou no micro-ondas. Enquanto a sopa esquentava, levou guardanapo e talheres para a mulher. Quando voltou para a cozinha, a sopa já estava quente e ele pegou o pão — uma de suas especialidades: macio, adocicado e denso —, também esquentando-o no micro-ondas por alguns segundos. Depois, colocou a sopa, o pão e um pouco de manteiga em um prato. Quando saiu da cozinha, viu que a jovem se esforçava para se desvencilhar da jaqueta, como se talvez estivesse tensa ou sentindo dor.

Ao perceber aquilo, ele parou por um instante e franziu a testa. Ela deu uma olhada por cima do ombro, como se tivesse sido flagrada fazendo algo errado.

Preacher colocou a comida em frente à jovem, sua mente processando tudo aquilo. Ela devia ter cerca de um metro e sessenta e cinco e era magra. Usava calça jeans e o cabelo castanho ondulado estava enfiado na abertura da parte de trás do boné, como se fosse um rabo de cavalo. Parecia uma menina, mas ele achava que devia estar na casa dos 20 anos. Talvez tivesse sofrido um acidente de carro, mas era mais provável que alguém tivesse batido nela. Só de pensar nisso, Preacher sentiu a raiva começar a arder dentro de si.

— Está com uma cara ótima — comentou ela, aceitando a sopa.

Ele voltou para trás do balcão do bar enquanto ela comia. Ela dava colheradas vigorosas na sopa, passava manteiga no pão e engolia com sofreguidão. Na metade da refeição, ela deu um sorrisinho encabulado, quase um pedido de desculpas. Aquele hematoma no rosto, o lábio cortado, a fome que ela sentia... Tudo aquilo o devastou.

Depois que ela usou o que tinha sobrado do pão para absorver o restinho da sopa, ele voltou até a mesa.

— Vou pegar mais para você.

— Não. Não, não precisa. Acho que vou tomar o conhaque agora. Muito obrigada por tudo. Eu vou embora daqui a...

— Relaxe — interrompeu ele, torcendo para não ter soado rude. As pessoas levavam um tempo para se acostumar com o jeito dele. Tirou a mesa, levando a louça para o bar. — Você não vai conseguir nenhum lugar para dormir por aqui — disse ele ao retornar. Sentou-se do outro lado, de frente para ela, inclinando-se na direção da jovem. — As estradas não são boas, principalmente com chuva. Sério, você não vai querer voltar lá para fora. Você está, digamos, presa.

— Ah, não! Olha, se você me disser onde fica o lugar mais perto daqui... Eu tenho que achar algum lugar...

— Calma — pediu ele. — Tenho um quarto sobrando. Sem problema. É uma noite ruim. — Como era de esperar, os olhos da mulher se arregalaram. — Está tudo bem. O quarto tem tranca.

— Eu não quis...

— Está tudo bem, eu sou meio assustador. Eu sei disso.
— Não. É só que...
— Não se preocupe. Eu sei qual é minha aparência. Funciona com os homens. Eles dão meia-volta rapidinho.

E, ao dizer isso, ele deu um sorriso discreto, sem mostrar os dentes.

— Você não precisa fazer isso — argumentou ela. — Eu tenho um carro...

— Jesus, não consigo nem pensar em vocês dormindo dentro de um carro! — rebateu ele. — Desculpe. Às vezes, quando eu falo, dá a impressão de que eu sou tão mau quanto pareço ser. Mas, falando sério... Se o garoto não está se sentindo bem...

— Não posso aceitar — admitiu ela. — Não conheço você...

— É, eu sei. Provavelmente está desconfiada, não é? Mas sou muito menos perigoso do que pareço. Você estará segura aqui. Mais do que num hotel qualquer de beira de estrada, eu garanto. E bem mais do que lá fora, nessa tempestade, nas pistas cheias de curvas da montanha.

Ela olhou com bastante seriedade para ele durante algum tempo. Então, disse:

— Não. Eu vou embora mesmo. Será que você pode me dizer quanto foi...

— Esse hematoma aí está bem feio, hein? — interrompeu Preacher. — Quer passar alguma coisa nesse lábio? Eu tenho um kit de primeiros socorros na cozinha.

— Estou bem — respondeu ela, balançando a cabeça. — Que tal a gente acertar tudo e...

— Não tenho nenhum remédio de febre para criança. Só tenho um quarto. Que tem tranca na porta, para você se sentir segura. Você não vai querer abrir mão de uma oferta como essa num tempo assim, com uma criança que pode estar ficando doente. Eu sou grande e pareço malvado, mas sou tão inofensivo quanto você. A não ser que você seja uma porra-louca.

Preacher abriu um sorriso.

— Você não parece malvado — respondeu ela, tímida.

— Posso deixar mulheres e criancinhas bem nervosas... e detesto isso. Você está fugindo? — perguntou ele.

Ela baixou o olhar. Ele insistiu:

— Você acha o quê? Que vou chamar a polícia? Quem foi que fez isso com você?

Ela começou a chorar na mesma hora.

— Ai. Ei, não.

Ela baixou a cabeça em cima dos braços dobrados sobre a mesa e soluçou.

— Ah. Vamos lá. Não faz assim. Eu nunca sei o que fazer. — Hesitante e com delicadeza, ele tocou as costas da jovem, o que fez ela dar um salto. Então, segurou uma das mãos dela, de maneira muito leve. — Vamos lá, não chore. Talvez eu possa ajudar.

— Não. Não pode.

— Nunca se sabe — respondeu ele, fazendo um carinho discreto na mão da jovem.

Ela ergueu a cabeça.

— Desculpe — disse ela, enxugando os olhos. — Estou exausta, acho. Foi um acidente. Foi bem bobo, mas eu estava tendo problemas com Chris... — Ela parou de repente e olhou ao redor, nervosa, como se estivesse preocupada de alguém escutar o que ela contava. Passou a língua no lábio inferior. — Eu estava tentando colocar Christopher no carro, segurando as coisas, e acabei batendo de cara na porta. Com força. Eu não devia fazer as coisas com pressa, sabe? Não foi nada, só um pequeno acidente. — E levou o guardanapo até o nariz.

— Certo — disse Preacher. — Claro. Sinto muito. Parece que está doendo.

— Vai melhorar.

— Com certeza. E aí... Como você se chama? — Como ela levou um bom tempo e não respondeu, ele acrescentou: — Está tudo bem. Não vou sair falando por aí. Se alguém vier aqui procurando por você, nunca vou contar que te vi. — Os olhos da moça se arregalaram e a boca se abriu um pouco. — Ah, droga, falei besteira, não falei? Tudo que eu queria dizer é que, se você está se escondendo ou fugindo de alguém, tudo bem. Pode se esconder aqui. Não vou dedurar você. Qual o seu nome?

Ela esticou o braço e passou os dedos no cabelo do menino, devagar. Silêncio.

Preacher se levantou e desligou o letreiro em que se lia ABERTO, então passou a tranca na porta.

— Pronto — disse, sentando-se perto dela outra vez, o menino ocupando quase todo o espaço da mesa ao lado deles. — Vamos com calma — continuou ele, e sua voz era suave. — Ninguém aqui vai machucar você. Eu posso ser um amigo. Com certeza não estou com medo do covardão que faria isso a uma mulher. Desculpe.

Ela olhou para baixo, evitando os olhos dele.

— Foi a porta do carro...

— Também não tenho medo de nenhuma porta de carro velha e malvada — interrompeu ele.

Ela deu um risinho contido, mas não conseguiu encará-lo. A mão, que alcançou o conhaque e o levou à boca, tremia um pouquinho.

— Ah, agora sim — comentou Preacher. — Se você achar que o garoto precisa de um médico, tem um logo ali, do outro lado da rua. Eu posso chamá-lo. Ou levar você até lá.

— Acho que é só um resfriado. Estou de olho nele.

— Se ele precisar de remédio ou alguma coisa...

— Eu acho que ele está bem...

— Meu amigo, o cara que é dono deste lugar, a esposa dele é enfermeira. Uma ótima enfermeira... ela pode receitar remédios, ver pacientes... Ela cuida muito bem das mulheres daqui. Se você preferir ver uma mulher, nessas circunstâncias.

— Circunstâncias? — repetiu ela, uma expressão de pânico se espalhando em suas feições.

— A porta do carro e tudo mais...

— Não. Sério. Foi só um longo dia, sabe?

— É, deve ter sido. E a última hora longe da rodovia deve ter sido bem ruim. Ainda mais se você não está acostumada com essas estradas.

— Foi um pouco assustador — admitiu ela, baixinho. — E não fazia ideia de onde eu estava...

— Você está em Virgin River agora, é isso que importa. É só um desviozinho na estrada, mas as pessoas são boas. Ajudam no que podem, sabe?

Ela deu um sorrisinho tímido, mas os olhos estavam baixos de novo.

— Qual é o seu nome? — perguntou ele mais uma vez. Ela apertou os lábios com força, balançando a cabeça. Os olhos se encheram de lágrimas de novo. — Está tudo bem — disse ele com suavidade. — De verdade.

— Paige — sussurrou ela, uma lágrima escorrendo pela bochecha. — Paige — repetiu, bem baixinho.

— É isso aí. É um nome bonito. Você pode falar seu nome por aqui sem medo.

— E você, qual o seu nome?

— John — respondeu ele, perguntando-se a seguir por que fizera aquilo. Tinha alguma coisa nela, ele achava. — John Middleton. Mas ninguém me chama de John. As pessoas aqui me conhecem como Preacher.

— Preacher tipo pastor? Você é um?

— Não. — respondeu ele, rindo um pouco. — Longe disso. A única pessoa que sempre me chamava de John era minha mãe.

— E como é que seu pai o chamava? — quis saber ela.

— Garoto — respondeu, e sorriu. — *Ei, garoto* — repetiu ele, dando ênfase à palavra.

— E por que chamam você de Preacher?

— Ah, não sei — respondeu ele, tímido, abaixando a cabeça. — Esse apelido é antigo, de quando eu era só um menino nos Fuzileiros. Os rapazes falavam que eu era meio certinho e contido.

— Sério? Você é assim?

— Não muito. Eu só não falava palavrão. E costumava ir à missa, quando tinha missa. Cresci no meio de padres e freiras... Minha mãe era bem devota. Os rapazes nunca iam à missa, nenhum deles, disso eu me lembro. E eu meio que ficava para trás quando eles saíam para beber e paquerar. Sei lá... Nunca tive vontade de fazer aquilo. Não sou muito bom com as mulheres. — Ele sorriu de repente. — Isso já deve ter ficado claro, não é? E ficar bêbado nunca fez minha cabeça.

— E você tem um bar?

— O bar é do Jack. Ele é muito bom em cuidar das pessoas. A gente nunca deixa alguém sair daqui se a pessoa não estiver segura, sabe? E gosto tomar uma dose no fim do dia, mas isso não dá nenhuma dor de cabeça, certo? — Ele sorriu para ela.

— E devo chamar você de John? Ou de Preacher? — perguntou Paige.

— Do que você quiser.

— John — decidiu ela. — Tudo bem?

— Se você prefere assim, tudo bem — respondeu ele. — É, eu gosto. Já faz um tempo que ninguém me chama assim.

Ela baixou os olhos por um instante, mas logo os ergueu de novo.

— Muito obrigada por isso, John. Por manter o lugar aberto e tudo mais.

— Não tem nada de mais. Na maioria das noites a gente fica aberto até mais tarde do que isso. — Preacher acenou a cabeça em direção ao menino. — Ele vai acordar com fome?

— Talvez — disse ela. — Eu tinha um pouco de geleia e manteiga de amendoim no carro, mas ele comeu tudo bem rápido.

— Certo. Tem um quarto extra no segundo andar, bem em cima da cozinha. E fique à vontade na cozinha... Vou deixar a luz acesa para você. Pode pegar o que você quiser. Tem leite na geladeira. E suco de laranja. E cereal, pão, manteiga de amendoim, mais daquela sopa. Tem também um micro-ondas. Certo?

— É muito gentil de sua parte, mas...

— Paige, você está com cara de quem precisa descansar um pouco e, se o garoto está ficando doente, você não vai querer sair com ele naquele aguaceiro congelante.

Ela ponderou por um momento e disse:

— Quanto é?

Ele não conseguiu conter uma risada, mas logo ficou sério de novo.

— Desculpe, eu não queria rir. É só que... é meu antigo quarto. Não é um quarto de hotel ou qualquer coisa desse tipo. Eu morei lá por dois anos, mas então Jack se casou com Mel e eu fiquei com o apartamento dele, lá nos fundos. Aquele quarto em cima da cozinha... tem cheiro de bacon e café pela manhã, mas tem um bom tamanho, um banheiro grande. Deve servir para uma noite. — Preacher deu de ombros. — Só estou sendo educado. Certo?

— Você está sendo generoso — disse ela.

— Não estou fazendo nada de mais... É um quarto vazio. Fico feliz em ajudar. — Ele pigarreou. — Você tem uma mala ou uma coisa assim que eu possa ir buscar?

— Só uma. No banco de trás.

— Vou lá pegar. E você pega o conhaque, ali — indicou ele. — Pode se servir de outra dose, se precisar. Se eu estivesse no seu lugar, depois de dirigir por essas montanhas na chuva, eu precisaria. — Ele se levantou. — Traga o copo que eu vou mostrar o quarto. Lá em cima. Hum... Você quer que eu carregue o menino?

Ela também se levantou.

— Obrigada — disse alongando os ombros, como se estivessem tensos depois de um longo tempo ao volante. — Se você não se incomodar.

— Não me incomodo — respondeu ele. — Escute, não precisa se preocupar, o seu quarto e o meu apartamento não são nem conectados... Estamos separados pela cozinha e pela escada. É só trancar a porta e relaxar.

Então, com gentileza, mas um tanto atrapalhado, ele pegou o menino. A cabeça da criança pousou em seu ombro. Era uma sensação diferente, pois Preacher não tinha muita experiência em carregar crianças. Apesar disso, era uma sensação boa. Ele fez carinho no menino, passando a mão devagar ao longo de toda a extensão das costas da criança.

— Por aqui.

Guiou Paige pela cozinha e depois escada acima. Então, abriu a porta e disse:

— Desculpe. Está meio bagunçado. Deixei algumas coisas aqui, tipo os pesos que uso para fazer exercício. Mas a roupa de cama está limpa.

— Está ótimo. Eu vou embora assim que amanhecer.

— Não se preocupe com isso. Se precisar ficar alguns dias, a gente dá um jeito. Como eu disse, este quarto não está para alugar nem nada disso. Ele só fica aí, vazio. Quer dizer, caso o garoto tenha uma virose qualquer, ou sei lá...

Preacher acomodou o menino na cama, com gentileza, sentindo-se estranhamente relutante em fazer aquilo. O calor da criança em seu peito era reconfortante. Ele não pôde resistir e tocou aquele cabelo loiro e bagunçado. Uma criancinha linda.

— Que tal você me dar as chaves do carro? Assim eu posso pegar aquela mala...

Ela vasculhou a bolsa de matelassê, que parecia uma daquelas bolsas usadas para carregar fraldas e coisas de bebê, embora o menino fosse grande demais para aquilo, e entregou a ele as chaves.

— Volto em um minuto — disse ele.

Preacher foi até o carro, um Honda pequeno, e entrou no banco do motorista. Mesmo empurrando o banco todo para trás, seus joelhos ainda roçavam o volante. Ele deu a volta no bar e parou o carro na parte de trás, ao lado de sua picape, de um jeito que, se alguém passasse pela rua principal procurando por ela, não veria o Honda. Não sabia muito bem como faria para explicar o que fizera, pois não queria que ela ficasse com medo.

A seguir, tirou a mala do banco de trás, pequena demais para alguém que estivesse viajando. O tamanho, porém, era perfeito para alguém que estivesse fugindo só com a roupa do corpo.

Ao voltar para o quarto em cima da cozinha, Preacher encontrou Paige sentada na beirada da cama, tensa, o filho atrás dela. Ele pousou a mala no chão, colocou as chaves em cima da cômoda que ficava ao lado da porta e arrastou um pouco os pés na entrada do cômodo. Ela se levantou e olhou para ele.

— Olha. Eu, hum, estacionei seu carro em outro lugar... Bem atrás do bar, do lado da minha picape. Fora da rua. Se alguém estiver na estrada não vai conseguir ver o carro. Bem, estou falando isso para você não ficar confusa se você se levantar ou for dar uma olhada... Ele está bem ali atrás. Meu conselho é que você fique aqui, espere a chuva passar e viaje de dia, sem chuva. Mas se você ficar, você sabe, nervosa, o bar só tem tranca pelo lado de dentro, e aqui estão suas chaves. Está tudo bem se você... Se você não conseguir relaxar e precisar ir embora, pode deixar a porta do bar destrancada sem problema algum... Aqui é um lugar bem tranquilo e seguro. Às vezes a gente esquece de trancar a porta mesmo. Hoje eu vou trancar o bar, com certeza, com você e o menino aqui. Hum... Paige... não precisa ficar preocupada nem nada. Eu sou um cara muito confiável. Ou Jack não me deixaria aqui no bar. Certo? Só descanse um pouco.

— Obrigada — disse ela, num sussurro quase inaudível.

Ele fechou a porta. E ouviu quando ela passou o trinco, protegendo-se. Pela primeira vez desde que chegara naquela cidadezinha, Preacher se perguntou por que aquele trinco tinha sido instalado.

Ele ficou ali por um minuto. Precisara de uns cinco segundos para adivinhar que alguém — noventa e cinco por cento de chance de ser o namorado ou o marido — tinha batido no rosto de Paige e que agora ela estava fugindo com o filho. Ele sabia que aquele tipo de coisa acontecia. O tempo todo. Mas nunca conseguiu entender qual era a satisfação que um homem poderia sentir ao bater em uma mulher. Não fazia sentido para ele. Se você tem uma mulher jovem e bonita como aquela, deve tratá-la direito. Cuidar dela direitinho e a proteger.

Preacher foi até o bar, apagou as luzes, verificou a cozinha, deixando a luz acesa para o caso de Paige descer, e então seguiu para seu apartamento, nos fundos. Estava ali havia poucos minutos quando se lembrou de que não havia mais toalhas limpas lá em cima — ele esvaziara o banheiro e levara todas as coisas para baixo. Então, foi até seu banheiro, empilhou umas toalhas brancas e limpas e subiu a escada de novo.

A porta estava entreaberta, como se Paige tivesse ido até a cozinha. Dava para ver um copo de suco de laranja em cima da cômoda, ao lado da porta, e ele ficou feliz de saber que ela havia se servido. Por aquela fresta de poucos centímetros, Preacher viu o reflexo da mulher no espelho da cômoda. De costas para o espelho, ela tinha puxado o casaco de moletom grosso por cima da cabeça e dos ombros, tentando dar uma olhada nos braços e nas costas. Ela estava *coberta* de hematomas. Vários hematomas grandes em suas costas e um que descia pelo ombro e o braço.

Preacher ficou impressionado. Por um instante, seus olhos não conseguiram se desgrudar daqueles borrões roxos.

— Ai, Jesus — sussurrou bem baixinho.

Em um gesto rápido, ele se afastou da fresta da porta e se encostou na parede do lado de fora do quarto, para não ser visto. Levou um tempo para se recompor; estava chocado. Horrorizado. Tudo em que conseguia pensar era "Que tipo de animal faz uma coisa dessas?". Estava boquiaberto, não conseguia nem imaginar aquilo. Ele era um guerreiro, um combatente treinado, e tinha certeza de que nunca causara tamanho dano a outro homem do porte dele e em uma luta justa.

Seu instinto lhe dizia que não deveria comentar o que tinha visto. A jovem já estava com medo de tudo, inclusive dele. Mas também havia a realidade dos fatos: aquela mulher não levara só um tapa, ela havia levado uma surra. Ele nem sequer a conhecia, e, mesmo assim, tudo que queria era matar o filho da mãe que tinha feito aquilo. Passaria meses batendo nele, e então mataria o canalha miserável.

Paige não poderia saber que Preacher estava se sentindo desse jeito; aquilo a deixaria apavorada. Ele respirou fundo algumas vezes, recompondo-se. Em seguida, bateu de leve na porta.

— Sim? — disse ela, soando como alguém que levou um susto.

— Eu só trouxe umas toalhas — explicou ele.

— Só um segundo, ok?

— Fique à vontade.

Ela abriu a porta mais um pouquinho, rapidamente, o moletom de volta ao corpo.

— Eu me esqueci de que tinha tirado todas as coisas do banheiro — justificou Preacher. — Você vai precisar de umas toalhas. Agora vou deixar você em paz. Não vou incomodá-la de novo.

— Obrigada, John.

— Sem problemas, Paige. Bom descanso.

Paige empurrou a cômoda com cuidado, fazendo o mínimo possível de barulho, e a posicionou em frente à porta. Ela esperava do fundo do coração que John não tivesse escutado aquilo, embora, segundo seus cálculos, a cozinha ficasse bem embaixo daquele quarto. Além disso, caso o homem quisesse machucar a ela ou a Christopher, já o teria feito, sem contar que uma porta trancada e uma cômoda vazia provavelmente não seriam o bastante para impedir John de entrar ali.

Por mais que adorasse a ideia de tomar um banho quente de banheira, ela se sentia vulnerável demais para ficar nua. Também não queria entrar no chuveiro — poderia não escutar a maçaneta se mover ou Christopher chamar por ela —, por isso lavou-se na pia e vestiu roupas limpas. Depois, deixando a luz do banheiro acesa, Paige deitou-se com cuidado na cama, por cima das cobertas. Ela sabia que não dormiria, mas depois de um tempo se acalmou. Começou a olhar para o teto, as ripas de madeira formando um V perfeito acima de sua cabeça. Ocorreu-lhe que era a terceira vez em sua vida que estava deitada em uma cama olhando para um teto como aquele.

A primeira vez foi na casa onde cresceu — as vigas de madeira eram expostas e dava para ver o isolante térmico cor-de-rosa entre elas. A casa era pequena, apenas dois quartos, e já era velha quando seus pais se mudaram para lá. Mas a vizinhança na época, vinte anos antes, era certinha e silenciosa. Sua mãe a colocara no sótão quando Paige completou 9 anos, dividindo espaço com caixas, que tinham sido empurradas contra as paredes e que continham utensílios domésticos guardados. Mas aquele era seu espaço, e ela fugia para lá sempre que possível. De sua cama, conseguia escutar a mãe e o pai discutindo. Depois que o pai morreu, quando Paige estava com 11 anos, ela ouvia o irmão mais velho, Bud, discutir com a mãe.

Considerando o que aprendera sobre agressão doméstica nos últimos anos, era de esperar que terminasse em um relacionamento abusivo, ainda que seu pai nunca tivesse batido nela ou na mãe, e que o pior que tivesse recebido do irmão fosse um empurrão ou um murro no braço. Mas, nossa, como os homens da família gritavam. Tão alto, com tanta fúria que Paige sempre se perguntava como é que as janelas não se quebravam. Exigências, depreciações, insultos, acusações, pirraças, punições com as piores palavras. Era apenas uma questão de escala: abuso é abuso.

A segunda vez que Paige esteve sob um teto como aquele foi depois de sair de casa. Depois do ensino médio, ela fizera um curso técnico de estética e ficara em casa com a mãe, pagando aluguel, até completar 21 anos. Então, ela e duas amigas — que também haviam feito o curso — alugaram a metade de uma casa velha. Paige ficou com o quarto no sótão, o que a deixou feliz, embora o cômodo não fosse tão grande quanto o quarto de sua infância e, na maior parte das vezes, precisasse se agachar para não bater a cabeça no teto inclinado.

Os olhos de Paige se encheram de lágrimas ao se lembrar daqueles dois anos em que vivera com Pat e Jeannie. Foram os anos mais felizes de sua vida. Às vezes, ela sentia tanta saudade das amigas que chegava a doer. As três trabalhavam como cabeleireiras e estavam quase sempre zeradas depois de pagar o aluguel e comprar comida e roupas, mas tinha parecido o paraíso. Quando não tinham dinheiro para sair, compravam pipoca e vinho barato e faziam uma festa em casa, fofocando sobre as mulheres nas quais elas faziam cortes e luzes, sobre namorados e sexo, rindo até não conseguirem mais ficar sentadas direito.

Foi quando Wes surgiu em sua vida, um empresário bem-sucedido e seis anos mais velho. Foi um choque perceber que ela, agora, tinha a idade dele na época — 29 anos. Ainda assim, ele parecera tão experiente e maduro. Fazia poucos meses que ela vinha cuidando do cabelo de Wes quando ele a chamou para sair e a levou a um restaurante tão requintado que a *hostess* estava mais bem-vestida que ela. Ele dirigia um Grand Prix novinho em folha com confortáveis bancos de couro e janelas com vidros escurecidos. E guiava rápido demais, o que, para Paige aos 23 anos, não parecia ser perigoso. Era emocionante. Mesmo quando ele gritava e dava fechadas nos outros motoristas, parecia que tinha o direito de fazer aquilo — ele era poderoso. E, pelos parâmetros de Paige, rico.

Wes já tinha uma casa, e nem precisava de colegas para dividir as despesas. Negociava ações e commodities, o que era um trabalho exaustivo e que exigia inteligência e muita energia. Ele queria sair todas as noites, comprava coisas para ela, tirava a carteira do bolso e dizia: "Eu não sei o que você quer de verdade, não sei qual é a coisinha tão perfeita que vai fazer você chorar, então quero que você mesma faça as compras. Porque a única coisa que me importa no mundo é que você esteja feliz". Separava algumas notas e entregava a ela duzentos dólares, uma verdadeira fortuna.

Pat e Jeannie não gostavam dele, mas não havia qualquer mistério nisso. Ele não era tão legal assim com elas. Tratava-as como um papel de parede, um móvel. Sempre que podia, respondia às perguntas que faziam de maneira monossilábica. Na verdade, Paige não conseguia se lembrar do que elas falavam quando tentavam adverti-la sobre ele.

Então, veio aquela loucura que foi a vida dela saindo de controle numa espiral, coisa que parecia impossível até aquele dia: ele batera nela antes do casamento e ela se casara com ele mesmo assim. Estavam no carro chique de Wes, estacionados, discutindo sobre onde ela morava — ele achava que era melhor ela morar com a mãe do que naquela metade de casa velha em uma vizinhança meio esquisita e com duas sapatonas. A coisa ficou feia; ela disse sua cota de palavras horríveis para ele. E ele respondeu com algo tipo:

Eu quero você com sua mãe, não em um bordelzinho no gueto.

E a briga continuou:

Quem você pensa que é para chamar o lugar onde eu moro de bordel, cacete?

Como você ousa falar assim comigo?

Você chamou minhas melhores amigas de sapatonas e putas e está criticando o que eu falo?

Só estou pensando na sua segurança. Você disse que um dia queria se casar comigo, e eu gostaria que você ainda estivesse viva quando isso acontecer!

Vai se foder! Eu amo morar lá e você não pode me dizer o que fazer! E não vou me casar com alguém que fala assim das minhas melhores amigas!

E teve mais. Mais. Ela se lembrava vagamente de tê-lo xingado de escroto ou babaca. Ele, por sua vez, a chamara de piranha, piranha rabugenta. De todo modo, os dois deram suas contribuições para a briga, disso Paige tinha certeza.

O tapa que ele deu foi de mão aberta. Mas na mesma hora ele desabou, chorou feito um bebê, disse que não sabia direito o que acontecera com ele, mas talvez fosse porque ele nunca havia se apaixonado daquele jeito antes. Era errado, ele sabia que era errado reagir de maneira tão exagerada assim, estava maluco, envergonhado. Mas… queria abraçá-la todas as noites, cuidar dela pelo resto da vida, nunca queria perdê-la. Pediu desculpas pelo que dissera das colegas que dividiam a casa com ela — talvez estivesse com ciúmes da maneira como Paige era leal a elas. Ele não conseguia enxergar nada além dela; não havia ninguém mais importante que ela na vida dele. Ele a amava tanto que isso o deixava louco, disse. Era a primeira vez que ele se sentia assim com alguém. Sem ela, ele não era *nada*!

Paige acreditou em Wes. Mas nunca mais usou palavrão perto dele de novo.

Ela não contou nada a Pat e Jeannie porque, embora não tivesse noção direito do que estava acontecendo, sabia muito bem que não queria arriscar receber a desaprovação das duas amigas. Bastaram alguns dias para ela superar o tapa. Não foi um tapa muito forte. Levou menos de um mês para ela praticamente se esquecer do que acontecera e confiar nele outra vez. Achava Wes bonito, empolgante, sensual. Ele era impaciente e confiante. Inteligente. Homens passivos não alcançavam o tipo de sucesso que ele possuía. Ela não se sentia atraída por homens passivos.

Então, ele disse:

— Paige, não quero esperar. Eu quero que a gente se case assim que você estiver pronta. Um casamento bacana… dane-se o dinheiro, eu posso bancar o que você quiser. Peça a Pat e Jeannie para nos apoiarem. E você pode pedir demissão… Não precisa mais trabalhar.

As pernas dela doíam; ela estava ficando com joanetes. Cuidar de cabelos seis dias na semana não era moleza, embora ela gostasse do que fazia. Paige costumava pensar como seria muito melhor trabalhar por apenas seis horas por dia, quatro dias na semana. No entanto, sempre parecera um sonho impossível. Ela mal conseguia fechar as contas daquele jeito e, desde a morte do pai, a mãe tinha dois empregos. Viu o próprio futuro na figura da mãe — sozinha, fraca e trabalhando até a morte. Pensou nas amigas carrancudas que moravam com ela usando lindos vestidos de cetim em seu casamento, sorrindo, com inveja da boa sorte e da boa vida que Paige teria. Então disse sim.

Na lua de mel, ele bateu nela de novo.

Ao longo dos seis anos seguintes, ela tentou de tudo — terapia, polícia, fugas. Ele saiu rápido da prisão, se é que chegaram a prendê-lo; quando Paige se escondeu, ele a encontrou, e a coisa só piorou. Nem mesmo a gravidez e o nascimento de Christopher fizeram as agressões pararem. Ela descobriu, por acidente, que poderia haver mais elementos naquela equação — uma certa substância química que dava a ele energia para trabalhar tantas horas e ficar atrás dela até cansar, os acessos de euforia, o temperamento fortíssimo —, um pouco de pozinho branco dentro de um frasquinho. Cocaína? E ele tomava alguma coisa que o personal trainer dava a ele, embora jurasse que não eram esteroides. Muitos operadores da bolsa usavam anfetaminas para dar conta das demandas do trabalho. Usuários de cocaína tendiam a ser magros feito um palito, mas Wes tinha orgulho de seu corpo, de sua compleição, e dava duro para manter os músculos. Uma combinação de cocaína com esteroides poderia, percebeu ela, fazer o homem ter o pavio bem curto em termos de temperamento. Ela não fazia ideia de quanto, nem por quanto tempo. Mas sabia que ele era louco.

Aquela era sua última chance. Em um abrigo, conheceu uma mulher que disse que poderia ajudá-la a fugir, mudar de identidade e escapar. Havia um submundo para mulheres espancadas e crianças em situações desesperadoras. Bastava que ela e Christopher conseguissem chegar ao primeiro contato, então seriam levados de lugar em lugar, recebendo novas identidades, nomes, histórias e vidas ao longo do caminho. O lado bom era que a coisa funcionava bem. Era quase perfeita quando a mulher seguia as instruções e as crianças eram jovens o bastante. O lado ruim era que, bem, era ilegal e *para sempre*. Uma vida assim, coberta de hematomas, temendo todos os dias a possibilidade de ser morta... Ou uma vida sendo outra pessoa, alguém que não apanhava?

Paige começou a embolsar o dinheiro que recebia do marido para fazer compras e também a preparar uma mala, que escondeu com um contato de um abrigo. Conseguiu juntar quase quinhentos dólares e pretendia cair fora com Christopher antes que outro episódio ruim acontecesse. Depois da última surra, ela sabia que era quase tarde demais.

E ali estava ela, olhando para o terceiro teto com vigas em forma de V. Ela sabia que não dormiria; ela mal dormira em seis anos. Mas não se preocupava com ser capaz de dirigir — com tanta adrenalina correndo por seu corpo, ela conseguiria.

Mas então ela acordou com a luz do sol e um barulho repetitivo vindo do lado de fora. Alguém estava cortando madeira. Sentou-se com cautela e sentiu cheiro de café. Dormira, afinal de contas. Christopher também.

A cômoda ainda estava no mesmo lugar, encostada na porta.

Capítulo 2

Preacher mal dormira. Passara metade da noite no computador. Era como se aquela maquininha tivesse sido inventada para ele, porque ele gostava de pesquisar coisas. Vinha tentando convencer Jack a passar os dados do estoque e os recibos para o computador, mas o dono do bar tinha uma prancheta que era como se fosse a extensão de seu braço e não queria nada com a tecnologia de Preacher. O aparelho era lento, não havia cabeamento por ali, mas Preacher era paciente. E o computador cumpria direitinho sua função.

O restante da noite se passou com Preacher tentando dormir, tentativa que foi completamente frustrada. Ele saiu da cama várias vezes e foi olhar pela janela dos fundos, para ver se o pequeno Honda ainda estava ali. Enfim, levantou-se de vez às cinco da manhã, quando ainda estava um breu lá fora. Foi até a cozinha, começou a preparar o café, acendeu a lareira de novo. Não havia qualquer som no andar de cima.

A chuva tinha parado, mas o tempo ainda estava nublado e frio. Ele gostaria de ter saído para rachar lenha, liberar um pouco de agressividade, mas Jack gostava daquela tarefa, então Preacher deixou para lá. Às seis e meia, Jack chegou ao bar, todo sorrisos. Desde que se casara, era o homem mais feliz de Virgin River. Parecia incapaz de parar de sorrir.

Preacher estava em pé atrás do balcão com sua caneca de café na mão e ergueu o queixo para saudar o amigo.

— Ei — disse Jack. — Bela chuva.

— Jack, escute. Eu fiz uma coisa...

Jack tirou a jaqueta e a pendurou no gancho perto da porta de entrada do estabelecimento.

— Fez xixi na sopa de novo, Preacher?

— Tem uma mulher lá em cima...

Uma expressão de puro choque tomou conta do rosto de Jack. Preacher não costumava sair com mulheres. Ele não paquerava, não flertava, não fazia nada disso. Jack, é claro, não sabia como ele vivia daquele jeito, mas Preacher era assim. Quando os rapazes, o pessoal do Corpo de Fuzileiros com quem eles tinham servido, saíam em busca de mulheres com as quais pudessem passar a noite, Preacher ficava para trás. E eles o chamavam, jocosamente, de o Grande Eunuco.

— Ah, é? — perguntou Jack.

Preacher pegou uma caneca e encheu de café para o amigo.

— Ela chegou ontem à noite, durante a tempestade — explicou o homem. — Estava com uma criança...uma criança pequena — continuou, dando ideia do tamanho a que se referia ao gesticular com suas mãos imensas. — Parece que o menino está meio doente. Estava com febre, foi o que ela disse. Eu deixei que ela usasse meu antigo quarto porque aqui por perto não tem lugar para ficar...

— Bem — respondeu Jack, pegando o café. — Isso foi legal de sua parte. Acho. Ela roubou a prataria ou alguma coisa assim?

Preacher fez uma careta. Eles não tinham prataria; a única coisa de valor ali era o dinheiro do caixa, que estava bem guardado. Ou as bebidas — o que seria um esforço grande demais para uma mulher com uma criança roubar. Não que essas coisas não tivessem passado pela cabeça de Preacher.

— Ela deve estar em alguma enrascada — disse Preacher. — Tem... Por sua aparência, pelo menos, parece que ela se enfiou em alguma enrascada. Talvez esteja fugindo, sei lá.

Jack parecia perplexo mais uma vez.

— Hein?

Preacher olhou bem fundo nos olhos de Jack.

— Eu acho que ela precisa de ajuda — afirmou, mas na verdade ele *sabia* que a jovem precisava de ajuda. — Ela está com um hematoma no rosto.

— Ai, meu Deus — disse Jack.

— A Mel está indo para a clínica? — perguntou Preacher.

— Claro.

— Ela precisa dar uma olhada no menino... para ter certeza de que ele não está doente. Você sabe. E a mulher, Paige, disse que está bem, mas, quem sabe... Quem sabe a Mel não possa... sei lá... ver isso direitinho.

— É — respondeu Jack, tomando um gole do café. — E depois?

Preacher deu de ombros.

— Ela vai querer ir embora daqui, eu acho. Está toda arredia. Parece assustada. Queria que Mel pelo menos desse uma olhada nela.

— Acho que é uma boa ideia.

— É. É o que vamos fazer. Pedir a ela que deixe Mel dar uma olhada. Mas eu não posso obrigá-la, você sabe. Acho que você podia fazer isso. Falar com ela, sugerir isso a ela...

— Não, Preach, você consegue lidar com isso. Esse problema é seu... eu nem vi a moça. É só falar com ela. Com calma e devagar. Tente não a assustar.

— Ela já está assustada, e é por isso que eu sei que ela está numa enrascada. O garoto ainda não me viu... Ele estava dormindo. Provavelmente vai sair correndo e gritando.

Às sete e meia, Preacher montou uma bandeja com um pouco de cereal em uma tigela, torradas, café, suco de laranja e leite. A seguir, subiu a escada dos fundos e bateu de levinho na porta, que se abriu na mesma hora. Paige tomara banho e se vestira. Usava a mesma calça jeans da noite anterior e uma camisa de manga comprida feita de cambraia de linho. Dava para ver um pedacinho de pele manchado de preto e azul sob a gola desabotoada. Na mesma hora, ele se sentiu furioso, mas tentou não deixar aquilo transparecer em seu rosto. Assim, focou nos olhos da jovem, que eram de um tom profundo de verde-esmeralda, e no cabelo molhado dela, com cachos que caíam sobre os ombros.

— Bom dia — disse ele, tentando manter a voz calma e suave, como Jack faria.

— Ei — respondeu ela. — Você acordou cedo.

— Faz tempo que estou de pé.

— Mamãe?

A voz veio de trás de Paige. Preacher olhou na direção do som e viu o garotinho, Christopher, sentado de pernas cruzadas no meio da cama.

Ela abriu a porta para que Preacher pudesse entrar e pousasse a bandeja na cômoda bem ao lado da entrada. Ele ficou ali, na entrada do quarto, e acenou com a cabeça para o menino. Tentou relaxar as feições para que ficassem mais brandas, mas não sabia muito bem como fazer aquilo.

— Ei, amiguinho. Quer tomar café da manhã?

O menino deu de ombros, mas seus olhos estavam arregalados e concentrados em Preacher.

— Ele não se dá muito bem com homens — sussurrou Paige, baixinho. — É tímido.

— É? Eu também — disse Preacher. — Não se preocupe... vou ficar longe dele.

Ele olhou para a criança e tentou dar um sorriso. Foi quando o garoto apontou para a cabeça de Preacher e perguntou:

— Você raspa a cabeça?

O que fez Preacher rir.

— Raspo. Quer passar a mão?

Aproximando-se devagar da cama, Preacher, com cuidado, abaixou a careca na direção do garoto. Sentiu aquela mãozinha esfregar o topo de sua cabeça, o que provocou novos risos nele. Então, levantou a cabeça e disse:

— Legal, né?

O menino concordou, acenando a cabeça.

Preacher voltou sua atenção para Paige.

— A mulher do meu amigo, Melinda, está indo para a clínica agora de manhã e eu queria levar vocês lá. Para ela dar uma olhada no garoto e garantir que ele está bem. E, se ele precisar de remédios ou outra coisa, ela pode arranjar para vocês.

— Você disse que ela é enfermeira, né?

— Isso. Uma enfermeira especial. Uma enfermeira obstétrica. Ela ajuda os bebês a nascer, essas coisas.

— Ah — disse Paige, soando um pouco mais interessada —, pode ser uma boa ideia. Mas eu não tenho muito dinheiro...

Ele riu.

— A gente não se preocupa com esse tipo de coisa por aqui, se for para ajudar alguém. Está tudo certo.

— Se você tem certeza disso...

— Tenho. Desçam quando estiverem prontos. Mel vai chegar aqui por volta das oito, mas não precisa se apressar. Não tem muita gente doente por aqui, eles não costumam estar ocupados.

— Certo. Depois a gente vai embora...

— Hum, se vocês precisarem, podem ficar mais uns dias. Quer dizer, se ele não estiver se sentindo muito bem. Ou se você estiver cansada de dirigir.

— Eu vou pegar a estrada, provavelmente.

— Para onde é que você está indo? — perguntou Preacher. — Você nunca disse.

— Aqui pertinho. Eu tenho uma amiga... A gente está indo visitar essa amiga.

— Ah — disse ele. Se fosse mesmo pertinho, ela teria continuado a viagem. — Bem, pense na minha oferta. Está de pé.

Enquanto Christopher comia o cereal sentado de pernas cruzadas na cama, Paige se inclinou em direção ao espelho, tentando cobrir a mancha roxa no rosto com maquiagem o melhor que podia. Pelo menos tinha clareado um pouco. Já em relação ao machucado no lábio, que estava cicatrizando, ela não tinha muito o que fazer. Christopher tocaria o local e diria: "Dodói da mamãe".

Sua mente, então, voltou à última surra. A parte que a deixava mais chocada era não conseguir se lembrar do motivo da briga. Tinha alguma coisa a ver com os brinquedos de Christopher estarem espalhados pela sala de estar e depois com o terno de Wes, que ainda não tinha voltado da lavanderia. Ele não estava satisfeito com o que ela preparara para o jantar. Ou será que tinha sido o que ela dissera sobre os brinquedos? "Meu Deus, Wes, ele tem brinquedos... e brinca com eles. Dê um tempo para que eu..." Foi por isso que ele deu um tapa nela? Não, foi logo depois, quando ela murmurou, em um tom quase inaudível: "Não fique nervoso, não faça nada de ruim, só me deixe fazer isso..."

Como ela não percebeu que ele reagiria daquele jeito? Ela nunca sabia qual seria a reação de Wes. Tinham passado meses sem violência. Mas ela vira nos olhos dele quando ele chegou do trabalho. Já estava ali — naqueles olhos que diziam: "Vou bater em você muitas e muitas vezes, depois mais um pouco e nenhum de nós vai saber exatamente o porquê". Como sempre acontecia, quando ela notara aquele vislumbre de perigo, já era tarde demais.

Logo em seguida, ela começara a sangrar, bem pouquinho, mas correndo o risco de perder o bebê — o novo bebê sobre o qual ela havia contado a ele fazia pouco tempo. Grande surpresa — já que ele a chutara. Paige, então, arrastara-se para fora da cama e fora buscar Christopher na creche. A recepcionista, Debbie, tinha ofegado de surpresa ao ver o rosto de Paige. E depois gaguejara:

— O se-senhor Lassiter pediu para ligarmos para ele caso você viesse buscar o Christopher.

— Olhe para mim, Debbie. Será que você pode se esquecer de ligar para ele? Só desta vez? Talvez por algum tempo?

— Não sei...

— Ele não vai bater em *você* — dissera Paige de maneira ousada.

— Senhora Lassiter, será que não é melhor a senhora ligar para a polícia ou qualquer coisa assim?

Então Paige dera uma risada forçada. Certo.

— Você acha que eu nunca fiz isso?

Pelo menos ela conseguira sair da cidade. Com sua única mala, quase quinhentos dólares e um endereço em Spokane.

E ali estava ela, acordando debaixo de outro teto com vigas em V. Ainda muitíssimo assustada, mas, pelo menos naquele momento, segura.

Enquanto Christopher comia, ela deu uma volta pelo quarto, sem tocar em nada. Não era um cômodo muito grande, mas tinha espaço suficiente para o equipamento que John usava para se exercitar: um banco e pesos. Ela reparou nos pesos no chão — trinta quilos cada um. No equipamento havia cento e oitenta quilos; e Wes costumava se gabar incessantemente dos cento e dez quilos que levantava.

Encostada à parede havia uma estante de tamanho médio cheia de livros, com mais alguns empilhados na parte de cima e no chão ao lado. Paige manteve as mãos às costas por força do hábito — Wes não gostava que ela tocasse nas coisas dele, a não ser na roupa suja. Títulos esquisitos — a biografia de Napoleão, aviões de combate da Segunda Guerra Mundial, exércitos medievais. *A ocupação de Hitler...* Esse último causou nela um arrepio. A maioria dos livros estava bem surrada, velha. Alguns eram novos. Ela não conseguiu localizar um título de ficção sequer — tudo ali era não ficção, tudo tratava de assuntos militares ou políticos. Talvez fossem livros que tinham pertencido ao pai ou a um tio de John. Ele não parecia ser um grande leitor, embora parecesse um grande levantador de peso.

Quando Chris terminou o café da manhã, Paige colocou o casaco nele, depois vestiu o próprio e pendurou a bolsa de matelassê no ombro. Deixou a mala pronta em cima da cama e desceu com a bandeja do café da manhã pela escada dos fundos. John estava na cozinha, usando um avental. Ele fritava hambúrgueres enquanto uma frigideira com uma omelete cozinhava em fogo alto.

— Pode deixar a bandeja ali na bancada e me dê um minuto — disse ele. — Já vou levar vocês lá.

— Eu posso lavar nossa louça — ofereceu ela, com humildade.

— Não, pode deixar comigo.

Paige observou enquanto ele usava uma grande espátula para pressionar os hambúrgueres e espalhava queijo em cima da omelete, que depois dobrou ao meio e virou. Uma torrada saltou na torradeira, recebeu um pouco de manteiga e foi colocada com todo o restante em um grande prato oval. John retirou o avental e o pendurou em um gancho. Ele estava usando uma calça jeans e uma camiseta preta, tão justa e apertada no peitoral largo que dava a impressão de que poderia rasgar. Os bíceps do homem pareciam melões. Se estivesse usando uma camiseta laranja, pareceria o Mr. Músculo.

Ele puxou uma jaqueta jeans de um gancho e a vestiu. Em seguida, pegou o prato e disse:

— Venha.

E foi entrando no bar. Pousou o prato em frente a um homem que estava sentado no balcão, completando também a caneca de café do cliente, e continuou:

— Volto daqui a alguns minutos. Aqui está o bule. Jack está lá atrás, se você precisar de alguma coisa.

Paige deu uma olhada no lado de fora pela porta dos fundos e viu um homem de calça jeans e camisa xadrez de flanela levantando um machado e, na sequência, deixando-o vir abaixo para partir uma tora de madeira. Tinha sido aquele barulho que a fizera despertar. Reparou nos ombros musculosos e nas costas largas do homem — não tão pronunciados quanto os de John, mas ainda assim impressionantes.

Wes não era chegava nem perto do tamanho de qualquer um daqueles homens. Tinha cerca de um metro e oitenta e estava em boa forma, mas, em termos de músculos, não tinha comparação, mesmo com a ajuda de aditivos químicos. Se John levantasse a mão para uma mulher do mesmo jeito que Wes tinha feito, ela não sobreviveria para contar. Paige não pôde conter um estremecimento involuntário.

— Olha, mamãe — disse Chris, apontando para a cabeça de veado emoldurada em cima da porta.

— Estou vendo. Uau.

O lugar parecia um chalé de caça.

John enfiou a cabeça do lado de fora da porta dos fundos e gritou:

— Jack! Estou indo até a clínica. Já volto.

E então voltou-se para ela e acenou com a cabeça. Ele abriu a porta para que ela o seguisse.

— Como ele está se sentindo hoje? — perguntou John.

— Ele tomou o café da manhã. O que é bom.

— É bom, sim — concordou ele. — E a febre? — perguntou num sussurro.

— Não tenho termômetro, por isso não sei muito bem. Ele está um pouco quente.

— Vai ser bom a Mel dar uma olhada, então — comentou ele, caminhando ao lado dela, mas tomando o cuidado de não chegar muito perto.

Paige segurava a mão do filho, já Preacher colocara as mãos no bolso. Deu uma espiada no menino, que devolveu o olhar por trás do corpo da mãe. Eles se encararam com cautela.

— Vai ficar tudo bem — garantiu Preacher para Paige. — Mel é a melhor. Você vai ver.

Paige olhou para ele e sorriu com doçura, fazendo-o se sentir como se estivesse derretendo por dentro. Os olhos dela eram tão tristes, tão assustados. Ela não conseguia evitar que fossem assim, ele entendia aquilo. Se não fosse pelo medo, talvez ele pudesse de fato segurar a mão de Paige para lhe dar coragem — mas o medo dela não era direcionado apenas a quem quer que lhe tivesse feito aquilo. Ela sentia medo de tudo, inclusive dele.

— Não fique nervosa — disse a ela. — Mel é muito boazinha.

— Eu não estou nervosa — respondeu ela.

— Depois que eu fizer as apresentações, eu vou voltar para o bar. A não ser que você queira que eu fique. Para o caso de precisar de alguma coisa.

— Vou ficar bem. Obrigada.

Melinda estava sentada nos degraus na entrada da clínica segurando seu café matinal, ouvindo o barulho alto que o machado de Jack fazia ao rachar as toras de madeira. Ele havia telefonado do bar.

— Aperte o passo, Preacher tem uma paciente para você — dissera ele.

— Ah, é? — perguntara ela.

— Uma mulher que apareceu no bar ontem à noite, durante a tempestade, e que ele colocou para dormir aqui. Disse que ela tem uma criança que pode estar febril. E ele também acha que ela pode estar numa enrascada...

— Hã? Que tipo de enrascada? — quis saber Mel.

— Não faço a menor ideia — respondera Jack. — Eu ainda não vi a moça. Ela ficou no antigo quarto dele, lá em cima.

— Certo, vou chegar daqui a pouquinho.

Por puro instinto, ela colocara a câmera digital dentro da bolsa. Agora, observando a parte da frente do bar, via algo que nunca esperara ver. Preacher segurava a porta para uma mulher e uma criança e as acompanhava pela rua. Ele parecia conversar com ela em um tom de voz suave, inclinando-se na direção dela com um olhar de preocupação no rosto. Incrível. Preacher era um homem de poucas palavras. Mel se lembrou de que ela precisara de um mês na cidade para que ele enfim lhe dirigisse mais que dez palavras em sequência. Acolher uma estranha assim era, ao mesmo tempo, a cara dele e algo inédito.

Conforme eles se aproximavam, Mel colocou-se de pé. A mulher parecia ter vinte e tantos anos e trazia uma mancha escura na bochecha, que ela tentara cobrir com maquiagem. No entanto, não conseguiu esconder o lábio cortado. Ali estava a enrascada que Preacher tinha visto e que fez com que Mel estremecesse. Mas ela sorriu e disse:

— Oi. Sou Mel Sheridan.

A mulher titubeou.

— Paige — disse, enfim, e depois olhou por cima do ombro, nervosa.

— Está tudo bem, Paige — garantiu Preacher. — Você está segura com a Mel. Tudo com ela é supersecreto. Ela chega a ser ridícula quando se trata disso.

Mel deu uma risada, como se estivesse se divertindo.

— Não, não sou ridícula. Isso aqui é um consultório médico, uma clínica. Prezamos pela confidencialidade, só isso. É muito simples e usual. — Ela estendeu a mão em direção a Paige. — Prazer em conhecê-la, Paige.

Paige aceitou a mão estendida e, por sobre o ombro, deu uma olhada para Preacher.

— Obrigada, John.

— John? — estranhou Mel. — Acho que nunca ouvi ninguém chamar você de John. — Ela inclinou um pouco a cabeça. — Até que é legal. John. — Então continuou: — Venha comigo, Paige.

E indicou o caminho.

Já dentro da clínica, passaram pelo doutor, que se encontrava sentado atrás de um computador na mesa da recepção. Ele olhou para cima rapidamente, acenou com a cabeça e voltou ao trabalho.

— Este é o doutor Mullins — apresentou Mel. — Por aqui. — Ela abriu a porta da sala de exames e deixou que Paige passasse à sua frente e entrasse. Então, depois de fechar a porta, disse: — Sou enfermeira e também sou especializada em obstetrícia, Paige. Posso dar uma olhada no seu filho, se você quiser. Pelo que entendi, você acha que ele está com febre?

— Ele está meio quente. Está meio sem energia...

— Deixe-me dar uma olhada — disse Mel, assumindo o controle ativamente.

Ela, então, se ajoelhou e perguntou ao garotinho se ele já tinha ido ao médico antes. E, pegando-o no colo, colocou o menino sobre a mesa de exames, mostrou o termômetro digital e perguntou se ele sabia o que fazer com aquilo. Ele apontou para a orelha e Mel riu, feliz:

— Você é um *expert* nisso.

Na sequência, pegou o estetoscópio.

— Tudo bem se eu escutar o seu coração? — Ele fez que sim com a cabeça. — Vou tentar não fazer cócegas, mas é difícil para mim, porque fazer cócegas é meio divertido... Eu amo ouvir as gargalhadas.

Diante da sugestão, Christopher gargalhou, ainda que de maneira suave. Mel deixou que ele ouvisse o próprio coração e, depois, o dela. Ela apalpou os linfonodos do menino enquanto ele usava o aparelho para escutar os sons em seu peito, em sua perna e sua mão. Mel olhou os ouvidos e a garganta do menino e, a essa altura do exame, ele já estava se sentindo confortável com ela.

— Eu acho que ele tem uma virosezinha... Não parece muito sério. A temperatura está só em trinta e sete graus e meio. Você deu alguma coisa para ele?

— Tylenol infantil, ontem à noite.

— Ah, então ele está ótimo. A garganta está um pouco avermelhada. Continue dando o Tylenol, e muito líquido. Eu não acho que você deva se preocupar. A não ser que ele piore, é claro...

— Então dá para a gente continuar a viagem...?

Mel deu de ombros.

— Não sei, Paige. Quer falar um pouco sobre você? Eu estou aqui para ajudar no que puder.

O olhar de Paige despencou, e aquilo foi o bastante. Mel sabia o que estava acontecendo. Passara anos na sala de emergência de uma cidade grande e tinha visto vítimas de agressão mais do que o suficiente. O hematoma no rosto da jovem, o corte no lábio, o fato de que ela queria seguir viagem... para longe...

Paige ergueu o olhar.

— Eu estou grávida, de pouquinho tempo. E perdendo sangue.

— E tem uns hematomas? — perguntou Mel.

Paige evitou o olhar da enfermeira e confirmou, acenando com a cabeça.

— Certo. Você quer que eu dê uma olhada?

Paige olhou para baixo.

— Por favor — disse baixinho. — Mas e quanto ao Chris?

— Ah, não se preocupe. Eu cuido disso.

Então, abaixou-se à altura da cintura e sorriu, olhando nos lindos olhos castanhos de Christopher.

— Ei, amigo, você gosta de colorir? Porque eu tenho um montão de livros de colorir e giz de cera. — O menino anuiu, tímido. — Oba. Venha comigo. — Ela o ajudou a descer da mesa de exames e, com a outra mão, tirou uma camisola de exame de dentro do armário e a entregou a Paige. — Por que não veste isso? Vou lhe dar uns minutinhos. E tente não ficar com medo. Eu vou devagar, bem suave.

— Hum... Você vai deixar Chris sozinho? — perguntou Paige.

— Mais ou menos. — Mel deu uma risada. — Eu vou deixar Chris com o doutor.

— Parece que ele fica um pouco... tímido... perto de homens.

— Vai ficar tudo bem. O doutor tem jeito com crianças, sobretudo as tímidas. Ele só vai garantir que este rapazinho não faça uma cirurgia em alguém ou fuja. Além disso, ele só vai ficar colorindo. Na mesa da cozinha.

— Se você tem certeza...

— A gente faz isso o tempo todo, Paige. Vai ficar tudo bem. Tente não se preocupar.

Mel levou Christopher até a cozinha e, depois de acomodá-lo ali com livros para colorir e giz de cera, ela reabasteceu a caneca de café. Descafeinado. Nos últimos dias, não podia aproveitar café de verdade. Então, foi até o consultório e pegou um formulário de novo paciente. Dada a situação que ela imaginava estar vivendo, examinaria a paciente antes de assustá-la com a papelada. De prancheta na mão, pediu para que Mullins ficasse de olho na criança que estava na cozinha enquanto ela fazia um exame pélvico.

Mel, ela mesma grávida de poucos meses, sentia-se enjoada ao pensar em alguém machucando uma mulher esperando um filho. Nunca deixava de se admirar com o fato de que um homem pudesse conviver consigo mesmo depois de fazer uma coisa dessas. Com os formulários em sua prancheta, a pequena câmera digital no bolso da camisa, o estetoscópio em volta do pescoço e o café na mão, bateu à porta e ouviu Paige dizer baixinho:

— Pode entrar.

A enfermeira pousou a prancheta e o café na bancada e disse:

— Ok, então... Primeiro, vamos ver sua pressão.

Pegou a braçadeira e foi colocá-la no braço de Paige, mas então congelou. Havia um imenso hematoma cobrindo quase todo o local.

Mel colocou o aparelho de medir pressão de lado e, com delicadeza, afastou a camisola de exames das costas de Paige. A seguir, precisou se concentrar para não perder o fôlego. Puxou a camisola por cima do ombro da jovem, até alcançar o braço, expondo as marcas nas costas, no braço e no peito. Com cuidado, ergueu a parte de baixo da veste, expondo as coxas de Paige. Mais machucados. Mel a encarou. Lágrimas reluziam nas bochechas.

— Paige — disse Mel, num sussurro. — Meu Deus...

Paige levou as mãos à frente do rosto. Envergonhada por ter deixado aquilo acontecer.

— Você foi estuprada? — perguntou Mel, de maneira delicada.

Paige negou com a cabeça, lágrimas correndo.

— Não.

— Quem foi que fez isso com você? — perguntou a enfermeira. Ao que Paige apenas fechou os olhos e balançou a cabeça outra vez. — Está tudo bem. Você está segura agora.

— Foi meu marido — respondeu ela, num fiapo de voz.

— Você está fugindo dele?

Paige confirmou, balançando a cabeça.

— Aqui, deixe-me ajudá-la a se deitar, devagar. Com cuidado... Você está bem? — Paige fez que sim mais uma vez, sem estabelecer contato visual, e se recostou na mesa de exames.

Com gentileza, Mel foi movendo a camisola. O peito, os seios, braços, pernas — tudo estava coberto de hematomas. A enfermeira apalpou o abdômen da jovem e ela se contraiu.

— Dói aqui? E aqui? — Quando Paige fazia que sim ou não com a cabeça, Mel seguia em frente. — Aqui? E aqui? — Mel a fez se virar, com delicadeza, de um lado e de outro. As nádegas estavam machucadas, bem como a região lombar e a parte de cima das coxas. — Algum sangue na urina? — perguntou, e Paige deu de ombros. Ela não sabia. — Se você está sangrando, o único jeito que dá para ter uma amostra limpa de urina é usando um cateter, Paige. Você quer que eu faça isso? Só para garantir?

— Ai, meu Deus... Eu preciso fazer isso?

— Está tudo bem. Vamos examinar o que der primeiro. Alguma chance de você ter feito uma ultrassonografia nesta gestação?

— Eu ainda nem fui ao médico — respondeu ela.

Outro sintoma, pensou Mel. Mulheres agredidas não cuidam delas mesmas nem da gravidez, por medo.

Paige mordeu o lábio machucado, olhando o teto, apática, enquanto Mel a examinava.

— Certo, deixe-me ajudá-la a se sentar. Devagarzinho.

Mel auscultou o coração de Paige, examinou os ouvidos, verificou a cabeça em busca de inchaços ou lacerações.

— Bem, Paige, não parece que tenha algum osso quebrado. Pelo menos não que eu consiga detectar. Eu não acharia ruim fazer um raio-x das suas costelas, só para ter certeza, já que você apresenta um pouco de dor no local, mas com você grávida e tudo mais... Sinceramente, se dependesse de mim, eu a internaria no hospital.

— Não. Nada de hospital. Eu não posso ter registro de nenhum tipo...

— Entendi, mas preste atenção, isso parece muito assustador. Qual o fluxo do sangramento?

— Não muito. Menos do que uma menstruação, acho.

— Ok, deite-se e chegue um pouco para baixo, mais perto da beirada. Vou ser o mais gentil que conseguir.

Quando Paige se posicionou, Mel calçou as luvas e pegou seu banquinho. Ela tocou a parte interna da coxa da mulher antes de tocar sua genitália.

— Eu não vou usar um espéculo para fazer este exame, Paige. Só um toque para estimar o tamanho do útero. Se você sentir qualquer desconforto, por favor, me avise. — A seguir, inseriu dois dedos na paciente, usando a outra mão para pressionar com gentileza a parte de baixo do abdômen. — Você sabe de quanto tempo está?

— Acabei de completar oito semanas.

— Certo. Quando a gente terminar aqui, vou fazer um teste de gravidez. Se o feto ainda estava viável... vivo... mais ou menos um dia atrás, então o resultado vai ser positivo, mas, infelizmente, não vai nos revelar muito sobre as últimas vinte e quatro horas. Eu não tenho um aparelho de ultrassom, tem um em uma cidadezinha próxima, que a gente usa quando precisa. Mas... uma coisa de cada vez. O útero está normal para uma gravidez de oito semanas. — Mel fez um muxoxo. — Paige, você passou por poucas e boas. — Removeu as luvas, oferecendo a mão à jovem. — Pode se sentar para mim, por favor?

Paige se pôs sentada e Mel pegou o banquinho, olhando nos olhos da paciente.

— Quantos anos você tem?

— Vinte e nove.

— Entendo como é difícil conseguir ajuda em situações como a sua, mas eu gostaria de saber se você tentou ligar para a polícia.

— Eu já fiz isso — respondeu ela, bem baixinho. — Eu já fiz tudo. Polícia, ordem de restrição, abrigos, mudar de casa, terapia... — Então riu. — *Terapia* — enfatizou ela.

— Eu entendo você completamente.

— Ele vai acabar me matando um dia desses. Um dia desses muito em breve.

— Ele ameaçou você de morte?

— Ah, ameaçou. — Paige olhou baixou os olhos. — Ah, ameaçou — repetiu, baixinho.

— Como foi que você achou Virgin River? — quis saber Mel.

— Eu acho que... me perdi. Eu saí da estrada para procurar um lugar para ficar, para comer. E eu me perdi. Eu ia fazer o retorno quando vi a cidade, o bar.

Mel respirou fundo. Hora do choque de realidade. Não apenas era difícil para uma vítima de agressão fazer com que as queixas prestadas fossem levadas a sério caso a polícia não fosse chamada à cena imediatamente, como também metade das vítimas pagava a fiança do abusador com medo de ser morta. E não era uma ameaça à toa — abusadores matavam suas vítimas. O tempo todo.

— Paige, eu trabalhei com medicina de emergência em Los Angeles, antes de vir para cá, e, infelizmente, tenho um pouco de experiência com situações como a sua. A gente precisa conseguir alguma ajuda para você.

— Eu estava tentando fugir — assumiu ela, fungando com a emoção que tentava conter de maneira desesperada. — Aí eu me perdi, Chris não estava se sentindo muito bem, e estou com tanta dor que mal conseguiria dirigir por mais um minuto...

— Para onde você está indo? — perguntou Mel.

Paige deixou a cabeça tombar, balançou-a e respondeu:
— Para a casa de uma amiga que ele não conhece.
— Fique aqui por uns dias. Vamos ver como você está antes de...
Seus olhos dispararam até os de Mel.
— Não dá! Agora estou com pressa! Já estou atrasada! Eu tenho que...
— Ela parou de repente. Pareceu se recompor e tentou falar com tranquilidade: — Tenho que chegar aonde estou indo antes que ele consiga dar queixa do meu desaparecimento. Antes que o meu carro seja...
— Não, você está bem — garantiu Mel, calma. — Está tudo bem, Paige. Deixe seu carro atrás do bar, fora de vista. Quando chegar a hora de ir, pegue uma faca sem ponta na cozinha, para desaparafusar as placas. Troque as placas com alguém. Se você não ultrapassar a velocidade máxima, não dirigir em zigue-zague nem se envolver em um acidente, não vai ter por que um patrulheiro rodoviário verificar sua placa. — Deu de ombros e continuou: — Vai levar semanas até que alguém aqui note que a placa foi trocada. Talvez meses. Eu jamais notaria.

Enquanto Mel falava, Paige encarou os olhos da enfermeira e sua boca se abriu levemente, em uma expressão de surpresa.
— Você acabou sugerir que eu roube...?
Mel sorriu.
— Ah! Eu falei isso alto? Eu deveria tomar mais cuidado...
— Você parece que, você sabe...
— Não vamos falar sobre o que você vai fazer — determinou Mel.
— Uma vez, eu fiz um serviço comunitário num abrigo. Aquilo acabou comigo — continuou. — Eu fiquei arrasada. Mas aprendi umas coisinhas. Deixa eu contar uma coisa para você... é pior se você se precipitar. Se você correr. Vai acabar dirigindo rápido demais, ou com muitas dores, ou cansada. Tire uns dias para descansar, para se recuperar um pouco, deixe a febre do garoto baixar. Então, você faz tudo certinho. Para onde quer que você esteja indo... O lugar vai continuar lá daqui a alguns dias ou semanas. Você está machucada.
— E se ele me encontrar aqui?
— Ah, Deus, se ele encontrar você aqui, o azar vai ser todo dele.
— Ele tem uma arma. Embora sempre a tenha deixado guardada em um lugar seguro.

— Uma pistola? — perguntou Mel.

Paige respondeu com um aceno positivo de cabeça. Mel literalmente ouviu o próprio suspiro de alívio. Ela, que sempre tivera tanto medo de armas antes de chegar a Virgin River. Não existiam muitas pistolas por ali, mas havia um monte de armas que poderiam matar um urso com um só tiro. Ou partir um homem ao meio.

— Há muita coisa que você precisa aprender sobre os homens daqui. Certo, se você deixar, gostaria de tirar umas fotos.

— Não!

Mel tocou o antebraço da mulher.

— Só para deixar registrado, Paige. Eu prometo que você vai decidir o que fazer com elas, mas a gente precisa ter tudo documentado para você usar caso decida que precisa. Eu não vou perguntar o seu sobrenome nem de onde você veio, está bem? Vou criar um prontuário sem sobrenome, mas vou colocar a data. Vou tirar algumas fotos com a câmera digital. E, se eu conseguir convencê-la a ficar quietinha por um ou dois dias, gostaria de levá-la até Grace Valley para fazer uma ultrassonografia... Para ver como está esse bebê. Fique por aqui apenas o suficiente para garantir que seus ferimentos não são mais sérios do que eu pude avaliar no exame. Por ora, você sabe... enquanto estiver sendo cuidada por Preacher, ninguém pode machucar você.

— Ele disse... John disse que eu posso ficar uns dias. Mas ele...

— Ele o quê? — perguntou Mel, franzindo o cenho.

— Ele é um pouco assustador.

Mel deu uma risadinha.

— Não, ele é *muito* assustador. Na aparência. A primeira vez que eu vi Preacher, fiquei com medo de me mexer. Mas ele é o melhor amigo do meu marido há uns quinze anos e é sócio dele no bar tem mais de dois anos. Ele é manso como um gatinho. Demora um tempo para se acostumar com ele... Mas Preacher é muito bom — acrescentou ela, com brandura. — O coração que ele tem... É tão grande. Tão grande quanto ele.

— Não sei...

— Você pode vir ficar na nossa casa — ofereceu Mel. — A gente pode conseguir outra cama. Ou você pode ficar aqui na clínica. Temos duas camas hospitalares lá em cima, para pacientes. Mas Preacher pode protegê-la melhor do que o doutor ou eu, isso eu garanto. Não importa o que você decida... desde que fique confortável. Agora, vou puxar a camisola um pouquinho aqui no seu ombro — informou Mel, tirando a câmera do bolso da camisa. — Vamos fazer isso da maneira menos dolorida. — E, puxando a camisola, deixou o ombro da jovem à mostra. — Pronto — encorajou ela, com tranquilidade, tirando uma foto e depois colocando a camisola de exames de volta no lugar.

Ela passou para o outro ombro, devagar, com gentileza, tirando mais uma foto rapidamente. Uma parte do corpo de cada vez: as costas, as coxas, os braços, o peito na região logo acima dos seios. Por último, o rosto, e nesta foto os olhos de Paige estavam fechados.

Depois de tirar as fotos, Mel solicitou o histórico médico completo.

— Mas sem sobrenome. É só para fins médicos, assim você vai poder ser tratada, se for preciso. Depois que a gente terminar aqui, você deveria repousar. Para onde você quer ir?

— E quanto a Christopher?

— Quem sabe ele não tira uma soneca? Ou a gente pode dar uma olhada nele. Qualquer um de nós... eu, meu marido, Preacher, o doutor... a gente consegue manter ele ocupado. Garota — continuou ela —, você não tem ideia da sorte que teve quando veio parar em Virgin River. Aqui não tem muita tecnologia ou lugares para fazer compras, mas você não vai encontrar uma cidade com mais alma. — Mel deu um sorriso. — Ou comida mais gostosa.

— Não quero jogar os meus problemas nas costas desta cidadezinha — disse Paige, miserável.

— Bom — disse Mel, tocando de leve a mão da jovem —, você não seria a primeira.

Capítulo 3

Jack estava atrás do balcão do bar, bebendo um café enquanto um dos clientes que sempre vinham para tomar o café da manhã comia, quando Paige e Christopher entraram. Paige parou à porta, observando, incerta, o local. Jack deu um pequeno sorriso e acenou com a cabeça.

— Preacher está na cozinha — avisou ele.

Ela olhou para o chão ao passar por ele, indo em direção à cozinha. Jack deu a ela alguns minutos, reabasteceu a caneca de Harv e então foi até lá. Preacher estava sozinho — tinha acabado de tirar uma bandeja de copos da máquina de lavar louça.

— Se estiver tudo bem por você, ela vai ficar mais uns dias. Até o garoto melhorar — explicou Preacher.

— É só isso? — perguntou Jack. — Ela está em alguma enrascada?

Preacher deu de ombros e pousou a bandeja com os copos na bancada.

— Você não conhece essa moça, Preacher. Não sabe quem foi que fez aquilo no rosto dela.

— Eu não estou preocupado com *quem* — rebateu. — Jesus, eu adoraria ver esse *quem*.

— Se você quer que ela fique, então ela fica. Só estou dizendo que...

— Você é o dono daqui — interrompeu Preacher.

— Eu faço você se sentir assim? Como se eu fosse dono deste lugar? Porque...

— Não — respondeu Preacher. — Você não faz nada disso, mesmo que o lugar *seja* seu. Só não quero que você deixe ela... eles... se sentindo mal com a situação.

— Não vou fazer isso. Pelo amor de Deus. Você sabe que nos considero sócios. Este lugar aqui também é seu. Aquele lá é o seu quarto.

— Tudo bem, então.

Preacher levou a bandeja com os copos para o bar.

Jack foi atrás.

— Se você estiver tranquilo aqui, vou dar uma saidinha.

— Claro.

— Já volto — disse Jack.

Ele seguiu pela rua, em direção à clínica. Não havia pacientes, mas Mullins e Mel estavam lá dentro, atrás do balcão da recepção. O doutor estava sentado à mesa, os olhos concentrados no computador, e Mel atrás dele, a mão pousada no ombro do médico. Ela ergueu o olhar quando Jack entrou e, inclinando a cabeça ligeiramente, indicou que ele também deveria seguir até o outro lado do balcão. Os olhos dela estavam cheios de preocupação e raiva. Jack foi até eles. Mel voltou a observar a tela do computador.

Jack nunca tinha feito nada assim antes. Mel jamais o envolvera em questões médicas, mesmo que o marido fosse tão confiável quanto qualquer um dos dois profissionais de saúde no que se referia à confidencialidade. Ela não partilhava problemas médicos com ele porque aquela era uma questão ética que ela seguia com muita firmeza.

Na tela, estavam as fotos da câmera digital de Mel. O corpo espancado de Paige exposto em vários ângulos diferentes. Os hematomas eram impressionantemente horríveis. Se Jack visse Mel com marcas como aquelas, seria difícil não matar alguém.

— Meu Deus do Céu — exclamou ele, num murmúrio.

Ele se perguntava se Preacher sabia que sua hóspede trazia no corpo muito mais do que um hematoma na bochecha.

Mel olhou para o marido e viu o maxilar retesado, uma veia pulsando na têmpora, os olhos estreitados.

— Isso não sai daqui — pediu ela.

— Claro que não.

— Você sabe por que está aqui, vendo estas fotos com a gente?
— Acho que sim. Ela está no bar. Preacher quer que ela fique.
— Bem, você precisava saber, eu disse que ela poderia ficar na nossa casa, se quisesse. Acho que ela se sente bem no bar, sobretudo depois que eu garanti que Preacher era uma boa pessoa. A gente tem que ajudar a moça, ou esse animal vai matá-la.
— É claro. Você acha que Preacher sabe quão ruim é a coisa?
— Não faço a menor ideia. Não vou partilhar isso com ele, mas, como ela está debaixo do seu teto, você precisa saber o que está acontecendo.
— Nosso teto — corrigiu ele. Mel e o bebê, eles eram a vida de Jack. Ele não conseguia pensar em levantar a mão para ela, a não ser para fazer carinho. — Você sabe alguma coisa a respeito dela? Porque não quero ver Preacher sendo usado ou que ele se machuque.
Mel deu de ombros.
— Eu não sei nem de onde ela veio. Mas não acho que Preacher seja a pessoa com quem você deve se preocupar agora.
— Ele já está envolvido nisso. Assumiu a responsabilidade.
— Que bom para ele. Ela precisa que alguém faça isso por ela. E Preacher consegue se cuidar.
— É, a gente acabou de falar isso.
Mel chegou mais perto, apoiando-se nele. Jack a abraçou.
— Eu nunca vi nada assim, e olha que eu já vi muita coisa — disse ela, baixinho. — Esse filho da mãe é perigoso.
— Não quero você metida nisso também — pediu ele.
— Nem vem. Tenho um trabalho a fazer.
— Isso é horrível, Mel.
— Mais um motivo para eu fazer o meu trabalho.

Preacher ficou surpreso quando Paige voltou da consulta com Mel dizendo que ficaria mais alguns dias. Antes, ela parecia determinada a cair fora. Ela subiu com Christopher, e Preacher não ouviu nenhum barulho vindo lá de cima a manhã toda. Mãe e filho perderam o almoço. Ele ponderou, no entanto, que, se a criança não estava bem, talvez tivesse tirado uma soneca mais longa, o que teria dado àquela mãe destruída a oportunidade de descansar também, algo que ela precisava fazer.

Era durante a calmaria da tarde que Preacher costumava preparar o jantar, mas naquele dia pegou um de seus velhos livros de culinária. Era um grande admirador de Martha Stewart, muito embora as receitas fossem complicadas demais para um bar. Acontece que ele gostava das que eram antigas de verdade — dos tempos de Betty Crocker, Julia Child —, de quando as pessoas não faziam dieta nem controlavam o colesterol.

Ele olhou a seção *Biscoitos*.

Preacher não entendia muito de criança, e biscoitos não tinham muita saída em um bar, mas ele guardava lembranças carinhosas de sua mãe assando biscoitos. Ela fora uma coisinha. Pequenininha, de valores firmes, fala mansa, mas severa e muito tímida — era provável que ele tivesse herdado dela a parte da timidez. O pai morrera quando ele era jovem, mas também não era um homem grande — apenas mediano. E eis que veio Preacher. Quase quatro quilos ao nascer, mais de um metro e oitenta já no sétimo ano.

Ele não tinha o equipamento apropriado para preparar biscoitos. Mas tinha farinha, açúcar, manteiga e manteiga de amendoim — o que era bom. Com aqueles ingredientes, conseguiria fazer biscoitos doces e macios. Enquanto misturava a massa e moldava bolinhas amarronzadas, Preacher se pegou lembrando dele e da mãe, sentados juntos na missa — os ombros estreitos dela, o vestido abotoado até em cima, o cabelo grisalho atado em um coque respeitável na altura da nuca. E ele, ao lado dela, ocupando dois lugares no banco da igreja já aos 15 anos. Riu sozinho, ao mesmo tempo que ia achatando gentilmente as bolinhas com um garfo, recordando quando ela o ensinara a dirigir. Foi uma das poucas vezes que ouvira a mãe elevar a voz, ficar toda agitada e irritada. Os pés dele eram tão grandes e as pernas tão compridas que ele pisava fundo demais no acelerador e no freio. *Jesus, Maria e José, John! Você tem que ser mais delicado! Devagar, com mais educação! Eu devia ter mandado você fazer balé em vez de futebol americano!* Foi surpreendente que ela não tenha morrido do coração enquanto andava de carro com ele.

Ela morreu de infarto, contudo, um pouco mais tarde, no verão antes de Preacher começar o último ano do ensino médio. Ela não parecia ser o tipo de mulher com o coração fraco, mas como alguém poderia saber? Ela nunca ia ao médico.

Preacher estava ocupado com a segunda bandeja quando, ao erguer o olhar, viu uma cabecinha loira que o espiava do final da escada.

— Oi — disse Preacher. — Você dormiu? — Christopher fez que sim com a cabeça. — Que bom. Está melhor? — Chris assentiu novamente.

Observando o rosto do menino, Preacher empurrou, devagar, usando um único dedo, um biscoito recém-saído do forno até a beirada da bancada. Passou um longo minuto antes que Chris desse um passo em direção ao biscoito. Quase outro minuto completo antes que a mãozinha tocasse o doce, mas ele não o pegou. Apenas tocou o biscoito, olhando para Preacher.

— Pode pegar. E me diz se está bom.

O garotinho, devagar, tirou o biscoito da bancada e o levou à boca, mordendo um pedacinho com muito cuidado.

— Está bom? — perguntou Preacher.

Christopher ele fez que sim mais uma vez.

Preacher, então, pousou um copo de leite no lugar exato onde o biscoito estivera. O menino roeu o biscoito em mordiscadas; demorou tanto para terminar de comer que Preacher até tirou a segunda travessa de biscoitos do forno antes que Chris acabasse. Havia um banco do outro lado da bancada, perto do leite, e Chris acabou tentando subir ali. Mas, como estava segurando algum tipo de bichinho de pelúcia, não conseguia, então Preacher deu a volta e o levantou. Depois, retornou para onde estava antes de ajudá-lo e, a seguir, empurrou outro biscoito na direção da criança.

— Não pegue ainda — avisou Preacher. — Está meio quente. Prove o leite.

Preacher começou a enrolar a massa de manteiga de amendoim e a colocar as bolinhas na assadeira.

— Quem é esse aí? — perguntou o homem, indicando com a cabeça o bichinho de pelúcia na mão do menino.

— Urso — respondeu Christopher. E esticou a mão para pegar o biscoito.

— Veja antes se não está quente demais para comer — alertou Preacher. — Então... o nome dele é só Urso? — Christopher aquiesceu. — Parece que tem uma perna faltando aí, não?

De novo, o garoto fez que sim, balançando a cabeça para cima e para baixo.

— Mas não dói.

— Pelo menos isso. Mas ele precisa de uma perna nova mesmo assim. Quer dizer, não ia ser como a própria perna dele, mas ia ajudar o Urso a se virar. Quando ele precisasse andar bastante.

O garoto riu.

— Ele não anda. Eu que ando.

— Ele não anda, hein? Então ele tinha que ter uma perna nova para ficar mais bonito. — Preacher ergueu uma das sobrancelhas grossas. — Que tal?

Christopher ergueu o ursinho marrom surrado.

— Hmm — respondeu o menino, pensativo.

Mordeu uma lasquinha do biscoito e, na mesma hora, abriu bem a boca, deixando o pedaço babado cair sobre a bancada. Por um segundo, seu olhar pareceu aflito. Talvez aterrorizado.

— Está quente, né? — perguntou Preacher, sem reagir. Ele esticou a mão e alcançou atrás de si um rolo de papel-toalha, destacou uma folha e limpou o pedaço de biscoito cuspido. — Acho que pode ser bom se você deixar esfriar mais um minuto. Beba esse leite aí. Para esfriar a boca.

Eles ficaram em silêncio por alguns instantes: Preacher, Chris e o urso de três patas. Quando Preacher terminou de enrolar todos os biscoitos, começou a amassá-los com o garfo, linhas perfeitas para a esquerda, depois para a direita.

— O que você *tá* fazendo? — quis saber Christopher.

— Estou fazendo biscoitos. Primeiro você mistura a massa, aí faz as bolinhas, depois você usa o garfo para amassar, de levinho. E então eles vão para o forno. — Ele fitou o garoto. — Aposto que você conseguiria fazer essa parte. Se você tivesse cuidado e fosse devagar.

— Eu queria fazer.

— Então você precisa vir para esse lado de cá, deixa eu pegar você.

— Tá — disse Chris, colocando o ursinho em cima da bancada, saindo de seu banco e indo para junto de Preacher.

O homem levantou o menino e o colocou sentado na beirada da bancada. A seguir, ajudou a criança a segurar o garfo e mostrou como fazer para amassar os biscoitos. A primeira tentativa sem ajuda foi um pouco atrapalhada, por isso Preacher o ajudou mais uma vez. A partir de então Christopher se saiu muito bem. Preacher deixou que ele finalizasse os biscoitos e colocou a assadeira no forno.

— John? Quantos que a gente tem que fazer? — perguntou o garoto.

Preacher sorriu.

— Vou contar uma coisa, amigo. A gente pode fazer quantos a gente quiser — respondeu.

Christopher também sorriu.

— Tá.

Paige acordou devagar e a primeira coisa que percebeu foi que dormira tão profundamente que havia babado no travesseiro. Ainda sonolenta, limpou a boca e virou a cabeça para olhar para Christopher, mas encontrou o lado da cama onde ele deveria estar vazio. Sentou-se em um salto que fez sacudir todo o seu corpo dolorido e machucado. A seguir, se levantou e deu uma olhada rápida pelo quarto, mas o menino não estava ali. Desceu as escadas apenas de meias. Quando chegou ao andar de baixo, ainda na escada, parou de repente.

Chris estava sentado na bancada da cozinha com John a seu lado. Os dois enrolavam uma massa marrom de biscoito, formando bolinhas. Ela cruzou os braços sobre o peito e os observou. John tinha escutado quando ela desceu e sorriu para ela. A seguir, deu uma cutucada em Chris e, inclinando a cabeça, indicou a direção onde Paige estava, o que fez o garotinho se virar para ver o que ele apontava.

— Mamãe. A gente *tá* fazendo biscoito — contou o menino.

— Estou vendo — respondeu a mulher.

— John disse que Urso precisa de uma perna...

— Ele está bem...

— Para ficar bonito — respondeu Christopher.

Paige pensou que Urso estava bem feioso já fazia um bom tempo. Mas, pela primeira vez em muito tempo, Christopher estava com a aparência boa.

Quando Rick chegou para trabalhar no bar depois da escola, somente Preacher estava na cozinha, preparando o jantar. Rick, agora com 17 anos, tinha sido a sombra de Jack desde que o ex-militar chegara à cidade. Preacher veio logo depois e eles viraram um trio. Rick morava com a avó viúva, porque os pais tinham morrido já havia bastante tempo, e os rapazes o adotaram, deixando que ele ajudasse no bar, ensinando-o a caçar e a pescar, ajudando-o a comprar seu primeiro rifle. Quando era mais novo, às vezes ele podia ser um pouco irritante — falava demais. Mas, no fim das contas, era apenas um garoto na puberdade — com espinhas tentando substituir as sardas — e um pouco hiperativo. Desde aquela época, tinha crescido, encorpado e ficado mais calmo. Depois de cerca de um ano de construção, o bar fora inaugurado e eles o colocaram para trabalhar ali.

— Rick. Preciso te atualizar das coisas — disse Preacher.

— Precisa? O que foi?

— Tem uma mulher e um menino lá em cima, no meu antigo quarto. Eu estou cuidando deles. A criança não está muito bem… pode ser que ele esteja meio doente. Eles vão ficar um tempo aqui. É o que parece… Bem — continuou Preacher, lutando com as palavras —, ela está com um hematoma no rosto, o lábio machucado. Eu acho que ela se meteu em alguma encrenca e está fugindo. Então… A gente não vai sair falando o nome deles, caso alguém apareça aqui procurando por ela. O nome dela é Paige, e o garoto se chama Christopher, mas a gente não vai falar o nome deles por um tempo. E eles vão ficar até melhorar. Tudo bem?

— Deus amado, Preach! — exclamou Rick. — O que é que você está fazendo?

— Eu já disse. Estou cuidando deles.

Preacher não tinha experiência com crianças e não planejava ter um filho. Tinha 32 anos e nunca tivera um único relacionamento sério com uma mulher. Imaginava que ele e Jack pescariam, administrariam o bar, caçariam um pouco, se reuniriam com o companheiros do Corpo de Fuzileiros Navais, mas não conseguia enxergar grandes mudanças em sua vida. O fato de Jack ter se apaixonado e se casado não frustrava as expectativas de Preacher, porque ele achava Mel o máximo. E aquilo não mudava em nada sua própria vida. Aquele era um dos motivos pelos quais ele gostava de Virgin River — ali, o fato de que ele estava sempre sozinho parecia menos óbvio.

Então, a vida dele começou a mudar em questão de dias. Na verdade, em questão de horas.

Christopher descia, ainda de pijama, antes que a mãe conseguisse segurá-lo ou impedi-lo. O menino gostava de tomar o café da manhã na bancada da cozinha e ficar olhando enquanto Preacher cortava os legumes, ralava o queijo e batia os ovos para fazer omeletes. Depois, o chão precisava ser varrido, e Chris gostou de ter a própria vassoura. Havia aquela pele de urso e a cabeça de cervo emoldurada — ele sempre queria tocar e precisava ser levantado para conseguir. Eles pegaram uns livros de colorir e giz de cera na clínica de Mel, assim Chris tinha o que fazer enquanto Preacher preparava o almoço ou o jantar. E eles assavam mais biscoitos do que eles eram capazes de comer — biscoitos não eram exatamente uma comida de bar. Paige ajudava com a limpeza da cozinha de maneira estupenda — provavelmente para ficar perto de Chris, que queria ficar perto de Preacher, e talvez para pagar sua estadia ali. Preacher achou que tudo aquilo não apenas o ajudava bastante, mas também era muitíssimo agradável.

Paige precisava descansar, embora, a princípio, estivesse relutante em deixar o filho aos cuidados de Preacher. Ela pareceu superar tal nervosismo, provavelmente porque costumava estar sempre por perto e porque Chris parecia estar relaxado. E no quarto dia ali, depois de ser convencida por Mel, ela de fato deixou Chris com Preacher para ir a outro lugar com a nova amiga. Preacher nem quis saber aonde elas estavam indo — sentiu-se lisonjeado por Paige confiar nele a ponto de deixá-lo cuidar do filho sem supervisão.

Mas, ainda assim, ele usou o tempo a seu favor.

Preacher consultou a internet, aprendendo sobre violência doméstica e o que a lei da Califórnia determinava sobre o assunto. Tinha feito aquilo tarde da noite, porque havia coisas que ele precisava compreender a respeito da situação dela, os terríveis hematomas, a fuga. Primeiro de tudo, não importava se quem fizera aquilo fora o marido ou o namorado, pois qualquer que fosse o caso, tratava-se de uma pessoa perigosa. E também havia muito que aprender a respeito de como ela poderia ser acusada de sequestro parental — caso ela tivesse levado embora o filho de um homem, mesmo depois do que ele fez com ela — e como quem quer que tenha batido nela poderia ser libertado nas primeiras duas vezes sob a alegação de delito leve, mas que na terceira vez a coisa passaria a ser tratada como crime, o que significaria uma ordem de prisão.

Ele também leu sobre os aspectos psicológicos da situação, que mostravam como uma pessoa pode ser absorvida, manipulada, aterrorizada

— e, de repente, está em uma situação que põe sua vida em risco. E como mulheres agredidas, que eram ameaçadas de morte caso contassem, fugissem ou lutassem, costumavam, de fato, ser mortas. Aquela informação fez Preacher gelar até os ossos.

Então, enquanto Chris tirava uma soneca e Paige estava em algum lugar com Mel, Preacher ligou para um de seus melhores amigos do serviço militar, um dos rapazes que vinham regularmente a Virgin River para pescar, caçar e jogar pôquer. Mike Valenzuela trabalhava no Departamento de Polícia de Los Angeles — era sargento na divisão que cuidava das gangues. Preacher ligou para ele e contou ao amigo sobre Paige.

— Ela não sabe que eu acabei vendo — explicou Preacher. — Tinha só uma frestinha aberta da porta e eu vi o reflexo dela no espelho, meu Deus... Ela apanhou tanto, é incrível que não tenha morrido. Cara, ela está fugindo para salvar a própria vida. Ela fugiu para tirar o filho de 3 anos de lá. Então, como é que ele pode acusá-la de sequestro e conseguir que ela volte para ele?

— Sequestro parental. Mas o negócio é o seguinte: se existem evidências de que ele agrediu a moça antes, se ele foi fichado, pode ser que ela tenha que voltar e enfrentar as acusações de sequestro, mas, dadas as circunstâncias, o mais provável é que o júri reduza ou rejeite a pena. E, então, provavelmente, ela poderia conseguir a guarda provisória, o divórcio, uma ordem de restrição... tudo que for necessário para que ela fique em segurança.

— Mas ela precisaria *voltar* — frisou Preacher, com uma nota de desespero na voz.

— Preacher. Ela não precisaria necessariamente voltar sozinha. Ei, você está a fim dessa mulher?

— Não é isso, cara. Só estou tentando ajudar. Aquele garotinho... Ele é um bom menino. Se eu pudesse ajudar, nem que fosse só um pouco, eu sentiria que fiz diferença. Pelo menos uma vez.

— Preach. — Mike riu. — Eu estava com você no Iraque! Você fez diferença praticamente todos os dias, pelo amor de Deus! Ei... Onde foi que você aprendeu tudo isso sobre violência doméstica? Hein?

— Tenho um computador — respondeu Preacher. — Acho que todo mundo, menos Jack, tem um, não?

— Acho que sim. — Mike riu de novo.

— Tem uma coisa que eu não consigo acessar on-line... Quero saber quem ela é, o tamanho da culpa desse cara e qual o melhor caminho para seguir nessa situação. Tudo que sei é a placa do carro dela... uma placa da Califórnia.

— Ah, Preach. Eu não deveria fazer uma coisa dessas.

— Você não poderia estar curioso? — insistiu Preacher. — Porque pode mesmo ter um crime aí, em algum lugar. Tudo que você tem que fazer é olhar, Mike.

— Preacher — disse Mike. — E se não forem boas notícias?

— Seria a verdade? — quis saber Preacher. — Porque acho que isso seria importante aqui.

— Sim, seria — respondeu Mike.

Preacher engoliu em seco com muito esforço e torceu para tudo estivesse bem.

— Obrigado — disse. — Vai em frente. E não demora, tá?

Paige tinha ido com Mel até Grace Valley, onde o dr. John Stone a examinou e realizou uma ultrassonografia, mostrando a ela um coraçãozinho batendo em uma pequena massa que não se parecia em nada com um bebê. Mas a visão lhe dera esperança. Ela havia escapado a tempo. Por pouco.

A gravidez era acidental, é claro. Wes não queria filhos. Já não tinha querido Christopher — o menino atrapalhara seu foco, que era o trabalho e suas posses, sendo Paige a mais importante de todas. Talvez aquele novo bebê tenha precipitado a briga, fazia poucos dias que ela contara a ele. Na verdade, ela havia ficado apavorada de contar. Mas, se ele não queria o filho, por que fazê-la sofrer tanto? Por que não simplesmente sugerir um aborto?

A maior dúvida era como Paige poderia estar tão aliviada ao saber que o bebê sobrevivera quando o mero toque de Wes a fazia sentir repulsa. Mas ela estava, era um fato. Ela vira como Christopher fora a única coisa boa do maior erro de sua vida. *Você foi estuprada?*, perguntara Mel. Ah, não... não tinha sido estupro. Ela não ousava dizer não a Wes.

Quando voltou para Virgin River, Paige encontrou Chris fazendo pão com John. O menino amassava e sovava a massa, rindo.

Uma cena simples, ela pensou. Muitas vezes, quando Wes estava estressado e perturbado por causa do trabalho e das pressões financeiras do estilo de vida que eles levavam, Paige dissera que gostaria de levar uma vida mais simples. Não, ela não queria ser pobre nem trabalhar até morrer, mas poderia se contentar com uma casa menor e um marido mais feliz. Pouco antes de Chris nascer, Wes comprara aquela enorme casa num exclusivo condomínio fechado de Los Angeles. A casa era muito maior do que eles precisavam, e manter-se apegado a ela estava matando Wes. Matando Paige.

Então, ali estava ela. O bebê havia sobrevivido. Ela precisava seguir em frente, chegar ao endereço em Spokane, o primeiro passo rumo à sua fuga secreta. Depois daquela primeira noite, ela não empurrou mais a cômoda para segurar a porta. Pensou que poderia dar a si mesma mais vinte e quatro horas para descansar e, então, sair na calada da noite. Se não chovesse, não seria tão difícil dirigir pelas estradas, e seria mais fácil viajar à noite, enquanto Chris dormia.

Bateram de leve à porta. Seu instinto foi perguntar quem era, mas só existia uma possibilidade. Paige abriu a porta e ali estava John. Ele parecia estar nervoso. Parecia, a despeito de sua altura e de seu tamanho, um adolescente. Talvez houvesse até um rubor em suas bochechas.

— Eu fechei o bar. Estava pensando em beber um drinque antes de dar a noite por encerrada. E você? Quer descer um pouco?

— Para beber?

Ele deu de ombros.

— O que você quiser. — E espiou por trás da jovem. — Ele dormiu?

— Apagou, apesar da overdose de biscoitos.

— É, acho que dei biscoito demais para ele. Desculpe.

— Não se preocupe... Ele adora fazer os biscoitos. E se ele faz, precisa comer também. É divertido... Às vezes isso é mais importante do que comer algo nutritivo.

— Vou fazer o que você mandar — disse Preacher. — Eu posso parar. Mas ele gosta dos biscoitos. Principalmente de queimar a boca com eles. Ele não espera muito para comer.

— Eu sei — disse ela, sorrindo. — Você tem alguma coisa tipo um... chá?

— Claro. Tirando os esportistas, a maioria das pessoas que sirvo aqui são velhinhas. — Ele, então, fez uma expressão de choque. — Eu não quis dizer...

— Um chá seria bom.

— Ótimo — disse ele, virando-se e antecipando-se na hora de descer as escadas, parecendo quase grato por sair dali.

John ocupou-se de preparar o chá na cozinha, de modo que Paige entrou no bar e se sentou à mesa onde viu pousada a bebida dele, perto do fogo. Quando ele trouxe, enfim, a xícara de chá, perguntou:

— Você se divertiu com Mel hoje?

— Sim. Christopher deu muito trabalho?

Ele balançou a cabeça, dando uma risadinha.

— Que nada, ele é um barato. Quer saber tudo. Cada detalhe. "Por que é que usa uma colher de chá daquilo?", "Para que é que serve aquela coisa que passa na assadeira?". E, cara, fermento faz ele pirar. Acho que tem um minicientista dentro dele.

Paige pensou como Chris não podia fazer perguntas ao pai, pois Wes não tinha paciência para respondê-las.

— John, você tem família?

— Não mais. Eu era filho único. E, de qualquer jeito, meus pais eram mais velhos. Eles achavam que não teriam filhos. Então fui uma surpresa para eles. Nossa, como eu fui. Meu pai morreu quando eu tinha 6 anos, num acidente numa construção. E, depois, minha mãe se foi, quando eu estava com 17, logo antes do meu último ano na escola.

— Eu sinto muito.

— É, obrigado. Está tudo bem. Eu tive uma vida boa.

— O que foi que você fez quando perdeu sua mãe? Foi morar com suas tias, alguma coisa assim?

— Não tenho tias — respondeu ele, balançando a cabeça. — Meu técnico do time de futebol americano cuidou de mim. Era bom... Ele tinha uma esposa legal, um monte de filhos pequenos. Eu poderia ter morado com ele também. Quando eu estava jogando, ele já agia como se fosse meu pai mesmo — disse, dando uma risada. — Mas, brincadeiras à parte, foi bom ele ter feito isso. Sujeito bacana. A gente costumava trocar cartas... Agora a gente troca e-mails.

— E como sua mãe morreu?

— Ataque cardíaco. — Depois de um momento de silêncio respeitoso, ele deu uma risadinha, olhando para o colo. E continuou: — Você não vai acreditar nisso... Ela morreu se confessando. No começo, isso realmente acabou comigo. Eu achei que tivesse algum segredo sórdido e profundo que fizera ela infartar, mas eu era próximo do padre e era coroinha. E foi difícil para ele, mas finalmente ele se abriu comigo. Sabe, minha mãe era a secretária da paróquia e muito... como eu posso dizer? Um tanto carola. Padre Damien, enfim, me contou: as confissões de minha mãe eram tão maçantes que ele costumava tirar um cochilo. A princípio, ele achou que os dois tinham caído no sono, mas ela tinha morrido. — John levantou as sobrancelhas. — Minha mãe era uma boa mulher, mas a vida dela não tinha muita emoção. Ela vivia para aquele trabalho, amava o clero, amava a igreja. Teria dado uma bela freira. Mas quer saber? Ela era feliz. Acho que ela não fazia ideia de quanto era maçante e puritana.

— Você deve sentir muita falta dela — disse Paige, dando um golinho no chá, em frente à lareira, tentando se lembrar quando fora a última vez que tinha tido uma conversa como aquela. Despreocupada, não ameaçadora, sentindo-se aquecida pelo calor agradável do fogo.

— Sinto, sim. Pode soar bobo, principalmente porque eu não sou nenhuma criança... mas às vezes eu finjo que ela está lá de novo, naquela casinha onde a gente morou, e que eu só estou organizando minhas coisas para ir visitá-la.

— Não soa nada bobo...

— Você tem alguém de quem sente falta de verdade? — quis saber ele.

A pergunta fez com que ela ficasse imóvel de repente, a xícara parada no meio do caminho até a boca. Não sentia falta do pai, tão agressivo e de pavio curto. Nem da mãe, que, sem saber ou sem querer, treinara Paige para ser uma esposa vítima de agressões. Nem de Bud, o irmão, um filho da mãe egoísta que tinha se negado a ajudá-la no pior momento de sua vida.

— Eu tive umas amigas bem próximas. Dividi uma casa com elas. A gente perdeu contato. Eu às vezes sinto saudade delas.

— Você sabe onde elas estão?

Paige balançou a cabeça, negando.

— As duas se casaram e se mudaram. Eu escrevi para elas algumas vezes... Até que as minhas cartas voltaram.

As amigas não quiseram manter contato, sabiam que as coisas estavam feias. Detestavam Wes, e Wes as detestava também. Elas tentaram ajudar, brevemente, mas Wes as ameaçou e Paige rejeitou a ajuda que elas ofereceram, por pura vergonha. O que elas podiam fazer?

— Como foi que você ficou tão próximo de Jack? — perguntou ela.

— Corpo de Fuzileiros — respondeu ele, dando de ombros.

— Vocês se alistaram juntos?

— Não. — Ele deu uma risada. — Jack é mais velho que eu... uns oito anos. Eu sempre pareci mais velho do que sou... mesmo quando eu tinha 12 anos. E Jack... eu aposto que ele sempre pareceu mais novo. Ele foi meu primeiro sargento em combate, em Desert Storm.

E por uma fração de segundo, Preacher estava lá de novo. Trocando o pneu de um caminhão quando o pneu explodiu e a roda o derrubou, lançando-o a quase vinte metros de distância. Ele não conseguia se levantar. Lembrava-se disso como se tivesse acontecido no dia anterior. Ele sempre fora tão imenso, tão durão, tão forte, e ainda assim não conseguia se mexer. Deve ter ficado inconsciente por um tempo, porque teve uma visão de sua mãe debruçando-se sobre ele, olhando-o no fundo dos olhos e dizendo: "Levante-se, John. Levante-se". Bem ali, com o vestido estampado de gola alta, o cabelo grisalho preso.

Mas ele não conseguia se mexer, então começou a chorar e chorar.

Mamãe!, gritou.

Você está com muita dor, amigo?, perguntou Jack, debruçando-se sobre ele.

E Preacher disse: *É minha mãe. Eu quero minha mãe. Eu sinto saudade dela.*

A gente vai levar você de volta para ela, cara. Respire fundo.

Ela morreu, disse Preacher. *Ela morreu.*

Ela morreu já tem uns dois anos, pelo menos, disse um dos membros do pelotão a Jack.

Desculpe, sargento, eu não consegui segurar. Eu nunca fiz isso antes. Chorar assim. A gente não pode chorar... Eu nunca fiz isso antes, eu juro. Mas, mesmo enquanto dizia essas palavras, Preacher chorava copiosamente.

É normal chorar pelas pessoas que perdemos, meu chapa. Está tudo bem. O padre Damien me disse para me lembrar que ela está com Deus e feliz e para não estragar a memória dela com lágrimas.

Geralmente os padres são mais espertos, disse Jack, fazendo um muxoxo de desaprovação. *Se você não chorar por uma coisa dessas, as lágrimas viram cobras que comem você por dentro. Chorar numa situação dessas... é uma exigência.*

Desculpe...

Deixa sair, amigo, ou vai ser muito pior. Chame sua mãe, grite por sua mãe, chame a atenção dela, chore por ela. Já passou da hora, caramba!

E assim ele fez. Soluçou feito um bebê. Os braços de Jack embaixo de seus ombros, apoiando-o. Jack o embalou e disse: *Isso, assim. Assim...*

Jack se sentou com ele durante um tempo, conversando sobre a mãe, e Preacher contou que conseguira terminar o último ano da escola, obstinado e silencioso. Depois, sem saber para onde ir ou o que fazer, tinha se alistado. Assim, ele poderia ter irmãos, o que ele, de fato, tinha agora, mas não era o suficiente para suprir a falta que ele sentia da mãe. E, então, aquele maldito pneu quase tinha cortado ele ao meio, e foi como se a dor de ter perdido a mãe se derramasse de dentro dele. Era humilhante, ter um metro e noventa e três e cento e treze quilos e estar chorando de soluçar por causa da mamãe de um metro e sessenta. Jack disse: *Que nada, é só do que você precisa. Bota pra fora.*

Depois de um tempo, Jack o puxou, erguendo-o sobre o ombro, e o carregou pela estrada por pouco mais de um quilômetro e meio até encontrar a escolta deles. Então, Jack disse: *Bota pra fora, amigo. Depois que você soltar tudo isso aí, gruda em mim como se fosse cola. Eu sou sua mãe agora.*

— Não é nada bom perder contato com pessoas que são importantes — disse Preacher a Paige. — Nunca pensou em tentar procurar essas amigas de novo?

— Faz um tempo que não penso nisso — confessou ela.

— Se um dia quiser tentar, talvez eu possa ajudar.

— Como assim?

— No computador. Eu gosto de pesquisar coisas. É meio lento, mas funciona. Pense nisso.

Ela disse que pensaria. Depois, disse que estava muitíssimo cansada e que precisava dormir, então eles desejaram boa noite um ao outro. Paige subiu e Preacher foi para seu apartamento, nos fundos.

Foi quando ela decidiu que era melhor ir embora. Não poderia se dar ao luxo de se sentir confortável ali. Nada mais de conversas aconchegantes, nada mais de perguntas tarde da noite. Apegar-se estava completamente fora de cogitação.

Capítulo 4

Paige arrumou a mala. Tirou as cobertas que estavam em cima do filho, adormecido, para procurar o Urso, mas o bichinho de pelúcia não estava ali. Ela quase desfez a cama ao redor de Chris enquanto procurava. Então, ajoelhou-se para olhar debaixo da cama, vasculhou o banheiro, dentro de cada gaveta vazia da cômoda — não estava em lugar algum. Ela deveria ter conferido a cozinha antes de sair, mas se o Urso estava perdido, ele teria de ser deixado para trás.

Tirou duzentos dólares da carteira e pousou o dinheiro em cima da cômoda, sentando-se a seguir, imóvel feito uma pedra, na beirada da cama, ao lado de Christopher. Com as mãos juntas, enfiadas entre os joelhos, ela esperou. Quando deu meia-noite, vestiu a jaqueta e esgueirou-se escada abaixo. A construção era tão sólida que não houve um único ranger de tábuas.

John deixara a luz da cozinha acesa para ela. Foi a única vez, desde a primeira noite, que ela desceu até ali depois de já ter se recolhido, mas suspeitava de que ele tivesse deixado aquela luz acesa todas as noites. Caminhou na ponta dos pés, furtiva, em direção à porta do apartamento de John e escutou. Não havia som algum, nenhuma luz por debaixo da porta.

Em um golpe de sorte, localizara uma lanterna enquanto estivera ajudando a limpar a cozinha. Até aquele momento, a melhor ideia que tivera fora usar uma cartela de fósforos para iluminar o escuro da noite enquanto ela lidava com as placas. Uma vez que as trocasse, buscaria a mala, depois Chris. Assim, pegou uma faca sem ponta na gaveta e saiu em silêncio pela porta dos fundos.

Uma vez atrás do bar, sentiu-se aliviada por não ver qualquer luz no pequeno apartamento de John. Agachou-se para remover as placas de seu carro, o que foi fácil, mesmo com suas mãos trêmulas. A seguir, dirigiu-se à caminhonete de John, para começar a tirar a placa e trocar com a dela. E dali, voltou ao Honda, ajoelhando-se para afixar a nova placa.

— Voltando para a estrada, Paige? — perguntou John.

Ela deu um pulo, deixando cair a placa, a lanterna e a faca, então se levantou, sem fôlego e com o coração disparado. A lanterna criou no chão um caminho de luz que iluminou os pés do homem. Ele deu alguns passos na direção dela, ficando completamente visível.

— Isso não vai funcionar — constatou ele, acenando a cabeça em direção ao carro. — Essas aí são placas de caminhonete, Paige. Qualquer um, um xerife ou um guarda rodoviário, que vir seu carro com placas de uma caminhonete... vai notar na mesma hora.

Ela sentiu seus olhos se encherem de lágrimas. Nunca havia pensado nisso. E estremeceu na noite fria, as mãos tremendo ainda mais. Por dentro, seu estômago estava apertado, como se alguém tivesse dado um nó bem forte.

— Não entre em pânico — disse ele. — Acho que você não precisa de placas diferentes, pelo menos não ainda, mas a gente pode resolver isso. Connie tem um carro pequeno, logo ali, do outro lado da rua. Ela nunca vai dar falta da placa.

Uma lágrima rolou pela bochecha de Paige e ela se inclinou para pegar a lanterna.

— Eu... hum... deixei um dinheiro. Lá em cima. Pelo quarto. Pela comida. Não é muito, mas...

— Ah, Paige. Agindo assim você me faz parecer uma pessoa horrível. Saiba que eu nunca pensei em dinheiro.

Ela engoliu o choro, dando um soluço, e disse:

— Em *que* você pensou?

— Vamos lá — disse ele, esticando o braço na direção dela. — Está frio aqui fora. Volte lá para dentro, eu vou fazer um café, assim você não dorme na estrada, depois eu troco as placas, se isso fizer você se sentir mais segura para dirigir, mesmo que não precise delas.

Ela continuou longe do alcance dele, mas caminhou ao lado do homem.

— Por que é que você diz isso? Que eu não preciso delas?

— Não tem ninguém procurando você — respondeu ele. — Pelo menos não oficialmente. Você ainda está ok.

— Como é que você sabe disso? — perguntou ela, prestes a desabar em meio a soluços desamparados.

— Eu vou explicar — prometeu ele. — Vou jogar uma lenha na lareira para você se aquecer e então a gente conversa. Depois, se você quiser, eu troco as placas. Mas depois que a gente conversar, provavelmente você vai querer voltar lá para cima e dormir até de manhã, para dirigir com a luz do dia. Além disso — prosseguiu ele, segurando a porta dos fundos da cozinha aberta para que ela passasse —, eu estou com o ursinho. Vou pegar para você... Não pode ir embora sem ele.

A jovem começou a chorar enquanto entrava na cozinha, pressionando os dedos contra os lábios. Sentia como se fosse uma delinquente que tivesse sido pega em flagrante. E o fato de John estar sendo tão gentil fez com que ela se sentisse ainda pior.

— Eu procurei em todos os lugares aquele maldito ursinho — confessou ela, baixinho e choramingando.

John voltou-se para ela. Com a mão pressionada contra a boca e os olhos transbordando, Paige parecia sacudir com o esforço que fazia para não emitir som enquanto chorava. Então, devagar e com cuidado, ele a puxou pelos ombros, acomodando-a em seu peito largo, e a abraçou com gentileza. E então ela desabou, soluçando junto ao corpo dele. Sem se preocupar com qualquer som agora, ela se acabava em lágrimas.

— Ah, já faz um tempão que você está segurando isso, né? Já aconteceu comigo. Está tudo bem, Paige. Eu sei que você está assustada e preocupada, mas vai ficar tudo bem.

Ela duvidava que fosse ficar tudo bem, mas, naquele momento, se sentia impotente. Tudo que conseguia fazer era chorar e balançar a cabeça. Ela tentou se lembrar da última vez em que alguém a tinha puxado com carinho para dentro de um abraço apertado e tentado fazer com que ela se sentisse segura. Fazia muito tempo. Tanto tempo que nem sequer se lembrava da última vez. Nem mesmo Wes, no começo do relacionamento, no auge de sua manipulação. Não, teria sido *ele* a chorar. Ele bateria nela, depois *ele* choraria e *ela* o confortaria.

John a embalou na penumbra da cozinha por bastante tempo até que ela se acalmasse; depois, com uma das mãos em suas costas, a conduziu até chegarem ao bar. Ele a levou até a mesma cadeira perto do fogo da primeira noite, atiçou as chamas, jogou uma nova acha na lareira e seguiu para trás do balcão para servir um conhaque para ela. Quando ele pousou a bebida diante de Paige, ela disse:

— Eu tenho que estar bem para dirigir.

— Você não vai estar bem para dirigir, a não ser que se acalme. Só um golinho. Depois, se você quiser, eu posso passar um café. — Ele se sentou na cadeira ao lado da dela e, apoiando os cotovelos nos joelhos, inclinou-se, chegando perto dela. — Quando você entrou aqui, eu não fazia ideia do que tinha acontecido com você, mas eu sabia que não era uma coisa boa, e que a culpada não tinha sido uma porta de carro. Suas placas são da Califórnia. Então, liguei para um amigo... alguém em quem eu sabia que podia confiar. Eu verifiquei a placa, registrada no nome do seu marido. Ele foi fichado por violência doméstica antes. — John deu de ombros. — Eu não precisava saber muito mais do que isso, precisava?

Paige fechou os olhos. Então, devagar, ela os abriu de novo, concentrada no rosto dele. Ela levou o conhaque à boca e deu um golinho, sem confirmar ou negar qualquer coisa.

Ele continuou:

— Ele não deu queixa de seu desaparecimento, então ninguém na polícia está procurando você. Eu não sei qual é seu plano, Paige, mas se levar Christopher para outro estado, você vai infringir a lei... Isso pode ser ruim para você, quando tentar ficar com a guarda dele. Eu imagino que você deva estar pensando em algo assim, porque você veio lá de Los Angeles e agora está quase fora do estado. Se está pensando em fugir por conta própria e desaparecer... bem, não acho que isso seja uma boa ideia. Você não sabe o que está fazendo... Não vai dar certo. Você não sabe a diferença entre placas de caminhonete e de carro. Não tem muita desonestidade aí nessa sua cabecinha.

Ela deixou escapar um som que era uma risada tristonha. Talvez aquele fosse mesmo problema: ela não era ardilosa o suficiente.

— Talvez você tenha algum lugar para ir, um lugar onde as pessoas vão manter você escondida e segura... Essa é uma ideia melhor. Eu só espero que, onde quer que seja tal lugar, lá tenha um monte de caras grandes, malvados e furiosos, feito eu e Jack, a postos, caso aquele filho da mãe venha atrás de você e a encontre.

— Eu não tenho outra escolha — sussurrou ela. — Eu preciso fugir.

— Claro que precisa — confirmou ele. — Mas há outro caminho, sabia? Você não teria qualquer problema em conseguir a custódia de Chris, pelo menos temporária, dados os antecedentes do pai, mesmo que não sejam acusações graves. Você não precisa do ok dele para se divorciar. Não neste estado. É a lei. — Enquanto ouvia tudo aquilo, ela balançava a cabeça, os olhos mais uma vez fechados, outra lágrima se derramando em sua bochecha. Mas John continuou: — Existem ordens de restrição, e mesmo que ele as ignore, elas vão manter a lei do seu lado. Você já pensou nessas coisas, Paige?

— Como é que você sabe de tudo isso? Seu amigo lhe contou?

— Se eu quero descobrir alguma coisa, eu pesquiso — respondeu ele.

— Então você sabe que, enquanto eu estou tentando fazer isso, ele vai me matar? Ele é perverso e louco. Ele vai me matar.

— Não se você ficar aqui — argumentou ele.

Por um instante, ela ficou quieta, um silêncio atordoado.

— Eu não posso ficar, John. Estou grávida — disse, por fim.

Então, foi a vez dele de se mostrar chocado. Primeiro, ficou silencioso e sombrio. Aos poucos, o choque foi tomando seus olhos e sua expressão, à medida que ele se encostava na cadeira. A seguir, ele se pôs de pé. Foi até atrás do balcão e serviu-se de uma dose, bebendo tudo de uma vez. Quando retornou à cadeira ao lado da lareira, perguntou:

— Ele sabia? Quando ele bateu em você, ele sabia que você estava grávida?

Ela confirmou com um aceno de cabeça e desviou o olhar, franzindo os lábios em um aperto forte. Racionalmente, ela sabia que nada daquilo era sua culpa, mas existia um lado emocional que dizia "Você se casou com ele, teve um filho com ele, não caiu fora a tempo, deixou isso acontecer, ferrou com tudo, ficou grávida de novo, não fugiu a tempo, não viu nada disso, e estava claro feito água".

— Você já esteve em um abrigo? — perguntou ele.

Ela fez que sim com a cabeça.

— Suas opções são as seguintes — continuou John, em um tom de voz calmo. — Você pode ficar aqui e tentar se organizar para, quando você for embora, não infringir a lei e ter que ficar se escondendo pelo resto da vida. Está tudo bem se você resolver ficar... Temos gente para cuidar de sua saúde do outro lado da rua, caso você precise. Você pode ajudar na cozinha, se quiser, assim não fica com a sensação de que está se aproveitando. E, se acontecer de você encontrar aquele filho da mãe por aqui, estamos prontos para cuidar dele. Pense que aqui é um abrigo, como qualquer outro... Às vezes as pessoas só querem ajudar. Ou, se você quiser, pode ir embora, seguir com seu plano. Qualquer que seja ele. De todo modo, não precisa fugir no meio da noite. É mais seguro de dia. Certo? — Ele se levantou. — Fique sentada aí um minuto, pense, beba um pouquinho de conhaque... Não vai fazer mal para o bebê, só um golinho, e eu acho que você precisa de um conhaque. Eu vou cuidar das placas para você, depois vou pegar o ursinho. O que quer que você decida, não dá para ir embora sem o ursinho, você sabe disso.

Ele a deixou e seguiu para seu apartamento. Paige pôde escutá-lo saindo pela porta dos fundos. Ele deve ter encontrado o ursinho na cozinha e colocado o brinquedo em um lugar seguro. Uma tora de madeira caiu dentro da lareira e ela puxou a jaqueta, deixando-a mais apertada junto ao corpo, bebeu outro gole bem pequenininho de conhaque, que desceu queimando pela garganta e que, feito um milagre, acalmou seu estômago e seus nervos, mesmo que só um pouco. Ou talvez o que a tenha acalmado tenha sido a notícia de que Wes não colocara a polícia atrás dela. Um pouco depois, John voltou do apartamento, usando uma jaqueta que, obviamente, ele tinha pegado no apartamento antes de sair e segurando o ursinho.

— Connie nunca vai notar a diferença naquelas placas — garantiu ele, estendendo o ursinho para ela. — Além do mais, se ela soubesse o que está acontecendo, diria para você ficar com as dela.

Paige franziu o cenho ao olhar o bichinho de pelúcia, que estava diferente. Tinha uma perna nova, feita de um tecido xadrez azul e cinza. Não era exatamente do mesmo formato da perna remanescente; era só um tubo de flanela recheado e preso ao urso, mas agora o bichinho estava simétrico.

— O que foi que você fez? — perguntou ela, aceitando o ursinho.

John deu de ombros.

— Eu disse para Chris que iria tentar. Ficou um pouco bobo, acho, mas na hora pareceu uma boa ideia. — Ele enfiou as mãos nos bolsos e continuou: — Você acha que consegue descansar um pouco hoje à noite? Ou ainda sente que precisa ir embora agora mesmo? Eu posso passar um café, se você quiser mesmo dar o fora daqui. Acho que até tenho uma garrafa térmica que eu poderia…

Ela se levantou, deixando o conhaque em cima da mesa, abraçando o ursinho de pelúcia.

— Estou indo deitar — anunciou ela. — Vou embora de manhã, depois que Chris tomar café da manhã.

— Se é o que você quer — respondeu ele.

Paige acordou com a luz suave da manhã vazando através da janela do sótão e escutou um machado golpeando a madeira. Rolou para o lado e viu Christopher, que ainda dormia pacificamente, agarrado ao ursinho com a pata de flanela azul e cinza, e ela soube que precisaria passar um tempo refletindo sobre o que fazer. Dava medo se arriscar assim. Mas não mais medo do que dirigir até um endereço em Spokane e se comprometer com uma vida sobre a qual ela nada sabia e que poderia não ser errante o suficiente para funcionar.

Ela gostava de pensar que aprendera uma ou duas coisas com as experiências que tivera. Se algo, de um jeito qualquer, a fizesse se sentir ameaçada, disparasse o radar, ela sumiria em um piscar de olhos. Não se preocuparia com placas ou com despedidas.

E também havia aquela culpa — ela não queria colocar aquela gente no caminho de Wes, ou seja, em perigo. Mas a realidade era que, para onde quer que fosse, quer buscasse a família, um abrigo ou se escondesse, as pessoas que a ajudassem estariam em risco. Às vezes, era insuportável pensar nisso.

Vestiu-se em silêncio, sem acordar Chris, e desceu de mansinho até a cozinha. John estava de pé junto à bancada, fatiando e cortando coisas para suas omeletes matinais. Quando ele a viu ao pé da escada, a faca em sua mão parou no ar e ele esperou.

— Vou precisar usar sua máquina de lavar e de secar — disse ela. — A gente não trouxe muita coisa.

— Claro.

— Acho que faz mais sentido ficar aqui. Um pouquinho mais. Vou ficar feliz em ajudar. Se você tem certeza mesmo disso.

Ele recomeçou a cortar, devagar.

— A gente pode fazer assim, claro, sem problemas. Que tal um salário mínimo mais o quarto e as refeições? Você controla suas horas de trabalho. Jack pode pagar quando você quiser... Não importa. Pode ser por dia, por semana, por mês. Não importa.

— Isso é demais, John. Eu deveria ajudar só para cobrir os custos do quarto e das refeições.

— A gente abre às seis, fica aberto até depois das nove, somos nós dois mais o Rick, quando ele sai da escola. Em dois dias você vai estar reclamando que isso é trabalho escravo.

Ela sorriu e balançou a cabeça.

— Não estou pronta para o resto... A ordem de restrição, a coisa da custódia... Documentos da Justiça como esses precisam revelar onde eu estou, e eu não quero que isso aconteça.

— Compreensível — disse ele.

— Em algum momento, ele virá atrás de mim. Vai fazer uma acusação, colocar a polícia para me procurar, quem sabe contratar um detetive. Mas ele vai tentar me encontrar. Não vai me deixar ir embora.

— Uma coisa de cada vez, Paige — lembrou John.

— Só para você saber...

— Não estou preocupado com isso. Nós estaremos prontos.

Ela respirou fundo.

— Certo. Onde fica a máquina de lavar? — quis saber ela.

— No meu apartamento. A porta está sempre destrancada. — Ele parou de cortar mais uma vez e, olhando para ela, perguntou: — O que foi que fez você decidir ficar?

— A perna nova do Urso. Aquela velha flanela de xadrez azul...

— Velha? — perguntou John, dando um sorriso discreto. — Aquela era uma camisa maravilhosa.

Preacher serviu o café da manhã no balcão para Ron e Harv e, ao voltar para a cozinha, deu uma olhada pela janela para ver Jack rachando lenha com o machado. Ouviu o barulho da máquina de lavar roupas sendo acionada em seu apartamento.

Encheu duas canecas de café e foi até os fundos do estabelecimento. Quando Jack viu que o amigo chegava, fincou o machado no toco de madeira. Preacher entregou uma das canecas a ele.

— Delivery de café? — comentou Jack. — Imagino que tenha alguma coisa na cabeça.

E deu um gole, observando Preacher por cima da borda da caneca.

— Eu estava pensando que a gente poderia ter uma ajudinha no bar.

— É mesmo?

— Paige disse que está procurando alguma coisa. O menino é tranquilo.

— Hum.

— Para mim, parece uma boa ideia — argumentou Preacher. — Eu não uso aquele quarto em cima da cozinha para nada mesmo. Você pode descontar o pagamento dela do meu salário.

— O bar dá dinheiro, Preach. Ele pode bancar um empregado. Ela não quer ganhar cinquenta mil, mais benefícios e tal, quer?

Preacher fez uma careta. Jack achou engraçado.

— Vai ser temporário, provavelmente.

— Minhas responsabilidades estão mudando — disse Jack. — Crescendo — acrescentou, com um sorriso orgulhoso. — Vai ser bom ter uma ajuda aqui, caso eu tenha outras coisas para fazer.

— Que bom, então. Vou avisá-la.

E virou-se, como se fosse embora.

— Ah, Preacher — disse Jack, e o amigo voltou-se para ele. Jack ergueu a caneca para que Preacher a levasse de volta à cozinha. — Você já contou para ela, não foi?

— Posso ter deixado escapar que eu achava que a gente podia ter um emprego para ela.

— Imaginei. Uma pergunta. Ela apagou os rastros que deixou até chegar aqui?

— Ninguém sabe que ela está aqui, Jack. Não que isso seja da nossa conta...

— Não sou fofoqueiro, Preacher. Sou precavido.

— Que bom — respondeu Preacher. — Isso é bom, eu gosto. Se alguma coisa mudar em relação a isso, eu aviso a você.

Paige se sentia calma ali, em Virgin River, graças a pequenas coisas, como o fato de o carro dela estar nos fundos do bar, entre duas caminhonetes grandes com cabine estendida. Um carro que ela não tinha por que tirar dali. Também pelo barulho da lenha sendo cortada nas primeiras horas do dia, que coincidia quase que perfeitamente com o cheiro de café. E o trabalho — ela gostava do trabalho. Começou limpando as mesas e lavando a louça, mas antes que dois dias tivessem se passado John já estava mostrando como fazer a sopa, o pão, as tortas.

— O verdadeiro desafio aqui é usar o que a gente tem — explicou ele. — Um dos motivos pelos quais este bar vai bem e a gente consegue sobreviver é porque cozinhamos o que caçamos ou pegamos, usamos os pagamentos dos pacientes do doutor e Mel, que vêm em forma de produtos e carnes, e nos concentramos em garantir que nossa gente esteja sendo bem cuidada. Jack diz que, se a gente pensar primeiro em garantir que a cidade está sendo bem cuidada, vamos ficar bem. E é isso mesmo que acontece.

— Como é que vocês tomam conta de uma cidade? — perguntou ela, confusa.

— Ah, é bem fácil — respondeu ele. — A gente serve três boas refeições por dia, dentro do orçamento deles, e os espertalhões sabem que sobra um pouco de comida. Já que sempre vamos fazer compras em lojas grandes das cidades costeiras com nossas caminhonetes, nos certificamos se as pessoas que não dirigem tão longe, tipo os mais velhos, os doentes, ou quem sabe as mulheres que acabaram de ter filhos, não precisam de alguma coisa. Eles gostam disso... e em troca vêm aqui fazer uma refeição ou duas. Em ocasiões especiais, a gente só abre o lugar e os moradores trazem os pratos. Quando isso acontece, a única coisa que a gente vende são os drinques. Colocamos uma caixinha de doação pelo espaço, pelos refrigerantes, pela cerveja... E nos saímos melhor do que você pode imaginar. Temos um estoque de bebidas de melhor qualidade para os caçadores e, às vezes, uns adeptos de pesca com mosca, se estiverem na região para participar de competições. Mas cobramos o mesmo preço e eles chegam junto pra valer. — Diante da expressão de perplexidade de Paige, ele explicou: — Dão gorjetas, Paige. Eles sabem quanto custa um Johnny Walker Black. Eles gostam que a gente tente ter no bar aquilo que eles vão querer beber... e eles têm dinheiro. E eles deixam esse dinheiro nas mesas e no balcão.

Ele deu um sorriso.

— Brilhante — disse ela.

— Que nada. Eu e Jack... A gente caça, pesca. É bom cuidar das pessoas que nos aturam. Talvez, a coisa mais importante seja se lembrar deles quando eles entram, fazer com que se sintam bem-vindos. Jack é bom nisso. Mas aí tem a comida. Nós somos pequenos e sem muita experiência, mas a comida está ganhando boa reputação — explicou ele, estufando o peito.

— É — concordou ela. — Engordativa, mas boa.

Paige sentia que ficar ali, no bar daquela cidadezinha, era como estar em um casulo que a protegia do mundo lá fora. Rick e Jack não se importavam com sua presença, e ambos davam a ela tarefas para cumprir. As pequenas contribuições dela não eram grande coisa, mas eles se comportavam como se não soubessem como tinham se virado sem ela até então. E havia os clientes que vinham quase diariamente, alguns duas vezes no mesmo dia. Não demorou nada para que vissem Paige como alguém que sempre estivera por ali.

— Estamos, sem dúvida, tendo muito mais biscoitos nos últimos dias — comentou Connie.

Paige não se incomodou em explicar que tudo aquilo era obra de John, para agradar a Christopher. Não era para os clientes do bar, mas eles acabaram gostando de comer biscoitos com seus cafés.

— O que foi que ele cozinhou esta noite, Paige? — perguntou o doutor Mullins.

— *Bouillabaisse* — respondeu ela. — Está maravilhoso.

— Blergh, detesto essa porcaria — comentou ele, chegando mais perto. — Ele escondeu lá dentro um pouco daquela truta recheada de ontem?

— Vou dar uma olhada — garantiu ela, sorrindo e já se sentindo parte de alguma coisa.

Mel ia ao bar pelo menos duas vezes ao dia, às vezes até mais. Quando o lugar estava quieto e ela não tinha pacientes, sentava e conversava um pouco. Mel sabia mais sobre as circunstâncias especiais de Paige do que qualquer um ali, e foi ela quem perguntou a Paige sobre sua recuperação.

— Estou melhor — disse Paige. — Tudo está melhor. Nada de sangramento.

— Parece que essa sua ideia foi muito boa — comentou Mel, olhando ao redor e indicando o bar.

— A ideia não foi minha — confessou Paige. — John disse que eu poderia ficar, ajudar um pouco aqui. Se eu quisesse.

— Parece que você está gostando — observou Mel. — Está toda sorridente.

Com um choque de surpresa, Paige respondeu:

— Estou. Quem diria? Tem sido um bom... — E se interrompeu, para enfim dizer: — respiro. Acho que consigo fazer isso funcionar, pelo menos por um tempo. Até começar a... — Interrompeu-se novamente. E continuou, olhando para a barriga: — aparecer.

— John sabe? — perguntou Mel.

Ela assentiu.

— Era o mínimo que eu podia fazer, contar a ele, quando ele me fez a proposta.

— Bom, mesmo que quase ninguém saiba quais circunstâncias trouxeram você aqui, eu acho que é justo dizer que todo mundo por aqui entende que você deve ter tido uma outra vida. Antes de Virgin River. Quer dizer, você tem um filho.

— É, tem isso — concordou Paige.

— Além disso, tem muita barriga começando a "aparecer" — disse Mel, se recostando e passando as duas mãos na barriguinha. — Você sabia que eu estou com quatro meses agora?

— Dá para ver — respondeu Paige, sorrindo.

— Aham. E eu estou nesta cidade há sete meses. Casada com Jack há menos de um. Fui casada antes de Jack. Fiquei viúva e, de acordo com especialistas, era completamente incapaz de conceber uma criança. — Os olhos de Paige se arregalaram, sua boca formou um O. Mel riu. — É óbvio que eu preciso de especialistas melhores. Ou você acha que foi a única que chegou aqui pegando um retorno errado?

— Tem mais coisa nessa história — disse Paige, erguendo uma das sobrancelhas.

— São meros detalhes, amiga. Nós temos bastante tempo. — Mel riu alegremente.

Já fazia dez dias que Paige estava no quartinho em cima da cozinha e, durante os quatro primeiros, ela planejara sua partida. John disse que achava que as coisas estavam funcionando muito bem. Eles tinham uma rotina legal. Logo depois de Chris tomar seu café da manhã e Paige tomar banho e se arrumar, ela mergulhava no trabalho da cozinha, limpando tudo depois do café da manhã. Enquanto Chris ficava com John — fosse colorindo, jogando baralho, varrendo ou fazendo outras tarefas —, Paige arrumava o quarto e as coisas deles. Como ela não tinha trazido muitos pertences, as visitas à lavanderia eram frequentes. Então, enquanto as máquinas de lavar e de secar zumbiam, Paige fazia algumas coisas que, assim esperava ela, pudessem ajudar John: limpava o banheiro, tirava o pó, arrumava a cama, passava um pano no quarto.

— Posso lavar umas roupas para você? — perguntou ela.

— Eu vou cuidar disso. Escuta, você não tem que limpar minhas coisas.

Paige deu risada e respondeu:

— John, eu passo o dia todo na cozinha, recolhendo suas panelas, frigideiras e seus pratos. Já está virando um hábito para mim. — Ela riu de novo diante da expressão de choque no rosto dele. E continuou: — Você passa o dia todo cuidando do meu filho... E não tem muita escolha, já que ele não deixa você sozinho. Então, o mínimo que posso fazer é ajudar.

— Eu não estou cuidando dele — rebateu John. — Nós somos parceiros.

— É — disse ela. *Parceiros mesmo*, pensou.

A hora do almoço costumava ser agitada, e Paige servia e limpava as mesas. No jantar, das cinco às oito, o bar também ficava movimentado, sobretudo naquela época do ano — outono, com a temporada de caça e pesca ficando boa. Às vezes, depois das oito da noite, havia alguns clientes que se demoravam, ficando por ali para tomar uma cerveja ou um drinque, mas a cozinha já estava fechada. Era quando Paige levava Chris para cima, para tomar banho e dormir, e, depois, ia verificar se eles precisavam que ela fizesse algo antes de dar o dia por encerrado. De vez em quando, ela bebia uma xícara de chá com John.

Ele gostava daquele momento da noite, quando não havia mais jantar para ser servido, a cozinha estava limpa e ele ouvia Paige abrir a água no andar de cima. Às vezes, conseguia ouvi-la cantando musiquinhas infantis com Chris. Antes de servir a última dose do dia, ele dava uma olhada nos livros de receita, planejando o jantar do dia seguinte ou, quem sabe, o da semana que viria, fazendo listas de compras. O processo fazia com que ele sentisse que controlava tudo de maneira eficiente. Era muito organizado.

Eram cerca de oito e meia e havia poucos caçadores no bar. Jack estava cuidando da linha de frente. Buck Anderson tinha trazido para Mel alguns pernis de cordeiro de bom tamanho, que foram diretamente para Preacher. Ele estava lendo sobre pernis de cordeiro ao molho e salada de pepino quando ouviu um barulhinho. Deu uma olhada por cima da bancada e viu Christopher ao pé da escada, peladão, um livro debaixo de um braço, o Urso debaixo do outro.

Preacher ergueu uma sobrancelha espessa.

— Esqueceu de alguma coisa aí, parceiro?

Chris coçou a nádega esquerda enquanto segurava o ursinho.

— Você lê pra mim agora?

— Hum... Você já tomou seu banho? — perguntou Preacher. O garoto negou com a cabeça a cabeça. — Parece que você está pronto para o banho.

E voltou a orelha para cima, escutando a água que corria no andar de cima.

Chris concordou com a cabeça, mas então repetiu o pedido:

— Você lê?

— Vem cá — disse Preacher.

Chris deu a volta na bancada, feliz, erguendo os braços para que John o erguesse.

— Espere aí — disse Preacher. — Eu não quero nenhuma bunda de menininho na minha bancada limpa. Só um segundo. — John tirou da gaveta um pano de prato limpo, abriu o tecido sobre a bancada, depois ergueu o garoto, colocando-o sentado em cima do pano. A seguir, olhou para Chris, franziu um pouco o rosto e tirou outro pano de prato da gaveta. Depois de agitar o tecido, ele o colocou dobrado sobre o colo nu do garoto. — Pronto. Melhor. Agora, o que é que você tem aqui?

— Horton — respondeu a criança, mostrando o livro.

— Tem uma grande chance de sua mãe não curtir essa ideia — comentou ele.

Mesmo assim, abriu o livro e começou a ler. Não tinham ido muito longe na leitura quando ele ouviu a água parar lá em cima e, na sequência, passos pesados correrem no quarto e o grito de Paige:

— Christopher!

— É melhor a gente combinar direitinho nossa história — disse Preacher ao menino.

— Nossa história — repetiu Chris, apontando para a página que estava em sua frente.

Por um momento ouviu-se o som de passos descendo os degraus, em ritmo acelerado. Ao chegar no fim da escada, Paige parou de repente.

— Ele fugiu de mim enquanto eu enchia a banheira — explicou ela.

— É. Na verdade, ele escapou como veio ao mundo.

— Desculpe, John. Christopher, venha cá. A gente vai ler depois que você tomar banho.

O menino começou a choramingar e se remexer.

— Eu quero o John — reclamou.

— John está ocupado, Chris. Agora, se comporte.

— Hum... Paige? Eu não estou nem um pouco ocupado. Se você avisar ao Jack que eu não vou estar na cozinha por um tempo, eu posso dar banho nele. Avise ao Jack, porque assim ele vai saber que é para trancar o bar se todo mundo for embora.

Ela se virou, na base da escada.

— Você sabe dar banho em uma criança? — perguntou ela.

— Bem, não. Mas é muito difícil? Mais difícil do que esfregar uma grelha?

Ela não pôde evitar uma risadinha. Depois, tirou Chris de cima da bancada, colocando-o em pé no chão.

— Talvez seja bom você ir mais devagar do que faz com a grelha. Nada de palha de aço, nada de raspar. E, se der para evitar, nada de sabão no olho.

— Eu consigo fazer isso — respondeu Preacher, dando a volta na bancada. — Quantos caldos você dá nele? — Ela ofegou, e Preacher abriu um sorriso. — Brincadeira. Eu sei que são só dois.

Paige deu um sorrisinho.

— Vou ver se Jack precisa de alguma coisa e depois eu subo, para supervisionar.

Quando Jack entrou na cozinha, Paige estava descascando e cortando maçãs e Preacher abria a massa da torta.

— Mel está lá na frente — disse ele aos dois. — Ela está indo ao shopping Eureka, Paige. Não cabe mais nas calças que tem. Ela disse que você pode ir junto, se estiver precisando de alguma coisa.

Paige olhou para Preacher, as sobrancelhas erguidas.

— Pode ir, Paige — disse ele. — Chris só vai acordar daqui a uma hora e eu cuido da cozinha. Você deve estar precisando de todo tipo de coisas.

— Com certeza, obrigada — disse ela, colocando a maçã que cortava e a faca dentro da tigela e tirando o avental.

— Escute — disse Preacher, enxugando as mãos em um pano de prato. — Eu nem sei se você tem cartões de crédito, mas precisa tomar muito cuidado com isso. É melhor usar dinheiro, tá?

Ele puxou a carteira, tirou algumas notas e começou a desdobrá-las, puxando uma, depois outra, e...

Paige ficou totalmente pálida, os olhos arregalados e, sem dúvida, assustados. Começou a balançar a cabeça e a se afastar dele.

— Diga... Diga a Mel que eu tenho que... fazer umas coisas... Tá bom?

Jack inclinou a cabeça, franzindo o cenho.

— Paige? — chamou ele.

Paige foi se afastando até encostar na parede, as mãos às costas, o rosto branco como alabastro. Então, uma lágrima rolou por sua bochecha.

Preacher pousou a carteira na bancada.

— Jack, você pode nos dar um minuto? — pediu ele.

Em seguida, tirou o avental que usava e caminhou na direção de Paige. Enquanto ele se aproximava, ela escorregou pela parede até chegar ao chão e então colocou as mãos no rosto.

Preacher se ajoelhou em frente a ela e, com gentileza, tirou as mãos dela da frente do rosto, segurando-as depois de fazer aquilo.

— Paige — começou a falar, baixinho. — Paige, olhe para mim. O que foi que acabou de acontecer aqui?

A expressão dela era de pânico. Lágrimas escorriam em suas bochechas, mas sua voz era um sussurro.

— Ele fazia isso — respondeu ela. — Tirava o dinheiro do bolso e falava: "Vá comprar alguma coisa legal para você". Ele fez isso tantas vezes. Depois de um tempo, passou a jogar o dinheiro em cima de mim e dizer que não podia ter uma mulher que parecia uma vagabunda.

Preacher se sentou no chão ao lado dela.

— Você escutou o que eu disse? Não falei nada disso, falei? Eu disse que você precisa ter cuidado, não pode usar seu cartão.

— Eu escutei — disse ela em um sussurro. — Eu contei para você que me casei com ele porque minhas pernas doíam?

— Você não contou nada sobre ele — respondeu Preacher. — Nada mesmo. Mas tudo bem... Você não precisa contar nada, a não ser que queira.

— Eu fiz um curso de estética. Era cabeleireira. Às vezes, trabalhava doze horas por dia, porque paga muito pouco. A gente trabalhava duro para valer. Eu nunca tinha o suficiente para o aluguel, e eu e as amigas com quem eu dividia a casa vivíamos numa verdadeira espelunca. Eu amava tudo aquilo, mas estava cansada, falida. Com dores. As minhas pernas doíam — repetiu ela. — Eu sabia que ele não me fazia bem, minhas amigas o odiavam, e eu me casei porque ele disse que eu não precisava mais trabalhar. — E ela começou a rir e a chorar ao mesmo tempo. — Porque eu não tinha nada. Eu não tinha nada...

— Caras como ele sabem direitinho o que usar como isca — disse Preacher. — Eles têm um talento para isso.

— Como é que você sabe disso?

Ele deu de ombros.

— Eu li — respondeu, limpando uma lágrima do rosto de Paige. — A culpa não foi sua. Nada disso foi culpa sua. Você foi enganada.

— E, de novo, eu não tenho nada — disse ela. — Uma mala pequena, um carro com placas roubadas, um filho pequeno e um bebê a caminho...

— Você tem *tudo* — consolou ele. — Um carro com placas roubadas, um filho, um bebê a caminho, amigos...

— Eu tive amigos antes — murmurou ela. — Eles tinham medo dele. Ele afastou meus amigos e eu os perdi para sempre.

— Eu pareço o tipo de amigo que ele conseguiria assustar? Que ele conseguiria afastar?

Ao dizer aquilo, ele a puxou com delicadeza para seu colo, e ela repousou a cabeça em seu peito.

— Eu não sei por que fico tão louca — confessou ela, baixinho. — Ele nem está aqui. Ele nunca acharia este lugar. Mas ainda assim eu tenho medo.

— É, isso acontece.

— Você nunca tem medo — disse ela.

Ele deu uma risadinha breve, fez um carinho nas costas dela. Preacher tinha medo de um monte de coisas, sendo que a primeira delas era do dia em que ela administraria todos esses problemas e iria embora com Christopher.

— Isso é o que você pensa — rebateu ele. — No Corpo de Fuzileiros, eles costumam falar que todo mundo tem medo, então a gente precisa aprender a tirar vantagem desse sentimento. Cara, se um dia você descobrir como é que se faz isso, você me ensina. Certo?

— O que é que você faz quando está com medo? — perguntou ela.

— Uma dessas duas coisas: ou faço xixi nas calças, ou fico bravo — respondeu ele.

Ela ergueu a cabeça, que repousava no peito dele, olhou para Preacher e riu um pouquinho.

— Isso, garota! — disse ele enquanto secava o rosto dela. — Acho que você precisa sair um pouco de Virgin River. Mas você não deve estar no clima de fazer compras hoje.

Ela balançou a cabeça.

— Desculpe, eu fiz um escândalo.

— Isso aqui é um bar, Paige. A gente vive para isso. — Preacher deu um sorriso. A seguir, ficou sério: — Eles também falavam: "Encare o medo, finja coragem". Eles nos ensinaram a parecer malvados.

Ela estremeceu.

— Não ligue para nada disso. Amanhã eu vou comprar os suprimentos no lugar de Jack. Ele pode cuidar do almoço dessa vez. Eu vou levar você e Chris, tirar vocês desta cidadezinha para respirar. Você pode comprar umas coisas, se quiser. Mas eu não vou pagar nada para você. Vou usar o cartão corporativo do bar, assim a gente pode usar as milhas. Você guarda os recibos e, em um ou dois pagamentos, salda a dívida. — Ao dizer aquilo, tocou o nariz dela. — Chris está correndo pelado por aí. Isso indica que tem um problema com o guarda-roupa dele.

Jack deixou a cozinha lentamente quando Preacher pediu licença. Saiu o mais devagar que conseguiu, porque alguma coisa grande estava acontecendo e ele ficou curioso. Quando voltou ao bar, Mel estava esperando, sentada em um banco.

— O que foi? — perguntou ela.

Jack colocou um dedo sobre os lábios, pedindo silêncio.

— Tem alguma coisa acontecendo — sussurrou ele.

— É? — perguntou ela, sem entender nada.

Jack jogou a cabeça para trás, mais para perto da porta. Escutando.

— Jack! — repreendeu Mel com um sussurro furioso.

Ele levou o dedo aos lábios outra vez. Então, franzindo o cenho, foi para trás do balcão do bar e olhou para sua linda e jovem esposa.

— Paige está tendo um colapso lá dentro...

— É? Preacher precisa de ajuda?

Jack balançou a cabeça.

— Ele me pediu para sair de lá. Eu ouvi algumas coisas, por puro acidente.

— Sei...

— Ela tem um carro com placas roubadas?

De repente, Mel se endireitou no banco, sentando-se ereta, os olhos arregalados.

— Está brincando? — perguntou ela. — Acho que é melhor ir conferir minhas placas, para ver se ainda são as minhas mesmo. — Ela deu um sorriso inocente.

— E ela está esperando um bebê!

— Sério? — perguntou ela.

— Você não está conseguindo me enganar — disse ele. — Você sabe de coisas.

Mel fez uma careta para ele, como que diz: *Dãã, claro que sei de coisas. Coisas relacionadas à paciente*. Mel havia mostrado os machucados de Paige ao marido, para que ele ficasse pronto para qualquer coisa e ajudasse a protegê-la, mas ela não era fofoqueira. Ela desceu do banco do bar e caminhou até a porta vaivém que dava para a cozinha. Deu uma olhada: Preacher estava sentado no chão, balançando Paige em seu colo, devagarzinho. Ah, era possível que fosse exatamente daquilo que Paige precisava no momento. Melhor do que um calmante.

Mel foi para trás do balcão do bar e ficou na ponta dos pés para dar um beijo em Jack.

— Eu acho que ela não quer ir fazer compras. Diga a ela que eu fui indo. Preciso cobrir essa barriga.

— Faça isso.

— Hum, Jack? Eu não sei muito bem como explicar isso a você. Nós temos experiências de vida diferentes em relação a isso...

— Para começo de conversa: eu *jamais* bateria em uma mulher.

— Isso é maravilhoso, Jack. Mas não foi o que eu quis dizer. Hum... — disse ela, olhando para o alto. — Acho que vai ser mais fácil para você se pensar em Paige como uma prisioneira de guerra.

— Uma prisioneira de guerra? — perguntou ele, parecendo surpreso e confuso ao mesmo tempo.

— É a coisa mais perto em que consigo pensar para você entender. Voltarei assim que tiver uma sacola cheia de calças com elástico na cintura, certo?

— Claro. Certo.

Algumas horas mais tarde, ainda bem antes da hora do jantar, Jack estava sentado na varanda amarrando iscas em varas de pesca. Paige foi até ele, segurando um prato com uma fatia de torta de maçã recém-assada. Ele aceitou a torta e comentou:

— Uau, ainda está quente...

— Desculpe por aquilo mais cedo, Jack. Estou um pouco envergonhada.

Ele ergueu os olhos e viu um rosto meigo e dócil — o rosto de uma jovem mãe dedicada, uma grávida fugindo para proteger seu bebê que ainda nem tinha nascido. E, da maneira como fora instruído por Mel, ele imaginou uma barricada, privação, espancamentos regulares, medo de morrer — durante *anos*. Era difícil imaginar uma jovem como Paige, tão solícita e gentil, passando por aquilo. E era *impossível* imaginar o tipo de homem que a sujeitaria a tais coisas.

— Não se preocupe com isso, certo? Todos nós temos os nossos momentos.

— Não, não temos. Só eu...

Ele a interrompeu, gargalhando.

— Ah, não vá por esse caminho. Nada de "Só eu carrego esse fardo". Pergunte só para Mel... Antes de a gente se casar, eu tive um ataque. Pensando bem, ela também teve um!— Então, franziu um pouco o cenho. — Pensando bem... você pode confiar na minha palavra?

Paige inclinou a cabeça.

— Por quê? Ela não gostaria que eu fizesse perguntas sobre esse assunto?

— Acho que ela não se importaria. Só me deixa pau da vida... O jeito como ela nunca me conta nada, e eu despejo tudo. Eu não sei como ela faz isso.

— Está tudo bem, Jack. — E, neste momento, foi ela quem gargalhou. — Eu não vou perguntar. De qualquer jeito, peço desculpas.

— Não precisa se desculpar, Paige. Só espero que você esteja se sentindo melhor.

John foi com a lista de compras, Chris e Paige até o shopping Eureka. Primeiro eles passaram na Target, para que as comidas não estragassem no carro enquanto eles faziam compras. Ela comprou algumas coisas: roupa de baixo, calça jeans, camisetas. John segurava a mão de Chris do lado de fora do provador enquanto Paige experimentava as roupas. Pararam também na livraria. John passou um tempo na seção de história, escolhendo alguns títulos — do mesmo estilo dos que ela vira na estante. Quando ele foi até a parte infantil da loja, para ver se eles já estavam prontos para ir, Paige guardou os livros que eles estavam lendo e disse:

— Pronto.

— Talvez a gente deva comprar um ou dois livros novos — sugeriu ele.

— Nós temos os nossos favoritos — respondeu ela.

— Seria bom se a gente tivesse dois livros novos — insistiu ele. — Tudo bem se eu comprar? — perguntou.

— Claro — respondeu ela.

Talvez, a melhor parte de ter saído da cidade tenha sido o trajeto. Ela chegara a Virgin River de noite, na chuva e, a não ser por uma rápida ida a Grace Valley pelas estradas atrás da montanha, ela não tinha visto muito do local. John os levou para um rápido passeio ao longo dos altos penhascos da Costa do Pacífico — tão diferentes ali no norte do que vistos de Los Angeles. Ele atravessou um bosque de sequoias, depois subiu as montanhas, rumo a Virgin River.

Enquanto ele dirigia, Paige o observava: ele estava sorrindo.

— Por que é que você está sorrindo? — perguntou ela.

Ele se virou para olhá-la.

— Eu nunca tinha feito compras com uma mulher — disse ele. — E não odiei.

Capítulo 5

Durante o começo de sua estadia em Virgin River, Paige se mantinha no quarto em cima da cozinha, relutante em sair. Depois, passou à cozinha, então ao bar, e depois vieram as noites em frente à lareira conversando com John. E então ela começou a trabalhar, a conhecer as pessoas do local. Aos poucos, seu círculo de amizades se expandiu, e ela passou a ir à loja da esquina algumas vezes, depois à pequena biblioteca, que abria às terças-feiras, para pegar livros ilustrados para Chris e romances para ela.

Em apenas três semanas ela já não se sentia uma hóspede. Uma recém-chegada com certeza, mas, pela primeira vez em anos, sentia-se à vontade em relação a seu entorno. Os dias eram longos, o trabalho não era leve. Suas pernas haviam voltado a doer, mas dessa vez ela se sentia grata pela oportunidade de gastar energia física em vez de ficar trancada e ser emocionalmente tragada pela tensão constante e pela incerteza de sua vida. Ela preparava seus próprios cafés da manhã e almoços, jantava na cozinha com Rick e John em meio à rotina agitada de servir refeições e lavar a louça e se sentia *bem* com aquilo.

Depois que Chris foi dormir, Paige leu por algumas horas, e conseguiu de fato se envolver com a história, coisa que não tinha conseguido fazer havia anos. Deixou seu filho adormecido e foi até o andar de baixo para pegar um copo de leite, sorrindo à medida que descia as escadas — a luz da cozinha estava como sempre acesa, acolhendo-a. Ela notou uma claridade vinda do bar e deu uma espiada. John estava sentado no bar escuro, à mesa em frente ao fogo, os pés para o alto diante da lareira. Ela entrou no salão.

— Não está tardíssimo para você? — perguntou ela.

Ele deu um pulo, surpreso, colocou os pés no chão e se endireitou na cadeira.

— Paige! Eu não ouvi você descer.

— Eu estava zanzando por aí, fui pegar um copo de leite. O que está acontecendo? Não consegue dormir?

— Estou tendo uma pequena dificuldade, sim. Vou em um minuto.

— Quer um pouco de companhia? — Ele estava com um olhar estranho. — Ah, acho que você quer ficar sozinho.

— Está tudo bem... — respondeu ele.

— Não, eu entendo. Você passou todo esse tempo sozinho aqui, e agora tem gente no seu pé. Vejo você...

— Sente-se, Paige — pediu ele, sombrio. Infeliz.

— Está tudo bem? — perguntou ela, puxando uma cadeira.

Ele balançou a cabeça.

— Não muito. Eu não queria fazer isso hoje à noite. Eu queria esperar até amanhã de manhã.

— Eu fiz alguma coisa? — perguntou ela, franzindo o cenho. — Tem alguma coisa que preciso...

— Você é perfeita — interrompeu ele. — Não é você... Você é perfeita. Eu recebi umas notícias ruins um tempo atrás. Wes fez aquilo... que você esperava. Finalmente. Ele deu queixa do seu desaparecimento e do Chris. Tem quase duas semanas.

Paige ficou atordoada e, por um instante, não conseguiu falar. Então, afundou debilmente na cadeira. Enquanto ela se estabelecia, à medida que se sentia mais confortável com o entorno, com os novos amigos, pensara nele muitas vezes. Olhava por sobre o ombro, era inevitável. Um estremecimento percorria seu corpo de vez em quando e, em diferentes ocasiões, seu coração começava a bater um tanto freneticamente e ela precisava concentrar sua energia para respirar com calma, lembrando a si mesma de que Wes não estava por perto e que aquilo passaria.

Ela fechou os olhos por um momento.

— Vou subir e fazer as malas — disse baixinho. — É melhor eu ir indo. Voltar ao plano...

— Não faça as malas ainda, Paige — pediu ele. — Vamos conversar.

Ela balançou a cabeça.

— Não tem nada para conversar, John. Ele está atrás de mim... Nós temos que fugir. Não posso me dar ao luxo de arriscar.

— Se você fugir, o risco vai ser maior. Se a pegarem, vão entregar Chris para ele e prender você. Você tem que enfrentá-lo, Paige. Precisa fazer isso — ponderou Preacher. — Eu vou ajudar. Vou dar um jeito de tirar você dessa.

— Só tem um jeito de sair dessa... Tenho que dar o fora daqui. Você mesmo disse, ele vai ser mais esperto que eu.

— Eu nunca disse isso — argumentou ele. — Eu disse que você não é desonesta. Mas acho que você consegue vencê-lo. Conheço umas pessoas... meu amigo, o policial, para começar. Tem também um juiz em Grace Valley, com quem eu tenho pescado... Sei que ele vai ajudar se puder. A irmã mais nova de Jack, Brie, é advogada, uma advogada importante na capital do estado, e ela conhece todo mundo. Brie é tão inteligente que chega a assustar. A gente precisa perguntar a essas pessoas como é que você pode sair dessa confusão e ter uma vida de verdade. Eu vou continuar ao seu lado, até que você esteja livre e segura.

Ela se inclinou para a frente, sentada na cadeira.

— Vem cá, por que é que você está fazendo isso? O que é que você acha que vai conseguir com isso?

— Eu? Dormir, é o que vou conseguir. Quando isso acabar. Eu vou dormir à noite sabendo que você não vai apanhar, sabendo que Chris não vai crescer sendo malvado, aprendendo a bater em mulher. Paige, eu vi. Naquela primeira noite, quando levei toalhas limpas para você, a porta estava um pouquinho aberta e você tinha levantado a camisa... — Ele se interrompeu e deixou a cabeça tombar. Depois, a ergueu de novo e olhou no fundo dos olhos dela. — Aquilo não foi um tapinha. Não foi uma briguinha.

Ela olhou para baixo, para o colo. Era insuportável pensar que ele tinha visto aquela coisa horrível.

— Escuta — disse ele, erguendo o queixo dela com o dedo. — Eu estava em paz com minha vida até que você entrou por aquela porta naquela noite, com seu filho e seus hematomas. Para mim, estava tudo bem pescar, cozinhar e limpar... Eu nunca liguei de ficar sozinho. Nunca vou me casar, ter filhos... Eu sei. Mas posso fazer alguma coisa a respeito da sua situação...

— *Isso* não é da sua conta!

— Agora é! Mesmo que você não esteja contando comigo, aquele menino lá em cima está! Ele conta comigo todos os dias, da hora em que acorda e desce correndo de pijama até quando finalmente pega no sono! Quando você e Chris forem embora daqui, eu vou saber que fizemos tudo que podíamos ter feito para manter você a salvo daquele desgraçado! — Ele tomou fôlego. — Desculpe, posso soar tão assustador quanto pareço.

— Você não parece assustador — disse ela, tão baixinho que ele mal escutou. — E se isso não funcionar?

Ele se aprumou.

— Aí, eu vou ajudar você a ir para algum lugar seguro. Vou fazer o que for preciso. Meu Deus, Paige, se eu não fizer isso, o que é que vou fazer com minha vida? Se uma coisa desse tipo cai no meu colo e eu ignoro, para que é que eu sirvo, então, hein?

Ela o fitou com uma expressão suplicante e balançou a cabeça, quase triste.

— Como é que você sabe que nunca vai se casar e ter filhos? — perguntou.

— Qual é — respondeu ele, frustrado.

— Sério.

— Para começar, não tem uma única mulher solteira entre 18 e 60 anos nesta cidade... Essa pode ser uma pista.

— Existem muitas cidades...

— Jesus, a gente precisa colocar o holofote em cima de mim? Seu filho foi a primeira criança a chegar perto de mim. Deus, elas se escondem atrás da mãe quando me veem.

Ela sorriu para ele.

— Você está usando o santo nome em vão à beça. Aposto que sua mãe está se remexendo no túmulo...

— Praticamente girando — concordou ele. Depois, implorou: — Eu sei que você está com medo. Se eu jurar que lhe dou cobertura, você teria coragem de olhar o desgraçado nos olhos e enfrentá-lo? Se eu te ajudasse?

— Ele respirou fundo. — Você sabia que, se um dia ficar cara a cara com um urso, nunca deve correr? Você estica a coluna o máximo que puder. Enche o peito e tenta parecer grande. Faz um monte de barulho. Tem que parecer valente, mesmo que não seja. — Ele balançou a cabeça. — Você teria dificuldade de fazer isso, pequena desse jeito. Mas tem que pensar na teoria. Se você agir como alguém que não está com medo e que tem ajuda de gente boa, forte e inteligente, pode superar isso. Nós vamos te ajudar. O juiz, Mel, Jack, Brie. Mike.

— Mike? — perguntou ela.

— Meu amigo policial. Mike. — Ele engoliu em seco. — Segundo ele, o que você tem que fazer agora é se entregar... talvez não à polícia. Mas para alguém da lei, alguém que vá escutar sua história. Estou pensando na advogada ou no juiz.

— Tudo bem — disse ela.

— Tudo bem? — repetiu ele, surpreso.

— Tudo bem. Estou apavorada, mas tudo bem. — Ela estremeceu. — É do seu jeito ou eu vou ficar fugindo, me escondendo. De um modo ou de outro, o perigo é mais ou menos o mesmo. Ele. — Depois, disse baixinho: — Obrigada. Pela oferta. Por ajudar.

— É bom ajudar — disse ele. — Estou fazendo isso pelo Chris. Vamos tirar ele dessa confusão.

— É, vou tentar — respondeu ela, mas a voz estava trêmula.

Preacher não parecia o tipo de cara que precisava ter alguém que cuidasse dele ou zelasse por ele, mas foi isso que Jack fez. Era, em parte, força do hábito — ele apoiava o grandalhão desde que estiveram juntos no Corpo de Fuzileiros. Preacher serviu sob seu comando duas vezes, no primeiro e no segundo conflito no Iraque.

Havia outra razão pela qual Jack estava observando o amigo bem de perto agora, e era porque Preacher estava mudando. Jack logo reconheceu aquilo, porque não fazia muito tempo desde que ele mesmo tinha passado por mudanças parecidas — muito embora Jack soubesse exatamente o que estava acontecendo na época, e suspeitasse de que Preacher não.

Depois de vinte anos nos Fuzileiros e três em Virgin River, Jack nunca criara um vínculo forte com uma mulher. Nunca lhe ocorrera sossegar, comprometer-se com uma única mulher. O máximo que conseguira era se comprometer a uma mulher por vez. E então Mel chegara para trabalhar com o velho doutor Mullins e, em menos de uma semana, Jack já estava frito. Foi o momento certo, a mulher certa, as circunstâncias certas. E, ainda que sentir o que ele estava sentindo tivesse deixado Jack abalado e assustado, aquilo nunca o deixou confuso. Era evidente. Ele tinha se apaixonado de tal maneira que era surpreendente que as sequoias não tivessem tremido com as batidas de seu coração, como se um terremoto as tivesse sacudido.

De maneira quase tão rápida, o mesmo acontecera também a Preacher. Paige aparecera naquela noite chuvosa, apenas três semanas antes, com seu filho e seus hematomas, e Jack sentira um fogo arder em Preacher quase no mesmo dia. A princípio, parecia uma vontade intensa de consertar o que estava errado, de proteger — o que era típico do amigo. Ele era esse tipo de homem: durão do lado de fora e delicado do lado de dentro. Justiça e lealdade eram tudo para ele. Mas, ao longo dos dias, Jack viu a situação se desenvolver. Preacher cuidou de Paige com uma intensidade cujo significado ia além da bondade de seu coração. Quando ele olhava para ela, seus olhos escureciam. Brilhavam. Ele se sacudia, desviava o olhar e franzia a testa, como se estivesse tentando compreender sentimentos que nunca experimentara antes.

Jack e Preacher tinham histórias muito diferentes com o sexo oposto. Jack nunca se dera bem com abstinência — ele sempre tivera uma mulher em algum lugar. Era movido por tais necessidades. Preacher, porém, era um solitário. E, a despeito de ser uma pessoa muito reservada, não era fechado. Na verdade, era ingênuo. Transparente. Jack não tinha dúvidas de que saberia se o amigo tivesse uma mulher por perto. Não, ele tinha certeza absoluta — aquela era uma primeira vez para Preacher. Ele sentia uma atração poderosa por uma mulher e não tinha a menor ideia do que fazer com aquilo.

Jack observou Paige também, porque ele se importava muitíssimo com o amigo. E aquela era uma mulher bondosa e vulnerável, que agia de modo carinhoso com Preacher — o que poderia ser apenas um sinal de gratidão. Se algum dia ela conseguisse superar as dificuldades que enfrentou, provavelmente iria embora. Para algum lugar junto de sua família, talvez. Ou mesmo para um lugar novo.

Por ora, eles eram inseparáveis. Os três. Preacher manteve Paige e Chris sob sua asa protetora, como se o perigo assomasse por ali e pudesse atacar a qualquer instante. Quando não havia clientes no bar, Preacher e Paige se sentavam em uma das mesas e conversavam ou jogavam cartas; se Christopher não estivesse dormindo, ele estava no colo de Preacher. Quando o lugar estava cheio, com pescadores chegando para beber alguma coisa ou jantar depois de um longo dia no rio Virgin, Paige e seu filho ficavam na cozinha com Preacher, ajudando ou só fazendo companhia a ele. Ela trabalhava no bar, aparentemente feliz com suas funções e sempre perguntando a Preacher o que ele gostaria que ela fizesse.

Estava evidente o que Preacher começava a sentir. Não tão óbvio era o que Paige estava sentindo. E não houve oportunidade para que Jack pudesse conversar em particular com o amigo. É claro que, de qualquer maneira, ele não tinha certeza do que falar. Mas Jack certa vez ouvira dizer que essas situações de violência doméstica eram mais perigosas que uma guerra. Voláteis, imprevisíveis, letais. Os policiais costumavam contar que preferiam cuidar de um assalto à mão armada a um caso de violência doméstica. Jack não queria que nada de ruim acontecesse com Paige — ele gostava dela. Mas também não queria que algo ruim acontecesse com Preacher.

Pensando em tudo aquilo, ele resolveu conversar com a esposa.

— Eu vou sair um pouquinho — disse Jack a Preacher. — Você cuida do bar?

— Pode deixar — respondeu o outro.

Jack atravessou a rua em direção à clínica, onde ele encontrou Mel e o doutor jogando cartas na mesa da cozinha. Mel tinha uma bela pilha de moedinhas de um centavo pousadas perto de sua mão. Quando ela o viu ali, de pé, seus olhos azuis cintilaram e ela sorriu.

— Quando você terminar a partida, será que pode dar uma volta comigo? — perguntou ele.

— Aonde?

Ele deu de ombros.

— É só uma volta. Eu e você. O sol saiu, para variar.

— Acabe logo com isso — disse o doutor. — Eu não ganhei uma única vez.

Ao dizer aquilo, baixou as cartas e se levantou.

— Você precisa melhorar seu espírito esportivo — provocou ela.

— Eu preciso é melhorar na trapaça — devolveu ele, saindo da cozinha.

Mel pegou o casaco e saiu com Jack.

— Aonde é que a gente está indo? — perguntou ela de novo.

— É só uma volta. Como foi sua manhã?

Eles deram as mãos enquanto seguiam para a caminhonete de Jack, e ele abriu a porta para ela. Quando já estavam dentro do veículo, com o carro em movimento, ela disse:

— Não tem acontecido nada de interessante. Esse tempo horrível parece ter trazido todo tipo de vírus: um monte de nariz escorrendo, tosse, febre. Nosso descongestionante está acabando. E acho que estou ficando resfriada.

— Você está doente?

— Não, mas estou entupida e um ouvido está tapado. E não posso tomar um descongestionante por causa de você-sabe-quem.

— Talvez você não devesse trabalhar na clínica neste momento. Todos aqueles germes — disse ele.

— Ah, para com isso. — Mel gargalhou. E passou a mão na barriguinha saliente. — Você vai ser um daqueles pais superprotetores.

Eles dirigiram até sair da cidade, em direção ao oeste, por cerca de dez minutos e, então, Jack saiu da estrada asfaltada e parou o carro.

— Está cheio de buracos. Esta estrada é horrível. Tudo bem por você?

— Desde que eu não bata a cabeça no teto do carro, ficaremos bem. Por que isso?

— Porque eu encontrei uma coisa e queria mostrar para você. Aguenta aí, eu vou devagar. Vamos subir.

E eles subiram e subiram por uma estradinha cheia de curvas e cuja largura era suficiente apenas para um veículo, em meio às árvores. Então, logo depois, irromperam em uma clareira grande e coberta de grama, de onde era possível ver quilômetros de distância.

— Achei que você fosse amar esta vista.

— Meu Deus — exclamou Mel, arrebatada pela visão.

Ela contemplou pastagens cercadas, ranchos, fazendas, pomares, um vinhedo. Atrás disso tudo, as colinas cobertas de pinheiros se erguiam e, diante deles, a cordilheira descia até o vale.

— Venha — chamou ele, abrindo a porta.

Eles saíram e ficaram ali, naquele monte coberto de grama, admirando o sopé da colina e o vale abaixo deles. Ao longe, aquilo que pareciam ser nuvens rolavam, vindas da costa do Pacífico. Jack passou o braço por cima dos ombros de Mel, que se encostou no marido.

— Jack, isso é lindo. Eu nem sabia da existência deste lugar.

— Nem eu. Mel, e se este lugar, bem aqui onde nós estamos... e se este lugar fosse sua varanda da frente?

Ela virou a cabeça na mesma hora para olhar para ele, a boca ligeiramente aberta, os olhos arregalados.

— Jack! — murmurou.

— Eu acho que consigo comprar. O terreno pertence aos Bristol... e é íngreme demais para plantar, muito longe dos pastos deles e com floresta demais para virar pastagem. E a gente não precisa de muito... só uns acres, quem sabe.

Os olhos da mulher se encheram de lágrimas.

— Ah, Jack — repetiu. — Você estava procurando um terreno.

Ele deu uma risada.

— Eu venho dando uma espiada nas terras pouco usadas das propriedades dos vizinhos, procurando um bom pedaço que alguém possa ser convencido a vender. Uma vista, um bom jardim, um lugar onde os cervos consigam chegar bem perto da casa e destruir nossa horta...

— Eu nunca tive uma horta.

— Você gostou?

— Eu amei — respondeu ela. — Eu te amo.

Jack foi para trás dela e escorregou os braços pelo corpo da mulher. Suas mãos entraram debaixo da jaqueta, do suéter, chegando ao lugar onde a calça jeans, que ela não conseguia mais fechar, se encontrava aberta. A seguir, pousou as mãos grandes na barriga de Mel e ela juntou suas mãos às dele, apoiando-se em seguida no corpo dele. Eles ficaram ali e contemplaram as lindas terras, e então aconteceu uma pequena movimentação dentro dela. Aquelas asinhas de borboleta batendo que Mel vinha sentindo havia bem pouco tempo.

— Que pena que você ainda não consegue sentir — sussurrou ela. — O bebê acabou de se mexer.

Ele se abaixou para beijar o pescoço da mulher.

— Ele gosta daqui.

— Como não gostar? Ah, Jack, você não devia ter me mostrado este lugar. Agora, se você não convencer Fish e Carrie a vender isso aqui, vou ficar de coração partido. — E, dizendo aquilo, apertou as mãos dele.

— Pense positivo — respondeu ele. E, com delicadeza, massageou a barriga dela. — Eu achava que os homens ficavam todos assustados quando as esposas engravidavam. Que não queriam tocar nelas. Nem fazer sexo com elas.

— Não todos os homens — respondeu ela.

— Meu Deus, eu quero você mais do que nunca — disse ele, beijando mais uma vez o pescoço de Mel.

— Isso... — ela deu uma risadinha — é simplesmente impossível.

— Quer estrear o lugar onde vamos construir nossa nova casa?

— Não vou voltar para a clínica com a bunda suja de grama. Controle-se — determinou ela, rindo.

— Eu vou construir uma casa aqui para você — prometeu ele. — A primeira coisa que eu vou fazer é aplainar e alargar a estrada, depois vou escavar a terra. Eu não vou conseguir fazer isso sozinho. Enquanto isso, vamos desenhar umas plantas. Eu vou precisar de ajuda com as fundações, mas depois...

— Para, Jack. Antes você tem que comprar o terreno.

Ele a girou, colocando-a de frente para ele.

— Eu vou construir uma casa para você aqui, Mel.

Por fim, eles voltaram à caminhonete, mas, em vez de irem embora, ficaram ali por um bom tempo, em silêncio, olhando o vale lá embaixo. Mel estava se lembrando do último mês de março, quando chegou ali. Uma viúva buscando um recomeço, e a primeira coisa em que pensou foi que tinha cometido um erro terrível ao ir parar naquela cidadezinha sem graça. Ela não tinha sido feita para morar na floresta — ela era uma garota da cidade grande. E agora ela admirava a paisagem mais gloriosa dos Estados Unidos e sabia que nunca mais iria embora.

Em março do ano seguinte, o bebê deles nasceria, um bebê que John Stone, seu obstetra, dissera que seria uma menina. Ela chegara longe, tanto física quanto emocionalmente. Passara de uma mulher que pensava que nunca mais amaria a alguém que vivia o relacionamento romântico mais intenso que poderia imaginar. De uma mulher que achava que jamais teria filhos a uma mãe.

— Você está muito quieto — disse ela ao marido.

— É. Eu penso demais — respondeu ele. — Mel. Vamos conversar sobre uma coisa. Quero uma ajuda.

— Ah, então você não me trouxe aqui para me mostrar a vista. Não... você teria me surpreendido depois, quando tivesse certeza de que o negócio estaria fechado. Você queria um pouco de privacidade — constatou ela. — Qual é o problema?

— Eu tenho observado Preacher — disse ele.

— Ah. Muita gente tem feito isso.

— Como assim?

— Ora, está bem na cara. Ele tem ficado cada vez mais ligado aos hóspedes.

— É. Também estou achando isso. Tenho a sensação de que Preacher não sabe o que está acontecendo com ele.

Ela pegou a mão de Jack.

— Ele vai descobrir.

— Mel, não sei se os olhares de Paige para ele significam algo além de gratidão. Quer dizer, Preacher é o tipo de cara que você quer ter por perto se alguém está prestes a te matar.

— Ao que tudo indica, se sentir seguro pelo menos uma vez na vida tem muito valor — disse Mel. — Foi uma das coisas mais importantes que você me deu.

— Mas machucaram ela feio, Mel. Bem feio. Quando ela se curar e ela não estiver mais com medo...

— Jack, chega. Eu também estava machucada. Mas você nunca deixou que isso o desencorajasse, nem por um segundo.

— Talvez seja diferente...

— Você tem medo de que Preacher se machuque — afirmou ela.

— É, acho que sim.

Ela deu uma risada, mas apertou a mão do marido.

— Você é uma mãezona — disse ela. — Preacher é bem grandinho. Deixe ele em paz. Deixe ela em paz.

— Eu vi como aquela mulher apanhou. Você sabe que o cara que fez isso com ela é obcecado. Ruim como o diabo. Esse canalha maluco vai vir atrás dela, e eu odiaria que Preacher ficasse no meio do fogo cruzado.

— Jack, me escuta... Isso não é da sua conta.

— Eu tomo conta de Preacher há muitos anos já — argumentou ele. — É só que isso me deixa surpreso. Preacher nunca teve muito trânsito com as mulheres. Não sei se ele sabe das coisas.

— Ele não tem que saber das coisas, mas aposto que você também está errado nisso — disse ela, rindo. — Ele só tem que saber como ele se sente e o que quer. Isso não é da sua conta, Jack... Larga o osso. Se você tentar falar para ele se afastar de Paige, ele vai quebrar sua cara.

— É — disse ele, com a cara amarrada. — É.

Jack deu a partida na caminhonete e dirigiu de volta à cidade. Quando deixou Mel e voltou para o bar, encontrou Preacher atrás do balcão e Paige sentada em um banco, de frente para o amigo. O garoto devia estar tirando uma soneca; estavam apenas os dois. E Preacher estava segurando a mão dela.

— Que bom, você voltou. A gente precisa falar um minuto contigo.

— Claro — disse Jack.

— Eu preciso de um dia de folga, se você puder me dar.

— Quando?

— Amanhã ou depois. Em breve.

— Pode ser amanhã.

— Eu quero que você saiba o que a gente vai fazer. Nós vamos até Grace Valley para ver o juiz Forrest. Espero que você não se importe, mas eu liguei para Brie. Perguntei sobre advogados em Los Angeles, para o caso de Paige precisar de um. Mas o que Paige quer com o juiz Forrest é uma ordem de restrição, a custódia do menino... pelo menos temporária. Contra o marido, que bateu nela. Que bateu muito nela.

Jack olhou de Paige para Preacher.

— É isso que você quer fazer?

— É, Jack. Eu estou ajudando Paige a sair dessa confusão e manter o filho e o bebê dela a salvo. — Paige olhou para baixo, como que envergonhada. Preacher notou e deu uma cutucada nela, depois, com um dedo, levantou o queixo dela e disse: — Você não fez nada de errado, Paige. — A seguir, voltou-se para Jack. — Eu disse a ela que todos nós a ajudaríamos. Que não deixaríamos nada de ruim acontecer.

— Nada de ruim acontecer? — repetiu Jack.

— Paige está grávida. Ela precisa da nossa ajuda.

— Claro — respondeu Jack.

— O fato é que... tem uma coisa sobre essa ordem de restrição. O marido dela... vai conseguir descobrir onde ela está.

— Uau — disse Jack. Ele não sabia disso. — Você tem certeza de que esse é o melhor caminho? Quer dizer, quais são as chances de alguém encontrá-la aqui, se vocês ficarem quietos?

— Não dá para fazer isso — respondeu Preacher, dando de ombros. — O marido... Ele deu queixa do desaparecimento dela. E do desaparecimento de Chris. Se alguém farejar que os dois estão aqui, vão acontecer coisas ainda piores. A gente tem que encarar isso.

— Só lembre que, se fizer isso, esses conflitos domésticos podem ser perigosos. De verdade.

Preacher lançou um olhar furioso a Jack.

— Parece que já ficou perigoso. Essa merda precisa acabar. E Paige precisa da nossa ajuda para que isso acabe.

— Tá, certo. Eu estou aqui. Se alguém aparecer e arrumar problema, você sabe que eu resolvo. Mas... você tem certeza de que quer entrar nessa? A coisa pode não sair do jeito que você espera — argumentou Jack. — Você já avaliou as alternativas?

— Ele tem razão, John — disse Paige. — Pode ser um erro. Você pode se machucar.

— Eu não vou me machucar. Ninguém vai se machucar. A não ser, no melhor cenário, ele.

— Pelo menos pense nisso, Preacher — pediu Jack.

A expressão de Preacher ficou carregada e seus olhos se estreitaram.

— A gente vai fazer isso, Jack — insistiu ele.

Jack respirou fundo.

— Tudo bem, Preach. Como você quiser.

Preacher percebeu que Paige estava muito nervosa, e ele não a culpava. Ele culpava Jack. Não fora certo da parte dele fazer perguntas, colocar

Paige na defensiva, como ele fez. Na mesma noite em que eles tiveram a discussão com Jack, logo depois que Christopher foi colocado na cama e enquanto ainda havia alguns caras no bar, Paige disse baixinho:

— Eu acho que a gente tem que reconsiderar esse plano.

— Não tem por que ter medo, Paige. Só existe um perigo real: perder Christopher no tribunal. Eu posso ser só um bobão, mas não consigo ver muitas chances de isso acontecer. Não depois do que o seu marido fez. Ele tem ficha, Paige. Não é sua palavra contra a dele. Eles estariam colocando Chris em perigo. Não consigo acreditar que qualquer juiz vá deixar isso acontecer.

— Jack está certo... Você não deveria estar se metendo nessa confusão. A gente ainda pode fugir, eu e Christopher. Eu posso ir para aquele endereço em Spokane, organizar as coisas. Entrar naquele submundo que dá identidades novas a mulheres e crianças...

— Não fique com medo — repetiu ele. — Vai ficar tudo bem. Eu conversei com o juiz Forrest e ele está otimista em relação a resolver isso.

— Só estou dizendo que existem outras opções para esse tipo de risco...

— Paige, se chegarmos a isso, eu mesmo levo você embora. E vou ficar contigo até você estar em algum lugar seguro.

— Você não precisa...

— Eu fiz uma promessa, Paige.

— Eu não vou cobrar que você a cumpra.

— Eu prometi *a mim mesmo*.

Quando Preacher se provou obstinado, Paige simplesmente desejou boa noite e subiu. Mas depois que fechou o bar, preocupado com ela, ele subiu de mansinho a escada e bateu de leve na porta. Os olhos de Paige estavam vermelhos e seu rosto rosado por causa das lágrimas.

A pequena mala estava aberta em cima da cômoda, as roupas dobradas com esmero lá dentro.

— Ah, Paige — disse ele, puxando-a pela mão para fora do quarto para que Christopher não acordasse.

Ela se encostou nele e chorou em seu peito. Ele a abraçou durante um tempo, fazendo carinho nas costas dela. Enfim, disse:

— Vamos lá. Venha comigo.

Ele a levou para baixo, o braço por cima dos ombros dela, e a fez entrar em seu apartamento, deixando a porta aberta, de modo que pudessem ouvir se Christopher acordasse. Segurando-a pela mão, ele a conduziu até o sofá da sala, que agora estava tomada pelo conjunto de pesos que ele havia retirado do antigo quarto. Ele se sentou na grande poltrona de couro, à direita dela. Inclinando-se para a frente, Preacher tomou as mãos de Paige nas dele. Olhando em seus olhos, perguntou:

— Você está tão assustada que ia fugir?

Ela fez que sim com a cabeça, e ele seguiu a linha do maxilar dela com o dedo.

— Vamos tentar resolver isso — garantiu ele.

— Mesmo se funcionar, nunca vou conseguir pagar por isso — disse ela.

Ele apenas balançou a cabeça.

— Eu não quero nada de você, Paige. Só quero que ninguém nunca mais bata em você. Nunca mais.

Paige sentiu que precisava tocar o rosto dele. Ela pousou sua mão pequena na bochecha dele.

— Você é um anjo — sussurrou ela.

— Não. Sou só um cara normal. — E riu um pouquinho. — Um cara abaixo da média.

Ela balançou a cabeça e uma lágrima escapou de seu olho e rolou pela face. Preacher a limpou com cuidado.

— Isso não faz qualquer sentido para mim — disse ele. — Se um homem tem uma família assim... Você, Christopher e o novo bebê que está chegando... Por quê? Ele tinha que fazer qualquer coisa no mundo para mantê-los a salvo, e não machucar vocês. Eu queria...

Mas, antes de completar, ele balançou a cabeça, triste.

— O que você queria, John?

— Você merece um homem que a ame e que nunca deixe você se esquecer disso. Alguém que queira criar Christopher para ser um homem forte e íntegro, um homem bom e que respeite as mulheres. — Ele colocou a mão no cabelo da jovem, segurando uma mecha sedosa. — Se eu tivesse uma mulher como você, eu tomaria tanto cuidado... — sussurrou.

Ela olhou nos olhos meigos dele e sorriu, mas era um sorriso tingido de medo e tristeza.

— Venha aqui ganhar um abraço — disse ele, puxando-a para perto.

Ela deslizou para o colo de Preacher, puxando as pernas para cima e se enroscando, a cabeça no ombro dele, que a abraçou. Ela se aninhou ali, no peito largo de Preacher, feito uma gatinha.

Preacher se recostou na poltrona e fechou os olhos, abraçado a ela, segurando-a perto de si. *Isso é tudo que tenho a oferecer*, pensou ele. *Ajuda. Segurança. A gente vai tirar esse desgraçado da vida dela, ela vai ficar forte e confiante de novo. E, então, ela vai embora. Em algum lugar, em algum momento mais tarde, vai existir um homem que a tratará direito. Mas, até lá, às vezes ela pode precisar de alguém para apoiá-la um pouco. E, se essa pessoa for eu nessas algumas vezes, vou dar o meu melhor.*

Ele ficou sentado daquele jeito até que o pequeno relógio na parede marcou meia-noite. Paige já estava imóvel por horas; dormira nos braços de Preacher. Ele podia ficar ali até o amanhecer, apenas sentindo o corpo miúdo daquela mulher em cima do seu. Dando um suspiro profundo, ele a beijou o alto da cabeça. Em seguida, se levantou, erguendo-a com cuidado em seus braços. Ela despertou brevemente e olhou para o rosto dele.

— Shh — fez ele. — Vou colocar você na cama. Amanhã vamos ter um dia importante.

Ele a carregou para o andar de cima e a levou para seu antigo quarto. Preacher a pousou na cama, ao lado do filho, e tirou o cabelo de sua testa.

— Obrigada, John — murmurou ela.

— Você não tem que me agradecer — respondeu ele. — Estou fazendo isso porque eu quero.

Jack estava rachando lenha às sete da manhã quando Preacher saiu pela porta dos fundos de seu apartamento e caminhou em direção a ele. Jack apoiou o machado no toco de árvore e se virou para o amigo. Então, ao notar o olhar ameaçador no rosto de Preacher, inclinou ligeiramente a cabeça e franziu o cenho, se perguntando o que havia de errado.

Antes que pudesse ficar curioso por muito tempo, Preacher enfiou um soco bem dado na cara de Jack, derrubando-o cerca de um metro para trás e de bunda no chão. Parecia uma bomba explodindo em sua cabeça.

— Jesus...

— Mas que porcaria que você tem na cabeça para fazer Paige se sentir como se estivesse fazendo alguma coisa errada? — interpelou Preacher. — Achei que você tinha mais cérebro do que mostrou ontem.

— Ei — foi tudo que Jack conseguiu falar.

Ele ficou onde estava, a mão pressionando a mandíbula. Não ousava ficar de pé novamente até estar pronto para brigar. E, com Preacher chateado daquele jeito, aquela parecia uma ideia bem ruim.

— A garota já está morta de medo e acha que não merece ajuda alguma, e aí *você* chega *me* questionando? Qual é o seu problema?

— Hum, Preacher...

— Eu esperava mais de você, Jack. Até parece que você não passou por isso. Mel chegou aqui cheia de merda também... Não o mesmo tipo de merda, mas era merda. E se eu tivesse dito a você, bem na frente dela, que você não deveria se envolver, você teria batido em mim na mesma hora!

— É — concordou Jack, devagar. Então, com a ajuda da mão, moveu a mandíbula para baixo e para cima. Não estava quebrada. E continuou: — É. Tudo bem. — Ele tocou o rosto, logo abaixo do olho. Talvez houvesse algum osso quebrado ali.

— Eu achei que pudesse contar com você para enfrentar essa. Você sempre pôde contar comigo!

— Tudo bem, então essa garota é mesmo importante para você... — disse Jack, com cuidado.

— Não é esse o ponto! Só estou tentando ajudar... Não quero nada em troca. Mas com certeza não esperava que você fosse puxar meu tapete ao tentar ajudá-la.

— Você está certo — disse Jack. — Desculpe.

— Nunca faço nada que eu não queira fazer!

— Eu sei. Ah, como eu sei.

Ele começou a se levantar, e Preacher ofereceu a mão. Jack aceitou a ajuda apenas para ser empurrado de novo no chão.

— Se você não pode ajudar, então pelo menos cala a porra da boca!

E, com isso, Preacher se virou e saiu pisando firme de volta para o apartamento.

Jack ficou no chão por mais um minuto. Puxou os joelhos para junto do peito e passou os braços em volta deles. Ele tentou clarear os pensamentos. *Nossa*, pensou ele. *Que droga.*

Levantou-se devagar e decidiu que a lenha poderia esperar. Ele estava vendo algumas estrelas. Ziguezagueou até a clínica e entrou. Mel ainda não havia chegado, mas o doutor estava na cozinha, fazendo café. Ele se virou assim que Jack entrou e estreitou os olhos ao vê-lo.

— Como é que está o outro cara dessa briga? — perguntou Mullins.

— Eu acho que pisei no dedo mindinho do pé de Preacher — respondeu ele. — Tem gelo?

Meia hora mais tarde a porta da frente se abriu e Mel entrou. Ela deixou sua bolsa com material médico na recepção e seguiu até a cozinha, para pegar um café. Foi quando encontrou Jack, sentado à mesa, uma compressa de gelo em cima do olho. Algo na situação não pareceu surpreendê-la em nada. Ela se serviu de uma caneca de café, bem devagar, e se sentou à mesa.

— Deixa eu adivinhar — anunciou ela, com uma expressão de superioridade no rosto. — Você não se controlou e deu um conselho.

— Por que eu não escuto você? — perguntou ele, tirando a compressa de gelo para revelar o rosto machucado e o olho roxo, que estava tão inchado que ameaçava se fechar por completo.

Ela balançou a cabeça, em desgosto.

— E, afinal, Preacher sabe direitinho o que está acontecendo com ele — afirmou ele.

— Eu avisei — respondeu ela, repousando o queixo na mão, o cotovelo apoiado na bancada.

— Ele foi um pouco crítico quanto ao meu conselho de que ele talvez devesse pensar seriamente antes de se envolver nessa confusão.

Ela fez um barulhinho de desaprovação — um *tsc* —, para fazê-lo entender, sem precisar verbalizar, que ela achava que ele tinha sido um idiota.

— Certo, eu pedi desculpas. Disse que ele estava certo e pedi que me desculpasse.

— Depois que ele desceu o sarrafo em você, suponho...

— Bem, foi. Depois disso.

— Homens.

— A gente costuma jogar no mesmo time — destacou ele.

— Quando não tem uma mulher entre vocês.

— Estou percebendo isso.

— Sabe, tem uma regrinha sobre emitir opiniões. Elas só são boas quando alguém as pede.

— Ele disse alguma coisa sobre como eu deveria apenas ficar com a porra da minha boca calada.

— Olha aí. Quem poderia imaginar que Preacher daria sábios conselhos?

Jack fez uma cara de contrariado para ela e recolocou o gelo no rosto. E se contraiu de dor.

— Está doendo, né?

— Droga, aquele camarada tem um braço e tanto.

— Fique à vontade para continuar sentado aqui e se esconder por quanto tempo quiser, mas, mais cedo ou mais tarde, vocês vão ter que fazer as pazes. Você não combinou de ficar no bar hoje para ele poder levar Paige ao juiz?

— Sim. Mas vou dar um tempo para ele se acalmar um pouco. Vou precisar deste outro olho aqui para poder enxergar.

— Ah, acho que se Preacher estivesse planejando mais alguma coisa, ele já teria feito.

Um pouco mais tarde, Jack entrou na cozinha do bar e viu Preacher franzir a testa como cumprimento. Com coragem, Jack foi até o balcão.

— Ei, cara — disse ele. — Você estava certo, eu estava errado, e eu queria que a gente voltasse a jogar no mesmo time.

— Tem certeza de que meu time não é um pouco problemático demais para você? — indagou Preacher.

— Certo. Já acabou? Porque isso está doendo de verdade e eu estou tentando não dar um soco em você agora mesmo. A gente poderia ter simplesmente *conversado* sobre esse assunto.

— Eu queria deixar tudo bem claro — respondeu Preacher.

— Eu entendi, Preach. Agora, vamos lá. Só vou pedir uma vez.

Preacher pareceu ponderar por um segundo, e então, bem devagar, estendeu a mão. Jack aceitou e apertou a mão do amigo.

— Não faça isso de novo.

— Não me faça querer fazer.

Pouco depois, Paige desceu com Christopher.

— Ai, meu Deus — exclamou ela, olhando para o rosto de Jack.

— É muito pior do que parece — disse Jack.

— Mas que diabo aconteceu?

— Eu cheguei perto demais da traseira de uma mula. — Ele tirou um CD do bolso de trás da calça. — Mel pediu que eu lhe entregasse isto... Algumas fotos que ela tirou. Caso você precise delas. Mas ela disse que deveria avisar que são fotos muito assustadoras, seja lá o que isso signifique — explicou ele, fingindo não ter visto qualquer uma das imagens. — Ela ainda tem as cópias, então você pode entregar estas aqui se alguém, tipo o juiz, pedir.

Capítulo 6

O juiz Forrest trabalhava na Corte Superior da Califórnia e fez de Grace Valley sua casa. Aos 70 e poucos anos, ele era vivaz e ostentava um semblante sério, talvez até austero. Mas, para Preacher, ele tinha sempre um sorriso e um aperto de mão a postos. Eles não se encontraram na sala do tribunal, mas no escritório do juiz. Preacher e Paige se sentaram em cadeiras localizadas de frente para a mesa dele, e Christopher ficou do lado de fora, com a secretária. O juiz Forrest fez algumas perguntas a Paige a respeito de sua vida em Los Angeles.

Paige explicou que era casada com Wes Lassiter havia seis anos, que Christopher, de 3 anos de idade, era filho deles, e que ela estava grávida de pouco mais de dois meses. O abuso começara cedo — na verdade, ele tinha batido nela uma vez antes de se casarem. Mas foi piorando cada vez mais e Wes tornara-se terrivelmente violento nos últimos dois anos.

— Mas eu devia ter percebido desde o começo — disse ela. — Ele era muito controlador, mesmo antes de a gente se casar. Tinha um temperamento violento, quase nunca direcionado a mim, mas a respeito das coisas em geral. Tipo na hora de dirigir. Ou ficar com raiva de alguma coisa no trabalho. Ele é operador da Bolsa. Lida com ações e commodities... um trabalho muito estressante.

— E o caso de abuso mais recente...? — perguntou o juiz.

Com a mão trêmula, ela deslizou um CD pela mesa.

— Quando cheguei a Virgin River, a enfermeira que trabalha na clínica médica me examinou, porque eu estava correndo o risco de abortar. Ela tirou umas fotos.

— A esposa de Jack — explicou Preacher, pois o juiz pescava com Jack. — Mel.

— Essa foi a última vez — disse Paige. — Me fez fugir. De novo.

O juiz Forrest pegou o CD e o inseriu no leitor de seu computador. Deu alguns cliques com o mouse, depois voltou os olhos para ela.

— Por que você não foi à polícia?

— Eu estava com medo.

— Você já prestou queixa alguma vez? — perguntou ele.

— Duas vezes. E, em uma delas, foi expedida uma ordem de restrição, que Wes violou. Eu não podia nem ficar com minha mãe... Ele também a ameaçou.

— Mel Sheridan datou estas fotos — disse o juiz.

— Eu sei. Ela disse que ia registrar em meu histórico médico sem sobrenome, mas que colocaria a data e deixaria tudo organizado para o caso de eu vir a precisar disso para um tratamento, ou para sei lá o quê...

— Você vai precisar disso. Seus ferimentos datam de 5 de setembro. Ele deu queixa do desaparecimento de vocês no dia 12. — O juiz se inclinou na direção dela. — Minha jovem, esse homem é perigoso. Se você não fizer uma acusação formal, não há qualquer esperança de pará-lo. Com certeza não vai conseguir fazê-lo parar sozinha.

— Para dizer a verdade, estou surpresa de que ele não tenha registrado meu desaparecimento antes.

— Eu não estou — respondeu o juiz. — Ele não ia querer que recuperassem você e a devolvessem a Los Angeles enquanto você estivesse com todos esses ferimentos. — Ele tirou o disco do leitor e o devolveu a ela. — Vou emitir uma ordem de restrição temporária e a custódia temporária de Christopher, com base nessas fotos e no que seguramente estou presumindo que vai ser o testemunho de sua enfermeira e de outras pessoas. Ele bate em você, depois espera até que você tenha tempo de fugir, possivelmente para fora do estado, antes de reportar seu desaparecimento... o que implica que você disse a ele que estava indo embora. Até onde eu sei, com a permissão dele. — Paige abriu a boca, e o juiz ergueu a mão, para impedi-la de falar. — Não diga mais nada sem um advogado, mocinha. Essa semana que ele esperou antes de reportar o desaparecimento da esposa e do filho diz muito. Mas você vai precisar de alguma ajuda legal. Com um pouco de sorte, vai conseguir se divorciar e obter a custódia permanente de seu filho à revelia, mas não se espante se eles pedirem que você volte a Los Angeles. Se isso acontecer, não fique com sua família. Sua localização deve permanecer sigilosa. E não vá sozinha.

— Pode deixar comigo — disse Preacher.

O juiz anuiu, em sinal de aprovação.

— A papelada deve ficar pronta em uma hora. Talvez duas. Vão almoçar e voltem. — Ele se levantou. — Eu desejo a você boa sorte.

Depois, durante a tarde, enquanto dirigiam de volta a Virgin River, Paige disse:

— Agora vem a parte assustadora.

Rick estava assobiando quando chegou ao trabalho. Ele entrou pelos fundos, atravessando a cozinha deserta para entrar no salão. Jack estava dando uma olhada em uns recibos no bar quando ele chegou.

— Ei, Jack — saudou Rick. Jack levantou a cabeça. — Deus do céu! — exclamou o rapaz, dando um pulo para trás. — Cara!

— É. Está meio feio, né?

— Quem foi que bateu em você?

— Eu bati em uma porta — respondeu ele.

— Sei — disse Rick, balançando a cabeça. — Essa porta tem nome. E eu só consigo pensar em um cara que poderia deixar uma marca dessas. O que foi que você fez para deixar ele pau da vida?

Jack balançou a cabeça e deu uma risadinha.

— Muito espertinho você, né? Eu emiti uma opinião que deveria ter guardado para mim mesmo.

— Oh-oh. Você disse para ele não se envolver com Paige, não foi?

Jack se endireitou, indignado.

— Ora, da onde você tirou essa ideia? — interpelou ele.

— Bem, está na cara como é que Preacher se sente em relação a ela e ao filho dela. Cadê o grandalhão? — perguntou Rick, olhando ao redor.

— Ele levou Paige ao tribunal da região, para ver um juiz. Devem estar de volta a qualquer momento.

O rosto de Rick se abriu em um grande sorriso. Então, ele começou a rir. Enfiou as mãos nos bolsos, balançou o corpo um pouco, para a frente e para trás, sacudindo a cabeça. Gargalhando.

— Que foi? — perguntou Jack.

— Ah, Jack — respondeu ele. — Você disse a ele para não fazer isso?

— Não! — insistiu Jack. Depois, deixou escapar um suspiro profundo. — Eu estaria morto agora, se tivesse falado para ele não ir. — E apontou para o rosto. — Eu ganhei isso aqui por dizer a ele que talvez devesse pensar sobre a situação.

— Ai, meu Jesus — disse Rick. — Preacher está completamente comprometido. Arranjou uma mulher.

— É, bem, não tenho muita certeza de que ele já arranjou, então cuidado onde pisa.

Rick chegou perto e deu um soquinho encorajador em Jack.

— Qual é? Não sou idiota a ponto de me meter entre ele e uma mulher.

— Mesmo? — disse Jack, ao mesmo tempo pensando: *Eu sou o único que não tem cérebro por aqui?*

Jack saiu do bar um pouco mais cedo porque estava cansado das pessoas lhe perguntando o que tinha acontecido com seu rosto. Ele estava tendo uma noite tranquila no chalé, ao lado de Mel, quando o telefone tocou. Ao ouvir a voz da irmã mais nova do outro lado, ele ficou radiante.

— Brie! Tudo bem com você?

— Oi, Jack. Tudo bem?

— Tudo ótimo. Escute, Preacher me disse que pediu um conselho a você, a respeito dessa jovem que ele está ajudando. Isso foi legal de sua parte, Brie. É uma situação ruim.

— É, eu estou ligando para você anotar uns nomes aí. Tem uma caneta?

— Você parece estar com pressa.

— Estou, um pouco. Pronto para anotar?

— Claro — disse ele, pegando uma caneta. — Pode falar.

Ela listou os nomes de alguns advogados, uns dois em Los Angeles, uns no norte da Califórnia, soletrando sempre que ele pedia.

— Diga à moça para entrar em contato com um desses advogados locais imediatamente, antes de fazer qualquer coisa, antes que o marido possa fazer qualquer coisa também. Imediatamente.

— Claro. Por que é que você está tão irritada? — perguntou ele. — Teve um dia ruim no tribunal?

— Um caso grande — respondeu ela, com poucas palavras. — Já tive dias melhores.

— E aí, o que Brad está aprontando? Ele está por aí?

Sem perder um segundo, ela pediu:

— Me deixa falar com a Mel.

— Claro — respondeu ele. — Você está bem?

— Ótima. Posso falar com a Mel, por favor?

Jack estendeu o telefone para Mel, que, com uma expressão de perplexidade no rosto, saiu do sofá e foi até ele. Ela pegou o telefone, confusa, e cumprimentou Brie.

— Escute — começou Brie, com a voz estressada. — Preciso que você conte a ele para mim, porque eu ainda não consigo falar sobre isso. Diga a Jack que... Brad terminou comigo. Terminou comigo para ficar com outra mulher. Ele nem levou as roupas dele, o que me diz que talvez ele já tenha se mudado para a casa dela.

— Brie? — disse Mel, um tom intrigado em sua voz. — O quê...?

— Minha melhor amiga — interrompeu ela, a ira pingando de cada palavra. — Christine, minha melhor amiga. Eu nunca soube. Nunca nem desconfiei.

— Brie, quando foi que isso aconteceu? — quis saber Mel, e a pergunta trouxe Jack de volta à cozinha, espreitando.

— Faz mais ou menos uma semana que ele me contou que já faz um ano que ele está trepando com ela! A gente estava falando de ter filhos... Ele disse que queria um bebê. A gente estava transando feito loucos, e ele transando feito louco com a vizinha. — Ela deu uma risada amarga. — Será que ela quer engravidar também?

— Ah, Brie... — tentou dizer Mel.

— Ele quer voltar para buscar as coisas dele. Estou pensando em queimar tudo no gramado em frente de casa.

— Brie...

— Ele já está vendo um advogado. Ele sabe muito bem que é melhor nem tentar me encarar sem um advogado muito bom. Ele quer se divorciar... rápido. — Ela riu. — Talvez ela esteja grávida ou coisa assim. Não seria esplêndido? — E então, a voz de Brie falhou por um instante.

Mel conhecia Brie fazia pouco tempo. Na verdade, ela também não conhecia Jack havia muito tempo. Mas, considerando as quatro irmãs dele, ela se sentia mais próxima de Brie. As duas tinham mais ou menos a mesma idade e Brie era a queridinha de Jack. O bebê da família.

Jack e Mel tinham acabado de ir a Sacramento — fora onde se casaram. Mas, pelo visto, Mel era completamente cega e distraída, porque ela tinha acreditado que, das quatro irmãs de Jack, Brie tinha o relacionamento mais amoroso e abertamente afetuoso. Não parecia possível que aquilo estivesse acontecendo apenas algumas semanas mais tarde.

— Conte a Jack por mim, certo? Ele acha que cunhados são como irmãos de verdade. Ele vai ficar arrasado. Você conta para ele...

— Brie, chega! — insistiu Mel. — Venha para cá. Tire uma semana de folga e venha.

— Não posso — disse ela, soando, de repente, desanimada. — Eu estou começando a trabalhar num caso grande. Brad sabe tudo sobre esse caso — disse ela. — Ele terminou comigo agora, quando minha guarda está baixa, quando eu não tenho forças para lutar. — Riu de novo com amargura. — Eu deveria lutar por um homem que está transando com a minha melhor amiga há um ano?

— Não sei — respondeu Mel, o coração pesado.

— Mel, diga a Jack que vou ligar para ele em breve. Mas não quero falar com ele ainda. Por favor...

— Claro, querida. Como você quiser. Você tem alguém para lhe dar apoio? Suas irmãs? Seu pai?

— Tenho, e estou me apoiando feito louca. Mas tenho que enfrentar isso sendo forte... forte e furiosa. Se eu conversar com Jack, ele vai me fazer chorar. Ainda não posso me dar ao luxo de desabar.

E então, de maneira abrupta, Brie desligou, o que deixou Mel segurando um telefone mudo com uma expressão completamente chocada no rosto.

— O que foi? — perguntou Jack.

— Ela me pediu para contar a você que Brad saiu de casa. Pediu o divórcio.

— Não — disse Jack. — Ele não pode ter feito isso.

Mel fez que sim com a cabeça.

— E ela pediu, por favor, para que você não conversasse com ela sobre isso ainda. Ela ficou de ligar de novo.

— Mas que droga de papo furado é esse? — disse ele, pegando o telefone.

— Você não deveria respeitar a vontade dela? — perguntou Mel, embora Jack já tivesse apertado os números no teclado.

Ele ficou ali de pé, com o telefone na orelha por um bom tempo, enquanto o aparelho tocava. Então, ao que parece, Brie deixou a secretária eletrônica atender, porque ele pediu:

— Atende, Brie. Qual é... Eu tenho que ouvir sua voz. Que droga, atende! Não consigo fazer isso... ficar esperando assim. Brie...

Mel estava perto o bastante para ouvir Brie dizer:

— Você nunca faz os que as pessoas pedem para você fazer, né?

E Jack deu um grande suspiro. Mel saiu da cozinha.

O chalé era bem pequeno, então ir até a sala de estar não dava a Jack, que estava ao lado da pia da cozinha, muita privacidade, mas ele se virou de costas e falou baixinho por bastante tempo. Houve muitos intervalos de silêncio, indicando que ele também escutou, algo que Jack era muito bom em fazer, mesmo sendo homem.

Mel olhou algumas vezes para o relógio no pulso. Mais de trinta minutos se passaram antes que Jack desligasse o telefone e se sentasse ao lado dela no sofá.

— Você fez sua irmã chorar? — perguntou ao marido.

Ele anuiu.

— Claro que não foi minha intenção... Eu só tinha que saber o que aconteceu, só isso. Eu quero falar com *ele*. Ela disse que vai me matar se eu ligar para ele.

Mel passou o dedo embaixo da bochecha machucada de Jack.

— Quando a gente se casou, eu não fazia ideia do quanto você se mete na vida de todo mundo.

Jack se levantou e saiu da sala. Foi até o quarto vazio, onde guardara as caixas com as coisas que trouxera de seu apartamento atrás do bar. Trazia na mão uma foto em preto e branco, empoeirada e emoldurada, e passou a manga da camisa em cima dela, para limpá-la. Era ele, aos 16 anos, segurando Brie, aos 5. Jack a trazia escorada em seu quadril e os braços dela estavam ao redor do pescoço do irmão. Ele olhava para algum lugar que não a câmera e apontava algo; ela estava rindo, os cachos dourados voando com o vento.

— Ela parecia minha sombra — disse ele. — Eu não conseguia me livrar dela. Quando entrei para o Corpo de Fuzileiros, Brie tinha só 6 anos. Todas as meninas ficaram sentidas com minha partida, mas Brie ficou com o coração despedaçado. — Ele tomou fôlego. — Eu sei que ela é uma promotora poderosa. Ouço falar que ela é um desses promotores que metem medo... uma matadora. Mas, para mim, é difícil pensar nela como qualquer outra coisa que não seja minha irmãzinha, a pequena Brie. Eu quero fazer alguma coisa...

— Você tem que deixar que ela lhe diga do que precisa — aconselhou Mel. — Não misture as coisas dela com o que você quer.

— O que eu quero... — repetiu ele, de maneira distraída.

— Você também sofreu uma perda, Jack. Você tem uma família muito unida... Eu vi. Isso vai abalar todo mundo. Tente só não fazer com que sua perda se imponha às emoções de Brie. Ela já está bem machucada. Tudo bem?

— Ok — concordou ele. — Ok. — Jack se sentou de novo no sofá, a foto pousada em seu colo. A expressão em seu rosto ficou mais sombria. — Eu confiei que ele cuidaria da minha irmã. Acho que nunca vou entender como é que ele pôde desertar assim. — Ele tomou a mão da esposa. — Sabe, no meio disso tudo, enquanto Brie estava tentando não chorar, ela disse para darmos a Paige o número dela. Para dizermos a Paige que ela já processou espancadores e que conhece todos os truques que eles usam. Mel, eu geralmente entendo as coisas que os homens fazem. Mas, neste exato momento, os homens não fazem o menor sentido para mim.

Paige ligou para Brie e para um dos advogados que lhe foram recomendados. Brie recomendou que ela se preparasse para ser contatada pelo marido... Provavelmente ele a procuraria. Para brigar, talvez para ameaçá-la ou para tentar usar o filho deles para influenciar a situação.

— Eu sei — disse Paige.

Dormir em paz à noite era impossível, mesmo com John tendo assegurado que eles estavam bem trancados e que ele ouviria qualquer coisa.

Ela estava nervosa e distraída. O sorriso que os clientes tinham se acostumado a receber enquanto ela servia e limpava as mesas não estava mais lá. Ela olhava para o lado de fora do bar diversas vezes, perscrutando a área. Cada vez que o telefone tocava, ela ficava tensa.

— John, se ele tivesse telefonado para cá, você teria me dito, né? — perguntava ela.

— Claro que sim. Mas ele tem o nome do seu advogado e realmente deveria ligar para ele.

— Mas ele não vai fazer isso — disse Paige.

Mel tentou animá-la, chamá-la para fora do bar.

— Você saiu nos últimos três dias? — perguntou ela a Paige.

Ela chegou mais para perto.

— Estou lutando contra o impulso de enfiar Chris no carro e fugir em busca de segurança.

— É, não tenho dúvidas disso — respondeu Mel. — Com um pouco de sorte, os advogados vão resolver essa briga rápido e chegar a um acordo.

— Isso seria um milagre.

— Eu vou ali, do outro lado da rua, assistir à novela da tarde com Connie e Joy. Vem comigo... para rir um pouco.

— Não sei...

— Paige, tem três dias que você não vê o céu. Vamos. É ali do outro lado da rua. A gente olha para os dois lados antes de atravessar.

John, superprotetor, caminhou até a varanda do bar e as observou enquanto atravessavam a rua, sem notar qualquer coisa extraordinária na paz da rua principal. Mas, quando a novela acabou e as duas estavam voltando, o que Paige mais temia a aguardava, em plena luz do dia, bem ali na rua. Estacionado em frente ao bar estava um SUV, e encostado nele havia um homem. Mel nem sequer notou. Ela tagarelava sobre os comentários incessantes das mulheres mais velhas a respeito da novela quando Paige parou de andar.

— Ai, meu Deus — disse ela baixinho, e deu um puxão na manga da camisa de Mel, fazendo-a parar no meio da rua.

Ele estava posicionado entre elas e o bar, uma perna preguiçosamente cruzada na frente da outra, as mãos enfiadas nos bolsos enquanto ele as observava, com um sorriso satisfeito em seus lábios.

— Não — sussurrou Paige.

— É ele? — perguntou Mel.

— É — respondeu ela, tomando um fôlego cheio de medo.

Impulsionando o corpo, Wes se afastou do carro e caminhou na direção delas, devagar e parecendo sentir-se confortável. Na mesma hora, Mel se colocou entre Paige e o homem.

— Você não pode chegar perto dela — disse Mel. — Temos uma ordem de restrição.

Ele tirou do bolso de trás da calça um papel comprido, dobrado, e continuou a se aproximar.

— Vocês também têm uma intimação para que Paige leve meu filho para Los Angeles, para uma audiência de custódia. Eu estou aqui para buscá-lo. Paige, com quem você acha que está se metendo, hein? Vem, vamos para casa! — anunciou ele.

— Jack! — berrou Mel, defendendo Paige da aproximação de Wes. — Jesus. *Jack!*

— Não... — disse Paige, quase implorando.

Ao mesmo tempo que Paige continuava a se afastar aos poucos, indo em direção à loja de Connie, Mel se manteve firme onde estava. Embora o homem que se aproximava mostrasse a boca retorcida de um jeito sinistro, claramente não era páreo para os que se encontravam logo ali, dentro do bar, esperando para proteger Paige. Aquele engomadinho, com sua calça preguada e seus sapatos mocassim não se parecia em nada com os grandalhões de Virgin River. Como é que conseguia exibir tanto poder, causar tanto dano? Ele era menor que Jack e *muito* menor que Preacher. Meu Deus, ele tinha mais ou menos o tamanho de Rick! Mal chegava a um metro e oitenta, com um cabelo castanho, curto e penteado com gel para ficar todo espetado. Um playboyzinho da cidade. Ele teria uma bela surpresa.

Mel viu de relance quando Jack apareceu na varanda do bar ao mesmo tempo que Paige se virou e saiu correndo. Wes Lassiter empurrou Mel com brutalidade, tirando-a de seu caminho, para começar a perseguir Paige. Mel cambaleou para trás e caiu. Seu pensamento fugaz foi: "Ah, Jack deve ter visto isso". Ela conseguiu escutar os passos pesados do marido antes que pudesse retomar o foco e vê-lo se aproximar, correndo. Deu uma olhada por cima do ombro para ver que ele não fora rápido o bastante para salvar Paige. Lassiter alcançou a esposa, pegando-a pelo cabelo junto à nuca, e a jogou no chão. Em um borrão que parecia irreal, Mel observou enquanto ele tomava distância e a chutava, gritando: "Mas que *merda* você pensa que está fazendo, hein? Achou que ia me *deixar*?"

Jack olhou para Mel, que devolveu o olhar brevemente, enquanto ele corria para ajudar Paige.

No exato momento em que Lassiter se preparava para dar um novo chute na barriga de Paige, Jack enganchou o braço ao redor do pescoço do homem, erguendo-o do chão e levando-o para longe da jovem. Com um giro, ele foi jogado para longe de Paige, aterrissando alguns metros distante dela.

Preacher, que com certeza estava na cozinha quando Mel gritou, foi o próximo a sair do bar, seguido de perto por Rick. Bastou uma rápida olhada em Paige para ver que ela lutava para se sentar, uma das mãos cobrindo o rosto, o nariz sangrando por ter batido de cara no chão. Mel engatinhou pela curta distância que as separava enquanto Jack tentava ajudar Paige a se sentar. Foi quando Preacher veio correndo pela rua.

Ele viu que Mel e Jack estavam com Paige e seguiu direto até Lassiter, ainda caído. Preacher se abaixou, pegou o homem por debaixo dos braços e o ergueu, tirando-o do chão. Os dois estavam cara a cara, os pés de Lassiter balançavam no ar. Por um momento, o rosto dele transpareceu puro terror ao encarar os olhos furiosos de Preacher.

— Eu poderia dar *só uma* em você, seu merda, e você nunca mais se levantaria — rosnou Preacher na cara do homem.

— John! — gritou Paige. — John!

Preacher sentiu a mão de Jack no seu braço.

— Preach, vá ficar com Paige.

Ele olhou por cima do ombro para ela, sentada, chorando, a mão pressionando o nariz e o sangue escorrendo pelo queixo. Manteve Lassiter no ar sem qualquer dificuldade; ele queria esmurrar aquele homem até fazê-lo chorar. Então, olhou de novo para o rosto apavorado de Lassiter, encarou por um segundo aqueles olhos aterrorizados, e pensou: *Não posso ser violento na frente dela. Ela vai achar que sou igual a ele. E eu não sou.* Preacher largou o homem no chão. Depois, chegou o rosto perto do de Lassiter e disse:

— *Não* se levante.

Então se endireitou, se virou e foi até Paige, a alguns metros dali.

— Meu Deus — disse Preacher.

Ele se ajoelhou e a levantou nos braços. E ficou com ela ali, junto a ele.

— Eu estou bem — chorou a jovem no peito dele. — Vou ficar bem.

Ele afastou a mão que ela trazia no rosto, viu o sangue que fluía do nariz.

— Ah, Paige, isso nunca deveria ter acontecido com você — lamentou ele, e começou a carregá-la para a clínica.

Jack ajudou Mel a ficar de pé. Ela ignorou a ajuda e se levantou.

— Eu não me machuquei — garantiu ela. — Só me desequilibrei.

— Tem certeza? — insistiu Jack.

Ela fez que sim com a cabeça e Jack se voltou para Lassiter, que ainda estava caído no chão. Seu olhar de medo desaparecera e fora substituído por uma expressão de deboche, com os olhos estreitados, que deixou Jack furioso.

Rick se colocou corajosamente entre Jack e Lassiter. Quando Jack se afastou de Mel, Rick deu uma olhada na tempestade que se armava no rosto de Jack, no jeito como ele abria e cerrava o punho, e saiu da frente do homem.

Jack foi até Lassiter e estendeu a mão para ajudá-lo a se levantar.

— Que bom que você parou aquele homem — disse Lassiter, esticando a mão e aceitando a ajuda. — Eu teria pegado ele.

Com um rosnado, Jack o puxou e, uma vez que o homem ficou de pé, deu um soco no rosto dele, lançando-o a mais de um metro do outro lado da rua. Depois, venceu a curta distância e parou na frente dele, olhando--o do alto.

— E agora, vai me pegar?

Lassiter olhou para Jack, o sangue já jorrando pelo nariz.

— Mas que merda...?

Levantou-se, então, cambaleante, e encarou Jack, os punhos erguidos, como se fosse um pugilista. Trocou o pé de apoio algumas vezes, dançando, pronto para desferir um soco com a mão fechada.

Jack chegou a gargalhar, completamente relaxado.

— Você está de brincadeira comigo, né? — disse ele. Ele balançou os dedos, impaciente. — Vamos lá.

Lassiter foi para cima de Jack, então recuou de repente, deu um rodopio ao mesmo tempo que se agachou e deu um chute alto, tentando acertar a cabeça de Jack. Mas Jack bloqueou a investida, segurando o tornozelo do homem com agilidade, então o empurrou com força. Lassiter caiu de costas, com Jack ainda segurando seu tornozelo.

— O que é que você vai fazer, amigo? Vai me *chutar*?

— Me solta!

Jack soltou a perna e se abaixou, puxando Lassiter pela parte da frente de sua camisa cara para colocá-lo pé. Em seguida, deu um soco na barriga dele, fazendo-o se dobrar. Depois, mais outro soco no rosto, que o fez desabar de costas no chão.

Na escada da varanda da clínica, Preacher se virou e, por cima do ombro, viu o que Jack estava fazendo. Ele seguiu em frente.

— Agora, chega — disse Lassiter, a voz entrecortada, cansada.

— Chega nada — respondeu Jack, erguendo-o mais uma vez. Deu outro soco no rosto do homem, fazendo-o voar alguns centímetros antes de aterrissar no chão, rolando semiconsciente. Jack esfregou as mãos para limpá-las. — Agora eu terminei — anunciou ele. — Rick, amarre as mãos dele para trás. Vou chamar o xerife.

— Claro, Jack — respondeu Rick, correndo para o bar à procura de uma corda.

Mel balançou a cabeça.

— Você acha isso bonito? — disse a Jack.

— Desculpe, Melinda. Mas alguém tinha que tirar o couro desse merda pelo menos uma vez na vida, e se Preacher tivesse feito isso, esse idiota nunca mais iria andar.

— Bem, se você se meter numa fria, não venha chorando para mim — disse ela, e se virou para ir atrás de Paige e Preacher na clínica.

Paige se deitou na mesa de exames na clínica e Preacher segurou com as duas mãos uma das mãos dela.

— Eu falhei com você — disse ele, tão baixinho que Mel quase não conseguiu ouvir.

— Não — murmurou ela. — Não.

— Paige, você ficou com medo de que eu o machucasse? — Os olhos dela se desviaram do rosto de Preacher, que fez um carinho de leve no cabelo dela, junto à têmpora. — Paige, eu poderia ter batido nele... mas eu não perco o controle. Paige — chamou ele, usando um dos dedos e o polegar para erguer o queixo da jovem e voltar os olhos dela para ele. — Paige, eu não perco o controle. Tudo bem?

Ela assentiu discretamente. Mel colocou uma compressa de gelo no rosto de Paige e pediu que ela a mantivesse ali, então notou que uma mancha escura se espalhava no gancho da calça da mulher.

— Preacher, por favor saia da sala e chame o doutor, para a gente examinar Paige.

— Desculpe — pediu ele a Paige. — Eu falhei com você.

Paige colocou a mão no rosto do homem. Preacher deu um beijo bem de leve na testa dela e saiu da sala, cabisbaixo. Mel sabia que o único jeito de o desfecho ter sido diferente seria se Preacher tivesse ficado amarrado ao lado de Paige vinte e quatro horas por dia. Lassiter era rápido e cruel. Sem dúvida, um louco.

Paige estava sangrando, talvez em processo de aborto.

Mel desdobrou um lençol para cobri-la. Então se inclinou sobre a jovem e perguntou:

— Você pode me ajudar a tirar sua calça jeans, Paige? Estamos com um problema. Você pode estar sofrendo um aborto.

Embora chorasse baixinho, Paige conseguiu erguer os quadris o suficiente para que Mel a ajudasse a tirar a calça. Na mesma hora, o sangue começou a empoçar embaixo dela e Mel decidiu não a examinar; não queria piorar a hemorragia. Em vez disso, arranjou um protetor de colchão descartável e disse que voltaria logo.

Ela encontrou Mullins no saguão antes de ele entrar na sala de exames.

— A gente precisa levar ela para Grace Valley, pelo menos... Talvez para o Hospital Valley. Pode ligar para John Stone e pedir para Preacher trazer a maca?

— Ela está abortando? — quis saber ele.

— No mínimo. Só espero que não seja uma hemorragia uterina. A garota só tem 29 anos. Não vou examiná-la. Vou deixar isso para John. Você pode, por favor, dizer a ele que houve um trauma abdominal severo? O filho da mãe deu um chute nela.

O doutor fez uma careta, mas anuiu e foi falar com Preacher.

De volta à sala de exames, Mel se inclinou sobre Paige.

— Vou levar você para o obstetra em Grace Valley. A gente precisa de um especialista. Talvez de um cirurgião.

— Eu estou perdendo o bebê? — perguntou Paige com a voz débil.

— Vou ser sincera com você... A coisa não parece estar nada bem. Pedi para Preacher trazer a maca. Você quer que ele vá com a gente?

— Não. Mas preciso falar com ele.

Quando Preacher empurrou a maca para dentro da sala de exames, Mel disse a ele que ficasse um pouco com Paige, mas que não demorasse. Depois, ela precisaria de sua ajuda para colocar a jovem na maca. Ele entrou na sala e tomou a mão de Paige, a mão com que ela segurava a compressa de gelo no rosto.

— John, por favor cuide para que Christopher fique bem. Para que ele não veja o pai. Para que ele saiba que a mamãe dele está bem. Por favor — pediu ela.

— Mel e Jack podem...

— Não, John. Por favor. Cuide do Chris. Eu vou ficar bem, mas não quero que ele fique com medo e não quero que ele veja o pai. Por favor?

— O que você quiser — respondeu ele. — Paige...

— Não, chega de pedir desculpas — interrompeu ela. — Cuide do Chris.

Preacher ajudou Mel a passar Paige da mesa de exames para cima da maca, e a poça de sangue vermelho brilhante que ela deixou para trás ao se mover fez com que o sangue do próprio Preacher zunisse em seus ouvidos. Enquanto ele empurrava Paige para fora do consultório, Rick veio correndo para ajudá-lo a descer a maca pelos degraus da entrada da clínica e fazê-la chegar até a caminhonete que estava esperando ali. A visão dele embaçou à medida que seus olhos se obscureciam com lágrimas não derramadas.

— Vai ficar tudo bem, Paige — prometeu ele. — Eu vou cuidar do Chris.

* * *

Wes Lassiter conseguiu ficar de joelhos na rua, as mãos amarradas às costas, o rosto ensanguentado e inchado. Ele começou a atrair uma multidão. Muitos homens estavam encostados ao balaústre ou sentados em cadeiras na varanda do bar. Jack e Preacher ficaram sentados nos degraus, observando. A mão de Jack estava mergulhada em uma tigela cheia de gelo quando o delegado chegou à cidade. Ele precisou desviar com cuidado do homem na rua e estacionou diante do bar, bem em frente a Jack.

Era o mesmo delegado que cuidara do caso do tiroteio com o qual Jack se envolvera um mês antes, quando um dependente químico, procurando drogas no armário de medicamentos do doutor, tinha mantido Mel sob a mira de uma faca. O delegado, Henry Depardeau, saiu do carro e ajeitou o cinto com o coldre, puxando-o para cima.

— Sheridan — saudou ele. — Tenho visto você muito mais do que gostaria, ultimamente.

— Digo o mesmo — respondeu Jack. Ele ergueu a mão inchada. — Eu apertaria sua mão, mas...

Henry deu uma olhada por cima do ombro.

— Foi você que fez aquilo?

— Fui eu. O homem jogou minha esposa, que está grávida, no chão para poder encher de chutes a esposa dele, também grávida.

— Oh-oh. — Henry sacudiu a cabeça e olhou para baixo. — Ele deu um soco em você? — perguntou Henry, apontando para a própria bochecha, indicando o lugar onde Jack ainda ostentava o machucado.

— Não. Eu não deixaria ele me bater. Isto aqui é velho — explicou. — Bati em uma porta. Uma porta grande e idiota.

— Então você deu uma surra nele. Isso são duas agressões, Jack. A dele e a sua. Talvez eu tenha que algemar vocês dois.

— Faça o que tiver que fazer, Henry. Mas ele tentou me chutar na cabeça. Isso conta alguma coisa?

— Talvez. Pelo menos você não matou o homem.

— Ele salvou a vida dele — disse Preacher. — *Eu* ia matar ele.

— Onde foi que você se sujou com esse sangue aí, amigão? — perguntou Henry a Preacher.

— Carregando Paige até a clínica. Paige é a esposa dele — respondeu Preacher, abaixando a cabeça para olhar a pequena mancha de sangue que trazia na camisa. Voltando-se para Jack, disse: — Droga... Melhor eu trocar essa camisa antes que Chris acorde da soneca. As coisas em que precisamos pensar quando temos crianças...

Ele se levantou rapidamente, entrando no bar.

— Então — retomou Henry, dirigindo-se a Jack. — Você fez tudo isso sozinho?

— Tudo sozinho.

— E a mulher?

— Ela foi levada para um especialista... um obstetra. Ela pode estar perdendo o bebê. À propósito, ele sabia que ela estava grávida — acrescentou Jack, dando uma olhada na direção de Lassiter. — Pelo que ouvi, além de ter sido puxada pelo cabelo, jogada no chão e de ter sido chutada na barriga, ela está sangrando bastante.

— Tem testemunhas da agressão?

— Um monte. Eu, Preacher, o Rick, ali, minha esposa, que levou a mulher dele ao médico em Grace Valley. Você pode falar com ela mais tarde. Foi uma emergência.

— Ei — gritou Lassiter. — Eu estou *aqui*!

Henry deu uma olhada preguiçosa por cima do ombro e respondeu:

— É? Então cale a boca. — Voltando-se outra vez para Jack, disse: — Acho que posso confiar que você vai ficar aqui, né?

— Para onde é que eu iria, Henry? Quero ter certeza de que Mel está bem.

— Vou lhe contar o que vou fazer, então. Eu vou fichar aquele homem. E se o xerife quiser que você vá à delegacia, você vai. Certo?

— Com certeza, Henry.

Ele balançou a cabeça de novo.

— Eu só não sei por que é que alguém em sã consciência incomodaria essas mulheres de Virgin River.

— É. Não faz sentido — disse Jack.

O bebê foi abortado — espontaneamente — antes que o doutor e Mel sequer conseguissem chegar a Grace Valley com Paige. John Stone e June Hudson a colocaram na ambulância deles e a levaram para o Hospital Valley, onde, felizmente, uma curetagem diminuiu o sangramento, evitando uma cirurgia.

Quando Paige acordou do procedimento, recebeu a notícia de que, felizmente, parecia que não havia qualquer outro dano a seus órgãos reprodutores. Ela deveria passar a noite internada apenas para ficar em observação e poderia receber alta pela manhã, mas o dr. Stone queria que ela ficasse de repouso por pelo menos alguns dias.

O próximo rosto que ela viu foi o de Preacher.

— Oi — disse ele, baixinho.

Ela esticou a mão para tocar na dele.

— Cadê Christopher? — perguntou ela, sonolenta.

— Ele está com Mel e Jack. Eles vão ficar no bar até eu voltar. Vou deixá-lo no meu quarto hoje à noite e vou trazê-lo comigo para buscar você amanhã de manhã.

— Hum — respondeu ela.

— Paige, você está acordada o bastante para eu falar umas coisas? Quero contar sem o menino por perto.

— Hum — disse ela. — Acho que estou.

— A situação é a seguinte: Wes foi preso. Paige, encontraram drogas com ele. Não me disseram o que era, mas ele vai ser acusado de algumas coisas... agressão, posse de drogas, descumprimento da ordem de restrição. Ele pode pagar fiança, mas pelo menos vai ser julgado logo... e, pode acreditar em mim, se eu precisar cuidar de você vinte e quatro horas por dia até ele ir para a prisão, vou fazer isso. Sinto muito por ter deixado isso acontecer com você.

— Você fez tudo que podia, John — garantiu ela, sonolenta.

— Ele não vai escapar dessa vez. Você conseguiu, Paige. Certo? Você está me ouvindo, Paige?

— Estou. Estou ouvindo, sim.

— Então... — Ele hesitou. — Então, quando ele for condenado e preso, você vai poder ir para casa, se quiser. Pedir a guarda de Chris e o divórcio. Ele não pode ter a guarda do filho se estiver na prisão. Isso é certo. Quem é condenado não pode ficar com a guarda. Ele não pode impedir você de pedir o divórcio.

— Para casa? — perguntou ela.

— Você pode fazer o que quiser.

— Quanto tempo ele vai ficar preso? — perguntou ela.

— Não faço ideia — respondeu ele. — Seu advogado está tentando fazer com que eles também o acusem de tentativa de assassinato, por causa do bebê, mas isso é um pouco forçado. Paige, eu sinto muitíssimo pelo bebê.

— Aquele bebê — disse ela, a voz fraca. — Eu tentei, mas ele não tinha chance.

Ele pousou sua mão enorme bem de leve na barriga mulher dela. Aquilo era o maior contato físico que já tivera com ela.

— Eu sei que você tentou. Não foi sua culpa. A culpa foi mais minha do que sua.

— Pare de falar isso, John. De todas as pessoas, você é a que menos tem culpa.

— Você está praticamente livre.

— Livre. Eu nem vou saber o que fazer.

— Vai querer voltar para Los Angeles? — perguntou ele.

— Não sei. Tem tantas lembranças ruins lá.

— Se você quiser um lugar para passar um tempo enquanto pensa nas coisas, pode ficar quanto quiser naquele quarto que tem cheiro de bacon de manhã. — Então, bem silenciosamente, falando quase consigo mesmo, ele continuou: — Para sempre, se você quiser.

— Eu posso ajudar — disse ela. Com os olhos fechados, ela sorriu, grogue de sono. — Posso lavar a louça. — As pálpebras dela tremelicaram, mas ela não conseguiu abrir os olhos.

Ele passou a mão no cabelo de Paige, colocando-o para trás.

— Jack quer construir uma casa — disse ele. — Com isso, ele vai ficar afastado do bar. Eu sempre estou precisando de ajuda. Você e Christopher...

— Hum — disse ela.

— Certo — disse ele. — Chega de conversa. Você precisa dormir.

— Hum.

Preacher se inclinou e roçou os lábios na testa dela.

— Volto pela manhã.

— Certo.

Ele começou a sair do quarto quando ela chamou:

— John?

Ele se virou, ficando de frente para a cama onde ela estava.

— Eu posso? Ficar lá até eu me sentir melhor?

O peito de Preacher se encheu de repente, como se fosse explodir. Ele tentou conter a esperança, mas era impossível.

— Claro que pode. Eu adoro ter você por lá. Todo mundo adora ter você por lá.

— Eu gosto de lá — respondeu ela, e seus olhos se fecharam.

Capítulo 7

Novamente, Paige estava entocada no quarto que ficava em cima da cozinha, mas desta vez as feridas não eram tão horríveis. Ela precisava se recuperar da curetagem a que fora submetida ficando de repouso durante alguns dias e, embora seu nariz tivesse sangrado, não estava quebrado. Enquanto ela descansava, Preacher cuidava de Christopher. De longe, Brie ajudou a arranjar um advogado em Los Angeles para entrar com um recurso pedindo a anulação da ordem que exigia que Christopher fosse devolvido ao pai, uma vez que o homem estava para ser julgado. Wes Lassiter pagou a fiança depois de três dias e regressou a Los Angeles, voltando para o trabalho antes que seu empregador pudesse descobrir que ele fora preso. Preacher não confiava na palavra do advogado de Lassiter em relação a qualquer coisa, então ligou para Mike Valenzuela, que ficou mais do que feliz em verificar, até duas vezes por dia se fosse necessário, e garantir que Lassiter tinha voltado a trabalhar, centenas de quilômetros distante de Virgin River.

Parecia que as coisas tinham se acalmado, pelo menos até o julgamento, mas então Mel foi surpreendida por uma paciente pela qual não esperava. Uma paciente e uma condição que ela jamais teria previsto.

Mullins tinha ido pescar quando Connie, amiga de Mel, foi até a clínica. Connie tinha 50 e poucos anos, era uma ruivinha gente boa que ainda estava se recuperando da cirurgia cardíaca que fizera no último mês de maio. Ela quase voltara a seu normal. Com ela, vinha sua sobrinha, Liz. Ao ver o rosto de Liz, a primeira reação de Mel foi dar um sorriso largo, mas, ao notar que Liz estava com os olhos baixos, seu sorriso congelou. Mel baixou o olhar até a curva discreta da barriga da jovem e seu coração se apertou. Oh-oh. Então, ela deu uma olhada em Connie e viu a careta no rosto da amiga, que depois deu de ombros, desolada.

A irmã de Connie, que morava em Eureka, tinha mandado Liz para Virgin River na primavera, a mesma época que Mel chegara por ali. Em março. Ela fizera aquilo porque Liz era uma menina difícil, e a irmã de Connie não estava conseguindo lidar com a situação. Em Eureka, segundo se dizia, ela estava fora de controle. Tanto Connie quanto a irmã acharam que Virgin River pudesse acalmar a garota, ou pelo menos oferecer menos oportunidades para que ela se metesse em confusão do que em Eureka, que era uma cidade bem maior. Mas quando Connie sofreu um infarto em maio, Liz foi mandada de volta à casa da mãe.

— Oi — saudou Mel, com a voz alegre. Fazia parte do trabalho de Mel saber como atravessar a barreira do choque, do pânico. — Bem-vinda de volta. Tudo bem?

— Não muito — respondeu Liz.

— Bom, de qualquer jeito, é bom ver você de novo — rebateu Mel, esticando o braço e pegando a mão dela.

Liz se deixou levar até a sala de exames. A garota parecia outra pessoa, se comparada com a Liz da primavera passada. Ela chegara à cidade parecendo uma garota-problema. Usava saias pouco maiores que um guardanapo, botas de salto, camisetas curtas, tinha um piercing no umbigo e estava sempre com gloss nos lábios e uma espessa camada de rímel nos cílios longos e sensuais — parecia uma propaganda da revista *Playboy*. E, na época, tinha a madura idade de 14 anos, uma garota muito bonita e provocante que mais parecia ter 18. Não para menos sua mãe estava apavorada. Agora, Liz vestia uma calça jeans e um suéter grosso, que fora puxado para baixo a fim de esconder a barriga, embora a gravidez, ainda assim, fosse evidente. A maquiagem que usava estava muito mais natural e conservadora do que antes, mas ela não precisava de nada daquilo. Era linda. E, na verdade, ela parecia mais jovem agora do que na primavera anterior. Mais jovem e mais vulnerável.

Na época, Rick tinha pirado assim que pousara os olhos em Liz. Já tinha muito tempo que Jack e Preacher cuidavam de Rick como se fossem uma espécie de irmãos mais velhos postiços ou pais adotivos. Segundo Jack, ele tinha tido uma conversa séria com Rick sobre os riscos que o sexo trazia, sobretudo com uma garota tão nova. Depois que Liz voltou para a casa da mãe, Rick contou a Jack que eles dois tinham parado de se ver. Conhecendo Rick e sabendo o tipo de jovem que ele era, Mel não conseguia imaginar que ele engravidaria Liz e depois a abandonaria. Ele não parecia aquele tipo de cara. Mel pensou que, talvez, Liz não tivesse perdido tempo e encontrara alguém lá em Eureka.

— Então, quer me contar por que você veio aqui hoje? — disse Mel a Liz.

— Eu estou grávida. É obvio.

— Você já foi examinada por algum médico?

— Não. Eu não tinha certeza de que eu estava grávida até... Eu só achei que estava engordando.

— Liz, há quanto tempo sua menstruação está atrasada?

Ela deu de ombros.

— Sei lá. Eu mal fiquei menstruada antes disso. Eu nunca sabia quando era para vir.

— Você tem alguma ideia de quanto tempo pode ter essa gravidez?

— Eu sei direitinho. Já que só teve uma pessoa. Um cara. Uma vez.

Liz ergueu seus olhos azul-claros e encarou a enfermeira.

Mel sentiu uma esperança breve e ilusória de que Rick tivesse escapado daquela confusão. Ela perguntou:

— Neste caso, se você puder se lembrar de quando mais ou menos foi a data de concepção, vai nos ajudar a prever a data provável para o parto.

— Sete de maio — respondeu ela, e seus olhos ficaram úmidos.

Rick, pensou Mel. Droga. Dois dias antes do ataque cardíaco que mandou Liz de volta para a casa da mãe. E aquilo fazia com que a garota estivesse com a gravidez mais avançada do que a de Mel.

— Bom, uma coisa de cada vez. Vamos examinar você e ver como vocês estão. Pode vestir esta camisola para mim? Tire tudo, sutiã, calcinha, tudinho.

— Eu nunca... Eu nunca fiz um desses...

— Está tudo bem, Liz. Não é tão ruim. Eu vou dar uns minutinhos para você tirar a roupa e já volto. Então vou explicar tudo que for fazendo. Juro que você vai ficar bem. Já que você é sexualmente ativa, é muito importante fazer exames regulares, estando grávida ou não.

Mesmo que Liz não tivesse falado a data da concepção, todas as curiosidades de Mel teriam sido rapidamente sanadas ao encontrar Connie na sala de espera:

— Minha irmã — explicou Connie, com uma ponta de desgosto na voz. — Ela disse que Liz engravidou em Virgin River, então poderia voltar e ter o bebê aqui. Parece até que fui eu que a engravidei.

Mel balançou a cabeça.

— Isso acontece, Connie. Bastante.

— Não sei qual deles eu quero matar mais.

— Sem mortes — respondeu Mel, esticando o braço e dando uns tapinhas na mão da amiga. — Vamos só orientar esses dois e ver se eles conseguem retomar suas jovens vidas.

— Idiotas, imbecis — disse Connie. — O que é que eles estavam pensando?

Mel se sentou ao lado de Connie por um momento.

— Você acha que eles estavam pensando? Se estivessem, o pensamento era só abaixo da cintura. Como é que você está se sentindo? A gente não quer que sua pressão suba.

— Ah, eu estou bem. A coisa só me pegou de surpresa.

— Tenho a sensação de que isso vai pegar todo mundo de surpresa.

— Mas como é que ela não sabia?

— Ah, Connie, você ficaria impressionada como a negação consegue manter os músculos abdominais de meninas de 14 anos contraídos.

— Ela tem 15 anos agora. Não que isso importe muito.

Mel se ouviu dando uma gargalhada, embora sem alegria.

— É um pouquinho menos chocante. Vou lá cuidar da minha paciente enquanto você fica aqui praticando exercícios de respiração. Ok?

Liz já estava com mais de cinco meses de gravidez. Quase seis. Ela já poderia sentir o bebê se mexer, mas não tinha certeza se já sentira. Achava que tivessem sido apenas gases. Pensou que os seios estavam doloridos porque estava prestes a menstruar. Aquilo era bastante típico para uma garota jovem, sobretudo para uma que ainda não estava menstruando com regularidade. Ela estava não prestando atenção às mudanças em seu corpo, além de sentir um desejo acachapante de que nada daquilo estivesse acontecendo.

— Você vai ficar aqui agora? — quis saber Mel. — Com sua tia Connie?

Ela deu de ombros.

— Acho que vou. Se ela não me mandar embora.

— Você sabe que ela nunca faria isso. Isso significa que você decidiu ter o bebê?

— Decidi. O que mais eu poderia fazer?

— A esta altura, suas opções com certeza são limitadas.

— Eu vou ter o bebê. Agora não posso fazer mais nada. — Ela respirou de maneira entrecortada. — Isso vai ser bem ruim.

— Como eu posso ajudar, Liz? — perguntou Mel.

A garota balançou a cabeça, miserável.

— Acho que ninguém pode me ajudar agora.

— Querida, você não é a primeira adolescente a ficar grávida. Não vou te enganar... não vai ser moleza passar por isso. Mas você vai sobreviver.

— Só espero que eu consiga sobreviver ao dia de hoje.

— O que é que tem de tão importante hoje? — perguntou Mel.

— Acho que é melhor eu contar para ele, não?

— Ele não sabe — comentou Mel, e não em tom de pergunta.

— Não. — Ela olhou para cima e seus olhos estavam rasos de lágrimas. — Ele vai ficar tão chateado.

— Querida, você não fez isso sozinha. Lembre-se disso. Vou dar uns dias para você digerir tudo isso, depois vou te levar de carro até Grace Valley, para fazer uma ultrassonografia. Você vai ver seu bebê. Acho que vai dar para descobrir o sexo, se você quiser.

— Tudo bem — disse ela. — É, vou querer saber.

— Você pode pensar sobre quem você quer que ajude você com o parto. Quando fizer a ultrassonografia em Grace Valley, vai conhecer o obstetra. E, como é a sua primeira gravidez, com certeza vai dar tempo de chegar no Hospital Valley. Ou você pode ter o bebê aqui, mas eu não posso dar anestesia, uma coisa que você tem que pensar direitinho se vai querer.

— Certo. Ainda não sei o que fazer — disse ela.

— Sem pressa. Posso dar um conselho?

— Claro — respondeu a garota. — Entre para o clube.

— Não espere. Conte logo para ele. Resolva isso logo.
Liz estremeceu.
— É. Eu sei — disse ela.

Rick estacionou sua caminhonete atrás do bar, bem ao lado do carro de Jack, e, assobiando, venceu os degraus dos fundos em um salto e entrou na cozinha. Preacher estava abrindo a massa para fazer tortas e, bem ao lado dele, sentado de pernas cruzadas em cima da bancada e sovando seu próprio pedacinho de massa, estava Christopher. A sombra de Preacher. Rick bagunçou o cabelo do menino.
— Tudo bem, amigo? Está fazendo tortas?
— *Tô* fazendo as minhas tortas — respondeu ele, concentrado.
— Que bom — respondeu Rick.
Preacher disse:
— Rick, tem alguém no bar que veio ver você.
— Ah, é? — respondeu o jovem, com um sorriso.
— Escute, Rick — continuou Preacher. — Fique tranquilo. Leve a coisa com tranquilidade. Use a cabeça. Pense antes de falar, certo?
— É? — repetiu ele, em tom curioso.
Rick foi até o salão e viu que Jack estava atrás do balcão, servindo cerveja a alguns homens. Seus olhos encontraram os de Rick e a expressão no rosto do homem era bem séria. Rick olhou para uma mesa no canto, do outro lado do salão, e, quando ele a viu ali, seus olhos se iluminaram e ele sorriu. Liz, pensou. Ai, meu Deus... *Liz!* O coração de Rick disparou — ele não a via desde maio e estava com tanta saudade da garota! Não conseguia imaginar quantas vezes tinha pensado nela. Tinha *sonhado* com ela.

Enquanto ele dava a volta rapidamente no bar para encontrá-la, ela se levantou. E, conforme ela se pôs de pé, pousou, de maneira automática, as mãos sobre a região da cintura, como se segurasse a barriga redonda. De repente, a base que sustentava o mundo de Rick ruiu. Ele parou por completo, atordoado. Paralisado. A boca se abriu e os olhos foram do rosto de Liz até a barriga da garota e de volta para o rosto. Ele queria sair correndo a toda velocidade. Queria morrer.

Do outro lado do salão, deu para ver que as lágrimas encheram os olhos dela na mesma hora. Ela estava assustada, ele pôde ver aquilo. Rick ouviu a voz de Preacher em sua cabeça — leve com tranquilidade, pense antes de falar. Ele conseguiu fechar a boca, engoliu em seco e caminhou bem devagar em direção a ela. À medida que ele se aproximava, Liz ergueu o queixo, corajosa, muito embora uma lágrima gorda e grande tivesse se derramado.

A cabeça de Rick girava. Como aquilo era possível? Não poderia ser dele — ela disse que estava tudo bem, nada de bebê. O próximo pensamento foi: *Estou no último ano do ensino médio e a única garota com quem tive alguma coisa está grávida, bem aqui na minha frente, morrendo de medo de mim. Ao mesmo tempo que eu estou morrendo de medo dela... Por favor, meu Deus, não deixe isso acontecer comigo.*

Então, de maneira inevitável, ele pensou: *O que ela está achando? Que vou colocar a culpa* nela?

E, a seguir, ele se concentrou bastante, como se segurasse o cérebro com as mãos: *Controle-se. Uma garota, que você engravidou, está na sua frente, morrendo de medo de você.* Ele ouviu Jack dentro de sua cabeça: *Não basta pensar como um homem, Rick, você precisa agir como um homem. Fazer a coisa certa.*

As opções que ele tinha eram limitadas. Ele podia fugir, negar, desmaiar e, quando recobrasse a consciência, ela e a barriga teriam sumido.

Outra lágrima escorreu pelo rosto de Liz enquanto Rick permanecia em choque. Ele tentou imaginar o que Jack faria, porque ele admirava e respeitava Jack. O que Preacher faria? E ele viu em sua cabeça uma imagem de Preacher cuidando de Paige e Chris. Decidiu que, não importava como estava se sentindo, agiria do mesmo jeito que Jack e Preacher. Ele lidaria com os problemas reais mais tarde. Por ora, iria, ao menos, parecer um homem.

Parou diante dela, olhou em seus olhos, aterrorizados, e conseguiu dar um sorriso discreto. Na sequência, passou o braço em volta da cintura da garota e a puxou, trazendo-a perto o bastante para pousar um beijo em sua testa. A vida de Rick estava se desfazendo, mas o que ele notou foi que o cheiro dela era delicioso, do jeitinho que ele se lembrava.

— Lizzie — sussurrou ele. Ela deixou sua cabeça cair no ombro de Rick e ele pôde senti-la tremer, pôde sentir os ombros da garota estremecerem.

Ele a puxou mais para perto e a abraçou. — Não chora — murmurou ele. — Por favor, Lizzie. Não chora.

Ele deu uma olhada por cima do ombro para Jack, que, com seriedade, indicou a porta com a cabeça. Rick voltou-se para Liz.

— Vem cá. A gente tem que ir a algum lugar para conversar. Vem — disse ele, abraçado a ela pela cintura, levando-a para fora do bar enquanto ela se apoiava nele em meio a lágrimas.

Ele a conduziu até atrás do bar, onde não havia ninguém, onde eles estavam sozinhos, e parou junto a ela debaixo de uma árvore.

— Pronto — disse ele. — Como é que a gente vai conversar se você ficar chorando?

— Rick — começou ela, recostando a cabeça no ombro dele. — Desculpe, Rick.

Com um dedo, ele levantou o queixo de Liz e notou seus olhos avermelhados, suas bochechas riscadas. Ele tentou manter um tom suave na voz. Carinhoso.

— O que foi que aconteceu, Lizzie? Você disse que estava tudo bem.

Ela deu de ombros.

— Eu achei que estava. Parecia que era o que você queria que eu dissesse.

— Só se fosse verdade — respondeu ele.

— Eu não sabia, é isso. Eu só não sabia.

— Achei que você tivesse menstruado. Não foi isso que você disse para mim? — perguntou ele.

Mais uma vez, ela deu de ombros.

— Eu nunca menstruei muito. Só fiquei menstruada tipo umas quatro vezes no ano passado, o ano todo. Você me perguntava isso todos os dias, então eu disse que estava tudo bem, para você parar. E você terminou comigo. Bem ali. Naquele minuto. Pelo telefone. Logo depois, eu só pensava nisso… em mais nada. Só pensava que você tinha terminado comigo. Que você não me queria. Como se eu tivesse feito alguma coisa errada, alguma coisa ruim. Eu me senti como uma…

— Para. Você não fez nada de errado — disse ele, envergonhado por tê-la feito se sentir daquele jeito.

— Foi assim que eu me senti — afirmou ela, choramingando.

Rick levou menos de meio minuto para se lembrar de todos aqueles detalhes e para se sentir um lixo total diante da precisão com que ela descreveu a cena. Apenas dois dias depois do pequeno infortúnio que causara aquela gravidez, Liz voltara para a casa da mãe, em Eureka. Ele telefonava para ela o tempo todo, ficava perguntando se ela estava bem, se ela havia menstruado, para que ele pudesse relaxar sabendo que não tinham sido surpreendidos. Enfim, ela disse que sim, que estava tudo ok. E na mesmíssima ligação ele disse a ela que eles deveriam dar um tempo, parar de se ver. Ele disse que se importava com ela, mas, Jesus amado... era óbvio que eles não conseguiam se controlar. E eles dois eram novos demais para serem surpreendidos por um bebê.

Só que não, eles não eram.

Ele a puxou para dentro de seu abraço.

— Ah, Liz, meu bem — disse ele. — Eu terminei nosso namoro para proteger você! — *Para me proteger!* — Eu não queria perder o controle de novo e colocar você numa furada. — *Colocar a mim mesmo numa furada!* — Você é tão nova! Nova demais! — *Eu sou tão novo!* — Meu Deus, Lizzie. Você devia ter me contado a verdade.

— Eu não sabia — repetiu ela, se desfazendo em soluços abraçada a ele.

— Tudo bem, meu bem, não chore. A culpa não é sua. É minha. Vamos, não chore.

Mas ela ainda choraria por um bom tempo, ao que parecia. Primeiro, porque tinha sentido muito medo do que ele diria e, segundo, porque ela estava muitíssimo aliviada. Ele a abraçou pelo que parecia uma eternidade, mas pelo menos aquilo deu a ele tempo para pensar no que poderia dizer a seguir. Quando as lágrimas finalmente diminuíram, ele falou:

— A gente pode dar uma volta de carro? Pode ser?

Ela aquiesceu.

Ele enxugou as lágrimas do rosto de Liz com a parte de trás dos dedos.

— Você quer avisar sua tia Connie?

— Está tudo bem. Ela sabe que eu vim falar com você. Que eu vim contar para você.

— Certo, então. Vamos dar uma volta, nos acalmar um pouco e depois a gente encara a bronca com Connie. Que tal?

— Você precisa avisar o Jack?

Ele passou um dos braços em volta dos ombros dela e a conduziu até a caminhonete. Jack tinha visto a barriga dela, tinha visto Rick levá-la para fora do bar.

— Jack sabe exatamente o que estou fazendo agora.

A única coisa que posso fazer, pensou ele. *O que eu deveria ter feito antes disso acontecer. Tentar agir como um adulto. Um pouco tarde demais...*

— Onde é que a gente vai?

— Vamos até o rio. A gente vai sentar em uma pedra e conversar sobre o que vai acontecer. Que tal?

— Você vai ficar comigo?

— Claro que vou, Liz.

— Você me ama, Rick? — perguntou ela.

Ele olhou para baixo, para a barriga redonda da garota; fora ele quem tinha colocado aquela barriga ali. *Cacete*, pensou ele. Amor? Era forçar a barra. Ele não queria qualquer parte daquilo. Então, ele se obrigou a pensar em Preacher e Jack, em como eles se portavam com as mulheres. E ele deu um beijo suave na testa de Liz.

— Claro que amo. Agora, quero que você pare de sentir medo. Vai ficar tudo bem. Talvez não seja muito fácil, mas ok.

Num dia normal, Jack teria deixado o bar assim que possível depois do horário do jantar. Mas Preacher estava ocupado com o pequeno Christopher e com Paige, e ele tinha a impressão de que Rick voltaria. Rick provavelmente ia querer explicar as coisas. Não havia muito o que explicar — a presença de Liz tornara tudo bastante óbvio. Mas, ainda assim, Rick considerava Jack um pai, e Jack nunca tinha desgostado disso. Nem mesmo agora.

Jack conversara rapidamente com Mel antes que ela fosse para casa naquela noite.

— Temos um problema, e acho que você sabe tudo a respeito dele.

— Não posso falar sobre isso, querido — respondeu ela. — Sinto muito.

— Eu só quero ajudar — replicou ele.

— Eu sei, Jack. Ainda assim, não posso conversar sobre uma paciente.

— Você pode me dar um conselho? — perguntou ele.

Ela se inclinou na direção do marido, deu um beijo nele e disse:

— Você não precisa de conselho nenhum. Vai saber exatamente o que fazer. — Ela olhou para a mão inchada de Jack, depois para seu olho roxo. — Você está horrível. Tente não se meter numa briga hoje à noite. — Ela sorriu seu sorriso mais doce. — Siga seus instintos com Rick. Você já passou por isso.

Era quase verdade, pensou ele. Ele tinha certeza de que o bebê deles tinha sido concebido na primeira vez que estiveram juntos. A única vez que, em muito tempo, ele se lembrava de ter feito sexo desprotegido.

Eram mais ou menos oito e meia e ele estava perto de desistir. Preacher tinha dado banho em Christopher e colocado ele na cama, ao lado da mãe, e estava de volta ao andar de baixo, tomando uma pequena dose de uísque com Jack, quando Rick entrou. O rapaz era alto, com mais de um metro e oitenta de altura. O trabalho duro no bar tinha moldado seus braços e ombros, feito ele ficar forte. Estava com 17 anos e cursava último ano do ensino médio. Era um jovem bonito, com as maçãs do rosto proeminentes, a mandíbula quadrada e as sobrancelhas grossas e expressivas. Contudo, quando entrou no bar, de cabeça baixa e com as mãos enfiadas nos bolsos, parecia ter rugas no rosto. Devia ter envelhecido uns dez anos nas últimas horas.

Tirando Jack e Preacher, o lugar estava vazio. Assim, Rick pulou para cima de um banco do bar e os encarou. Passou uma das mãos pelo cabelo e olhou para os dois homens que, se não o haviam praticamente criado desde os 13 anos, com certeza serviram de mentores.

— Então, vocês já devem ter entendido quase tudo. Não é?

— Parece que Liz está grávida — respondeu Jack.

— É. Aquela escorregadela na primavera passada... deu nisso. O bebê nasce em fevereiro, pelo que ela conseguiu calcular. Pelo que Mel conseguiu calcular. Ela está *muito* grávida.

— Jesus, Rick — disse Preacher, quase sem força. — Ah, cara...

Rick balançou a cabeça.

— Bem, é meu. Eu que fiz.

— Não foi só você, amigo — respondeu Preacher, lembrando-se muito bem da maneira bastante sensual como Liz se comportava naquela época.

— Ela está carregando o bebê — disse Rick. — O mínimo que posso fazer é assumir a culpa. Além do mais, ela não me prendeu. — Ele respirou fundo. — Caras, me desculpem. Eu decepcionei vocês. Eu fiz uma merda. Bem grande.

Jack sentiu um sorriso orgulhoso ameaçar irromper em seus lábios. Qualquer outro garoto de 17 anos estaria fugindo da cidade, mas Rick não. Ele assumira a responsabilidade da melhor maneira que conseguira, como um homem. Responsável. Encarar Jack e Preacher devia estar sendo tão difícil para ele quanto encarar o próprio desastre.

— Você conseguiu pensar em alguma coisa?

— Não, na verdade, não. Não dá para fazer muita coisa no segundo que você descobre, sabe? Mas eu disse para ela que estamos juntos nessa. E que não quero que ela sinta mais medo. Depois eu disse a Connie que vou pagar por tudo, não importa o que eu precise fazer.

— Como é que Connie e Ron encararam? — perguntou Preacher.

— Ah, acho que, neste momento, eles querem me matar — respondeu Rick. — Eu me humilhei muitíssimo. Pedi desculpas. Implorei. Prometi que ia trabalhar até cair duro para aliviar um pouco dessa dor.

— Você provavelmente não vai ter que fazer isso — disse Jack. — A gente sempre pode ajudar você com horas extras. A escola é importante, Rick. Não importa o que aconteça.

— Obrigado. A coisa mais importante agora é que Liz não fique com medo. Ela está apavorada, isso está me matando. Eu não só deixei ela grávida, mas deixei ela em pânico! Meu Deus! Ah, caras. Eu sei que vocês esperavam mais de mim.

— Rick, você não decepcionou ninguém — garantiu Jack. — Essas coisas acontecem. e você se saiu muito bem. Melhor do que a maioria dos caras faria no seu lugar.

— Vocês viram como ela estava assustada? Sabem por quê? Ela tinha me dito que estava tudo bem, só porque eu não parava de perguntar, como se eu só me importasse com isso. E, no segundo que ela tirou o peso dos meus ombros, eu terminei com ela! — Ele esfregou a nuca suada com uma das mãos. — Eu sabia que tinha ferrado tudo, só não sabia quanto. Achei que estava afastando a gente dos problemas... mas, em vez disso, o que eu fiz foi impedir que ela me contasse antes. Se eu tivesse sabido antes, talvez pudéssemos ter feito algo a respeito... daquele bebê — disse ele, com a voz suave, quase em tom reverencial. — Aquele bebê está se mexendo dentro dela. Eu senti ele se *mexer*. Meu Deus.

Jack sentiu algo se agitar no peito. Ele já tinha 40 e tantos anos e se sentia mais do que pronto para ter uma família, era verdade, mas ele conseguia entender tanto a surpresa quanto a admiração de Rick.

Quanto a Preacher, ninguém no mundo podia imaginar quanto ele queria viver uma confusão como aquela. Nem mesmo Jack.

— Ela é só uma criança — disse Rick. — Não sei como vou conseguir consertar as coisas com ela.

— Para começar, você está nesta com ela — afirmou Preacher. — É só você cuidar bem dela, com o máximo de carinho que conseguir, com respeito. Tratar Liz como a mãe de seu filho, sem se importar com o que vai acontecer por causa do bebê.

— É — respondeu Rick. — Ela me perguntou se eu a amava — confessou ele, desconfortável.

O silêncio pairou no ar por um segundo. A seguir, Jack tirou um terceiro copo e virou a garrafa de uísque em cima dele, servindo uma dose pequena. Ele a empurrou em direção a Rick. O garoto provavelmente precisava daquela dose naquela exato momento.

— E aí? — quis saber Preacher.

— O meu bebê está lá, dentro dela, Preach. Ela não queria que isso acontecesse. Que diabo eu ia falar, hein? Talvez eu devesse ter dito "Eu com certeza achei que sim na primavera passada, quando a gente estava transando"… Isso faria de mim um partidão. — Ele baixou os olhos até aquela pequena dose de bebida e balançou a cabeça. — Eu disse: "É claro que amo".

— Ah, Rick, você fez a coisa certa — afirmou Preacher. — O que mais você poderia fazer?

Jack bateu o copo no de Rick, brindando. Ele estava muitíssimo orgulhoso do garoto. Nada de autopiedade, nada de se queixar sobre como ele se dera mal. Não colocara a culpa em outra pessoa. Era muito difícil manter a postura daquele jeito, manter a cabeça erguida, ser forte e não se vitimizar. Era muito difícil fazer aquilo em qualquer idade — e aos 17 era admirável.

— Você vai ficar bem, amigo — incentivou ele, esperando que o que dizia fosse verdade.

— Eu sinto que preciso fazer alguma coisa, e não faço ideia do que seja — confessou Rick.

— Neste exato momento, não faça nada — aconselhou Jack. — Tire um tempo para pensar. Não enlouqueça e fuja e se case ou qualquer coisa assim. Você tem 17 anos, ela tem 15, e a única coisa certa é que o bebê está chegando. Basta ficar perto dela, tratá-la bem e a gente vai resolver tudo isso.

— Jack, Preach — disse ele, com os olhos se enchendo de lágrimas. — Desculpem, caras. Vocês tentaram me avisar que isso ia acontecer e eu...

— Rick — interrompeu Jack. — Você não é o primeiro cara a seguir por esta estrada, certo? Vá com calma. — Jack ergueu o copo e deu um golinho. — Nós vamos passar por isso. Pode ser difícil, mas, graças a Deus, nós somos fortes.

Capítulo 8

Toda a determinação do juiz Forrest para que Wes Lassiter fosse levado logo a julgamento esbarrou em um obstáculo previsível: Forrest estava no condado de Mendocino e Wes fora preso no condado de Humboldt. O caso seria julgado por outro juiz.

Quando agrediu a esposa, Lassiter estava de posse de metanfetamina, uma condição que, segundo seu advogado, contribuiu para seu comportamento insano e sua falta de julgamento. A sentença poderia ser impressionante, se ele fosse condenado. Mas seu advogado alegou que havia a necessidade de um tratamento para a dependência de drogas e o juiz permitiu a fiança sob a condição de que Lassiter fosse a julgamento sob acusação de um delito leve e dois delitos graves depois da reabilitação. Se ele completasse o tratamento com sucesso, aquilo seria levado em consideração para determinar sua sentença. Havia outras condições: se ele abandonasse o tratamento antes do prazo, a fiança seria revogada e ele aguardaria o julgamento na prisão. E, embora os centros de reabilitação operassem sob um estrito código de anonimato, no caso de Lassiter o Ministério Público poderia fazer checagens junto ao estabelecimento para ter certeza de que ele ainda estava em tratamento e não era uma ameaça a sua família.

Brie telefonou para Paige.

— Não encare a decisão como uma má notícia — disse ela. — É bem provável que a sobriedade faça uma imensa diferença para ele. Recomendo que você siga em frente com a dissolução do casamento e os acordos de custódia de Chris. Lassiter pode cozinhar você em banho-maria enquanto estiver em tratamento, mas, diante dos fatos, aposto que ele vai se mostrar cooperativo para escapar da prisão.

— Ele vai ficar em tratamento por quanto tempo? — quis saber Paige.

— É difícil dizer. O mínimo é um mês, mas metanfetamina é uma droga bem difícil e já ouvi falar de gente que ficou em tratamento por muitos meses. Para que o acordo seja favorável a ele, Lassiter não pode simplesmente ir embora. Ele precisa ser liberado por um supervisor.

— Eu não faço ideia de qual é o tamanho do problema que ele tem com as drogas — confessou Paige. — Eu suspeitava que ele era usuário. Encontrei uma coisa que parecia ser droga uma vez, mas eu tinha medo de perguntar a ele. Se a questão for convencer o supervisor de que ele está curado, ele é muito manipulador.

— É, todos eles são. Acredite em mim, se existe um lugar no mundo onde os prós são maiores que os contras, esse lugar é um centro para tratamento de drogas.

— Vou ficar ansiosa durante meses...

— Paige, a julgar pelo que você passou, enquanto ele estiver *vivo* você vai ficar ansiosa. Peça a Preacher para lhe ensinar a atirar.

Paige passou vários dias pensando antes de puxar aquela conversa com John.

— Vale a pena pensar no assunto — disse ele. — A gente pode fazer isso. Nesse meio-tempo, eu telefonei para o meu amigo Mike, para ter certeza de que o canalha estava onde ele deveria estar, em Los Angeles, mas agora que ele foi para um centro de reabilitação em Minnesota, você tem que ligar para o Ministério Público para acompanhá-lo.

— Ah — disse ela, com um pouco de medo. — Será que meu advogado pode fazer isso?

— Pense nisso, Paige — respondeu John. — Assuma o controle. Você sabe que é um prazer para mim cuidar de você, mas é importante você ganhar confiança outra vez. Aquela confiança que eu sei que você tinha antes.... disso tudo.

Sim, pensou ela. *Eu já fui confiante um dia.* Não tanto quanto algumas jovens, talvez — mas o suficiente para criar um espacinho no mundo. E, embora Paige mal conseguisse notar, sua confiança estava voltando, pedacinho por pedacinho. Ela precisaria reivindicar sua antiga segurança — ela seria mãe solo de Christopher.

Paige nunca achou que fosse entrar com o pedido da ordem de restrição ou da guarda do filho; o medo a dominava. No entanto, com John a seu lado, encorajando-a, ela fez aquilo. Foi horrível e assustador, mas ela conseguiu, e Wes tinha sido levado embora algemado. Ele podia estar em um programa de tratamento molezinha agora, mas a coisa ainda não tinha chegado ao fim. Ele tinha muito a reparar, e essa reparação poderia ser feita atrás das grades, deixando ela e o filho livres durante anos. Agora que ela estava seguindo por aquele caminho — libertando-se, retomando sua vida —, sentia-se determinada a encarar o desafio. Não importava o tamanho do medo que sentia.

Ela andou de um lado para o outro diante do telefone da cozinha, para, enfim, tomar o aparelho nas mãos e fazer a ligação. No dia seguinte, andou durante menos tempo e, quando falou com a secretária do promotor assistente, ficou sabendo que eles não tinham verificado a situação de Wes naquele dia e que talvez não tivessem tempo para fazer aquilo — quem sabe ela poderia ligar no dia seguinte. De repente, ela ficou furiosa.

— Não! — disse ela. — Você entende que a minha vida e a de meu filho estão em perigo constante por causa desse homem? Que ele ameaçou me matar e que, se você der uma olhada nos meus registros médicos, fica bem claro que ele *tentou* fazer isso? Não. Eu não vou esperar até amanhã. Vou ligar de novo daqui a uma hora.

Desligou o telefone com o coração disparado e deu uma olhada em John. Ela conseguia sentir as bochechas quentes.

Ele ergueu uma sobrancelha e sorriu um pouquinho.

— Isso aí — comentou ele.

Vinte minutos mais tarde, ela recebeu uma ligação do próprio promotor assistente. Ele a tranquilizou, depois forneceu o número do centro de tratamento e o nome de um conselheiro com quem vinha entrando em contato, recomendando que ela mesma telefonasse diretamente para lá, quantas vezes por dia precisasse.

Mais uma vez Paige andou de um lado para o outro na frente do aparelho.

— Qual é o problema? — perguntou John.

— Sei lá. É como se eu estivesse com medo de ele atender o telefone, ou algo assim.

— E se ele atendesse?

— Eu morreria!

— Não — rebateu ele, com calma. — Você desligaria, porque não precisa falar com ele nunca mais. Certo?

— Não preciso — afirmou ela, um pouco surpresa com aquela realidade.

A cabeça de Paige começou a girar — e se Wes dissesse que jamais tocou nela? E se ele convencesse todo mundo de que estava arrependido? Ela pegou o aparelho na mesma hora, apertou os números no painel, embora seu cérebro se retorcesse com as possibilidades. E se ele quisesse dar um recado a ela? E se ele pedisse para ligar para ela, para falar com Christopher? Ele nunca falava com o filho, mas ela não subestimaria a capacidade dele de agir como se se importasse com o menino.

Atenderam o telefone, e o conselheiro com quem ela pediu para falar veio conversar com ela.

— Aqui é Paige Lassiter. Eu só liguei para ter certeza de que Wes Lassiter ainda está aí.

— Está aqui, bonitinho, senhora — respondeu ele, a voz calma e amigável. — Pode ficar tranquila.

— Obrigada — agradeceu ela, com a voz débil.

— Espero que consiga ter um bom dia.

Ela desligou o telefone e, por um instante, ficou tremendo. Ao olhar para John, encontrou-o sorrindo.

— Eu sei que é difícil — disse ele, com suavidade na voz. — Mas você retoma um pouco mais de sua vida a cada dia que passa. É assim que funciona, Paige.

Havia uma estrada em Faluja, no Iraque, que era bastante famosa por apresentar um perigo mortal. As tropas norte-americanas já tinham sido atacadas ali antes. Quando o sargento Jack Sheridan comandou seu pelotão por aquele local, um dos esquadrões, liderado pelo sargento de artilharia Miguel — Mike, para os amigos — Valenzuela foi separado do pelotão por um caminhão-bomba. Os homens acabaram entocados em um prédio abandonado, feridos e impossibilitados de se levantar, sob o ataque de *snipers*. Joe Benson e Paul Haggerty sangravam gravemente, além de haver outros também feridos pelos tiros. Mike manteve os inimigos afastados durante horas, disparando repetidas vezes com uma M16, até que o restante do pelotão — com Preacher entre eles — pudesse vencer os insurgentes e efetuar o resgate. Quando tudo acabou, Mike mal conseguia mexer o braço e seu ombro estava imobilizado. Ele foi condecorado por sua performance heroica.

Sargento da polícia de Los Angeles, Mike fora convocado para uma missão de dezoito meses no Iraque. Nunca se machucou. Ele salvou vidas.

E agora estava na cama de um hospital de Los Angeles, em coma, com três buracos de bala. Os tiros foram disparados por um membro de 14 anos de idade de uma gangue. O único lugar que o garoto não tinha acertado fora no colete à prova de balas de Mike. Outro oficial acabou dando um tiro fatal no garoto. As investigações sugeriam que aquilo poderia ter sido o rito de passagem de uma iniciação para entrar na gangue — e abater o sargento que trabalhava na região que a gangue atuava seria uma grande façanha.

Preacher tinha recorrido a Mike no caso de Paige e o amigo fizera o possível para ajudar. Agora, Preacher tinha recebido a ligação.

Era de manhã cedo — o café mal tinha sido feito, Chris ainda não descera correndo de pijama, os golpes barulhentos do machado no quintal atrás do bar mal tinham começado. O tiroteio ocorrera na noite anterior, e Ramon Valenzuela, irmão mais velho de Mike, levou algumas horas para conseguir falar com algum colega do antigo esquadrão. Naquele meio-tempo, Mike passara por uma cirurgia de emergência e estava em coma na UTI.

Preacher foi até a porta dos fundos do bar.

— Jack! — chamou ele. — Vem cá!

Ao atravessar a porta da cozinha, a expressão que Jack trazia no rosto era de ansiedade.

— Valenzuela levou três tiros enquanto trabalhava — começou Preacher, sem fazer qualquer preâmbulo. — O estado dele é crítico. Está no centro de trauma de Los Angeles. Vou ligar para Zeke, pedir para ele espalhar a notícia, e vou fechar o bar.

— Meu Deus — murmurou Jack, esfregando o queixo. — Eles disseram quais são as chances dele?

— O irmão dele, Ramon, acha que ele sai dessa... mas ele está em coma. Ramon falou alguma coisa sobre Mike nunca mais ser o mesmo. — Preacher balançou a cabeça. — Veja se você consegue pegar um avião. Eu vou de carro.

Paige apareceu no pé da escada e soube na mesma hora que algo sério estava acontecendo. Ela ficou ali parada, esperando.

— E quanto a Paige? E Christopher? — perguntou Jack.

Preacher deu de ombros.

— Eu vou ter que levar eles comigo. Não vou deixar os dois aqui, sem mim, por nada nesse mundo.

— Para onde você vai me levar? — perguntou Paige.

Os dois homens se viraram para olhar para ela.

— Los Angeles — disse Preacher. — Um dos nossos rapazes levou um tiro enquanto estava de serviço. Ele está na UTI, e eu tenho que ir até lá.

— Los Angeles? John, eu não posso ir para Los Angeles.

— Pode, sim. Você tem que ir. Meu amigo Mike, aquele que tanto te ajudou, está no hospital. Jack? — disse ele, olhando para o melhor amigo.

— Vá indo. Eu vou ligar para a avó do Rick e pedir para ela dar o recado. Vou pedir para ele vir dar uma olhada no bar todos os dias.

— Certo — respondeu Jack, saindo de uma vez.

Preacher voltou-se de novo para Paige.

— Vai ficar tudo bem. Você vai estar segura. Pode ligar para o centro de tratamento todos os dias. Se quiser, pode até ir em casa buscar umas coisas enquanto ele está lá no centro. Quem sabe visitar alguém que você queira... Dá para fazer isso em segurança. Mas eu tenho que ir. — Ela o encarou, imóvel. — Tenho que fazer isso, Paige. Preciso que você faça isso comigo, porque assim posso visitar meu amigo e ter certeza de que você e Chris estão seguros. Por favor.

Ela se remexeu.

— Vou arrumar nossas coisas — anunciou ela, correndo de volta para o andar de cima.

Ela não escutou Preacher soltar o ar em um suspiro longo e aliviado.

Jack estava com Mel na varanda em frente à clínica, sua mala pronta na caçamba da caminhonete.

— Pense bem — pediu Jack. — Venha comigo. Não quero deixar você aqui sozinha.

Ela pousou a mão no peito do marido, olhou nos olhos dele e disse:

— Eu não vou ficar sozinha. Tenho uma cidade inteira. Não vai acontecer nada comigo.

— Mas Preacher não vai estar aqui. Ele está levando Paige e Christopher porque não pode deixá-los na cidade.

— Claro. Jack, o doutor precisa de mim. Tenho coisas para fazer. E eu vou ficar bem. Ninguém vai me incomodar. Tome aqui o nome de um médico com quem você pode falar — disse ela, enfiando um pedaço de papel no bolso da camisa do marido. — Diga a ele que você está casado com a antiga enfermeira dele. Ele vai dar toda informação que puder a respeito de Mike.

— Você trabalhou com ele? Quando?

— Já faz um tempo, mas ele não se esqueceu de mim. Ele é um traumatologista... pode ser que ele tenha operado o Mike. E não se esqueça de contar a ele a novidade... de que vamos ter um bebê. Ele vai ficar tão feliz.

— Vou encontrar esse médico. — Jack uniu os lábios aos de Mel e lhe deu um beijo profundo, com uma das mãos na parte de baixo das costas dela, enquanto a outra mão fazia um carinho na barriga que crescia. — Deixar você é a coisa mais difícil que eu estou fazendo em muito tempo — confessou ele.

— É melhor você ir. Precisa chegar lá o mais rápido possível.

Jack dirigiu feito um louco até Eureka e, enquanto isso, colocou o antigo celular de Mel para carregar dentro da caminhonete, de modo que pudesse telefonar para ela quando chegasse ao hospital de Los Angeles. Ele pegou um voo que fez somente uma escala, em Redding, e chegou a Los Angeles em menos de três horas. Preacher, no entanto, estava dirigindo até lá, o que poderia levar oito, talvez perto de dez horas.

Quando Jack chegou a Los Angeles, ele nem sequer parou em um hotel. Mike ainda respirava com ajuda de aparelhos e as visitas estavam restritas a pessoas da família, e mesmo assim por apenas alguns minutos a cada hora, mas a multidão que aguardava no hospital era muito maior do que

Jack esperava — uma quantidade impressionante de gente. Policiais eram conhecidos por se reunirem quando um deles se feria e, nas redondezas do hospital, havia dezenas deles. Eles tinham deixado um trailer no estacionamento para que a família de Mike pudesse descansar de vez em quando do estresse do hospital e faziam guarda ao redor do veículo. Mike fora casado duas vezes, mas, no momento, estava solteiro. Apesar disso, havia familiares o bastante — uma grande família de pais, irmãos, irmãs, sobrinhas, sobrinhos. Uma ex-esposa estava em algum lugar por ali, provavelmente, e, como era inevitável, uma ou duas namoradas. Alguns dos rapazes do esquadrão também estavam por lá, aqueles que conseguiram chegar rapidamente — Zeke, um bombeiro de Fresno, e Paul Haggerty, um empreiteiro de Grants Pass. Outros talvez aparecessem, se pudessem.

— Cadê Preacher? — perguntaram eles.

— Deve chegar daqui a pouco. Ele veio de carro. Como é que Mike está?

— A gente não sabe muita coisa. Três tiros, um na cabeça, um no braço e um na virilha. Ele perdeu muito sangue e ainda não recobrou a consciência. Foi uma longa cirurgia.

Jack tirou do bolso o pedaço de papel.

— Alguém sabe o nome do cirurgião? — perguntou.

Eles se entreolharam, fazendo que não com a cabeça.

— Certo, vou procurar esse cara — disse Jack. — Um velho amigo de Mel. Ele é médico aqui... Quem sabe pode nos dizer alguma coisa. Já volto.

Jack passou quase uma hora indo de posto de enfermagem a posto de enfermagem, procurando pelo dr. Sean Wilke, deixando mensagens para ele, sem sucesso. Apenas duas horas mais tarde ele avistou um homem com cerca de 40 anos e vestindo um casaco branco por cima do jaleco, indo em direção à UTI, e cujo nome bordado em azul no casaco mostrava "Wilke".

— Dr. Wilke — chamou Jack, adiantando-se e fazendo-o parar. Jack estendeu a mão. — Jack Sheridan, doutor. Estou aqui por causa de Mike Valenzuela. — O médico parecia frio e distraído e aceitou o aperto de mão sem prestar atenção. Afinal de contas, uma porção de pessoas estava ali por causa de Mike. O médico não podia conversar com todas elas. — Sou casado com Mel Monroe — Jack deixou escapar.

A expressão do homem mudou na mesma hora, de maneira dramática.

— Meu Deus! — exclamou ele, passando a segurar a mão de Jack com suas duas mãos, entusiasmado. — Mel? Como ela está?

— Ótima. Ela me passou seu nome. Disse que, talvez, você pudesse me dar alguma informação sobre meu amigo.

— Eu vou lá ver meu paciente, depois lhe conto o que eu puder. Pode ser?

— Com certeza — respondeu Jack. — Obrigado.

Cerca de quinze minutos depois, Jack percebeu que tinha tirado a sorte grande ao ver Wilke parado do lado de fora da UTI conversando rapidamente com a mãe, o pai e o irmão de Mike. Ele era mesmo o cirurgião de Mike. Depois de se afastar da família para que eles voltassem para dentro da UTI, Wilke foi em direção a Jack.

— Venha — pediu ele a Jack. — Eu tenho um tempinho.

— Ele vai sobreviver, não vai?

— Eu diria que ele tem noventa e oito por cento de chance de sobreviver, mas não sei a extensão das prováveis sequelas. — O dr. Wilke levou Jack para o saguão dos funcionários, que ficava na parte de trás de um pronto-socorro cheio. Wilke serviu o café tanto para Jack quanto para si mesmo. Jack deu um gole e quase vomitou. Era horrível. Ele se perguntou se era possível que eles tivessem misturado água da torneira com água suja de um balde de limpeza. — É — comentou Wilke. — Eu sei. Bem ruim.

— Tenho um bar e restaurante lá no norte. Nosso café é fantástico, melhor que o da Starbucks. Acho que eu conquistei a Mel primeiro pelo café... Ela é viciada em cafeína. Mas me fale de Mike, dr. Wilke.

— Por favor me chame de Sean. A situação até agora é a seguinte: ele continua inconsciente por causa do ferimento na cabeça, muito embora, na verdade, tenha sido o menos traumático. A bala, por um milagre, não parece ter danificado o cérebro, mas tivemos que fazer uma craniotomia para retirá-la, e isso provocou inchaço. Por isso, tivemos que inserir um dreno, o que explicaria o fato de ele estar em coma. A bala que acertou a virilha causou mais estrago... o reparo foi mais complicado. Consertamos o intestino e a bexiga, mas ele perdeu muito sangue.

— Meu Deus. Ele sobreviveu a dezoito meses no Iraque sem um arranhão...

— O ombro não está nada bom. Parece que vamos ter uma sequela permanente ali, tenho quase certeza...

— Droga — disse Jack, balançando a cabeça. — E o trabalho dele?

Desta vez foi Sean que sacudiu a cabeça.

— Acho que não vai dar para continuar. Os ferimentos dele são críticos. Estamos falando de reabilitação a longo prazo aqui. O ombro dele foi bem suturado, mas vai ficar fraco. As táticas defensivas certamente ficariam comprometidas.

— Mas ele é forte — replicou Jack.

— É, sim — concordou o médico. — É isso que o está mantendo vivo.

— Obrigado — agradeceu Jack. — Por tudo que você fez. Por ter tirado um tempo para me contar...

— De nada. — E chegou mais perto de Jack. — Eu sei que ele é sua preocupação número um neste momento, mas eu adoraria saber como Mel está. Não tenho notícias dela faz um bom tempo.

Jack sorriu, feliz de colocar Wilke a par da jornada de Mel montanha acima, do primeiro impulso que ela teve de fugir, de cair fora de lá. E como isso tudo acabou não só na decisão de ela ficar, como também na escolha de se casar outra vez e no bebê que estava a caminho.

O choque no rosto de Wilke foi evidente.

— Pois é, muitas surpresas. Eu sei que ela não achava que fosse possível. Ali estava ela, uma mulher que achava que nunca mais seria feliz, uma enfermeira obstétrica que nunca teria um bebê. E eu tenho quase 41, sou um fuzileiro naval aposentado que nunca tinha se casado. Caramba, eu nunca tinha me envolvido, nunca quis me envolver com alguém. O melhor dia da minha vida foi quando conheci Mel. Uma nova vida para nós dois, acho. Ela é tudo para mim.

Jack pegou um bloco de papel que havia em cima da mesa. E esticou a mão na direção de Sean, para que o médico lhe emprestasse uma caneta. Wilke puxou a caneta do bolso do casaco.

— Ligue para ela. Você não precisa acreditar em mim... Pergunte você mesmo como é que ela está. Mel vai adorar falar com você. Ela me passou seu nome, disse para que eu o procurasse.

Jack rabiscou o número no bloco de folhas amarelas e depois estendeu-o para Sean. Após um momento de hesitação, Sean arrancou a folha com o número escrito, dobrou-a e guardou-a no bolso.

— É sério, ligue para ela. Ela vai gostar. E mais uma coisa. Tem alguma chance de você me deixar entrar na UTI? Mike era um dos meus melhores rapazes. Ele era um ótimo fuzileiro. Salvou vidas. Eu adoro ele. De verdade. Muita gente adora ele.

— Com certeza — respondeu Sean.

Jack passou a noite sentado ao lado de Mike para que a família dele pudesse dormir. A cabeça de Mike fora raspada em um dos lados, havia tubos e drenos por todos os lados, mas provavelmente a visão mais difícil era a da máquina que respirava por ele. Enfermeiras e terapeutas mexiam nos pés e nas mãos dele, mas o próprio Mike não se movia.

Depois de conversar brevemente com a família de Mike, Preacher levou Paige e a mala de Jack e alugou dois quartos em um hotel ali perto, voltando pela manhã para dar a Jack uma das chaves. Jack foi até lá tirar uma soneca, mas voltou na parte da tarde e, mais uma vez, passou a noite inteira na cabeceira de Mike. A cada hora, pelo menos, ele se levantava, se debruçava sobre a cama e conversava com o amigo.

— Todo mundo está aqui, cara. Sua família, os policiais, algumas pessoas do seu esquadrão. Todo mundo está esperando você se levantar. Acorda, amigão.

No terceiro dia, o respirador foi removido e Mike abriu os olhos, mas seu rosto ao olhar para Jack e os pais era inexpressivo. As enfermeiras tentaram estimulá-lo, mas Mike continuava grogue e desatento.

Jack estava acomodado ao lado da cama do amigo para outra longa noite quando a mãe de Mike pousou a mão em seu ombro. Ele olhou nos olhos escuros da mulher. A sra. Valenzuela era uma mulher forte e bonita, por volta dos 60 anos. Criara oito filhos e tinha um monte de netos. Quando não estava na UTI, ficava na capela, rezando seu terço. Àquela altura, o rosário que pendia de suas mãos já devia ter lhe causado bolhas. Ela mal dormira.

— Você é um homem muito paciente, não é, Jack?

— Para isso, não sou — admitiu Jack.

— Eu conheço você. Miguel não é o primeiro jovem por quem você esteve em vigília. Ele contou que você nunca deixou seus homens... Não importava quão perigoso pudesse ser ficar ao lado deles.

— Ele exagerou — respondeu Jack.

— Acho que não. Vou descansar um pouco, para poder estar alerta pela manhã. Obrigada pelo que você está fazendo.

— Eu não deixaria este cara sozinho, sra. Valenzuela. Ele é um bom soldado.

No meio da sexta noite, Mike abriu os olhos e virou a cabeça.

— Sargento? — disse ele.

Jack se pôs de pé na mesma hora, inclinando-se sobre a cama do amigo. Ele enxergou clareza nos olhos de Mike.

— É, soldado. Estou aqui. Tem um monte de gente aqui, esperando por você, amigo. Agora você vai ter que ficar com a gente... A equipe do hospital está prestes a botar todos para fora.

Uma enfermeira apareceu na mesma hora ao lado da cama.

— Mike? — perguntou ela. — Você sabe onde está?

— Espero que não seja no Iraque — disse ele, a voz fraca.

— Você está no hospital, na UTI.

— Ótimo. Nada de atiradores por aqui.

— Mike, eu vou ligar para a sua mãe — avisou Jack. — Vou ficar por perto.

Jack saiu da UTI e foi até o saguão onde a família e os amigos podiam esperar, usar o telefone, descansar. A família Valenzuela estava no trailer providenciado pelo departamento de polícia, mas havia, no mínimo, uma dúzia de homens passando a noite no saguão, só para ficarem por perto.

— Ele acordou. E está reconhecendo as pessoas.

Um suspiro de alívio coletivo foi ouvido no salão. Jack ligou para o trailer, para que a sra. Valenzuela assumisse seu lugar na cabeceira da cama do filho, e depois voltou para a UTI. Ao chegar lá, dois médicos examinavam Mike. Um deles era Sean, o outro era um neurologista.

Sean deu a volta na cama e, com a mão sobre o braço de Jack, conduziu-o para longe de Mike.

— Eu ainda não liguei para Mel, mas vou fazer isso. Eu só queria dizer uma coisa... Vi você aqui todas essas noites, a noite toda, por quase uma semana. Estou muito feliz que Mel tenha encontrado alguém como você. Você é um bom homem, Jack. Um bom amigo.

— Eu disse... Ele é um bom homem. Teria feito o mesmo por mim. — Jack sorriu. — Quanto a Mel, quando ela me aceitou, ela mudou a minha vida.

Enquanto Jack estava fora, Mel se ocupou com uma tarefa importante. Ela levou Liz até Grace Valley para uma consulta com o dr. Stone, o obstetra. Liz estava esperando por ela do lado de fora da loja dos tios.
— Tem certeza de que não quer chamar sua tia Connie para vir junto?
— Tenho certeza — respondeu ela. — Quero ir só com você.
— Tudo bem. Você está muito bonita hoje — elogiou Mel.
Liz sorriu e agradeceu. Mel ficou feliz de ver que Liz tinha se esforçado para se arrumar no dia em que encontraria o dr. Stone pela primeira vez. O cabelo da garota estava limpo e brilhante, todo ondulado, e a maquiagem era de bom gosto. Ela usava uma daquelas calças jeans justas e um suéter comprido cobrindo a barriga, que estava tão grande que já não deixava que a calça fechasse.
— Você está animada?
— Acho que sim — respondeu ela. — Estou nervosa.
— Não precisa se preocupar... Não vai doer nada.
Quando elas chegaram à clínica em Grace Valley, Mel percebeu que Liz, provavelmente, não tinha se arrumado só por causa da consulta, e que com certeza havia outro motivo para que ela não tivesse convidado tia Connie para vir. Ao estacionar, notou que uma picape branca bastante familiar aguardava do outro lado da rua. Rick saiu do carro e começou a se aproximar. Quando Liz o viu, seu rosto se iluminou de felicidade e ela correu até ele, encontrando-o no meio do caminho. Desde que Liz voltara a Virgin River, Mel sempre os via juntos — tanto no bar quanto pela cidade. Eles tomavam bastante cuidado, sobretudo perto de Connie e Ron, e os tios de Liz pareciam estar sempre por perto. Rick segurava a mão da garota, passava um dos braços por cima dos ombros dela, às vezes pousava um beijo casto na têmpora de Liz.
Mas aquilo ali era diferente. Ela correu para os braços dele. Ele a abraçou apertado, com amor. Mel viu Rick com outros olhos, abraçado àquela garota grávida. Alto, largo, forte, bonito, mas ainda assim um menino — cheio de todos aqueles hormônios dos 17 anos.

Eles se abraçaram e se beijaram no meio da rua, um beijo de verdade. As mãos de Liz seguravam o rosto dele, puxando-o com força para junto de seus lábios. Vorazes, devorando a boca um do outro — havia tanta paixão naquele beijo que parecia exalar. Ele a segurava contra o próprio corpo com firmeza, as mãos subindo e descendo pelas costas de Liz. Ele deslizou uma das mãos sobre a barriga da garota enquanto falava e sorria contra os lábios entreabertos dela. Aquele ali não era um menino, mas um homem. Um homem e uma mulher, embora ainda fossem crianças.

Mel pigarreou.

Com relutância, eles se separaram e foram andando até Mel.

— Ei, Rick. Eu não sabia que você também viria.

— Precisei faltar à escola. Acho que um exame de ultrassonografia não conta como "falta justificada" para o pai do bebê. Mas Liz queria que eu estivesse aqui.

— Entendo.

Tão maduro. Tão jovem. Eles eram crianças; era desconcertante. Na verdade, o amor dos dois era, de algum modo, mais inquietante do que ver uma garota passar por uma coisa daquelas sozinha. Aqueles dois pareciam querer ter aquele bebê juntos, e o que poderia ser mais impossível para duas crianças tão novas?

— Bem, vamos entrar e encontrar o médico.

Mel tinha conversado com John Stone, contara a ele sobre a paciente. O exame começou. Rick ficou ao lado da cabeceira de Liz, segurando a mão da garota, como qualquer jovem marido faria. Ela olhou para ele de um jeito adorável, embora os olhos dele estivessem mais concentrados no monitor. John moveu o transdutor sobre a barriga da garota e, no monitor, o bebê tremulou e deu um chute.

— Ah, cara — comentou Rick. — Olha isso, cara.

— Você está conseguindo ver? Braços aqui, pernas, cabeça, bumbum. Pênis — disse John.

Mel não tinha se preparado para aquilo — ela observou a lenta transformação se abater sobre Rick. Os olhos do rapaz se arregalaram e começaram a marejar. Ele apertou a mão de Liz com mais força e sua boca tomou a forma de uma linha firme e imóvel à medida que ele lutava para se controlar. Uma coisa é ver uma barriga redonda e saber que o bebê ali dentro é seu, sentir o movimento e entender que há uma vida ali. Mas ver aquele bebê e saber que é o seu *filho* é algo que vai muito além.

— Ah, meu Deus — disse Rick.

Em seguida, ele baixou a cabeça e seus lábios tocaram a testa de Liz, enquanto ela segurava as mãos dele. Então, ela começou a chorar, e Rick sussurrou para ela:

— Está tudo bem, Liz. Está tudo bem. Vai ficar tudo bem.

Ele a beijou até secar suas lágrimas e Mel achou que fosse chorar junto.

Ela conhecia aquele rapaz já fazia algum tempo, desde sua primeira noite em Virgin River. Mas, naquele momento, ficou deslumbrada com o jovem, e ao mesmo tempo sentiu que não o conhecia em absoluto. Quando foi que ele chegou a esta outra vida? O que ele estava fazendo ali, olhando o filho no monitor quando deveria estar na aula de matemática?

John terminou a ultrassonografia, imprimiu uma foto para eles levarem e, em seguida, puxando a mão de Mel, a conduziu para fora da sala, deixando as duas crianças sozinhas por alguns instantes.

— Uau — comentou Mel. — Eu não sabia que ele estaria aqui. Conheço bem aquele garoto, mas eu nunca o vi daquele jeito. Um pai. Crescendo tão rápido.

— Jovens e burros, e tão apaixonados que chega a doer. Você acha que é cedo demais para eu colocar Sidney no convento? — perguntou John.

— Com 8 anos? Talvez só um pouquinho.

— Ela já está com quase seis meses de gravidez. Quinze anos. Que merda, hein?

— Shh, não deixe eles escutarem.

— Mel, eles não vão me escutar. Na verdade, é melhor a gente bater na porta ou eles vão fazer outro bebê. Bem ali na sala de exames.

— Eles não vão fazer isso, John. Eles estão de coração partido. Como é que aquilo vai ter qualquer final feliz?

Na viagem de volta para casa, Mel perguntou a Liz:

— Por que você não me contou que Rick ia nos encontrar lá?

Ela deu de ombros.

— Tia Connie não ia gostar.

— Por que não? Ele é o pai do seu filho.

— Tia Connie está bem chateada com isso. Chateada comigo e com Rick. E minha mãe... Jesus. Ela está pirada, está tão pau da vida. Ela não quer que eu veja Rick de jeito nenhum...

— Ela mandou você de volta para Virgin River, mas não quer que você veja Rick? — perguntou Mel, perguntando-se como aquilo fazia sentido.

— Eu sei — respondeu Liz. — Uma idiotice, né? — Ela passou a mão na barriga. — Um menino — comentou baixinho. Triste.

Mel deu uma olhada e viu uma lágrima descer pelo rosto da garota.

Se uma mulher tem idade para ter um bebê, Mel se pegou pensando, então ela tem idade para amar o que estiver dentro dela. E tem idade suficiente para amar o homem que colocou aquele bebê dentro dela.

Capítulo 9

Durante a estadia em Los Angeles, Preacher conseguiu deixar Paige e Chris no hotel por curtos períodos de tempo enquanto ele ia ao hospital. Ele estava confiante de que não havia perigo para ela. Embora ela ainda telefonasse para o centro de tratamento com regularidade, mesmo que Lassiter escapasse não tinha como ele saber onde eles estavam. Mas, sempre que Preacher voltava, Paige dava um suspiro, claramente aliviada por ele ter retornado e ela estar em segurança. Ele não tinha muita certeza se aquele terror se devia ao casamento dela ou a alguma outra coisa. Ainda havia alguns buracos bem grandes na compreensão que Preacher tinha sobre Paige. O maior de todos era a respeito da família dela.

Durante a longa viagem de carro de Virgin River até a cidade, horas e horas juntos na caminhonete enquanto Chris dormia e acordava no banco de trás, houve muito tempo para conversar. Paige partilhou com alegria e animação histórias sobre o salão de beleza que parecia saído de uma novela no qual ela trabalhara, os bons tempos na velha casa alugada que ela dividia com as melhores amigas e até mesmo sobre antigos namorados. Ela se abriu mais sobre a vida com Wes, num tom de voz sussurrado e cuidadoso para que Chris não escutasse e ficasse triste. Mas, quando o assunto chegou a sua mãe viúva e seu irmão mais velho e casado, ela pareceu se fechar e ficou tensa e melancólica. Parecia haver alguma coisa ambivalente ali, mas ela não explicava o quê.

— Não tenho um relacionamento muito bom com minha família desde que me casei — disse ela. — E Bud e eu nunca fomos próximos, nem mesmo quando éramos crianças.

— Quem sabe isso mude agora — replicou Preacher. — Não perca essa oportunidade. Eu daria qualquer coisa para passar uma hora com a minha mãe. Eu me alistei no Corpo de Fuzileiros para poder ter irmãos.

— Eu sei — respondeu ela. — Eu sei.

— Ei, não quero te obrigar a nada. Mas já que estamos aqui...

— Você pode não gostar da minha família, John — disse ela.

— Paige, eu não tenho que gostar deles. E eles não precisam gostar de mim. Só estou dizendo que você poderia visitá-los, se quisesse.

Paige levou quatro dias para telefonar para a mãe, e outros dois para marcar um encontro. Ela convidou Preacher para acompanhá-la à casa do irmão para um jantar de família. A mãe estaria lá.

Preacher levou três minutos para desconfiar que havia alguma coisa errada, mas demorou quase uma hora para encaixar todas as peças. Cinquenta e oito minutos longos demais. Ele não era um cara lento; não costumava se aproximar daquele tipo de gente. Um cara grande, silencioso e solitário como Preacher, quando sentia o cheiro de alguma coisa *errada*, costumava ficar bem longe.

Bud, o irmão mais velho de Paige, os encontrou à porta de uma pequena casa de um conjunto habitacional em um bairro sujo, com casinhas todas meio parecidas, poucas árvores e onde as pessoas mexiam nos carros no meio da rua. A casa de Bud exibia à sua frente um gramado acima da média, aparado e verde, bem ao lado de uma casa com um pátio sem grama cercado por um alambrado. Bud estava usando uma camiseta e uma calça cáqui e segurava uma cerveja.

— Ei, ei, ei — saudou ele, indo até a escada da frente e depois descendo até a calçada, onde eles estavam. — Aí está minha menina. Como você tem passado, querida?

— Tudo bem, Bud — respondeu ela, deixando-se abraçar por ele. Paige, Preacher reparou, não retribuiu com muita força o abraço. Preacher se manteve afastado, segurando a mão de Christopher enquanto observava.

Bud soltou a irmã e se aproximou de Preacher com um grande sorriso, a mão estendida.

— Este é seu novo namorado? E aí? Quer uma cerveja? Você tem cara de que gosta de cerveja.

Preacher aceitou o aperto de mão; ele se concentrou para não apertar muito forte. Na verdade, ele não era muito de beber cerveja. Nem era namorado de Paige.

— Obrigado — disse ele. — Eu não sou o novo...

— Entrem. Bem-vindos ao meu *humilde* lar.

Preacher percebeu a inflexão da voz.

— Lugar legal — disse ele, entrando na sala de estar. Preacher não entendia nada de decoração, mas o lugar parecia confortável. Limpo, com um sofá, uma poltrona confortável e uma televisão bem grande. — Lindo jardim. Aposto que você trabalha duro nele.

— Que nada — respondeu o homem. — Gin é quem faz a maior parte do trabalho. Ela diz que gosta, mas acho que ela está tentando ganhar o primeiro lugar numa competição da vizinhança. — Bud não cumprimentou Christopher. Colocou uma das mãos na nuca do menino e pareceu querer conduzi-lo fisicamente pela sala, afastando-o. — As crianças estão no quarto de brinquedos, Chris. Vá brincar com elas.

Chris recuou, agarrando-se às pernas de Preacher.

Abaixando-se, Preacher disse:

— Se você quiser, pode ficar aqui.

Chris não respondeu, mas se agarrou com mais força ao homem.

— Como quiser — disse Bud. — Vamos lá para trás. Nós temos uns petiscos, temos carne. Que legal, mana. Que bom que você pôde vir fazer uma visita. Mas o que você disse mesmo que aconteceu para sair da toca?

Preacher viu o punho dela se cerrar ligeiramente.

— Um amigo do John... Está no hospital. É um policial.

Enquanto eles entravam na cozinha, uma mulher mais velha se afastou da salada que estava preparando e deu a volta na bancada.

— Paige — disse ela baixinho. — Ah, Paige...

Ela era mais baixa que Paige e muito magra. Usava calça comprida e uma camisa de manga longa abotoada até o pescoço tão conservadora que, por um nanosegundo, Preacher se lembrou da própria mãe.

Elas se abraçaram, ambas parecendo estar com os olhos cheios de água. E Paige respondeu:

— Mamãe. Mamãe.

Dessa vez, Paige retribuiu o abraço. A mulher mais jovem seguiu no encalço da outra, esperando sua vez. Mais uma vez, o abraço foi mútuo.

— Estou tão feliz de ver você — disse ela.

— Dolores, Gin, este é John, o novo namorado — apresentou Bud.

— Eu não sou o novo...

— Bud Lite está bom para você, amigo? Dá para imaginar que um cara que se chama Bud beba Bud Lite? E esse seu amigo? O que está no hospital?

Preacher aceitou a cerveja.

— Ele é policial por aqui. Levou um tiro enquanto estava de serviço. Ficou bem machucado... então eu vim vê-lo — explicou.

— Ei, será que ouvi falar disso na televisão? — perguntou Bud, batendo o pescoço de sua garrafa na de Preacher. *Uma hora meio estranha para brindar*, pensou Preacher.

— Pode ser. Provavelmente.

— É, acho que ouvi falar sobre o caso. Você tem muitos amigos policiais? — perguntou Bud, indo até a mesa. — Chris, vá brincar com as crianças. Eles estão no quarto de brinquedos. Tem muitos amigos policiais?

— Só esse — disse Preacher, com a mão pousada firme no ombro de Chris.

Ele já estava começando a entender tudo: o irmão de Paige era um valentão. Um valentão, mandão, imaturo e grosso. Ele assistiu a Bud ir até a mesa da cozinha e se sentar à cabeceira. No meio, havia uma tigela com salgadinhos e outra com molho para mergulhá-los. Do lado de fora das portas que davam para o pátio dos fundos ele conseguia ver um quintal bem cuidado cercado por um muro alto. Havia uma banheira de hidromassagem coberta com uma lona verde. Uma churrasqueira, uma fonte para passarinho tomar banho, alguns móveis de jardim, mas nenhum brinquedo. Paige não tinha dito que eram três crianças?

Bud indicou com a mão uma cadeira e Preacher se sentou perto dele. Bud não era um cara pequeno — tinha, provavelmente perto de um metro e oitenta com uns brações. O cabelo era cortado bem curto, as mangas da camisa estavam dobradas de modo a deixar os bíceps em evidência. Seu sorriso era constante, o que chamava a atenção — você só sorri quando algo faz você sorrir. Quem sorri o tempo todo está escondendo alguma coisa. Ele disse mais uma vez a Chris para ir brincar. Preacher colocou o menino no colo.

As mulheres o seguiram obedientemente, sentando-se à mesa com os homens. Bud começou a comer os salgadinhos com o molho enquanto bebia sua cerveja.

— Fale mais sobre o lugar onde você está ficando — disse ele a Paige.

— Virgin River — contou ela. — Fica nas montanhas, bem para o norte. É muito bonito... muitas árvores.

— E como foi que você foi parar lá? — quis saber ele.

— Nós estávamos indo visitar uma amiga e nos perdemos — respondeu ela, a voz um pouco mais baixa do que Preacher estava acostumado a ouvir. — Chris estava com febre, tinha um médico lá e a gente ficou na cidade.

Preacher tentou não franzir a sobrancelha enquanto escutava Paige contar uma versão quase fictícia do que tinha acontecido. Era uma boa história para contar aos novos amigos em Virgin River, mas tinha alguma coisa bastante errada em narrar daquele jeito o que acontecera para a família, para pessoas que a conheciam intimamente. Ela precisou ficar um pouco na cidade por causa de Chris, foi o que ela disse. Ela se apaixonou pelo lugar, as pessoas eram tão legais, eles precisavam de ajuda no bar e restaurante e ela pensou que, talvez, aquela fosse exatamente a mudança de que precisava. Decidiu ver se aquilo funcionava para ela. Bud perguntou o que Wes achava daquilo e Paige disse:

— Bem, Bud, ele não estava muito feliz com isso... mas eu o convenci.

Não estava muito feliz?, pensou Preacher. Ela e o irmão estavam evitando o assunto. Preacher se pegou pensando: *Eles não sabem nada sobre vida dela? Sobre o estado triste e perigoso de seu casamento? Não sabem que ela precisou fugir para salvar sua vida? Para salvar seus filhos?*

Uma das crianças passou correndo — uma menininha de uns 7 ou 8 anos. Tinha um olhar selvagem. Ela pegou um punhado de salgadinhos, o pai gritou para que ela fosse brincar e ela sumiu.

Paige conversou um pouco mais sobre a região, as sequoias, as pessoas, o estilo de vida simples. Bud se levantou e pegou mais duas cervejas e pousou uma delas na frente de Preacher.

— Eu estou bem — Preacher recusou.

Mas Bud deixou a cerveja na frente dele.

Chris esticou a mão para alcançar os salgadinhos, hesitante, e Bud disse:

— Isso é para os adultos, filho.

E Chris puxou a mão em um gesto rápido, como se tivesse tocado no fogo. Preacher tentou não encarar Bud, mas puxou a tigela dos salgadinhos para perto deles dois e disse:

— Talvez ele esteja com fome.

Ele tirou um salgadinho da tigela e o entregou a Chris e, de rabo de olho, notou que Paige observava seu gesto com um sorrisinho sutil no rosto. Ele também reparou que Dolores e Gin não conversavam muito e partilhavam os aperitivos, assim como eles, de maneira frugal. Com cautela.

Outra criança passou correndo — outra menina —, suja, descabelada, os sapatos desamarrados. O que quer que estivesse acontecendo no quarto de brinquedos deixou as crianças tão malcheirosas quanto uma tarde no parquinho fora de casa. Ela pegou os salgadinhos, recebeu um grito para que fosse brincar e desapareceu. Preacher podia ser o gerente de um bar e praticamente só se relacionar com homens, mas ele não estava acostumado a pais que afastavam suas crianças. De um jeito rude, ainda por cima. Em seu grupo, as famílias eram estimadas. A maioria de seus amigos era casada e tinha filhos, e as crianças participavam de tudo. As esposas eram quase idolatradas.

Preacher estava começando a perceber que as coisas não eram gentis e respeitosas por ali. Já não estava gostando de como Bud olhava para Paige, e estava prestes a anunciar que a reunião tinha acabado quando uma criança começou a chorar — no quarto de brinquedos, provavelmente. A esposa de Bud, Gin, deu um pulo e saiu correndo. Alguns minutos mais tarde, ela voltou carregando uma criança de cerca de 2 anos. Era uma criança linda, o cabelo loiro curto e encaracolado. Lágrimas corriam pelo rostinho afogueado.

Bud se virou para Preacher e perguntou o que ele fazia.

— Eu? Sou cozinheiro. Meu amigo comprou um bar. Eu fui lá para pescar um pouco e acabei ficando.

Eles conversaram um pouco sobre o bar, e Preacher tentou fazer um esforço. O cara não era lá muito agradável, mas ele não precisava gostar de todo mundo. Pensou que seria uma boa ideia tentar se dar bem com o homem, por causa de Paige. Aquela era a família dela, e não dá para escolher a própria família. Ele tinha certeza de que Bud tinha seus pontos positivos. Só não tinha muita certeza de que descobriria tais pontos naquela noite. Mas se engajou em uma conversa sobre como dava para pescar e caçar lá no norte, e Bud adorou saber disso. Ele deveria aparecer por lá, disse Preacher. Bud disse que faria isso, que gostaria de fazer esse tipo de coisa mais vezes, se pelo menos não precisasse trabalhar tanto o tempo todo, mas com três filhos... Três filhos quase desaparecidos, pensou Preacher. Preacher falou mais do que costumava, porque queria que Paige soubesse que ele estava dando seu melhor. Que ele sabia ser cordial. Amigável.

Durante esse tempo, Gin, com a filha mais nova no colo, bajulou Chris e o conquistou. Chris não se sentia intimidado por uma criança mais nova que ele e eles começaram a brincar. Gin tirou a criança do colo e, com um empurrãozinho, ela mandou os dois para o quarto de brinquedos.

— E aí, o que você fazia antes de ser cozinheiro? — perguntou Bud.

— Fui fuzileiro naval por cerca de doze anos.

— Fuzileiro! — exclamou Bud. — Eu deveria ter adivinhado. Já foi para alguma guerra?

Preacher assentiu solenemente.

— Algumas vezes — respondeu ele. — Não é divertido.

— E agora é cozinheiro — disse Bud, rindo. — Acho que você está mais para segurança.

— A gente não costuma precisar de segurança por lá.

— Por falar em cozinhar, e essa salada aí?

A mãe e a cunhada de Paige se levantaram da mesa e, na mesma hora, foram para a cozinha. Paige também se levantou, perguntando se poderia ajudar, mas Bud apontou para que ela se sentasse de novo na cadeira, dizendo:

— Elas fazem isso.

E ela se *sentou*.

Chegaram os pratos — cinco deles. Preacher contou duas vezes.

— E as crianças? — perguntou.

— Gin vai dar alguma coisa para elas comerem no quarto de brinquedos. Ela fez uns cachorros-quentes, tem milho. Elas amam. Eu gosto de ter um momento só de adultos, às vezes.

A salada apareceu, assim como mais uma cerveja para cada um.

— Você está devagar, meu amigo — observou Bud. — Vai ter que correr atrás!

Preacher se concentrou para que o ouvido sintonizasse o quarto de brinquedos. Bem na hora que ele estava aguçando a audição e eles começavam a comer as saladas, Bud olhou para Paige e perguntou:

— O que é que vai acontecer com Wes?

Ela ergueu o olhar, com calma, para encontrar os olhos do irmão, mas não respondeu logo.

— Não sei. Ele se internou em um centro para tratamento de drogas.

— Por quê? — quis saber ele.

Ela fez uma pausa mais uma vez.

— Para um tratamento de drogas. É comum que caras do mercado financeiro fiquem viciados em... você sabe... estimulantes? — A frase soou como uma pergunta. E, Preacher pensou, era metanfetamina. Não um estimulante inocente.

— E não dava para você fazer nada em relação a isso?

— Tipo o quê, Bud? — devolveu ela.

— Sei lá. Tipo ajudar ele com isso. Tipo a sua obrigação.

Paige pousou o garfo e olhou nos olhos do irmão.

— Não, Bud. Eu não podia ajudar ele com isso. Estava completamente fora do meu controle.

Bud baixou os olhos para sua alface, espetou uma folha com o garfo e murmurou:

— Talvez você pudesse ter calado a porra da sua boca.

O garfo de Preacher caiu de repente. E ele, que raramente falava palavrões e que, quando falava, era só nos momentos mais acalorados, disse:

— Caralho, você está de sacanagem comigo, né?

Os olhos de Bud buscaram o rosto de Preacher na mesma hora. Ele cerrou os dentes e fechou o semblante.

— Ela contou que tinha uma casa de quinhentos metros quadrados com piscina?

Preacher deu uma olhada para Paige, que devolveu o olhar a Preacher e, na sequência, moveu os olhos devagar na direção de Bud.

— Meu irmão não entende. O tamanho da casa onde você mora não tem nada a ver.

— Não tem nada a ver o cacete — respondeu Bud. — Estou falando que tem horas que você tem que calar a sua boca, só isso. Você tinha a *porra toda*.

Preacher precisou controlar cada célula de seu corpo para continuar sentado naquela cadeira. Ele queria gritar: *Ele a espancou no meio da rua, na minha frente! Ele matou com um chute o bebê que eles estavam esperando!* Ele contraía e relaxava a mão segurando o garfo, com força, sem notar que estava entortando o objeto. Não tinha o direito de falar, era um convidado ali. Não um convidado de Bud, mas um convidado de Paige. Sentiu enjoo ao pensar que ele poderia tê-la deixado fazer aquela visita sozinha. Sentiu a pressão sanguínea aumentar, suas têmporas pulsavam.

— Bud, ele era abusivo.

— Jesus, vocês só tinham uns problemas. O cara era *cheio da grana*, pelo amor de Deus!

Preacher achou que fosse explodir, e seu sangue, que agora estava quente, se expandia de um jeito muito rápido. Ele conseguia escutar o próprio coração batendo. Sentiu uma mãozinha leve e pequena em cima de seu punho cerrado. Ergueu os olhos e viu que a mãe de Paige, com seu olhar triste, nervoso e suplicante, o encarava do outro lado da mesa.

— Não foi exatamente isso que Bud quis dizer — contemporizou ela. — É só que a gente nunca teve um divórcio na família. Eu criei meus filhos para que eles soubessem como tentar superar seus problemas.

— Todo mundo tem problemas — acrescentou Gin, assentindo.

Os mesmos olhos. Implorando.

Preacher achou que não fosse conseguir fazer aquilo. Chegar ao fim daquele tormento. Ele tinha certeza de que não chegaria ao prato principal sem antes imprensar Bud na parede e ameaçá-lo com alguma coisa, tipo seus punhos, para que ficasse de boca fechada. O problema era que aquele era o jeito como Wes agia. Ficar furioso, levar a coisa para a violência. Enfiar a porrada em alguém. Alguém que poderia ser subjugado com muita facilidade.

— Não eram *problemas* — insistiu Paige. — Ele era *violento*.

— Ah, Jesus Cristo — disse Bud, erguendo a cerveja.

Um grito estridente veio do quarto de brinquedos. Preacher se colocou de pé na mesma hora que Chris veio em disparada até a cozinha, segurando o antebraço com a mão oposta. Ele correu para a mãe com um semblante de dor e medo, a boca aberta em um grito de dor e lágrimas em seu rosto. Paige acolheu o filho imediatamente, perguntando:

— O que foi? O que foi?

Preacher se inclinou, tirou a mão de Chris de cima do braço e viu o contorno perfeito de uma boquinha. Com uma expressão de pleno horror e descrença, olhou para Bud.

— Alguém *mordeu* ele!

— Ah, crianças. Elas vão se entender — disse Bud, acenando com a mão, como se não fosse problema dele o fato de as crianças terem ficado completamente sem supervisão.

Gin se levantou em um pulo.

— Vou pegar uma coisa para isso.

— Gelo. Eu vou pegar gelo — disse Dolores, saindo da mesa.

Preacher afastou Chris de Paige com muito cuidado e levantou o menino, aconchegando-o em seu peito largo. Chris deitou a cabeça no ombro de Preacher e chorou. Seus olhos encontraram os de Paige e, apesar de seu grande esforço para se manter calmo, ele tinha certeza de que seu olhar estava chamejante.

Paige se levantou, altiva, com um toque de orgulho, Preacher notou, e anunciou:

— Vamos embora agora.

— Sente-se — disse Bud, brusco, e por um triz Preacher não ficou completamente ensandecido.

Ele devolveu Chris para a mãe, com o máximo de calma que conseguiu, e se apoiou com as duas mãos sobre a mesa. Aproximou o rosto contra o de Bud, chegando tão perto que o homem se afastou um pouco. Pelo canto do olho, ele viu que Paige estava com a bolsa pendurada em um dos ombros e Chris deitado no outro, já se encaminhando para a porta da frente.

— Vamos deixar a carne para outra hora — disse ele com um sussurro ameaçador.

Depois, pegou o garfo que tinha apertado e percebeu que estava um pouco entortado. Ele forçou o talher até que dobrasse ao meio, usando apenas uma de suas mãos robustas. A seguir, deixou o garfo cair em cima da salada de Bud.

— Não se levante.

Quando Preacher alcançou Paige, ela já estava na metade do caminho que levava à caminhonete e as mulheres já estavam à porta, agitadas, chamando por ela. Sem ter qualquer experiência com aquele tipo de coisa, sem jamais ter estado em tal posição, Preacher sabia o que viria a seguir. Elas dariam desculpas para o comportamento de Bud, talvez pedissem desculpas por ele, provavelmente implorariam para que Paige voltasse. Ele pousou a mão de leve no ombro da mulher e ela parou, voltando-se para ele. Ele esticou os braços, para pegar Chris.

— Me dá ele aqui — disse ele, pegando o menino com ternura. — Vá se despedir delas. A gente vai entrando no carro.

Ele colocou Chris na cadeirinha do carro enquanto Paige e as outras mulheres ainda estavam na calçada. Cada uma delas pegou uma das mãos de Paige, mas ela se desvencilhou.

— Amigo, você me deixa ver esse braço? — pediu Preacher a Chris. — Ah, vai ficar tudo bem. Ei, que tal umas panquecas? Vamos jantar comida de café da manhã, hein?

Chris fez que sim e fungou, segurando o choro. Preacher passou o dedão debaixo de cada olho do menino para enxugá-los.

— É, panquecas. E leite com chocolate.

Chris assentiu mais uma vez, um sorriso suave nos lábios.

Preacher sentou ao volante da caminhonete e aguardou, observando enquanto Paige finalmente abraçava as mulheres e seguia rápido até o veículo. Ela entrou e ele saiu com o carro antes mesmo que ela conseguisse afivelar o cinto de segurança.

Dirigiram um pouco, então Preacher comentou:

— Eu e Chris estamos pensando em comer panquecas. E leite com chocolate.

Ela deu um suspiro profundo.

— Eu realmente pensei em tentar explicar para eles — disse ela. — E por que eu não quero mesmo...

Preacher esticou o braço e segurou a mão de Paige, dando uma apertadinha. Sorriu e balançou a cabeça.

— Depois das panquecas, quero dar um pulo no hospital, ver se teve alguma mudança no estado de Mike.

— Claro — respondeu ela.

Mais um momento de silêncio e então:

— Sabe, minha mãe... ela era um pouco parecida com a sua. Magra, mas mais forte do que aparentava. Eu já tinha perto de um metro e oitenta aos 12 anos. Devo ter ficado mais alto que minha mãe no quinto ano. Mas tinha um lance que ela fazia: ela conseguia esticar o braço, segurar e torcer a parte de cima de minha orelha. Se eu falasse palavrão, cuspisse ou fosse desrespeitoso, ela puxava minha orelha e me deixava de joelhos, tão rápido que nem dava para ver. Mesmo uma semana antes de morrer, ela ainda conseguia me derrubar desse jeito. Acho que ela aprendeu isso com as freiras... Tinham umas que eram malvadas feito um cachorro de ferro-velho. Mas ela deu seu recado. — Ele apertou a mão de Paige. — Acho que sua mãe nunca aperfeiçoou esse movimento.

Paige riu um pouquinho.

— Paige, eu fiquei tremendamente orgulhoso quando você se levantou e saiu daquele jeito. Sério, você é mais forte do que parece.

Ela suspirou.

— Eu devia ter me levantado e ido embora mais cedo. Quase fiz isso.

— Eu também — respondeu ele. — Acho que talvez a gente tenha se esforçado demais com Bud. Nós dois. Ele é sempre daquele jeito?

— Quando não fica quieto e mal-humorado.

— Ele se dá bem com Wes? — perguntou Preacher.

— Bud acha Wes incrível. Porque ele pensa que Wes é rico. Wes acha Bud um idiota.

— Hum — ponderou Preacher. Ele não soltou a mão de Paige. — Você acha que Bud acredita de verdade que, em troca de quinhentos metros quadrados e uma piscina, está tudo bem você levar umas pancadas na cabeça algumas vezes por ano?

— Eu acho que ele acredita nisso, sim — respondeu Paige. — Acho mesmo.

— Hum. Será que ele gostaria de se mudar para o *meu* casarão... para testar essa teoria?

Ela gargalhou.

— Você tem um casarão em algum lugar, John?

— Não no momento. — Ele deu de ombros. — Mas, por Bud, posso procurar um.

Desde a primeira noite em que Paige aparecera em Virgin River, algo vinha inundando a mente de Preacher, como se fosse uma onda, imperturbável e crescendo. Estar perto dela o deixava mais brando, mais sereno. Fazia com que ele quisesse ser um homem melhor. Havia ainda outro efeito, mais inquietante: quando ela encostava nele, quando ele captava um sopro do aroma doce e natural de Paige, ele ficava quase atiçado.

Havia semanas que os três faziam companhia um para o outro constantemente, e a ligação de Preacher com Chris vinha se fortalecendo, sua afeição por Paige se aprofundando a cada dia. A cada hora. Quando ele tomava a mãozinha dela, ela nunca se desvencilhava, e ele adorava aquilo. Às vezes, ele passava o braço por cima dos ombros dela, só para mostrar que estava ali, observando, cuidando, e ela se encostava um pouquinho nele.

Ele queria que aquilo nunca acabasse.

Eles dividiram o quarto de hotel enquanto estavam em Los Angeles — duas camas tamanho *queen*. Preacher em uma delas, Paige e Chris na outra. Ficar no mesmo quarto que ela era, ao mesmo tempo, uma bênção e um tormento. Ele escutava cada barulhinho, cada fungadinha na cama, e se perguntava como seria se deitar ao lado dela, puxá-la para junto de seu corpo. Quando, de manhã, ele tomava banho depois dela, sentia-se inebriado pelo aroma do sabonete, do xampu e do hidratante que ela usava.

Mike Valenzuela estava sentado e se alimentando, embora ainda sentisse dor e a cabeça um pouco pesada. Havia muito pouca esperança de que ele voltasse a atuar na força policial, e sua recuperação e fisioterapia seriam intensas. Mas, com o fim da fase mais crítica, o número de policiais em constante vigília no hospital havia diminuído. Zeke e Paul tinham voltado para casa; Jack e Preacher estavam conversando sobre retornar a Virgin River.

Por insistência de Preacher, fizeram uma última coisa antes de irem embora de Los Angeles: foram até a casa de Paige. Logo depois de colocar algumas coisas na caminhonete, eles seguiriam para o norte. Preacher se sentia agradecido por Christopher estar dormindo no banco de trás da cabine, em sua cadeirinha. Ele tinha medo de que o garoto quisesse ficar em casa, sem entender o perigo que o pai representava.

— Acho que você não está pronto para isso, John — disse ela. — É uma casa bem grande.

— É, Bud falou. Isso incomoda você, deixar para trás uma casa grande e chique?

Ela balançou a cabeça, negando.

— Não vou demorar. Não tem muita coisa que eu queira pegar.

Passaram por um portão de segurança em uma vizinhança rica e exclusiva, e Preacher teve que reprimir sua reação diante do cenário cheio de pompa, mas ainda assim engoliu em seco. As casas naquele lugar pareciam monstruosas para ele, atrás de gramados bem cuidados, com jardineiros trabalhando e faxineiras que volta e meia se aproximavam da porta da frente. A casa de Paige era grande, de tijolos, com dois andares e uma entrada de carro larga e curva e portões de ferro. Quase um rancho. A família deveria parecer pequenas bolinhas de gude dentro de uma lata naquele lugar. Era gigante.

Preacher subiu de ré na entrada da casa, de modo que a caçamba da caminhonete estivesse pronta para receber as coisas de Paige.

— Meu Deus, isso é incrível — murmurou ele. — Alguma parte de você deve ter sentido, mesmo que por apenas cinco minutos, como isso era significativo.

Ela colocou uma das mãos no joelho dele, olhou-o nos olhos e disse:

— Nem por cinco minutos. Eu implorei para ele não comprar esta casa. Ele vivia irritado com o custo, as contas, mas precisava ter este lugar. Você quer entrar? Quer dar uma olhada?

Preacher não quis. Ele vinha mantendo-a em um cômodo em cima de um bar country — um quarto sem qualquer conforto. Em uma cidadezinha sem escola.

— Não, não preciso ver mais nada. Vou esperar aqui fora e ficar com Christopher.

Quando ela abriu a porta com a chave e entrou, Preacher se encostou na caminhonete e pensou como deveria ser para alguém como Wes perder tudo aquilo — a mulher, o filho, a casa enorme e chique. Será que alguma vez passou pela cabeça dele que, se tivesse tratado tudo aquilo com carinho, ainda poderia ter tudo?

Paige encheu quatro bolsas de lona pequenas com roupas para ela e Christopher. Empacotou alguns brinquedos e livros. Depois de pensar bem, jogou o triciclo de plástico do filho na caçamba da caminhonete e Preacher dirigiu para fora da cidade. Já estavam a algumas horas de Los Angeles quando ela esticou o braço e pousou a mão em cima da mão de Preacher.

— Meu Deus, que alívio! Espero que eu nunca mais precise entrar por aquela porta de novo.

— Que pena, ter tudo aquilo e depois perder. É tipo o sonho americano. O que todo homem pensa ser uma vida perfeita. Uma família, sucesso, coisas.

— Essa é sua ideia de sonho, John?

Ele gargalhou.

— Minha ideia é bem menor.

Ela ficou encarando seu perfil durante um bom tempo. Depois, bem baixinho, disse:

— Apoxto que não é muito menor, não. Talvez seja menos complicado.

E ele pensou que não mais. A ideia que tinha de uma vida perfeita, a melhor coisa que poderia ter no universo todo, estava bem ali ao lado dele. Tão perto, embora tão longe de seu alcance.

Rick tinha passado a vida toda em Virgin River, frequentara a escola com as mesmas pessoas durante anos e gostava da popularidade que tinha entre os colegas. Ele estava no último ano, na reta final, quando sua experiência no ensino médio fez um desvio drástico. Agora, todos as manhãs, ele buscava uma garota grávida e a levava com ele para a escola.

Mal dava para reconhecer em Liz aquela garota que tinha passado alguns meses em Virgin River no ano anterior. Na verdade, a menina grávida que cursava o segundo ano parecia mais jovem do que a menina que, no primeiro ano, usava saias curtas e botas de salto alto. Lizzie parecia muito mais experiente naquela época. Agora, não andava mais se exibindo; ela se sentia tímida, pouco à vontade, vulnerável. Era só uma garota grávida e totalmente dependente de Rick.

Ele fazia o que podia, tentando convencê-la a frequentar as aulas. Não podia deixá-la se virar por conta própria, sozinha, enfrentando o desrespeito das outras garotas, metade das quais teria feito de tudo para conseguir sair com Rick. Às vezes, ele se atrasava para as aulas levando Liz para as dela. Os professores não eram muito compreensivos. Ele não fingiu que se tratava de um caso ou que ela era sua prima — ele levantou a cabeça e a assumiu. Era sua namorada e seu filho. Ele queria não ter precisado fazer isso, mas precisou. Ela não tinha mais ninguém.

Não demorou muito para que ele se envolvesse em uma briga. Um garoto chamado Jordan Whitley, do terceiro ano, falastrão e estúpido, fez um comentário ácido sobre Rick estar "se dando bem todas as noites", que o tirou do sério. Rick empurrou Whitley contra os armários e lhe deu um soco. Whitley também conseguiu acertar um soco em Rick antes de os dois serem apartados pelos professores, de modo que, quando Rick foi trabalhar à tarde no bar, exibia um olho roxo.

— O que foi que aconteceu com você? — perguntou Preacher.

— Nada — respondeu ele. — Um idiota falou um gracinha sobre minha vida amorosa.

— Sério? E você achou que era uma boa apanhar na cara? — instigou Preacher.

— Não, Preach. Eu enfiei a mão nele. Não era para ele ter conseguido se levantar. Acho que eu não bati forte o suficiente.

— Cara. Está se sentindo um pouco descontrolado?

Rick deu de ombros. Para falar a verdade, ele detestava Whitley e já tinha pelo menos um ano que queria bater no garoto.

— Ele fala demais. Quem sabe agora aprende a guardar a língua dentro da boca?

A vida amorosa de Rick, até aquele momento, tinha sido bem vazia. Mas, sim, era verdade que ele estava transando.

Ele não podia negar que aquilo dava certa satisfação, mas era muito esquisito. Liz precisava ser tocada, ser amada, mas a menina que agora se enroscava suavemente nele estava a anos-luz daquele serzinho sensual que se remexia feito louca no colo dele no ano passado. E não só esses breves momentos costumavam terminar com ela chorando, mas também, às vezes, ele conseguia sentir o bebê se mexer enquanto ele a abraçava, enquanto a amava. Quando ela chorava, ele apenas a acolhia num abraço e a consolava, dizendo que ficaria tudo bem, que eles dariam um jeito. Não raro, ele falava duvidando das próprias palavras.

E ali estavam eles, prestes a ter um bebê e com todo mundo esperando que eles agissem como se fossem adultos, ao mesmo tempo que tia Connie os vigiava como uma águia, garantindo que eles não fizessem nada que fosse de adulto. O único momento que ele conseguia ficar com Liz era quando fazia um desvio ao levá-la da escola de volta para casa. Eles ficavam um pouquinho em um parque, o que o deixava irritado, embora se sentisse culpado por isso. Mesmo com tudo que tinha acontecido com eles, os dois não tinha autorização para se deitarem juntos em uma cama. Deus me livre! E se Liz ficasse grávida ou coisa assim?

Ela queria fugir e se casar. Eles tinham 15 e 17 anos, Jesus amado. E quando cometeram aquele pequeno erro tinham somente 14 e 16 anos. Tinha sido um alerta e tanto. Ele vinha tentando conter Liz, acalmando a garota, dizendo que jamais a abandonaria, mas não achava que deveriam fazer algo tão drástico quanto se casar — era cedo demais para atar os laços. Os laços que eles tinham atado já eram assustadores o bastante. Na maior parte dos dias, ele achava que tinha conseguido convencê-la de que eles deveriam esperar até, pelo menos, decidirem o que fazer em relação ao bebê.

Fazer a coisa certa, saber o que era a coisa certa, parecia estar ficando cada vez mais difícil. Perto de Liz, Rick tentava não transparecer nada. Ela já estava passando por poucas e boas sem que ele revelasse que não sabia como se sentia, não sabia o que fazer.

Aquilo o consumia.

Capítulo 10

Na viagem de volta a Virgin River, Preacher perguntou a Paige um monte de coisas sobre suas antigas amigas, Jeannie e Pat.

— Você acha que elas ficaram bem depois que se casaram? — quis saber ele.

— Elas sacaram tão rápido qual era a de Wes que imagino que elas tenham sido muito mais espertas que eu. Eu conheci a família delas... os pais e os irmãos. Eles pareciam legais.

Quando voltaram, Preacher entrou na internet. Não levou muito tempo, mas depois ele precisou de alguns dias para criar coragem para apresentar a ela o que descobrira. Um dia, quando Paige chegou na cozinha, depois de colocar Chris na cama para tirar uma soneca, ele pousou a faca e disse:

— Eu... é... espero que eu não tenha passado do limite. Eu achei. As suas amigas.

Ele puxou um pedacinho de papel do bolso da calça jeans — o nome de casada das moças, o endereço e o telefone.

Paige ficou literalmente de boca aberta enquanto olhava para ele, esticando a mão, hesitante, para alcançar o papel. Ela ficou olhando as anotações por um instante, depois seus olhos foram do papel para o rosto de Preacher, e do rosto dele de volta para o papel. Ela repetiu o gesto algumas vezes. Ele deu de ombros.

— Eu me meti de novo na sua vida pessoal, mas só achei que...

Ela gritou o nome dele, jogou os braços em volta de seu pescoço e o abraçou com tanta forca que ele deu um passo para trás e começou a rir. Então, retribuiu o abraço, tirando-a do chão em meio à animação de Paige. Ela deu um beijo estalado em cada bochecha de Preacher, várias vezes. Ele riu, firme e forte, detestando a ideia de ter de soltá-la. Ele precisaria colocá-la no chão em breve. Os olhos verdes, grandes e cristalinos de Paige olharam para ele, emocionados, e, nos lábios, ela trazia um sorriso fenomenal.

— Como foi que você fez isso? — perguntou ela, baixinho.

— Foi fácil — respondeu ele. — Vou te mostrar como se usa o computador. Não acredito que você nunca usou um.

Ela apenas balançou a cabeça e olhou para o papel. Wes não deixava que ela usasse o computador dele; isso teria permitido que ela entrasse em contato com o mundo lá fora com muita frequência.

— Vá em frente — estimulou ele. — Ligue para elas. Pode usar o telefone lá no meu apartamento, em vez de usar o daqui. Tire um tempo para falar sozinha com suas amigas.

Paige se pôs na ponta dos pés e deu outro beijo na bochecha dele, deixando a mãozinha descansar no outro lado do rosto de Preacher. Ela o olhou com tanta gratidão que fez o coração dele derreter. A seguir, rodopiou e saiu correndo para o apartamento dele, agarrada àquele papel como se ele fosse um bote salva-vidas.

— É — disse ele para si mesmo, bem baixinho, assentindo. — Aposto que tem um monte de coisas que eu posso pesquisar para ela. Isso aí.

E voltou à tarefa de cortar.

Jack entrou na cozinha, olhou para Preacher e franziu a testa.

— Do que é que você está rindo? — perguntou.

— Eu não estou rindo — negou Preacher.

— Preacher, eu não sabia que você tinha tanto dente assim.

— Ah, é por causa de Paige. Eu pesquisei uma coisa para ela e ela ficou toda animada. Só isso.

— Parece que você também ficou um tanto animado. Acho que está até vermelho. E, Jesus, você com certeza é muito ranzinza. *Nunca* me deu um sorriso desses.

É, pensou Preacher, *que grande mistério. Se você me abraçar e me encher de beijos desse jeito, eu vou abrir um bocão para você... ou te dar um socão.*

Mas não conseguia parar de sorrir. Dava para sentir e ele não conseguia parar. Jack apenas balançou a cabeça e saiu da cozinha.

Houve mais um subproduto da situação, como se toda aquela afeição não fosse o bastante. Paige tinha um monte de coisas para contar a ele. Pat ainda estava em Los Angeles, trabalhando agora meio período num novo salão, um salão chique mesmo, e ela tinha uma filha que ainda era um bebê. Tinha até umas clientes famosas — subcelebridades, mas a fama dela estava crescendo. Entre todos os lugares do mundo, Jeannie agora morava no Oregon! E tinha seu próprio salão! Casara-se com um cara doze anos mais velho que nunca tinha se casado antes. Ele trabalhava com voos de carga e passava dez dias fora, em viagens, depois ficava pelo menos duas semanas em casa. Compraram o salão alguns anos antes e agora, ela com 30 e ele com 42 anos, estavam pensando em começar uma família, se ela conseguisse administrar o negócio e as crianças.

— Ela me ofereceu um emprego, acredita? — comentou Paige, animada. — Disse que adoraria que eu ficasse por lá e que ela me treinaria para ser subgerente.

— Uau! — exclamou Preacher. — Isso deve ter feito você se sentir ótima. Acha que conseguiria fazer isso?

Ela deu uma gargalhada e pousou a mão no braço dele.

— Tenho uma ou duas coisas para ajeitar antes de pensar numa coisa assim.

Havia todo tipo de detalhes sobre a vida das amigas, e Paige não pareceu deixar qualquer um deles de fora, nem mesmo os menores. Eles ficaram conversando em frente à lareira até bem tarde.

— Eu não sei como agradecer. Foi maravilhoso falar com elas — disse Paige.

— Você pode conversar com elas quanto quiser. Colocar as fofocas em dia.

— É uma ligação interurbana, John.

— Ah, não é nada de mais. Pode ligar todos os dias, se quiser. Acha que vai conseguir encontrar suas amigas em breve? — perguntou.

— Bom, Pat mora em Los Angeles, e eu não vou voltar lá. Só de pensar nisso tenho arrepios. Mas, quem sabe, quando as coisas se resolverem um pouco, pode ser que eu vá conhecer o marido de Jeannie e o salão novo.

O advogado de Paige tinha preenchido a papelada do divórcio enquanto Wes ainda estava em tratamento, advertindo-a de que talvez os documentos não chegassem a ele tão cedo.

Enquanto estivesse naquele lugar, ele estaria tão protegido quanto quisesse. No entanto, em poucos dias, o advogado telefonou para avisar que os papéis tinham sido entregues, aceitos e a mensagem de Wes era que estava muito arrependido e que queria cooperar. A única exceção aos termos que ela propunha era que ele queria ter direito a visitas supervisionadas ao filho. Esperava ser finalmente liberado do tratamento, com uma boa avaliação, até o Dia de Ação de Graças.

Paige pediu para fazer uma ligação interurbana do apartamento de John, mas não era um telefonema para as amigas. Ela contou a Brie o que o advogado lhe falara.

— Eu não confio em nada do que Wes disse — disse Paige.

— Nem deveria. Olha, o negócio é o seguinte: a gente não faz ideia de como ele está se saindo no tratamento. Não tem jeito de a gente descobrir se ele está empenhado em se recuperar ou se é um desses casos problemáticos que eles têm por lá. Além disso, se eu fosse a advogada dele, eu o aconselharia a demonstrar arrependimento, ser cooperativo, parecer envergonhado e dócil. Eu diria que, se ele conseguisse chorar no julgamento e culpar as drogas por tudo, isso soaria bem melhor do que a alternativa de dizer que ele está sendo ferrado pela mulher na qual ele desceu o cacete.

— Que beleza.

— Nem todos os advogados são ruins. Conselhos desse tipo costumam colocar o réu neste estado mental: ele precisa mudar o comportamento horrível, se arrepender, ser legal. Nem sempre funciona, mas, às vezes, sim. Ele não pode ter o que quer se tiver uma postura negativa com a Corte. E a gente pode não saber o que está acontecendo com ele durante o tratamento, mas o fato de ele não ter sido liberado depois de trinta dias com uma boa avaliação é uma indicação de que ele não virou um anjinho. Dois meses não é ruim. Ele ainda não se ferrou.

— Mas é a terceira acusação de agressão contra ele — argumentou Paige. — É prisão automática. Certo?

— Ééé... — começou Brie. — A sentença pode variar. Ele pode ser acusado, julgado e condenado e, ainda assim, pode pegar uma pena menor do que a que você está esperando. Ele tem um bom advogado. Pode ser uma pena leve... pouco tempo preso e uma longa condicional. Isso ainda é uma sentença, ainda é uma condenação. O juiz tem o poder do arbítrio, desde que ele aja de acordo com a lei. Meu conselho? Negue a visitação e corra feito louca atrás desse divórcio. Se ele realmente ficar limpo, pode voltar a essa questão da guarda quando provar que mudou. Isso vai levar anos. Enquanto isso, se cuide — aconselhou Brie. — Fique alerta. Lembre-se de quem é esse cara. Você o conhece melhor do que qualquer pessoa.

— Ah, Jesus, ele vai sair do tratamento e aparecer aqui de novo? — perguntou Paige, quase entrando em pânico.

— Pode ser que ele faça isso. Mas minha aposta é que ele vai honrar as condições da fiança para ficar longe da cadeia. Vai seguir adiante com o julgamento e tentar se livrar das condenações por delito grave. Ou, pelo menos, pleitear uma redução da pena. Liberdade, Paige, é o grande incentivo dele agora. E o julgamento pode acontecer rápido, talvez no comecinho do ano que vem.

— Até lá vou estar de cabelos brancos — respondeu ela.

Paige ruminou um pouquinho, esperando que não fosse muito evidente que estivesse fazendo aquilo. Por mais estranho que parecesse, o que ocupava seus pensamentos não era Wes ou o divórcio, mas John. Novembro chegou chuvoso e frio e ela já estava em Virgin River fazia mais de dois meses. Houve momentos em que conseguia se esquecer de tudo — estranhamente satisfeita com a simplicidade cotidiana de sua vida, alegre com o trabalho que fazia ao lado de John na cozinha. Eles estavam em sintonia, e não era algo ensaiado; ele picava a cebolinha e ela colocava o tempero dentro da tigela. Ele ralava o queijo, ela limpava o ralador. Ela batia os ovos, ele fazia a omelete. Ele misturava os ingredientes, ela abria a massa para a torta. Ela adorava observá-lo — os movimentos que ele fazia eram lentos e firmes, confiantes. E conversar com ele no fim da noite, depois que o bar fechava, mesmo que por pouco tempo, era como ganhar uma recompensa. O som da voz de John enquanto ele lia para Chris, em um tom meio rouco e suave, trazia conforto tanto ao menino quanto a ela.

Ela se pegou pensando como seria ser envolvida por aqueles braços grandes, sentir aqueles lábios em seu pescoço. Não conseguia se lembrar da última vez que sentira desejo por alguém. Ela achava que, estando ao lado dele por tantas horas seguidas todos os dias, alguns pequenos defeitos seriam revelados, mas ainda não tinha encontrado nenhum. Ele podia ser todo delicado e carinhoso com ela, mas, então, em outros momentos — tipo quando eles estavam com a família dela em Los Angeles — ele era um verdadeiro herói. De vez em quando ela se perguntava se não conseguia enxergar o verdadeiro caráter do homem. Será que ele a estava enganando, enrolando? Mas não — não havia um osso sequer no corpo de John que não fosse bom. E aquela não era apenas a opinião dela — tantos os amigos mais próximos quanto toda a cidade confiavam nele de maneira inquestionável.

Ela estava se apaixonando por ele. E não conseguia se lembrar de como era estar apaixonada. Ela nem se lembrava da desilusão amorosa que experimentara nos primeiros dias com Wes.

Às vezes, ela se perguntava se deveria enfrentar o medo da rejeição e contar a ele. *Eu quero ficar com você, bem aqui, para sempre.* Mas se sentia apavorada ao pensar que ele olharia desolado para ela e explicaria, com seu jeito direto e paciente, que a considerava uma boa amiga, que ele só estava fazendo a coisa certa.

Depois de dar o banho da noite em Chris, ela desceu para a cozinha.

— John, você quer ler hoje ou eu leio? — perguntou.

— Eu leio — respondeu ele. — Fico ansioso por esse momento. Ele está pronto?

— Limpinho da Silva.

John subiu para ler para Chris e Paige foi até o bar. Encontrou Jack limpando o balcão e guardando os copos para o dia seguinte. Os dois últimos clientes estavam saindo, acenando a Jack e agradecendo.

— Preacher está lendo para Chris? — perguntou Jack.

— Está. Se você quiser ir, eu fico de olho nas coisas. Ele vai descer em alguns minutos.

— Obrigado. Tudo bem por você fazer isso? Ficar aqui embaixo sozinha?

Ela sorriu para ele.

— Vou trancar a porta. Em quanto tempo você acha que John vai descer as escadas se eu gritar?

— Acho que você está em boas mãos. Está chovendo. Mandei Rick para casa tem meia hora.

— Vá ver sua mulher — propôs ela.

Ela ficou no bar e não demorou muito para John se juntar a ela.

— Ele dormiu antes de eu terminar. Acho que ele estava exausto. — Ele pegou um copo. — Quer beber um pouco hoje?

— Não, obrigada.

— Você está meio quieta. Tem estado assim nos últimos dias — observou ele.

Ela apoiou os cotovelos sobre o balcão do bar, o queixo na mão.

— Tenho pensado bastante. Vou me divorciar em breve. Isso é assustador. Embora eu não faça ideia do que vem a seguir.

Ele se serviu do drinque que costumava beber à noite.

— Eu tenho uma coisa aqui que pode animar você — disse ele. — Aguente aí. — Ele foi até seu apartamento e voltou com um envelope branco e comprido, que entregou a ela. — Eu arrisquei. Se você achar que não é uma boa, sem problema.

Ela abriu o envelope e encontrou duas passagens de ida e volta para Portland.

— O que é que é isso?

— Você está com muita coisa na cabeça — explicou ele. — Imaginei que estivesse preocupada com o que vai acontecer. Talvez seja um bom momento para ir visitar aquela velha amiga... Ver o salão dela. Só para o caso...

— Para o caso de quê?

— Para o caso de você decidir voltar a trabalhar como cabeleireira...

Ela pousou o envelope no balcão. Quando ela disse que não sabia o que estava por vir, ela se referia a Wes. Não ao que ela queria fazer, aonde queria ir. Ela estava exatamente onde queria estar.

— John, diga a verdade para mim... Você já está pronto para que eu e Chris sigamos em frente? Quero a verdade.

Ele pareceu atordoado.

— Não! — exclamou ele, enfático. — Eu não comprei as passagens porque quero que você vá embora. Ei, são passagens de ida e volta! Só achei que... Sei que você sente falta dela. E sei que, um dia...

A voz dele foi morrendo, sem completar a frase.

Ela mordeu o lábio inferior e olhou para ele.

— Eu deveria saber no que você está pensando. O que é que você acha que vai acontecer um dia?

— Paige, não quero me enganar. Eu sei que você não pode ser feliz aqui por muito tempo. Quer dizer, assim que recuperar a sua vida, que se reerguer...

Conte para ele, ela disse a si mesma. *Conte para ele que a única coisa no mundo que faria você feliz seria ficar aqui para sempre!*

— Neste exato momento, não consigo pensar em qualquer outra coisa que eu preferisse fazer.

— É por isso que eu comprei as passagens, para você e Chris. Para vocês fazerem uma visita. Você deve ter opções. Aliás, eu não telefonei para ela e perguntei se estaria em casa. E é para o feriado do Dia de Ação de Graças, então as passagens têm reembolso. Se você precisar trocar as datas...

Ela pensou por um segundo.

— Talvez eu beba alguma coisa. Que tal um pouco de vinho tinto? Você tem algum aberto lá atrás?

Ele deu uma olhada debaixo do bar e puxou de lá uma garrafa de cabernet, mostrando-a a Paige. Ela fez que sim com cabeça, e ele serviu a bebida. Depois de dar um gole, ela pegou de novo o envelope.

— Isso foi muito legal. Muito caro.

— Considere um presente de Natal, se quiser. Chris já andou de avião?

Ela balançou a cabeça, negando.

— E se eu for para Portland e ajeitar tudo por lá? Como é que você se sentiria?

Ele sorriu com doçura, depois se debruçou no balcão do bar e pousou os lábios na testa de Paige.

— Não conheço ninguém que mereça mais ser feliz do que você — respondeu ele, com a voz suave.

Preacher queria que ela ficasse livre para escolher, e por isso fizera aquilo. Ele não era idiota, dava para ver que ela gostava de ficar na cozinha dele, naquela cidadezinha. Fazia com que ela se sentisse segura e protegida, o filho dela era feliz ali. Mas, se existisse alguma opção melhor para ela, ela tinha que saber. Ele não queria que ela ficasse só porque era a escolha mais fácil — ela precisava querer de verdade.

Se ela fosse embora, ele ficaria louco. Se ela ficasse, ele ficaria louco.

Paige pensou e repensou a respeito da viagem e, no fim das contas, acabou indo. Ela mesma dirigiu até Eureka, deixou o carro no aeroporto e voou com Chris para a casa de sua amiga. Ela telefonou para Preacher quando chegou, depois de novo, uns dias mais tarde, para contar que a cidade era uma graça e que o salão de Jeannie era ótimo. Eles tinham um cachorro, um labrador grande e amistoso, e Chris estava apaixonado pelo bicho.

Preacher se concentrou no planejamento do jantar do Dia de Ação de Graças, um costume no bar. Ele se sentia grato por ter bastante trabalho na cozinha, assim conseguiria parar de pensar em coisas. Estava fazendo suas listas, separando suas receitas. Havia parado de raspar a cabeça no dia em que Paige partira. Em quatro dias, um cabelo preto bem curtinho cobria sua cabeça.

— O que é que é isso aí? — perguntou Mel, esticando o braço e passando a mão no cabelo eriçado e escuro que despontava na cabeça do amigo.

— Estava com frio na cabeça — explicou ele.

— Gostei. Você deixa crescer todo inverno?

— Não senti frio na cabeça nos outros invernos — respondeu ele.

E ele também não estava completamente apaixonado por uma mulher que era cabeleireira nos outros invernos.

— Você já contou para Paige que sua cabeça agora tem cabelo?

— Por que eu faria isso? — perguntou ele.

Ela deu de ombros.

— Acho que aquilo que as mulheres consideram novidade não são tão interessantes para os homens — respondeu ela. — Recebeu notícias dela esta semana?

— Ela ligou. Disse que a visita está sendo ótima. A amiga tem um cachorro e Chris está maluco com isso. — Ele limpou a bancada. — Você acha que um cachorro atrapalharia as coisas por aqui?

Ela deu uma gargalhada.

— Preacher, o que é que está acontecendo? Está morrendo de saudades deles?

— Que nada, está tudo bem — respondeu ele. — Faz muitos anos que Paige não vê a amiga.

— Não aguento — disse Mel para Jack. — Olha só... ele está desolado. Tão apaixonado que nem consegue pensar. Mas ele vai falar alguma coisa? Para alguém? E ver Preacher sem aquele anjinho loiro sentado no ombro é como ver Preacher amputado. Ele precisa telefonar para ela... dizer que está com saudades.

Jack ergueu uma sobrancelha e olhou para a esposa.

— Você não quer se meter nisso — aconselhou ele. — Ele pode tentar quebrar sua cara.

De noite, depois que Jack tinha ido para casa e o último cliente da noite fora embora, Preacher subiu até o quarto de Paige. O fato de ela ter deixado para trás uma porção de coisas, inclusive os brinquedos de Christopher, não o consolava. Ele não acreditava que ela voltaria. Para ele. Se ela voltasse, provavelmente seria apenas para buscar as coisas. Ele achava que não tinha nada a oferecer a ela além de um porto seguro. Era provável que Jeannie e o marido pudessem lhe dar isso e mais.

A camisola de Paige estava jogada em cima da cama. Ele ergueu a peça de roupa, levando-a até o nariz. Inalou o aroma fresco que ela exalava. Aquilo fez com que seus olhos se enchessem de lágrimas.

Um grande evento culinário sempre ajudava Preacher a se desligar das coisas. Seria apenas um pequeno grupo de moradores de Virgin River — mas nem por isso uma refeição pequena. Além de Jack, Mel e o doutor, também estariam presentes Hope McCrea, Connie, Ron e Liz, Rick e a avó, Lydie, Joy e Bruce.

No Dia de Ação de Graças, Mel e Jack ficaram no bar até meio-dia, para ajudar com o preparo da comida. Mel abriu a massa para as tortas de Preacher e descascou os tomates enquanto Jack limpava as panelas. Eles conversaram sobre o Natal que haviam passado com a família dele em Sacramento e sobre o próximo Natal, com o bebê. Preacher estava silencioso, fazendo seu trabalho. Seus livros de receita estavam abertos e apoiados na bancada. Ele tinha recheado um peru de mais de onze quilos, batido o creme, recheado e colocado as tortas no forno, tudo isso de cara fechada. Quando foi ao bar para buscar os pratos e utensílios, Jack comentou:

— O que é que está acontecendo com Preacher? Ele está ficando doente?

— Aham, ele está ficando doente, sim! — sussurrou Mel de volta ao marido. — Paige e Chris, essa é a doença. É como se ele estivesse achando que ela nunca mais vai voltar.

— Mas ela vai chegar na segunda, não vai?

— Claro que vai! Ele comprou as passagens para ela, disse para ela ir e agora está aí sofrendo. Ele ficou tão bonito com o cabelo mais comprido, eu queria que Paige pudesse vê-lo. Ele fez isso por ela, tenho certeza. Quem diria que naquele rosto teria mais coisa para se ver além de uma cabeça careca e sobrancelhas grossas?

Uma vez que a personalidade de Preacher nunca fora muito marcante, seu humor azedo só foi notado por seus melhores amigos. Quando as pessoas começaram a chegar para o jantar, as mesas tinham sido empurradas e colocadas todas juntas, formando uma única comprida, e os pratos e talheres estavam arrumados. Jack começou a fazer os drinques e servir as taças de vinho. Preacher serviu algumas travessas com aperitivos, colocou o pão para aquecer e tirou o peru do forno, deixando-o descansar por alguns minutos antes de começar a fatiá-lo. O bar ficou repleto de cheiros maravilhosos e o fogo na lareira estava forte e aconchegante.

Preacher pensou que gostaria que tudo já tivesse acabado, para que ele pudesse ficar sozinho. Ansiava por todos irem embora. Ele limparia as coisas, tomaria uma dose de uísque e iria para a cama. Com sorte, ele conseguiria dormir naquela noite.

Faltavam poucos minutos para as cinco, já era hora de fatiar o peru, quando a porta do bar se abriu e Paige apareceu, no batente. Ela segurava a mão de Christopher e estava olhando para dentro do salão, examinando os rostos até encontrar Preacher. Quando ela o avistou atrás do balcão do bar, seus olhos se iluminaram de tal maneira que chegaram a brilhar. Já quanto a Preacher, a expressão no rosto dele era de choque; a boca estava aberta, obviamente surpreso.

Não faria qualquer diferença se não houvesse mais ninguém no bar. Ele deu a volta no balcão enquanto ela caminhava em direção a ele.

— Desculpe não ter chegado a tempo de ajudar você — disse ela.

Preacher se inclinou para pegar Christopher, que primeiro o abraçou pelo pescoço, depois passou a mão na cabeça do homem.

— Você não rapou — observou Chris.

Preacher deu um beijo na bochecha do menininho.

— Eu estava com frio na cabeça — explicou ele.

Paige abraçou Preacher pela cintura e, erguendo a cabeça para olhar para ele, disse:

— Espero que tenha lugar para mais duas pessoas.

— O que é que você está fazendo aqui? — perguntou ele, com gentileza.

Ela deu de ombros.

— Eu mudei a data das passagens. Queria estar aqui. Com você. Espero que tenha sentido um pouquinho de saudades.

— Um pouquinho — respondeu ele.

Preacher sorriu e colocou um dos braços por cima dos ombros dela, puxando-a mais para perto.

A festa do Dia de Ação de Graças acabou um pouco mais cedo do que o planejado, já que todo mundo no salão notou os olhares ardentes que Paige estava dando a Preacher e que ele estava claramente aceitando, muito embora não parecesse interpretá-los do jeito certo. Todas as mulheres ajudaram com a louça, bem rápido, para que o casal pudesse, enfim, ficar a sós.

— Talvez eles tenham brigado antes de ela viajar — sugeriu Mel a Jack.

— Você tem ideia do que está acontecendo entre eles?

— Antes ou agora?

— Antes.

— Nem ideia.

— E agora?

— Agora eu aposto que aquele bar está chacoalhando tão forte que as fundações devem estar prestes a sair do lugar.

Quando o último prato foi guardado, o chão varrido, o sinal luminoso onde se lia ABERTO desligado e a porta trancada, Preacher subiu devagar até seu antigo quarto. Ao chegar lá, encontrou Christopher pulando na cama enquanto, a seu lado, Paige segurava a parte de cima do pijama do garoto, tentando fazer com que ele se acalmasse depois do banho. Ela olhou por cima do ombro e deu um sorriso cansado que dizia que ela estava chegando no fim da linha. Afinal de contas, passara o dia quase todo presa com o filho em um avião e, depois, no carro.

— Certo, caubói — disse Preacher, se aproximando. Ele pegou a camisa do pijama das mãos de Paige e segurou-a para que menino a vestisse. Christopher enfiou os braços e se virou, para que Preacher fechasse os botões da parte de trás. — Isso aí.

Paige pousou a mão no braço de Preacher e pediu:

— Por favor, coloque o caubói na cama. Eu encontro você lá embaixo.

Christopher deu um bote em Preacher, pulando com os braços em volta do pescoço dele e as pernas envolvendo sua cintura, abraçando o homem bem forte.

— Quer dar um beijinho de boa-noite na mamãe? — perguntou Preacher.

Christopher se inclinou um pouco, fazendo um biquinho, mas não saiu do colo de Preacher. Ele deu o beijo e Paige deixou os dois sozinhos.

— Vá para a cama — disse ele.

— Lê pra mim — replicou o garotinho.

— Ah, vamos lá. Foi um dia longo.

— Por favor — insistiu ele. — Uma página.

— Certo, uma página. — Preacher se sentou na cama, ao lado do menino, e aceitou o livro. Ele leu três páginas. — Agora você tem que se acalmar.

Chris começou a choramingar e se remexer.

— Será que você comeu muito açúcar? — perguntou Preacher. — Deite na cama. Chega. — Ele ajeitou as cobertas em cima do menino e deu um beijo na testa dele. — Vejo você amanhã.

— Boa noite — disse Christopher, se aconchegando na cama.

Quando Preacher chegou ao andar de baixo, encontrou Paige no bar, sentada à mesa que ficava perto da lareira. Ela servira uma dose de bebida para ele e uma taça de vinho para si mesma. Uma nova acha de madeira tinha sido colocada no fogo, um sinal de que eles ficariam ali, sentados juntos, por um tempo. O cabelo castanho e sedoso de Paige refletia o brilho das chamas, suas bochechas estavam rosadas e seus lábios, bem desenhados, pareciam macios e convidativos. Preacher sentiu se espalhar uma dor de desejo que ele não conseguiu suprimir.

— Servi sua bebida. E a minha.

— Obrigado — respondeu ele. — Chris estava um pouco agitado hoje. Eu perguntei se ele tinha comido muito açúcar e então percebi que fui eu quem dei. Torta e sorvete, duas porções. E eu acho que ele bebeu uma Coca-Cola também.

— Bom, ele estava exausto, então, assim que se desintoxicar, vai apagar. Foi um jantar maravilhoso, John. Acho que você se superou.

— Eu não estava esperando que vocês voltassem mais cedo. — Ele puxou a cadeira e se sentou junto a ela. — Aconteceu alguma coisa?

Ela negou, balançando a cabeça.

— Foi um passeio fantástico. O marido de Jeannie é ótimo, ótimo com Chris. Ela está trabalhando feito louca no salão dela, mas o lugar vai ser um sucesso e ela está muito orgulhosa. Obrigada mais uma vez por ter feito isso.

— Você estava com saudade dela — comentou ele.

— E adivinha só? — disse ela, sorrindo. — Depois de uns dias, eu senti saudade de você. Senti saudade de Mel e Jack, e de algumas outras pessoas. — Ela deu uma gargalhada. — Senti falta da cozinha.

— Ela ofereceu aquele emprego a você? — perguntou ele, hesitante.

— Ofereceu. Eu disse que ia considerar, mas que eu achava que acabaria não aceitando.

Ele não estava muito certo de que escutara direito.

— Você tem uma ideia melhor? — perguntou.

Ela ergueu uma sobrancelha.

— Você acha que uma rede de salões daria certo em Virgin River? — quis saber ela. — Neste exato momento, eu estou bem. Chris está bem. Eu já perguntei antes e agora estou confiando em você, John, para me falar a verdade... Você disse que tudo bem eu estar aqui. E quando não estiver mais tudo bem por você, pelo bar, eu espero que me avise.

— Paige, eu não mentiria para você. Eu já menti?

Ela deu risada.

— Não, não exatamente. Mas tem fama de demorar para contar as coisas.

— Ah, não é bem assim — retrucou ele. — Paige, ele... Christopher perguntou dele? Do pai?

Ela balançou a cabeça.

— Ele perguntou do triciclo. — Ela, então, olhou para baixo. — Estou muito preocupada com uma coisa, John. Tendo meu irmão, que é uma cópia do meu pai agressivo, e Wes, estou com medo de que Chris possa ser amaldiçoado com algum DNA horrível que faça ele ser raivoso, bater, machucar as pessoas. Eu estou realmente assustada com isso. Será que você poderia dar uma olhada nisso?

— Eu poderia — garantiu ele. — Mas, como você está vendo, ele é um menino doce e está sempre feliz. Mas talvez seja uma boa ideia ficar de olho nele. Eu ficaria. — Ele deu um golinho na bebida. — Wes — continuou ele. — Ele tem alguém em algum lugar? Família?

— Ninguém — respondeu ela. — Ele cresceu de um jeito bem duro. Lares temporários, casas que ele dividia com outros jovens sem família. Ele ficou indo de um lado para o outro por muito tempo. — Ela deu uma risada triste. — Eu achava muito admirável que alguém que cresceu em meio a tanta dureza tivesse vencido na vida. Eu estava vendo o lado de fora, ignorando o que existia dentro. Ele não superou aquilo... continua com ele.

Preacher ficou em silêncio, pensativo.

— Eu servi com um cara que cresceu em lares temporários — disse ele, enfim. — Ele passou por coisas muito difíceis, mesmo, quando era criança. O cara mais gentil que já conheci. A infância fez com que ele quisesse ter uma vida melhor. Não dá para prever isso. Para que lado a coisa vai. Você só tem que dar o seu melhor para criar ele direito. — Ele sorriu de repente. — Eu posso ensinar aquela puxada de orelha da minha mãe...

Paige sorriu para ele e deu um gole no vinho. Ela conversara uma porção de vezes até tarde da noite com Jeannie a respeito de John, de Virgin River. Jeannie ficava até muito tarde no salão e Paige tinha tentado ajudar a amiga limpando a casa e dando início à preparação do jantar. Mas sua velha melhor amiga, embora estivesse cansada, se sentara e escutara a saga de como ela conhecera John, o confronto de John e Wes, a visita que eles fizeram à família dela em Los Angeles e como John os apoiava — *a* apoiava. John e Chris. Jeannie vira o ursinho com a perna de flanela azul e cinza. Ela passara a mão no bichinho de pelúcia.

— Meu Deus, eu nunca conheci um cara que tenha feito uma coisa assim. Isso é incrível.

— Foi uma das primeiras coisas que me convenceram a ficar. O jeito como ele trata Chris.

— Isso é realmente incrível — repetira Jeannie. — Mas você não pode ficar lá para sempre só por causa do jeito como ele trata seu filho, você sabe.

— Não é só isso — dissera Paige, baixinho. — É o jeito como ele me trata. Mas ele é tão quieto. Tão... hesitante. Eu não sei se ele é só um cara tímido ou se ele é um escoteiro grandalhão, fazendo a coisa certa e contando os dias para eu ir embora e ele ficar livre dessa obrigação...

Jeannie rira.

— Faça ele contar a você qual dos dois ele é.

— Hein?

— Você se esqueceu completamente como é que se paquera. Não é surpresa nenhuma. Deixe ele saber que você quer ficar lá. Você adora aquele lugar e ele é a principal atração. Deixe ele saber que faz você se sentir maravilhosa. Seja sutil, mas mande o recado... Você é uma garota que está pronta para um cara como ele. Se você flertar um pouquinho e ele não estiver interessado, ele vai acabar colocando isso às claras. Se ele for mesmo tímido, você não vai querer assustá-lo entrando num confronto. Então, o que é que você tem que fazer enquanto isso?

Agora, Paige disse a John:

— Você tem certeza de que está tudo bem a gente ainda estar aqui? Quer dizer, com as festas de fim de ano chegando...

— Eu não sei o que eu faria sem vocês aqui — respondeu ele.

— Isso é bom — devolveu ela. E bebeu o último gole do vinho, se colocou de pé e deu um beijo na testa do homem. Ela deixou os lábios se demorarem ali. — O único lugar onde quero estar é aqui. Por falar nisso, você está sexy com esse cabelo. Muito sexy.

Com isso, ela atravessou a cozinha e subiu as escadas, indo para o quarto. E ele pensou que ia desmaiar.

Mais tarde naquele ano, a temporada de pesca de salmão e esturjão no rio Virgin estava em seu ápice, e os pescadores vinham em bando até o rio, o que significava que o bar tinha bastante visitantes. Muitos dos que tinham viajado até aquela parte do mundo já tinham estado ali antes e, no mínimo, conheciam Jack e Preacher de vista. Mas agora, para a felicidade dos pescadores, eles encontraram um rosto novo na cena.

Paige estava radiante de felicidade. Ela servia drinques e refeições, limpava mesas, ria com os clientes e — sem passar despercebido por ninguém — olhava de maneira adorável para Preacher quando eles dois se encontravam no mesmo lugar na mesma hora.

A conversa no bar sempre parecia girar em torno do tamanho dos peixes pescados, das condições do rio, do tempo. Mas um tema que também surgiu nas conversas foi que Preacher, aparentemente, tinha sido fisgado.

Jack estava servindo alguns pescadores no balcão quando Paige passou, levando para a cozinha uma bandeja de pratos sujos.

— Este lugar fica cada vez mais bonito — comentou um deles com Jack. — Os negócios com certeza vão melhorar com essa nova ajudante. Onde foi que Preacher achou essa beldade?

— Eu acho que foi ela quem o encontrou — respondeu Jack, erguendo a caneca de café.

— Ele não deveria estar sorrindo muito mais?

— Você conhece Preach... Ele não gosta muito de demonstrar as emoções.

Paige, no entanto, achava que John vinha correspondendo a ela em pequenos gestos. Ele com certeza não a estava repelindo, e ela tomou aquilo como um encorajamento. Os lábios tocavam rostos e testas com mais frequência, havia abraços ocasionais. Para ela, a melhor parte do dia, da vida, era depois que o último cliente do bar ia embora e John desligava a luz da placa onde se lia ABERTO. Christopher estava de banho tomado, a louça estava lavada, o livro da hora de dormir tinha sido lido, e então ela e John partilhavam um momento íntimo. Conversando baixinho diante da lareira até tarde da noite. Preacher começara a beijá-la de leve na boca quando ela subia e ele ia para o apartamento nos fundos do restaurante.

Ele era a melhor coisa que já tinha acontecido na vida dela. Logo, assim ela esperava, ele também perceberia que o que ela sentia por ele não era apenas gratidão.

Jack vinha observando Rick de perto. Ele não esperava que o garoto agisse de maneira imprudente, mas a carranca de preocupação que ele exibia parecia ficar cada dia mais profunda e Jack estava determinado a não deixar que Rick fosse engolido por aquilo, que fora seu único erro.

— Parece que você precisa ir pescar — comentou Jack.

— Eu preciso trabalhar — replicou Rick.

— Eu sou um chefe muito bom — disse Jack, sorrindo. — Se você estiver disposto a conversar, estou disposto a adiantar o relógio.

— Você vai se arrepender — respondeu ele. — Minha cabeça está uma zona, nem um psiquiatra de primeira daria jeito em mim.

— Que bom que você tem a mim, então — rebateu Jack. — Pegue seu equipamento.

Eles eram assim, não tocavam direto no assunto. Eles iam de carro até o rio, calçavam as botas impermeáveis e começavam a lançar as linhas. Naquela época do ano, havia muitos pescadores ali, mas não era um problema; eles simplesmente demarcavam o pedacinho do rio onde poderiam conversar em paz sem serem ouvidos, graças ao murmúrio das águas. Após um breve momento, depois de lançarem algumas linhas, Jack começou:

— Manda ver, amigo. O que é que está pegando?

— Eu acho que eu não vou conseguir, Jack. Não posso desistir do meu filho.

— Ei — disse Jack. Ele não tinha se preparado para aquilo, embora talvez tivesse sido uma boa. Onde estava Mel quando ele precisava dela? — O que é que você vai fazer?

— Não tenho a menor ideia — respondeu Rick. — Eu vi o bebê pela ultrassonografia, chutando lá dentro. Eu vi o *pênis* dele. Do meu *filho*. Eu não posso deixar outra pessoa criar ele. Não quando fui eu quem fiz ele. Eu vivo preocupado. Sabe?

Jack não tinha dificuldades em entender tais sentimentos.

— Já ouvi falar de casos de adoção em que você pode manter contato, se envolver.

— Não sei se isso vai funcionar para mim — disse Rick. — Eu sei que é uma loucura...

— E o que é que a Liz acha?

Ele deu uma risada, mas foi apenas um som vazio.

— Ela quer largar a escola imediatamente. Fugir e se casar. Você tem ideia de como a escola está sendo horrível para ela?

De repente, Jack se sentiu um completo idiota — entre todas as coisas nas quais ele conseguia se concentrar, de tudo que sabia, nunca tinha lhe ocorrido quão terrível podia ser para uma garota de 15 anos, grávida, frequentar a escola todos os dias. E, já que ela frequentara aquela escola durante apenas alguns meses na primavera anterior, se tratava praticamente de uma escola nova para a garota. Era como ter uma tatuagem na testa.

— Ah, Rick — disse ele. — Sinto muito por isso.

— Eu tentei dar uma força depois de cada aula, acompanhar Liz até a sala onde seria a aula seguinte. Tenho chegado atrasado muitas vezes para as minhas aulas, e me metido em problemas. É muito ruim. — Ele suspirou fundo. — Lizzie é tão nova. Ela não parecia ser tão nova assim antes. Antes de a gente entrar nessa confusão. Ela era... Eu não conseguia ficar com as mãos longe dela, ela era tão gostosa. E acontecia a mesma coisa com ela também. Ela parecia tão... experiente. Mas ela não era, sabe? Ela não teve ninguém antes de mim, nem depois. E, agora, ela é só uma garotinha assustada que daria qualquer coisa para não ter esse problema. — Ele tomou fôlego. — Ela precisa tanto de mim.

— Meu Deus — disse Jack. — Sinto muito, Rick. Eu tenho estado com a cabeça em tantas outras coisas, eu nunca achei...

— Ei, esse problema não é seu, certo? Esse problema é meu. Se eu tivesse escutado vocês, para começo de conversa...

— Não se martirize. Você não é o primeiro cara a fazer sexo desprotegido. Mas garanto que você está entre um número bastante restrito de caras que engravidaram uma garota nesse primeiro e único lance. Nós fazemos parte de uma fraternidade pequena, com certeza.

— Isso aconteceu com você? — perguntou Rick, surpreso.

— Foi. Com certeza.

— Quantos anos você tinha?

Jack se virou para olhar nos olhos de Rick.

— Quarenta.

— Ah, então foi... Mel? — quis saber ele, abismado.

— Vamos manter isso entre nós, certo? Eu não sei como é que Mel se sente de eu ficar falando sobre isso. Mas, sim, até onde a gente consegue calcular, foi de primeira. A diferença é que eu sou um cara velho e não me arrependo. Eu não queria que tivesse sido de outro jeito. No meu caso, realmente tive sorte.

— Maravilha. Acho que se uma enfermeira obstétrica pode ferrar as coisas, eu não deveria estar tão envergonhado assim.

— Eu que ferrei as coisas, amigo. Durante toda minha vida de adulto, usar camisinha era automático — disse Jack. — Não só por causa da questão da gravidez, mas porque eu não queria expor uma mulher a nada. Se uma mulher quer dividir o corpo dela com você, você não vai querer arriscar passar para ela alguma DST que você nem sabe que tem. E você não quer se expor. Eu perdi a cabeça. Não protegi a Mel. Se eu não estivesse tão grato pelo bebê, eu me sentiria mal por isso. Mas, que diabo, esse tipo de coisa acontece com as pessoas, parceiro. Pelo menos a gente era velho o bastante para assumir... e querer assumir. Mas você? Caramba, Rick... Para vocês, duas crianças, isso é pesado. Não consigo imaginar como deve ser difícil para você. Para vocês dois.

— Minha vida está tão esquisita agora — confessou Rick. — Eu estou no ensino médio e tenho escapado para ficar sozinho com uma garota que tem o meu bebê dentro dela. E ficar sozinho com ela não é um castigo, sabe? Mas não estou fazendo isso por mim... É ela quem precisa de atenção. Não posso me recusar a dar carinho quando ela precisa de carinho, não quando Liz está passando por isso. Posso?

— Ela acharia que você não se importa com ela — disse Jack.

A voz de Rick ficou mais baixa.

— Às vezes ela só chora. A gente faz... Eu quero que seja bom para ela, quero abraçá-la, deixá-la segura, e quando acaba ela só chora. Eu não sei mais o que fazer.

Acho que quem vai chorar aqui sou eu, pensou Jack.

— Acho que ela é quem tem que decidir — comentou Jack. — Não o que você quer... mas o que ela quer.

— É o que acho também. Talvez eu deva só fazer isso. Falar com minha avó sobre deixar Liz se mudar lá para nossa casa, ficar no meu quarto. Talvez me casar com ela, coisa assim.

— Eu acho que você precisa da permissão de alguém para fazer isso.

Ele balançou a cabeça, rindo.

— A gente vai ter um bebê, porra! Em menos de três meses!

— Bom...

— Eles querem que ela abra mão o bebê. Sem discussão. Todo mundo está falando que é o melhor para ele. Mesmo que eles consigam convencer Liz, duvido que eles consigam me convencer. Você tem alguma ideia de como é difícil para mim ficar de boca fechada agora?

— Ah, cara...

Jack estava querendo vinte coisas ao mesmo tempo. No primeiro lugar de sua lista ele queria que Rick fosse filho dele, assim ele poderia intervir e ajudar a manejar as coisas. Ele entendia que Rick e Liz eram jovens demais para ter um bebê, mas isso aconteceria de qualquer jeito, e Rick não deveria se casar com ninguém aos 17 anos. Ainda assim, o bebê não deveria ser afastado do pai e da mãe. E como eles fariam diferente, tão jovens assim?

— Você é o pai. Você não tem que assinar uns papéis para abrir mão do bebê?

— Não sei. Eu não sei de porra nenhuma.

— Você deveria conversar com a Mel — sugeriu ele. — Sério... Esse é o tipo de conversa para se ter com a Mel. Ela entende de bebês, eu entendo de outras coisas.

— Jack, parte de mim sente muito por ter cruzado a linha e ter colocado a gente nisso, eu e Liz. Que desastre. Mas tem uma outra parte que viu aquele carinha na ultrassonografia e tudo que quer é segurar aquele bebê. Mostrar como é que se pega uma bola... — Então, ele balançou a cabeça. — Não importa quanto os outros falem, não tem a menor chance de qualquer pessoa se preparar para o que acontece na sua vida quando você não tira aquela camisinha do bolso.

— É — concordou Jack.

— Jack, me desculpe. Eu decepcionei você.

— Não. Eu não me sinto decepcionado. Eu me sinto muito mal por você, mas você não me desapontou. Você lidou muito bem com isso, considerando todas as coisas. Agora a gente tem que encontrar um jeito de você recuperar sua vida, vocês dois, aliás, antes que a situação fique ainda pior.

— Não importa o que você invente, Jack, eu nunca vou ter minha vida de volta. E nem a Liz.

Quando Jack saiu da cozinha e entrou no bar, havia um homem sentado no fim do balcão. Ele usava um chapéu de caubói, de uma marca cara, e quando Jack entrou no bar, o homem ergueu os olhos escuros. Em menos de cinco segundos Jack reconheceu o homem que estivera em seu bar alguns meses atrás e tentara pagar uma cerveja e uma dose de uísque com uma nota de cem dólares, que ele tirou de um maço grosso de dinheiro, tudo isso em meio a um futum de maconha. Jack não aceitou o dinheiro.

Como se aquilo já não bastasse para que Jack tivesse um mau pressentimento em relação ao homem, foi ele também quem ficara de tocaia, esperando no chalé de Mel, para levar a enfermeira até uma plantação clandestina de maconha atrás das montanhas, onde uma mulher estava dando à luz. Por aquilo, Jack sentia o impulso de bater boca com o cara, para ter certeza de que ele entenderia direitinho que não era para tentar fazer de novo qualquer coisa do tipo. Mas, em vez disso, ele limpou o trecho do balcão do bar na frente do homem.

— Uma cerveja e uma dose de uísque, né?
— Boa memória — respondeu ele.
— Eu me lembro das coisas importantes. Não quero criar o hábito de não cobrar suas bebidas.

O homem colocou a mão no bolso de trás e puxou de lá uma carteira de couro fina, tirando uma nota de vinte, que pousou no balcão do bar.

— Aqui, limpinha para meu amigo nervosinho — anunciou ele.
Jack serviu as bebidas.
— Como é que você tem andando por aí ultimamente? — perguntou Jack. Os olhos do homem se levantaram na mesma hora para o rosto de Jack. — Eu passei por sua Range Rover — continuou Jack. — Estava fora da estrada, lá embaixo, ao lado da montanha. Perda total. Contei para o delegado onde ela estava.

O homem virou a dose.

— É, foi minha culpa — respondeu ele. — Não fiz aquela curva. Devia estar rápido demais. Consegui um bom negócio em uma caminhonete usada. — Ele ergueu a cerveja, bebeu um gole grande. — Acabou? — perguntou ele, indicando que preferiria não conversar.

— Ainda não — disse Jack. — Teve um parto em um trailer em algum lugar por lá...

O homem colocou a cerveja na mesa com um gesto um tanto brusco, encarando Jack.

— Já era a confidencialidade médica.

— A enfermeira obstétrica é minha esposa. Isso não pode mais acontecer. Estamos entendidos?

Os olhos do homem se arregalaram com a surpresa e ele apertou a cerveja gelada.

— Isso aí, caubói. Ela é minha esposa. Então. Estamos entendidos?

O homem deu um meio sorriso. Depois ergueu a cerveja e deu outro gole generoso.

— Duvido que eu passe por aquilo de novo. — Jack o encarou, olhando-o bem nos olhos. — Ela não estava correndo risco, mas você tem razão. Ela provavelmente não deveria ter feito aquilo.

Depois de um instante de silêncio, Jack disse:

— Acho que é melhor você ir beber em Clear River.

O homem empurrou o copo de uísque em cima do balcão.

— Lá é mais tranquilo, mesmo.

Jack serviu mais uma dose ao homem e, na sequência, pegou a nota de vinte e foi buscar o troco, indicando ao homem que ele não tinha mais nada a fazer ali. Depois, Jack se ocupou de limpar a outra ponta do balcão, ajeitando copos e garrafas. Quando ouviu o barulho do banco se arrastando para trás, levantou a cabeça. O homem se levantou, se virou e foi saindo do bar bem devagar, sem olhar para Jack. Com o canto de olho, Jack notou que o homem não tinha deixado qualquer dinheiro para trás e, mesmo sem querer, deu uma risadinha baixa.

Na sequência, foi até a janela para ver a nova caminhonete do cara. Pelo visto ele tinha baixado um pouco os padrões. Um Ford escuro, com carroceria elevada, faróis de milha no topo, vidros escuros. Embora soubesse que não importava, ele memorizou a placa do veículo. Aquilo foi um minuto antes de a porta do bar se abrir outra vez e Mel entrar no estabelecimento. A jaqueta que ela usava estava aberta e sua barriga, um pouco pronunciada. Em seu rosto, uma expressão meio esquisita.

— Você viu aquele cara, Mel? — indagou Jack. Ela assentiu. — Ele falou alguma coisa para você?

Ela se sentou em um dos bancos do balcão.

— Aham. Ele me olhou de cima a baixo e disse parabéns.

— Eu espero que você não tenha falado com ele.

— Eu perguntei como é que estava o bebê. E ele respondeu que eles têm tudo, não precisam de nada.

— Ah, Mel...

— Aquele homem nunca me deu medo, Jack. Pode ser que tenha um monte de gente assustadora por aí, nessas plantações clandestinas, mas algo me diz que ele não é uma dessas pessoas.

Capítulo 11

Depois de passar duas semanas no hospital, duas semanas em uma clínica de fisioterapia e duas semanas com a mãe, Mike Valenzuela estava inquieto. Um dos braços ainda estava incapacitado e ele estava completamente louco por causa do tempo confinado. Sem falar no abalo que sofrera devido ao tempo que levara para recobrar a consciência. Nada o deixava tão assustado quanto a perda de memória e a impossibilidade de encontrar a palavra certa, ou dizer a palavra certa e achar que estava errada.

Fisicamente, ele estava se recuperando, embora ainda sentisse dor. A maior parte do tempo no ombro, no braço, no pescoço e na escápula e, às vezes, de noite, a dor ficava tão forte que ele não conseguia dormir ou se mexer. Nessas horas, ele mal conseguia sair da cama, e a única coisa que funcionava era uma compressa bem grande de gelo e um analgésico. A outra dor que sentia se concentrava na virilha, e era mais um enrijecimento e uma fraqueza muscular que estavam melhorando, mas ainda assim ele usava uma bengala quando caminhava, para compensar a falta de força do lado esquerdo.

Quando se olhava no espelho, via um corpo magro e debilitado no lugar dos músculos bem torneados que costumavam estar ali. Um homem que se inclinava um pouco para a frente porque ficar ereto fazia a virilha e o abdômen doerem. Seu braço direito estava dobrado e segurava de maneira protetora o torso, a mão fechada e rija demais para se abrir por completo. A cabeça, coberta por um grosso cabelo preto de origem mexicana e americana, tinha sido raspada em uma das laterais para que a bala fosse removida, e o cabelo mal parecia crescer. Um homem que, aos 36 anos, tinha sido afastado do departamento de polícia com renda integral por invalidez. Um homem hospedado na casa da mãe porque tinha dado as duas casas que já tivera a duas ex-esposas e entregado o apartamento que alugava depois que fora baleado.

Havia ainda uma outra coisinha. Algo que não se mostrava — ainda era difícil urinar e fazia tempo que ele não via uma ereção. E o que ele pensava era: *Desperdicei minha vida e agora estou aqui, sem nem conseguir mijar direito.*

Mike tivera uma vida intensa, no limite. O Corpo de Fuzileiros, o departamento de polícia. Mulheres. Uma porção de coisas masculinas — levantamento de peso, esportes, pôquer, caçadas, pescarias. Mais mulheres. Viver o momento. Diversão, diversão, diversão. Ah. Gratificação instantânea. Tinha se casado duas vezes porque estava a fim, com mulheres com as quais ele não estava muito comprometido, era óbvio. E ido atrás de muitas outras mulheres. Aquela com certeza não seria uma questão agora. *Talvez cada um nasça com uma quantidade limitada de ereções e eu já tenha gastado todas as minhas*, pensou ele.

Não era aconselhável percorrer uma grande distância de carro, mas ele conseguiu. A perna direita estava boa, o braço esquerdo funcionava bem. Os médicos desaprovaram; eles planejavam mais fisioterapia e tratamentos, mas Mike era teimoso e estava desesperado para se livrar de tudo aquilo. Ele jogou as coisas de que precisava no banco de trás de seu jipe e seguiu rumo ao norte.

— Pode ficar quanto tempo quiser — dissera Jack. — Mas você vai ter que ficar com a gente. Paige ocupou o quarto extra do bar. Talvez você se lembre dela... Preacher telefonou para você para falar a respeito... Ela apareceu no bar, tinha apanhado, estava fugindo do marido abusivo.

Mike se lembrou, mas vagamente.

O que Mike queria era um lugar onde pudesse ir sem que a família se metesse, ficasse em cima, em seus calcanhares. Um lugar para o qual os amigos da polícia não ficassem ligando para saber como ele estava passando, porque ele não estava muito bem. O médico dissera que talvez ele recuperasse totalmente o braço, mas levaria bastante tempo e exigiria muito trabalho duro. As outras coisas, a capacidade de urinar, a ereção, esse tipo de coisa voltaria ou não de maneira espontânea — não havia o que eles pudessem fazer a respeito disso no momento.

Virgin River sempre fora um lugar que trazia boas lembranças a Mike. Ao mesmo tempo um santuário e um desafio. Ele e os rapazes do pelotão iam lá algumas vezes por ano, acampavam, ficavam uma semana mais ou menos, pescavam todos os dias, caçavam um pouquinho, jogavam pôquer e bebiam a noite toda, se escangalhavam de rir, se divertiam. E o que Mike precisava fazer era se empenhar para cuidar do braço, da virilha. Recuperar o corpo. Depois ele poderia pensar no futuro. Naquele momento, parecia que as coisas que ele queria estavam fora do alcance.

Fazia poucos meses desde a última vez que estivera em Virgin River — em agosto —, mas não fora por causa da maratona de pesca, caça e pôquer que eles costumavam fazer. Jack tinha ligado dizendo que precisava matar um homem — um maluco que vivia no meio da floresta e que tinha ameaçado com uma faca a mulher dele, exigindo drogas. Jack juntou uns caras para fazer uma limpa na floresta, então Mike contatou o pessoal e, claro, todos eles entraram com um pedido de licença emergencial em seus trabalhos. Na manhã seguinte, estavam lá. Quando um deles telefonava, todos se reuniam. Eles não encontraram nada que fosse perigoso na floresta, exceto um urso grande, malvado, fedorento e bem irritado.

E encontraram Jack, o líder do grupo, pela primeira vez fisgado por uma mulher. Mel, uma mulher pequenininha, lindíssima e muito gostosa. Jack, que nunca fora cuidadoso com as mulheres e sempre usara de muito charme inútil, estava prestes a se comprometer. Agora, Mel e Jack estavam casados e esperavam um bebê. Mike estava impressionado. Ele admitiu que Jack tinha finalmente encontrado uma mulher capaz de passar uma rasteira no homem e pegá-lo. E o fez pensar que ele estava feliz por ser pego.

Aquilo, e três balas, tinham gerado um sentimento bem forte de arrependimento em Mike. E um anseio por um tipo de vida diferente. Ele se sentia como se tivesse perdido alguma coisa.

Então foi para Virgin River com suas roupas, suas armas, seus halteres e uma vara de pesca que ele não tinha certeza se conseguiria usar de novo.

Ele continuaria a fazer fisioterapia para o braço, descansaria e recuperaria um pouco de peso com a comida de Preacher.

Buzinou quando chegou ao bar, e Jack foi até a varanda. Mike saiu do jipe usando a bengala para se equilibrar. Jack era duro — ele não olhava para Mike como se ele fosse patético, estivesse magro, mancando de leve, com o braço dobrado e, até o momento, inútil. Em vez disso, ele o abraçou como um irmão faria, embora com mais cuidado do que no passado.

— Porra, que bom que você está aqui — disse.

— É, também acho — respondeu Mike. — Tenho muito trabalho a fazer para ficar forte. De novo.

— Você vai chegar lá.

Mel saiu do bar. Agora dava para ver que ela estava grávida, e aquilo a deixava mais bonita do que nunca — ela parecia brilhar com a vida de Jack dentro dela. O sorriso que exibia dava boas-vindas sinceras e ela também abriu os braços para Mike.

— Eu também estou feliz que você esteja aqui, Mike — saudou ela. — Posso te ajudar com esse braço aí. A gente vai recuperá-lo.

Ele a abraçou com o braço forte.

— Vamos, sim. Obrigado.

— Vamos entrar — disse Mel. — Tem alguém que você ainda não conhece, mas que já ajudou.

Jack deixou Mike subir as escadas que levavam à varanda sozinho, contendo, óbvio, a vontade que tinha de ajudar o amigo. Quando chegaram dentro do estabelecimento, Jack gritou, chamando Preacher, e o grandalhão veio até eles, vestido em seu avental. Ele abriu um raro sorriso ao ver Mike e deu a volta no balcão, de braços abertos.

— Ah, cara — disse Preacher, abraçando o amigo. Ele bateu carinhosamente diversas vezes nas costas de Mike, o que fez com que o ex-policial se contraísse de dor. Depois ele afastou o amigo para dar uma olhada nele.

— Porra, que bom ver você!

— Certo, ótimo. Agora nunca mais faça isso.

— Ai, cara, desculpe. Você ainda está sentindo dor?

— É, um pouco. Qual é dessa aí? Cabelo no meu velho Preacher?

— Fiquei com frio na cabeça — respondeu ele, se esquivando, com vergonha. — Você está bem? Eu não machuquei você, machuquei?

— Talvez, se você me servir uma cerveja, ajude.

— Com certeza, cara. Está saindo. E quem sabe alguma coisa para comer, hein?

— Primeiro a cerveja, tá?

Preacher foi para trás do balcão e serviu a bebida. Mel e Jack se sentaram um de cada lado do ex-policial. Mel se inclinou.

— Dói muito? — quis saber ela.

Ele deu de ombros.

— É mais muscular. Mas às vezes fica realmente... forte.

— O que é que você está tomando?

— Estou tentando ficar só no anti-inflamatório, talvez uma cerveja, mas de vez em quando eu tenho que ceder à morfina. Detesto tomar aquilo. Eu me sinto esquisito.

— Você já é esquisito — brincou Jack. — Preacher, traz uma cerveja para eu beber com meu amigo aqui. — Quando a bebida foi servida, Jack ergueu o copo na direção de Mike. — À sua recuperação, amigo. Que vai ser rápida e poderosa.

— Tomara que Deus tenha escutado isso — respondeu Mike, tomando um gole longo e refrescante. — O médico disse que eu precisaria de três meses para começar a me sentir melhor e só se passaram seis semanas, mas...

E então ela veio de dentro da cozinha. Mike quase se engasgou com as palavras.

— Oi. Você deve ser o Mike — disse Paige, sorrindo.

Ela foi para perto de Preacher que, com os olhos grudados no brilho do olhar do amigo, deixou um braço cair em cima dos ombros da jovem, assumindo uma postura possessiva em relação a ela. *Meu Deus*, pensou Mike. *Preacher está com uma mulher. E que mulher.*

— Sou, sim — respondeu Mike, falando devagar.

Ela era linda. O cabelo, macio e castanho-claro, caía em ondas sedosas sobre os ombros. A pele parecia um cetim cor de creme e a boca tinha um tom de pêssego, com uma cicatriz bem fina no lábio inferior. Ele sabia o porquê, agora ele se lembrava melhor. E os olhos verdes, calorosos e sensuais, eram emoldurados por cílios escuros e volumosos e sobrancelhas de formato perfeito. Paige se encostou no corpo de Preacher enquanto ele a abraçava.

— Não consigo entender — disse Mike, dando uma risada. — De algum jeito, vocês dois encontraram as mulheres mais bonitas e sensuais do estado bem aqui, no meio do mato. Pelo menos uma de vocês não deveria estar em Los Angeles?

— Na verdade, nós duas viemos de Los Angeles — explicou Mel. — E, felizmente, nós duas viemos para este meio do mato.

Mike pensou que Preacher não fazia ideia do que tinha em mãos. E Preacher, sabendo bem como Mike tratava as mulheres de maneira descuidada, mesmo as mulheres dos outros, talvez se sentisse um pouco ameaçado naquela hora, mesmo que o amigo estivesse com a mão incapacitada e usasse uma bengala. Mal sabia ele...

— Bom, que droga — disse Mike, erguendo o copo. — À boa sorte de vocês. De todos vocês. — Então, ele olhou para Jack e completou: — Desculpe, sargento, mas para mim já deu. Essa viagem... foi muito mais cansativa do que eu esperava. Você se importa se eu...?

— Vamos lá — disse Jack. — Você pode me seguir até o chalé e eu te ajudo a tirar suas coisas do carro. Tire uma soneca. Quem sabe, mais tarde, você se sinta disposto para vir jantar a comida de Preacher. Se não, eu posso levar alguma coisa para você.

— Obrigado, cara — agradeceu ele.

Ele estendeu a mão saudável para apertar a de Preacher. A expressão do outro homem se suavizou.

— Que bom que você veio, Mike. A gente vai te deixar forte bem rapidinho.

De manhã, Mike bebia os shakes de proteína que Mel preparava para ele, muito embora fossem horrorosos. Depois, ele levantava pesos ridículos de tão leves e fazia alongamentos. Por volta das dez da manhã, ensopado de suor, tomava um banho e tirava um cochilo. Ficar deitado sempre causava o mesmo efeito: dor e sensibilidade quando ele se levantava. Ele se arrastava para fora da cama, tentava fazer uma compressa com gelo e, se conseguisse, ia ao bar por volta das três, para tomar uma cerveja e ver se assim dava uma acalmada antes de ir encontrar Mel na clínica. Uma vez lá, Mel trabalhava com ele, com tanta intensidade quanto qualquer fisioterapeuta empregaria. Ela começava com uma massagem profunda nos ombros e bíceps do ex-policial e, depois disso, dava início aos exercícios. Aquilo bastava para que ele chorasse como um bebê.

Ele estava usando um pesinho de menos de meio quilo para fazer levantamentos laterais com o braço direito e, embora ainda não conseguisse erguer o halter até a altura do ombro, Mel o elogiava. Mas aquilo era uma tortura. Mike ainda não conseguia tirar três pratos ao mesmo tempo de dentro do armário. Ele tinha quebrado alguns ao tentar fazer aquilo, e se forçou a ir de carro até Fortuna só para repor as peças.

De vez em quando, ele tentava empunhar com o braço direito sua 9 milímetros e olhar por cima do cano. Não conseguia de jeito nenhum.

— Eu realmente acho que a gente devia marcar um ortopedista para você. A gente pode procurar um na costa — sugeriu Mel.

— Não. Chega de cirurgia — respondeu ele.

— Isso pode levar muito mais tempo.

Mas ele estava preocupado em trocar o seis por meia dúzia, indo resolver um problema e voltando com outro.

— Para onde é que eu vou? Deixe o ortopedista pra lá. Vou resolver isso.

— Mais algum problema? — perguntou ela. — E a cabeça? E a virilha?

— Estão bem — respondeu ele, mas sem olhar Mel nos olhos.

Quase duas semanas em Virgin River, oito semanas após a operação, e ele ainda não conseguia fazer abdominais. No entanto, tinha ganhado um pouco de peso e caminhar com a coluna reta estava mais fácil, então as coisas pareciam estar melhorando um pouco. E seus amigos, Jack, Mel, Preacher e Paige, estavam aguentando firme com ele, encorajando-o a cada passo.

Alguns dias, quando o sol aparecia, ele pegava o carro e ia até o rio Virgin para ver as pessoas pescarem. Ele adorava, particularmente, assistir a Jack e Preacher lançando as iscas; e gostava ainda mais quando o garoto, Rick, estava com eles. Eles tinham treinado o rapaz, que se tornara um mestre com a linha e anzol. Aqueles três, lado a lado, suas linhas cortando o ar enquanto formavam um "S" perfeito, as moscas de pesca tocando a superfície do rio com graça e elegância, para depois puxarem de volta o que pegaram. Era como um balé.

No passado, Mike também tinha sido um ótimo pescador. Ele fora bom em um monte de coisas.

Era com aquele estado de ânimo que Mike se encontrava, um pouco mais tarde que o habitual, no bar de Jack. Havia apenas alguns pescadores sentados à mesa perto do fogo, ainda comendo. Mike estava no bar quando Preacher desceu as escadas, depois de ler o livro para Chris dormir. Jack tinha ido embora, deixando a Preacher a responsabilidade de fechar o bar, e Mike pediu mais uma bebida. Então, começou a resmungar. Sentia-se frustrado com o braço, a dor, o fato de estar desajeitado. E algumas outras coisas.

Preacher serviu-se também da dose que tomava todos as noites, ao fechar o bar, e ficou ali, atrás do balcão, escutando as reclamações do amigo, assentindo de vez em quando e dizendo:

— É, cara. Pois é.

— Eu não consigo empunhar a arma, não consigo levantar uma porção de coisas. E agora sei muito bem o significa ser brocha — confessou ele, cheio de melancolia. As sobrancelhas de Preacher se ergueram e Mike olhou para o rosto do amigo, com uma expressão vaga. — Isso aí, o garotão morreu de vez. Podia muito bem ter levado um tiro nele...

Preacher ergueu o copo e comentou:

— Você é o único cara que eu conheço que reclama que não está transando poucas semanas depois de sair de um coma. Acho que, mesmo quando você estava inconsciente, pensava que poderia ter sorte nesse aspecto...

— Isso é o que você pensa — disse ele com a voz arrastada. — Parece que estou inconsciente agora?

— Ei, cara, não tem tanta mulher assim por aqui. Pode ser que você só precise ficar um pouco sem...

— O que é que você vê quando acorda de manhã, Preacher? Uma bela barraca armada, né? Já eu, vejo os... o... as grandes planícies.

Preacher franziu o cenho.

— Você tomou remédio para dor hoje, Mike? — O amigo não respondeu. — Mike? Você tomou remédio para dor hoje?

— Sei lá.

— Hum. Aguenta aí. Não se mexa. Eu já volto.

Ficar sentado sem me mexer?, pensou Mike de maneira um tanto vaga. *Como se eu tivesse a opção de me mexer...*

Preacher voltou tão rápido que Mike poderia nem ter notado que o amigo tinha saído dali; o ex-policial ainda estava encarando sua bebida e falando consigo mesmo, curvado em cima do balcão do bar. Depois do que pareceu a Mike um segundo, Jack começou a ajudá-lo a ficar de pé.

— Vamos lá, Mike. Isso. Esquece a bengala, só se apoie em mim.

— O quê...

— É, você vai dormir que é uma beleza hoje, não tenha dúvida disso — comentou Jack.

Preacher segurou a porta e, enquanto Jack ajudava Mike a passar por ela, disse:

— Pode ser que ele tenha tomado mais do que um comprimido, Jack. Eu perguntei se ele tinha tomado o analgésico e ele respondeu que não sabia.

— Você sabe quanto ele bebeu?

— Menos do que ele costuma beber, com certeza — respondeu Preacher. — Uns dois, talvez três copos.

— Eu dei uns dois para ele — disse Jack.

— Eu dei um — disse Preacher — Avise a Mel. Ela vai saber se isso é caso para nos preocuparmos.

— Certo, ok. Obrigado por telefonar. Eu cuido disso agora.

No dia seguinte, Mike não foi tomar café da manhã no bar, mas, durante a tarde, logo antes de sua sessão com Mel, ele estava com uma aparência bastante decente. Ele ligou para Preacher e pediu uma carona até a cidade, onde sua picape o aguardava.

— Como foi que você passou a noite? — perguntou Preacher quando Mike entrou com cuidado na picape.

— Bem, provavelmente — respondeu Mike. — Não sei dizer.

— Você tem que ficar de olho nesses remédios para dor misturados com bebida. Acho que você tomou uns comprimidos, depois umas biritas e foi direto para o mundo da fantasia.

— É, pode ter sido. Às vezes fica bem ruim...

— E aí vem a depressão — rebateu Preacher. — É bem comum ficar deprimido depois de uma cirurgia grande, sabia? Sobretudo se for uma cirurgia cardíaca ou uma coisa violenta. Acho que você se enquadra na categoria de coisa violenta. Três balas.

— Pode ser — respondeu Mike de maneira evasiva.

Preacher enfiou a mão no bolso da camisa jeans e de dentro um pedacinho de papel dobrado.

— E sobre a barraca armada... Eu dei uma olhada em todas essas coisas na noite passada. Disfunção erétil... É comum depois de uma cirurgia de grande porte, crimes violentos, enquanto se toma drogas narcóticas etc. Tem uma lista de coisas. Além de esperar até você ficar melhor, o que vai acontecer, você precisa fazer exames para descartar infecção crônica de bexiga, o que acontece depois de ter passado um tempo no hospital, com aqueles trecos de cateter. Você pode falar com Mel sobre isso, sem problema. Mel nem conta nada para Jack. Eu imprimi para você.

Mike pegou o papel com cuidado e o desdobrou.

— Ai, Jesus, eu não podia ter contado isso para você...

— Ele vai voltar a funcionar, eu acho. Se isso não acontecer, sempre dá para colocar uma haste. Mas eu não sei, Mike... Acho que eu não colocaria uma haste no meu pinto. Acho que eu tentaria rezar antes...

— Ah, porra... — disse Mike.

— Mas você tem mesmo que pensar sobre uma coisa.... que é ver essa depressão. A Mel pode arranjar isso para você. E quem sabe contar seus comprimidos para dor. Cara, ontem você estava de um jeito...

— Preacher, eu juro por Deus, se você um dia...

— Por que eu contaria alguma coisa? Dá um tempo, tá?

Mike olhou para a página que o amigo imprimiu.

— Onde foi que você conseguiu essas coisas?

— No computador. É só falar com a Mel. Ou com o doutor. Mas eu falaria com a Mel, mesmo ela sendo mulher. Ela está muito mais por dentro de algumas coisas do que o doutor. Eu não sei se ele vê muitos casos assim com os rancheiros que criam ovelha. Sabe como é?

— Eu odeio você neste momento — declarou Mike.

— É mesmo? Você vai superar. Provavelmente bem rápido... da próxima vez que quiser comida.

Mike passou alguns dias carrancudo, mas, enfim, levou as questões para Mel, durante uma das sessões de fisioterapia. Ele recebeu a prescrição de antibióticos para a infecção crônica da bexiga e um antidepressivo que, provavelmente, precisaria tomar durante alguns meses. Mas que Deus o livrasse de agradecer a Preacher. Homens não conversam sobre aquele tipo de coisa. Pelo menos não quando sóbrios.

Em segredo, no entanto, ele achou aquilo uma coisa incrível, vindo de Preacher.

Uma tarde, ele chegou ao bar mais cedo, entre o horário do almoço e o do jantar, e encontrou Preacher sentado em um dos bancos do bar com uma toalha em cima dos ombros. Paige segurava uma tesoura e estava aparando o cabelo dele. Mike inclinou a cabeça e observou.

— Eu era cabeleireira — explicou ela, sorrindo. — E se John vai deixar o cabelo crescer, ele vai ter que manter um corte decente. Vou cuidar disso.

E então passou o pente nas sobrancelhas grossas do homem e comentou:

— Sem falar nesses trecos horrendos aqui. Eu nunca vi alguém com tanto pelo na sobrancelha.

— Eu reparei que ele está mais bonito nos últimos tempos — comentou Mike. — Imaginei que tivesse sido você.

Preacher ficou vermelho.

Gargalhando, Mike passou uma das mãos no próprio cabelo bizarro. Tinha um lado mais comprido que o outro, que ainda crescia de maneira irregular em cima da cicatriz na têmpora.

— Você quer que eu ajeite isso? Aproveitando que minhas coisas estão aqui?

— Ei, seria ótimo. Você não se incomoda?

— Vou ficar feliz de fazer isso. John já terminou — disse ela, puxando a toalha.

— Está tudo bem se a sua garota encostar a tesoura dela em mim, Preacher?

Preacher apenas fechou a cara e se levantou do banco. Mas se virou na direção de Paige e pousou um beijo paternal em sua testa. Para o caso de ainda haver alguma dúvida.

A seguir, ela colocou a mão em cima do antebraço de Preacher e olhou para ele com uma expressão de adoração. Mas o homem pareceu não perceber. Mike se perguntou se o amigo fazia alguma ideia do que estava acontecendo ali.

— Eu vou ver se Christopher está acordando — anunciou Preacher.

— Obrigada. Depois vou ajudar lá na cozinha. — E, voltando-se para Mike: — Próximo?

O ex-policial se sentou no banco e a jovem colocou a toalha em volta de seus ombros.

— Ah, sim — disse ela. — Eu consigo resolver isso. Ainda está doendo? — perguntou ela, tocando de leve a cicatriz.

— Não, está bem. Mas parece que o cabelo não está conseguindo crescer aí.

— Vou dar um jeito nisso. Vou cortar bastante, para dar uma chance de o cabelo igualar. Prometo que não vai ficar horrível. Você vai ficar bem de cabelo curto.

— Pois é, foi isso que o Corpo de Fuzileiros achou também. Eles achavam que eu era um marinheiro bonitinho. Qualquer coisa que você faça vai ficar bom. Eu agradeço.

— Você deve ter ficado apavorado quando tudo aconteceu — comentou ela.

— Não me lembro de nada. É um apagão.

— Isso é bom, acho. — Ela cortou um pouco, o cabelo preto caiu nos ombros de Mike e no chão. — Também preciso lhe agradecer. Eu sei que John telefonou para você por causa da minha... situação. Meu ex-marido.

— Agora é ex? — perguntou ele.

— É, sim. Faz pouco tempo. Eu nem tenho mais o sobrenome dele.

— Acho que, se você ainda está aqui...

— Eu amo este lugar. Eu nunca me senti tão... sei lá, normal. E Christopher está tão feliz... Ele ama tanto John.

— É bem evidente como Preach... como John se sente.

— É? — perguntou ela.

Mike deu uma risada.

— Certo, ele não demonstra muito, mas pode apostar que eu nunca vi meu amigo agindo assim antes. É bem óbvio.

Ela pegou o espelho que estava em cima do balcão do bar e o entregou a Mike.

— Que tal? — quis saber ela.

— Você tem talento — respondeu ele. — Qualquer um que consiga transformar aquela confusão nesta belezura deveria ser dona da própria rede de salões.

— Eu acho que não em Virgin River. — Ela riu. — Além disso, eu amo trabalhar com John.

Certa manhã, sem conseguir dormir, Mike se arrastou para fora da cama, fez uma compressa de gelo no ombro e saiu do chalé com sua 9 milímetros. Ele ficou de pé na varanda e ergueu a arma com o braço esquerdo, mirando por cima do cano.

Jack saiu de casa, chegando na varanda, vestido para ir para a cidade.

— A vida selvagem está em perigo? — provocou ele.

Mike se virou.

— Acho que tenho que começar a treinar a mão esquerda. Para o caso... Você sabe. Para o caso de eu não recuperar a outra.

Jack deu de ombros.

— Não faz mal saber do que é capaz. Mas eu não desistiria do braço direito. Não ainda. Não faz muito tempo, Mike.

— Isso é frustrante pra cacete. Só isso. — Ele recolocou a arma no coldre. — Tem algum lugar aqui perto onde eu posso dar uns tiros?

— Tem um pasto a uns trinta minutos daqui, logo depois de Clear River. Vou escrever as indicações para você.

— Você está indo para a cidade? — perguntou Mike.

— Estou indo para lá daqui a pouco — respondeu o amigo. — Vou acordar Mel.

— Vejo você lá — respondeu Mike, descendo os degraus com cuidado e entrando em seu jipe.

Jack ficou ali até Mike sair dirigindo clareira afora. A seguir, descalçou as botas e as deixou na varanda. Em seu quarto, ele se despiu, ficando só de cueca, e deslizou para a cama, ao lado da esposa, abraçando-a.

— Hum — disse ela, se aconchegando para mais perto dele. Ela sentiu o cheiro e comentou: — Você já fez o café.

— Mel — sussurrou ele. — Nós estamos sozinhos.

Os olhos dela se abriram de repente e ela se virou, ficando de frente para ele, e, na mesma hora, seus lábios foram dominados por um beijo intenso.

Ela precisou de um segundo para entender o que ele dissera, mas, quando compreendeu, retribuiu o beijo.

— Você tem certeza? — perguntou ela.

— Eu vi Mike indo embora — respondeu Jack, sorrindo para ela. — Você pode fazer quanto barulho quiser.

— Eu não faço tanto barulho assim — retrucou ela. E puxou a cueca dele para baixo. — Oh-oh. Pode ser que eu faça um pouco de barulho.

— Vá em frente, querida. Pode ser que eu faça barulho também.

Mike parou o carro em frente ao bar e estacionou, mas não saiu do veículo. Ali, afundada na cadeira da varanda, estava uma mulher. Era uma mulher grande, vestindo uma calça comprida masculina, botas que estavam desamarradas, uma camisa xadrez e um colete acolchoado. A cabeça pendia para um dos lados, os braços estavam dependurados nos braços da cadeira e, no piso da varanda, jazia uma garrafa vazia.

Ele enfiou a 9 milímetros debaixo do assento e deixou a bengala dentro do carro. Precisou se apoiar no corrimão para conseguir subir os degraus. Ele foi até a mulher e pressionou dois dedos sobre a artéria carótida dela: pelo menos estava viva.

Mike tentou abrir a porta da frente do bar, mas descobriu que o lugar ainda estava trancado. Não havia necessidade de acordar ninguém. Ele voltou até o carro e tirou um cobertor do banco de trás. Cobriu a mulher e usou uma caixa de fósforo para acender o aquecedor de ambiente a gás que Jack mantinha por ali durante o inverno. A seguir, sentou-se na cadeira no outro lado da varanda. E esperou.

Depois de cerca de quinze minutos, ele atinou para o que estava acontecendo. Jesus, como era idiota às vezes. De repente, começou a encaixar as peças. *Ótimo trabalho de detetive, Valenzuela*, ele se pegou pensando. De noite, quando todo mundo ia dormir, Mike conseguia escutar os dois conversando. Não dava para entender o que eles falavam, mas as vozes abafadas daquelas conversas às altas horas da noite chegavam até seu quarto. E, nas manhãs que sucediam às noites em que Mike tinha dificuldades para dormir, Mel costumava dizer algo como:

— Você teve uma noite ruim, né? Você está bem?

Cada gemido, cada descarga — o chalé era quase um quarto grande. Daria no mesmo se estivessem acampando juntos.

Só porque as coisas dele não estavam subindo, não queria dizer que as de ninguém mais estavam assim também. Jack e Mel precisavam de um tempo sozinhos. Meu Deus, eles eram recém-casados e a gravidez de Mel não estava tão avançada a ponto de ela não conseguir curtir uma vida sexual saudável e satisfatória. Ele gravou aquilo na memória, para se lembrar depois e prestar atenção — precisava encontrar coisas para fazer e, assim, deixar o chalé livre. Garantindo que eles tivessem certeza de que ele não voltaria por um bom tempo, para pudessem ter uma vida íntima.

Ele poderia procurar um outro lugar para ficar ali por perto e sair da aba deles. Mas Jack estava satisfeito por Mike tê-lo procurado. Mel estava feliz em ajudá-lo na reabilitação. Seria melhor se ele apenas encontrasse meios de, delicadamente, deixar a casa só para eles durante algumas horas de vez em quando.

Ele deu uma olhada na mulher adormecida, perguntando-se quem era ela e o que estava fazendo ali. Aquela garrafa poderia ser do estoque do bar. Será que Preacher tinha dado a ela uma garrafa inteira e a mandado embora para que pudesse fechar o lugar? Mas se ela estivesse desmaiada ali desde a noite anterior, estaria congelada agora. As temperaturas ficavam bem baixas à noite; estava ficando frio pra cacete. Frio o bastante para causar uma tremenda hipotermia.

Meia hora se passou antes de a caminhonete de Jack parar ao lado do jipe de Mike. Quando saiu do veículo, Jack estava com a testa franzida.

— O que é isso? — perguntou ele.

— Eu estava esperando que você pudesse me explicar — respondeu Mike.

— Preacher ainda não acordou?

— Sei lá. Ele pode estar lá trás, na cozinha, mas a porta ainda está trancada e eu não queria arriscar de acordar a casa toda. Você sabe, né?

— Ei, cara, desculpe, eu...

— Jack. Você não tem que se explicar. Eu é que deveria estar fazendo isso. Às vezes eu não penso.

— Meu Deus, Mike...

Mike inclinou a cabeça para o lado e deu uma gargalhada de repente.

— Puta merda, você está ficando vermelho? — perguntou ele, atônito. — A mulher é sua esposa, pelo amor de Deus. Eu estou pentelhando vocês e vocês nunca...

Uma mão forte segurou firme no ombro bom de Mike.

— E é agora que a gente vai parar de falar nisso — interrompeu Jack.

— Mas eu preciso dizer que, para sua sorte, agora estou consciente. Você e a *comadrona* merecem uma vida de marido e mulher.

— *Comadrona*?

Mike riu.

— A parteira. Serei um hóspede melhor a partir de agora.

— Não se preocupe com isso. Sua prioridade neste momento é ficar forte. Isso é *nossa* prioridade.

Mike deu mais uma gargalhada.

— É assim que a gente descobre quem são nossos amigos — comentou ele. — Agora, quem é essa aí?

— O nome dela é Cheryl Chreighton. Infelizmente ela é alcoólatra.

— Ela sempre acaba por aqui?

— Não. Essa é a primeira vez.

— Ela pegou aquela garrafa do seu bar?

— Não. A gente não a serve — explicou ele. — Eu não sei onde foi que ela conseguiu a garrafa. Ela costuma beber aquela porcaria de Everclear, que é meio difícil de encontrar por aqui. Nós somos o único bar da cidade. — Ele esfregou a nuca. — Melhor a gente tirar ela daqui.

— Para onde é que você vai levá-la?

— Para casa — respondeu ele.

O trinco do bar se moveu e a porta foi aberta. Preacher apareceu, de pé na entrada, então olhou para fora, avaliou o que estava acontecendo.

— Ai, droga.

— Preacher, você já fez café?

— Já.

— Vamos beber um café enquanto a gente pensa no que vai fazer com ela. Ela vai ficar aí. — Jack se abaixou e recolheu a garrafa vazia para jogá-la fora.

Vinte minutos depois, Mel entrou no bar, a gola da jaqueta puxada para cima, envolvendo o pescoço, as mãos nos bolsos, todo aquele cabelo loiro esmagado ao redor dos ombros. Mike olhou para ela, admirando-a; as bochechas estavam rosadas, os olhos brilhavam, os lábios se encontravam naquele tom de rosa de quem recebeu muitos beijos.

— Jack, Cheryl Chreighton está meio que andando em zigue-zague pela rua com um cobertor nos ombros. Você sabe alguma coisa a respeito disso?

— Sei — confirmou ele. — Isso significa que a gente não vai ter que levar ela para casa. Ela estava desmaiada na varanda quando a gente abriu hoje de manhã.

— Ah, Jack, deve ter algum jeito de ajudar essa mulher. Meu Deus, ela só tem 30 anos!

— Se você conseguir pensar em alguma coisa, terei prazer em ajudar — respondeu ele. — Mas, Mel, os pais dela tentam ajudá-la há anos.

— Eles, obviamente, não estão tentando as coisas certas — rebateu ela. Ela balançou a cabeça com tristeza e foi embora do bar.

Jack mal tinha terminado de rachar a lenha quando Connie chegou ao bar, visivelmente chateada.

— Bom, eles conseguiram — disse ela. — Eles fugiram.

— Ah, Jesus — disse Jack. — Quando?

— Quem sabe? — retorquiu ela, dando de ombros. — Pode ter sido no meio da noite... Eu não ouvi nada. Ron está dirigindo por aí. Eu não consigo nem pensar em ligar para minha irmã.

— Bom, não ligue — pediu Jack. — Me dê um minuto. Pegue um café.

Ele entrou na cozinha, puxou um cartão de visitas que estava enfiado entre a parede e o aparelho de telefone, ligou para o escritório do xerife e perguntou se eles poderiam mandar Henry Depardeau, o detetive designado para aquela região, ir até lá. Ele também ligou para a Patrulha Rodoviária da Califórnia. Nas duas ligações ele deu a descrição da caminhonete de Rick e disse que a família, em Virgin River, precisava entrar em contato com o jovem casal. A seguir, voltou para junto de Connie. Ele completou a caneca dela com café.

— Eu tentei ficar fora disso, Connie. Mas talvez eu não devesse ter feito isso.

— Como assim?

— Bom, Rick só tem Lydie, que está velha e na maioria das vezes não se sente muito bem. Se havia alguém para orientá-lo, ensinar o que significa ser um homem, essas pessoas seríamos Preacher e eu. Provavelmente não somos as melhores figuras paternas do mundo, mas é tudo que ele tem. Temos que ser melhores com aquelas crianças agora mesmo.

— Olha, Jack, estou fazendo o melhor que posso.

— Eu sei disso. Você sabe por que eles fugiram? Porque eu tenho umas ideias. Uma delas é: eles não querem dar o bebê para adoção. Colocar um limite tão firme assim, mesmo que pareça ser o mais sensato, pode levá-los a fazer coisas drásticas.

— O que é que eles vão fazer com um bebê, Jack?

— Quando Rick descobriu que o bebê existia, ele disse que garantiria que Lizzie não sentisse medo. Ele vai protegê-la, custe o que custar. Ele deve ter se sentido como se estivesse enfrentando um pelotão de fuzilamento... Você conhece algum garoto de 17 anos que quer ser pai? Hein? Mas ele disse que ia ficar junto de Liz. Preacher e eu ficamos orgulhosos para cacete dele por causa disso. Ele estava tentando agir como um homem, tomar conta da mãe do filho dele. Ele não deveria estar protegendo Liz da gente.

— Concordo, ele é um bom menino, mas ainda assim, Jack...

Ele deu de ombros.

— Rick vai fazer 18 anos dentro de alguns meses. Jovem, mas não é o pai mais jovem de que se tem registro. Acontece que ele está morando com a avó, Liz está morando com vocês, e eles não conseguem nem ficar sozinhos, só eles dois.

— Jack, eles não deveriam se envolver mais! Eles são duas crianças!

— Que fizeram um bebê juntos, Connie. Você acha que dá para voltar atrás? Todos os dias são difíceis para Liz... e às vezes ela precisa da única pessoa que ela acha que está do lado dela para abraçá-la. Não é uma boa hora para ela achar que não tem amor, justamente quando o amor está crescendo dentro dela. Ela precisa dele, Connie.

— Mas, Jack, Lizzie tem 15 anos...

Ele fez um gesto com a cabeça, concordando.

— Eu sei disso também. Agora, Connie, longe de mim falar qualquer coisa para uma mulher que não seja gentil, mas eu gostaria que você se lembrasse de algumas coisas. Quando Rick e Liz começaram a se envolver, ela tinha só 14 anos... 14 com jeito de 21. Duas crianças com corpo de adultos e mente de adolescentes. Eu não sei quanto a você, mas acho que é melhor se eles ainda não se casarem. E, se eu estivesse na mesma situação de Rick, ninguém tiraria meu bebê de mim. Nem se ameaçassem com uma faca.

Ela olhou para baixo e balançou a cabeça.

— Eu não tive filhos. Minha irmã não deveria ter me deixado nessa situação. Ela me pediu para ficar de olho para que o relacionamento deles não ficasse mais sério, pediu para garantir que o bebê seria adotado por alguém que pudesse dar um bom lar a ele.

— Você tem razão nisso... Ela não deveria ter feito isso com você. Mas estou feliz que ela tenha feito. Não parece que sua irmã tem a sabedoria ou a paciência para lidar com isso, e eu conheço você tem um bom tempo. Sei que é responsável. Talvez seja melhor se você começar a jogar de acordo com as suas próprias regras, e não com as dos outros. Afinal de contas, Liz está morando debaixo do seu teto.

— Eu não sei o que é certo, o que é errado...

— Claro que você sabe. Liz e Rick são um casal. Infelizmente para eles, os dois se meteram nessa novos demais, a gente não sabe se eles vão conseguir ficar juntos, mas, neste exato momento, eles são um casal. Eles deveriam estar se preparando para a chegada do bebê, porque eu garanto que o bebê está vindo, não importa o que eles decidam fazer. Mesmo se Liz puder ser forçada a abrir mão dele, não dá para fazer o mesmo com Rick. Talvez a gente devesse pensar junto e ver se conseguimos ajudar os dois a ser pais e terminar a escola, porque a única coisa certa neste exato momento é que eles serão pais. Não importa o que façamos. A gente pode também oferecer algum suporte.

— Não vou cuidar de um bebê em tempo integral — anunciou ela. — Não sei se minha saúde aguenta.

— Tem muita ajuda por aqui, Connie. Preacher e eu... nós dois faríamos qualquer coisa por Rick. Eu acho que Mel e Paige também entram nessa categoria. Em vez de dizer a eles o que precisam fazer, é melhor a gente começar a perguntar do que é que eles precisam. — Jack deu de ombros. — Connie, se aquelas crianças precisam um do outro agora, é hora de a gente se afastar. Ela não vai ficar mais grávida do que já está. Isso pode evitar que eles se casem antes de serem velhos o bastante para votar. — Ele bebeu um pouco de café. — A não ser que já seja tarde demais.

O telefone tocou e Jack foi até a cozinha. Voltou poucos segundos depois.

— Encontramos eles. Henry Depardeau está segurando os dois lá na Rodovia 99, trocando um pneu. Eu vou lá buscá-los se você ficar de olho no bar até Preacher chegar aqui. Certo?

Jack seguiu pela estrada por cerca de quinze minutos antes de ver o carro do xerife e, bem em frente a ele, a caminhonete branca. Ele estacionou em frente aos veículos e saiu do carro. Rick já tinha trocado o pneu velho pelo novo. No instante que Liz viu Jack, ela colocou as mãos no rosto e começou a chorar.

Rick passou o braço ao redor dos ombros da namorada e ela encostou o rosto no peito dele. Jack veio por trás da garota e, com as mãos fortes, tirou-a dos braços de Rick e a abraçou.

— Liz, querida, quero que você pare de chorar. Vai ficar tudo bem. Vá se sentar no meu carro e deixe que a gente troque o pneu. Vá, está tudo bem.

Rick segurava a chave de roda em uma das mãos. Estava olhando para Jack.

— Você está pau da vida? — perguntou.

— Não. O que foi que aconteceu?

Rick posicionou a chave de roda em um dos parafusos, fazendo um movimento brusco e cheio de raiva para apertá-lo. Jack notou, não pela primeira vez, quanto aquele rapaz era forte.

— Lizzie surtou... Está em pânico. Histérica. Ela está com medo de perder o bebê. De me perder.

— Nossa — disse Jack. — Você deve ter sentido que precisava fazer alguma coisa.

— Foi, eu estava tentando. — Ele apertou outro parafuso. — Eu achei que se levasse ela para algum lugar... Oregon. Se eu me casasse com ela, talvez ela ficasse mais calma. Ela está meio que no limite, Jack. Eu não posso deixá-la desse jeito. Eu fico preocupado. — Ele posicionou a chave de roda mais uma vez. — Eu deveria estar com ela o máximo possível. Para tentar mantê-la calma.

— Você tem razão. Mas não dá para vocês fugirem. Leve ela para casa, sente-se com Connie. Diga a Connie que você tem que estar no banco do

motorista agora. Você tem que cuidar da sua garota, do seu bebê. Acho que talvez ela ouça o que você tem a dizer. Eu conversei com ela.
— Foi?
Jack prendeu os polegares nos passadores da calça e olhou para baixo.
— Rick, eu sei que você está tentando evitar que as coisas saiam de controle, mas você tem que manter sua cabeça no lugar, cara. Antes de fazer uma coisa louca feito fugir e se casar com uma garota de 15 anos, converse comigo. Pode ser? Por favor? Cá entre nós, a gente consegue manter as coisas sãs.
— Às vezes isso parece impossível — respondeu ele, apertando o último parafuso.
— Eu sei, Rick. Mas...
— Eu quero ficar com o bebê — anunciou ele, sem emoção.
— Eu também iria querer — admitiu Jack. — Vamos nos concentrar para que as coisas se resolvam da melhor maneira que conseguirmos. Eu estou do seu lado, Rick.
— Eu realmente não sei como você poderia estar — rebateu Rick. — Afinal, para começo de conversa, eu não dei ouvidos a você.
— Eu nunca vi a coisa desse jeito. Nós já superamos isso. Você não é o Cavaleiro Solitário nessa merda toda. Tá bom?
— Tudo que eu mais queria era deixar você e Preacher orgulhosos — confessou Rick.
Jack segurou o braço do garoto e deu um leve chacoalhão.
— Não ouse pensar outra coisa. A única coisa que me faria ter ainda mais orgulho de você seria se você fosse meu filho.

Capítulo 12

Havia somente quatro pescadores no rio, determinados. O tempo estava frio e chuvoso, a temporada de salmão já estava chegando ao fim, nevava nos locais mais elevados e o Natal estava logo ali.

Preacher puxou o terceiro peixe que pegara no dia, de um tamanho razoável, e começou a sair do rio, de cabeça baixa. Aquela situação estava ficando ridícula. Não que Jack e Preacher tivessem tido longas conversas, mas o mau humor, o silêncio preocupado vinham se alongando. Alguma coisa mantinha Preacher naquela posição vulnerável.

Jack, balançando a cabeça, foi atrás do amigo.

— Ei, Preacher — chamou ele. — Espere aí. — Jack o alcançou. — Temos peixe o bastante para limpar para hoje à noite?

Preacher assentiu e se virou de costas, indo em direção à caminhonete. Jack segurou a manga do casaco impermeável do amigo.

— Preacher. Preciso fazer uma pergunta. Que diabo está corroendo você?

— Como assim? — perguntou ele, franzindo o cenho.

Jack balançou a cabeça, frustrado.

— Você tem essa família linda debaixo do seu teto. Você cuida deles como se fosse um papai urso. Aquele garoto adora você, você tem uma mulher linda, jovem, doce e altamente abraçável para fazer um nheco-nheco todas as noites e mesmo assim você está *deprimido*. Porque é óbvio que você está deprimido!

— Eu não estou deprimido — disse Preacher, de um jeito um tanto torpe. — E eu não fiz nheco-nheco com ninguém.

— Quê? — perguntou Jack, confuso. — Quê?

— Você me ouviu. Eu não toquei nela.

— Ela tem algum problema? — perguntou Jack. — Por causa do ex abusivo ou uma coisa assim?

— Não — respondeu Preacher. — Eu tenho problemas.

Jack deu uma gargalhada.

— É mesmo? Você não sente desejo por ela? Porque ela...

— Não sei o que fazer — disse Preacher de maneira repentina, e então desviou o olhar.

— Com certeza você sabe, Preacher. Você tira a roupa dela, ela tira a sua roupa...

Preacher jogou a cabeça para trás.

— Eu sei onde é que todas as partes vão. Só não tenho muita certeza se ela está pronta para isso...

— Preacher, meu chapa, você tem olhos? Ela olha para você como se quisesse...

— Jesus, ela me deixa *apavorado*! Estou com medo de machucar a Paige — confessou ele e, na sequência, balançou a cabeça, miserável. *Que porcaria*, pensou ele. *Jack é meu melhor amigo. Se não consigo contar isso para ele, então não consigo contar para mais ninguém.* E, então, continuou: — Se você falar disso com alguém, juro por Deus que eu mato você.

Jack apenas deu risada.

— Por que eu contaria para alguém? Preacher, você não vai machucá-la.

— Mas e se eu machucar? Ela já passou por tanta coisa. Ela é tão delicada. Pequena. E eu sou... droga, eu sou só um brutamontes desajeitado.

— Não, você não é — rebateu Jack, rindo mais uma vez. — Preacher, você nem sequer quebra as gemas dos ovos. Você é... bem, você é grande, isso sem dúvida. — Ele parou para dar mais uma risadinha. — Você, provavelmente, é todo grande — comentou, balançando a cabeça. — Pode acreditar em mim, as mulheres não se importam com isso.

Preacher ergueu o queixo e franziu a testa, sem saber se estava sendo elogiado ou insultado.

— Escuta, cara, você não tem os problemas que você acha que tem. Você precisa confiar em si mesmo.

— É só que... eu não confio. Tenho medo de perder a cabeça. De fazer alguma coisa que... Tenho medo de partir ela ao meio. — Ele baixou os olhos para as mãos espalmadas. — E se eu deixar um hematoma nela? Eu morreria.

— Muito bem, me escute. Olha aqui o que você vai fazer. Você vai contar a Paige o que é que tem te incomodado. Certo? Que você ainda não encostou nela porque tem medo de que possa não conhecer sua própria força e acabar sendo bruto com ela, coisa que você não quer ser. Ela vai te ajudar, Preacher. Ela vai ser sincera. Pelo amor de Deus, cara... A garota está tão a fim de você que chega a distrair a gente. — Ele balançou a cabeça. — Pelo jeito que ela olha para você, dá para ver que já tem umas duas semanas que você não a está deixando dormir!

— Acho que nenhum de nós dois tem dormido...

— É claro, caramba... Como é que você ia dormir? Você tem que tirar esse elefante das costas!

Jack pensou na mesma hora: *Sei bem como é isso. Há semanas que tenho um hóspede naquele chalé que tem paredes finas feito papel.* Era um salve-se quem puder na casa dele, e embora ele fosse um homem que gostasse de uma rapidinha de vez em quando, uma dieta só de rapidinhas não era nada legal. Ele daria qualquer coisa para ficar sozinho com Mel por uma longa e demorada noite. Estava quase perdendo a cabeça. A casa que Jack iria construir seria à prova de som.

— Não tenho feito... Eu não estive com muitas mulheres — assumiu Preacher. — Com certeza nem um décimo das mulheres com que você já esteve.

— Isso é bom. É uma coisa boa. Você é um cara sério... e ganha pontos com isso! Só tem que estar disposto a... Jesus, não acredito que estou fazendo isso. — Preacher franziu o cenho sombriamente. Por um instante, Jack pensou: *Se ele me bater, eu não vou deixar barato outra vez.* — Certo, escuta. Você tem que estar disposto a prestar atenção nos detalhes. Os detalhes, Preacher. Os sons que ela faz quando, sabe, você a toca. Peça para ela mostrar a você o que.... Arghh — Jack grunhiu de frustração. Ele se forçou a prosseguir. — Certo, peça a ela para mostrar do que gosta.

Pergunte: "Isso está bom?" Ouça o que ela fala. Dá para saber se você está no lugar certo pelos sons que ela faz. Peça para ela colocar sua mão onde quiser. Para dizer onde ela gostaria de ser tocada. *Como* ela gostaria que fosse esse toque. É bem simples. Você só quer que ela sinta prazer.

— Ahhh, cara — disse Preacher, desolado.

— Bem, caramba, acho que alguém tem que contar isso para você. Você quer que eu cate um vídeo ou uma coisa assim?

— Não! Pelo amor de Deus!

— Tudo bem, então. Eles não fazem isso muito bem nos filmes mesmo. Vai ser melhor se você só admitir que não sabe muito sobre isso e que quer que seja uma boa experiência. Vocês vão se guiando, Preacher. Esse é o melhor jeito.

— Eu nunca... você sabe.

— Amou alguém — completou ele. Não era uma pergunta.

— Isso — disse ele, deixando a cabeça pender. — Meu Deus. Isso nunca teve muita importância antes. Eu acho que eu deveria me sentir mal quanto a isso também... Mas...

— Segura a onda, Preacher. Você não é um brutamontes. Você é gentil, mas também é forte. Essa combinação é ótima, acredite em mim. Você só precisa se lembrar que ela vem primeiro. — Preacher franziu a testa. — Qual é, cara, você sabe o que eu quero dizer. Você aguenta firme até ela ficar satisfeita. Depois você está livre e liberado. Esse é o melhor conselho que eu posso te dar. Isso e também que é melhor você não esperar mais. Tenho a sensação de que você já adiou isso por tempo demais.

— Se você contar isso para alguém eu juro por Deus que...

— Eu sei. Você vai me matar. Que merda, Preacher. É melhor você resolver isso agora mesmo. Sério, cara, você tem alguma dúvida do porquê ela ainda está por aqui? Aquela garota está esperando por você, e você precisa resolver isso. Agora, vamos lá, vamos limpar os peixes.

Jack jogou a vara e os peixes na parte de trás da caminhonete. *Que droga,* pensou Jack. *Pobre Preacher. Pobre Paige!*

Não havia ninguém no bar quando Mike entrou. Bem, o lugar tendia a ficar bastante vazio nas tardes chuvosas. Melhor assim — ele só queria uma cerveja para diminuir a dor que sentia no ombro e no pescoço. Era incrível como a dor podia ficar forte às vezes; e a chuva e o frio tornavam ainda pior.

O fogo tinha começado a morrer, então ele foi até a lareira, encostou a bengala na parede e abriu a grade de proteção. Com a mão esquerda, pegou o atiçador e mexeu um pouco nas toras, reavivando a chama. Depois, com o braço direito protetoramente colado ao abdômen, alcançou uma tora para ser colocada ao fogo. E então mais uma.

Mike olhou para o relógio. Três horas. Ele podia se servir de uma cerveja. Jack e Preacher não ligariam. Mas ele foi até os fundos e entrou na cozinha. Paige estava ali, sovando uma grande porção de massa, de costas para ele.

— Ei — disse Mike.

Ela se virou e, bem rapidinho, voltou a se virar de costas. Havia lágrimas em seu rosto. Ele franziu o cenho. O que estava acontecendo? Problemas no paraíso?

— Ei — repetiu ele, caminhando até chegar atrás dela, e então apertou com a mão esquerda o braço da jovem. — O que é que está acontecendo?

— Nada — respondeu ela, fungando.

Ele fez com que ela se virasse de frente para ele. Olhou seu belo rosto e, pela centésima vez, pensou: *Aquele safado do Preacher. Aposto que ele não sabe o que tem aqui.*

— Isso não é nada — rebateu ele, enxugando uma lágrima no rosto da jovem.

— Não posso falar sobre isso — explicou ela.

— Claro que pode. Parece que talvez você precise. Você parece superchateada.

— Eu vou resolver.

— Preacher fez alguma coisa para machucar você?

Na mesma hora, ela começou a chorar e se inclinou para a frente, a cabeça caindo sobre o peito. Ele a abraçou com o braço bom e disse:

— Ei, ei, ei. Está tudo bem.

— Não, não está — choramingou ela. — Não sei o que estou fazendo de errado.

— Talvez, se você falar comigo, eu possa ajudar. Sou bom em dar conselhos de graça, você vai ficar impressionada.

— É só que... eu me importo com ele. Mas ele não me acha...

Mike ergueu o queixo dela.

— O quê, Paige?

— Ele não me acha atraente.

— Até parece.

— Desejável.

— Paige, isso não faz sentido. Já viu como ele te olha? Ele come você com os olhos. Ele está doido por você.

— Ele não encosta em mim — disse ela, e uma lágrima gorda se derramou.

Aquilo quase derrubou Mike.

— Não pode ser.

Ela assentiu de maneira patética.

— Ah, cara — disse Mike. Ele tinha pensado, todo mundo tinha pensado, que eles estavam transando a noite toda. A maneira como eles se olhavam, como se mal conseguissem esperar que todo mundo fosse embora para que pudessem ficar sozinhos para transar. Todos aqueles beijos carinhosos na bochecha, na testa. O jeito como eles se tocavam... com cuidado, para que ninguém visse as faíscas que se soltavam, mas as faíscas estavam voando por todo o bar! A tensão sexual era eletrizante. — Ah, cara — repetiu ele. E a abraçou mais uma vez. — Paige, ele quer você. Quer tanto que isso se mostra nele todo.

— Então, por quê?

— Eu não sei, querida. Preacher é esquisito. Ele nunca se deu bem com as mulheres, sabia? Quando a gente servia junto, todos nós encontramos uma mulher em algum lugar. Eu matei dois casamentos assim. Mas Preacher não. Era bem raro para ele... — Mike se interrompeu.

Ele estava tentando se lembrar... Houve alguma mulher? Ele não tinha muita certeza; só sabia que Preacher nunca tinha tido uma namorada firme. Mike achava que se lembrava de uma mulher aqui, outra ali. Não que estivesse prestando atenção na vida amorosa de Preacher; ele estava ocupado demais cuidando de sua própria. Preacher provavelmente não tinha muita confiança sexual, pensou Mike. Devia ser difícil para ele chegar junto de alguém que ele queria conquistar.

— Eu aposto que ele está assustado — Mike se ouviu dizer.

— Como assim? Eu praticamente me atirei em cima dele! Ele sabe que não seria rejeitado! — Ela baixou os olhos e também a voz, que virou um sussurro. — Ele deve saber quanto eu...

— Ai, Deus — disse Mike. — Eu aposto que a preocupação dele não é ser rejeitado. Ah, Paige, Preacher é tão tímido que às vezes chega a ser ridículo. Mas eu juro, Paige, conheço aquele homem há muito tempo...

— Ele disse que confiaria a vida dele a você. Que ele...

— É verdade, é assim com a gente. É engraçado isso nos homens... Você confia sua vida nas mãos de outro cara, mas nunca fala sobre um assunto pessoal, sabe? Às vezes Preacher parece um pouco ingênuo. — Então, lembrando-se da conversa que tiveram fazia pouco tempo sobre depressão e outros assuntos delicados, comentou: — E, em outros momentos, ele faz o Grand Canyon parecer um lugar raso. — Ele balançou a cabeça. — Ele pode ser um mistério. Existem mais coisas em Preacher do que... Você se importa mesmo com ele?

— Sim, me importo.

— Então, tenha paciência. Ele vai mudar. Paige, está na cara... Ele também se importa com você. Com você e com Christopher. Eu nunca vi Preacher assim com mais ninguém.

— Talvez ele só queira ter certeza de que eu não sou só...

Mike estava balançando a cabeça.

— Ele quer ter certeza a respeito dele mesmo, Paige. Preacher é muito cuidadoso. Eu acho que ele pode estar apavorado em decepcionar você. Eu apostaria nisso.

— Não é possível — disse ela, e outra lágrima escorreu.

Mike enxugou o rosto de Paige mais uma vez.

— Você tem que confiar em mim nessa... Ele está uma pilha de nervos. Ele é muito bom numa briga, muito bom na guerra e quem diria que ele seria tão bom cozinheiro, né? Mas com as mulheres? Paige... Ele nunca foi galinha. Eu não tenho conhecimento de mulher alguma. Ele nunca foi esse tipo de cara. Ele não é dado, como o resto de nós.

— É uma das coisas que mais gosto nele — murmurou ela.

Mike sorriu.

— Dê um tempo a ele, tá?

Ela assentiu. E sorriu de leve.

Mike deu um beijo fraternal na testa da moça.

— Vai ficar tudo bem.

— Você acha?

— Ah, vai. Aguente firme, só isso. Não desista dele. — *Aquele filho da mãe é muito sortudo,* pensou Mike. *Essa mulher o adora. O que ela mais queria era fazê-lo feliz a noite toda.* — Vá lavar o rosto. Eu vou pegar uma cerveja para mim.

Ele deu um último aperto nos ombros de Paige e, no momento em que ela se virou e se afastou dele, Preacher entrou pela porta dos fundos trazendo o que pescara.

Paige passou bem rápido por Preacher e manteve a cabeça baixa, para que ele não visse suas lágrimas. O homem fechou a cara para Mike.

— Está precisando de alguma coisa? — perguntou ao amigo.

— Preciso de uma cerveja antes de ir para a clínica, onde vou deixar Mel me torturar. Quer que eu mesmo pegue?

— Pode se servir — respondeu ele, jogando os peixes na pia grande.

Jack entrou logo depois.

— Ei, Mike. Como é que você está se sentindo hoje?

E jogou o que pescara em cima dos peixes de Preacher.

Com a mão esquerda, Mike esfregou a parte de cima do braço direito.

— Um pouco melhor a cada dia que passa. Quer uma mão? É exatamente o que eu tenho.

— Não, mas se quiser pode beber sua cerveja aqui nos fundos, enquanto a gente limpa os peixes.

Preacher fez uma truta recheada que estava nada mais nada menos que incrível. E deu muito trabalho: retirar a espinha, rechear com um molho de milho delicioso, recolocar a pele e pôr para grelhar. Era um dos pratos favoritos de Paige. Preacher serviu o peixe com suflê de espinafre, macarrão com molho branco temperado com alho e pão. Era bom preparar uma refeição tão elaborada assim; impedia que ele pensasse em outras coisas.

Ele tinha visto Paige encostada em Mike; vira Mike beijar a testa da jovem, sorrir e sussurrar algo para ela. Bem, Preacher não ficaria surpreso se ela se apaixonasse pelo ex-policial. Mike era o sexy, o conquistador da turma, mesmo quando estava um pouco abatido. Sempre conseguia paquerar as mulheres. O homem tinha tido mais mulheres do que merecia. Portanto, se a coisa tivesse ido por aquele caminho, não surpreenderia Preacher. Desde o começo ele achava que Paige o via apenas como um amigo, um homem que poderia protegê-la do mundo. Todos aqueles sorrisos encantadores, os abraços — ela estava, provavelmente, apenas se sentindo pronta, ponto. Mas não necessariamente para Preacher.

Agora ele sentia-se muitíssimo constrangido por causa de tudo que dissera a Jack.

Ela fez o pão.

— Bom trabalho, Paige — disse ele.

— Eu fiz exatamente como você disse que era para fazer — respondeu ela. — Está tudo bem?

— Acho que eu fiquei meio entupido com a chuva — mentiu. — Estava muito frio hoje.

— Você tomou alguma coisa?

— Não, está tudo bem.

— Por que é que você não vai pegar alguma coisa? Uma aspirina, sei lá.

— Ah, deixa pra lá. Eu vou ficar bem.

Havia poucas pessoas ali para o jantar, o que era típico em noites chuvosas. Jack se sentou à mesa com Mel, o doutor Mullins e Mike enquanto Paige e Christopher se sentaram no bar, com Preacher de pé do outro lado do balcão, incentivando o menino a comer um pouco mais. Todo mundo terminou de comer antes das sete e Jack começou a recolher os pratos. Mel acompanhou o marido até a cozinha e eles começaram a lavar a louça.

— Ei, cara. Pode deixar — disse Preacher.

— Já estamos acabando. E aí vamos deixar você em paz.

— Sem pressa. Eu tenho que varrer ainda.

— Posso fazer isso também — ofereceu Jack.

— Não se preocupe.

Dez minutos depois, Jack segurava o casaco para que Mel o vestisse. Mullins estava saindo porta afora e Paige levava Christopher para tomar banho no andar de cima.

— Você vem com a gente, Mike? — perguntou Jack.

— Vou, encontro vocês em um minutinho.

— Não abuse da hospitalidade — avisou Jack.

— Já estou indo.

Quando todos já tinham saído, Mike foi até o bar. Preacher começou a colocar as cadeiras em cima das mesas para poder varrer o chão. Mas Mike disse:

— Ei, Preacher, você pode vir aqui um instante, amigo?

Relutante, Preacher deu a volta no balcão. *Não conte para mim agora*, implorava ele em pensamento. *Não conte para mim sobre você e Paige. Eu não quero ouvir. Só deixe a coisa acontecer e eu vou viver com isso. Vou dar um jeito de viver com isso. Nunca achei mesmo que tivesse uma chance.*

— Vamos beber uma coisa juntos. Uma dose pequena. Juro que não tomei nenhum analgésico hoje.

Preacher pegou dois copos e serviu uma dose em cada um.

— Vou contar uma coisa para você, e você vai fingir que nunca ouviu nada do que eu vou falar. Entendeu?

— Claro — prometeu Preacher, virando o copo de uma vez para reunir coragem.

— Eu peguei sua garota chorando hoje.

O choque tomou conta do rosto de Preacher.

— Isso mesmo, meu velho. Ela não entende você. Acho que ela gosta de você, Preacher. Ela está esperando, e me parece que precisa de um pouco de atenção. Está me acompanhando?

Preacher anuiu solenemente. Ele não falaria sobre aquilo com Mike.

— Ela pensa que você não a acha atraente. Desejável.

— Ah, quanta besteira — comentou Preacher, e se serviu de mais uma dose.

— Eu estou te falando. Você não tem desculpas aqui, amigo. Se você não chegar junto, ela vai pensar que você não está a fim dela. Que não liga para ela. E eu odiaria se ela pensasse isso, porque estou vendo vocês dois, vocês três, e acho que seria uma pena se os três perdessem uns aos outros porque você foi um idiota. Agora, não vou tentar adivinhar qual é o motivo para vocês dois não estarem juntos. Preacher, meu amigo, é hora de fazer a coisa acontecer.

Preacher virou a segunda dose enquanto Mike só levantou o próprio copo, cumprimentando-o, mas não bebeu.

— Eu achei que você estava dando em cima da minha garota — confessou Preacher.

— Não, eu estava falando para ela ser paciente com você por causa do seu, você sabe, QI superbaixo.

Mike deu um sorriso satisfeito perante a cara fechada do amigo.

— Você sempre dava em cima da garota de todo mundo — disse Preacher.

— Nem toda garota, Preach. Eu nunca toquei na mulher de um irmão, você deveria saber disso. Nem mesmo eu ultrapasso essa linha. E ainda que você não tenha deixado claro para Paige, você já deixou claro para todas as outras pessoas que ela é sua garota. Além disso, não sou uma ameaça. Ela quer você. E quer tanto a ponto de chorar. — Mike bebeu mais ou menos metade da dose e se levantou. — Faça um favor a você mesmo, Preacher. Sua garota precisa de você e você não quer desapontá-la agora. Não perca nem mais um minuto. — Ele deixou o restante da bebida no balcão, olhando nos olhos de Preacher antes de completar: — Melhor você ir cuidar disso aí. Entendido?

Entendido, pensou Preacher. Linguagem de policial.

— Sim, sim, entendido.

Preacher subiu para colocar Christopher para dormir. O menino estava correndo pelo quarto, nu, se esquivando do pijama; aquele garotinho adorava ficar pelado. Preacher o pegou e balançou Chris para lá e para cá, fazendo-o rir, depois o colocou de pé em cima da cama.

— Chega — anunciou Preacher. — Agora você vai dormir.

— Quero que você leia para mim — disse Chris, pulando.

— Sua mãe vai ler hoje. Dez minutos. Depois, luzes apagadas.

Preacher vestiu o pijama no menino e deu um tapinha no bumbum de Paige.

— Vejo você lá embaixo daqui a dez minutos.

— Certo — respondeu ela, um pouco surpresa com o jeito aparentemente brincalhão de Preacher.

Preacher, sentindo-se tenso por dentro, foi até seu apartamento, onde se barbeou e tomou um banho rápido. Vestiu uma calça nova e uma camiseta. Olhou para a cama e tirou a colcha, dobrando-a. Ele pensou: *Vou fazer isso como se fosse algo que eu preciso fazer para um amigo. Não para mim... para ela. É assim que vai ser.*

Ela ainda não tinha descido, então ele atiçou um pouco o fogo e se sentou na cadeira, os pés para o alto na frente da lareira. Quando ela entrou no salão, ele pediu:

— Vem aqui, Paige.

Esticou a mão e a puxou para seu colo. A seguir, passou as mãos grandes na lateral do corpo de Paige até chegar à cintura e, então, se inclinou na direção dela. Paige encostou os lábios nos dele, para dar um beijo de leve, mas quando ele não se afastou, ela repetiu o gesto, dando um beijo mais longo, devagar e cheio de amor. Os lábios dele se abriram um pouco e, com a parte de trás da mão, com os nós dos dedos, ele roçou nos seios da mulher e sentiu o suspiro que ela deu, com os lábios ainda pousados em sua boca aberta. Ele, então, colocou a mão grande sobre o seio de Paige.

Ela passou a mão no rosto dele.

— Você fez a barba — constatou.

— Aham. Eu não queria que as minhas costeletas machucassem sua pele. Hum. Paige, você faz ideia de como eu me sinto em relação a você? — Ela apenas o encarou. — Da intensidade do que eu sinto por você?

— Você não chegou a dizer...

— Eu deveria ter dito. Mas eu... — Ele se interrompeu e respirou fundo. — É difícil para mim colocar em palavras, mas isso... Essa coisa que eu sinto por você... fica mais forte a cada dia que passa. — Ela sorriu, olhando dentro dos olhos escuros dele. — Você é tão frágil. Tão pequena, se comparada a mim. Eu quero você, Paige. Meu Deus, é claro. Mas não tenho certeza se você está pronta...

— Eu estou pronta — disse ela em um sussurro.

— Eu me preocupo. Não quero fazer nada que machuque você. Principalmente depois de tudo... tudo que veio antes de mim. Antes de nós.

Por um instante, ela ficou admirada. Vendo o olhar precioso nos olhos dele, ela pressionou os lábios contra os dele e o beijou mais uma vez, de leve. E disse, ainda com os lábios colados aos dele:

— Você é o homem mais gentil que eu já conheci. Você não vai me machucar.

— Eu não tenho muita experiência com mulheres — admitiu ele. — Eu nunca sei muito bem quais são as coisas certas a fazer. E eu nunca quis fazer as coisas certas mais do que quero fazer com você.
— Que bom. — Ela sorriu. — A gente vai inventar as nossas próprias coisas certas. Vai ser tudo novo.
— Meus amigos sabem um monte de coisas sobre as mulheres. Eu nunca prestei muita atenção. Até agora. Até você.
— Eu sei — respondeu ela. — É uma das coisas que eu amo em você.
— É mesmo?
— Isso me faz sentir muito especial — disse ela.
— Mesmo que eu não saiba tudo que deveria saber sobre as mulheres...?
— Eu vou te contar o que você precisa saber — sussurrou ela.
Ele gemeu e a beijou com mais intensidade, com mais profundidade, sentindo a pequena língua de Paige entrar em sua boca ao mesmo tempo que ela o abraçava mais forte.
— Você acha que ele está dormindo? — perguntou Preacher, um pouco sem fôlego. — Porque a gente vai ter que fechar a porta.
— Quando eu saí, ele já estava quase dormindo. Ele não vai sair da cama, John.
Ele a beijou de novo. E de novo. E, então, passando os braços ao redor do corpo de Paige, Preacher se levantou, erguendo-a. Enquanto ele a levava para o quarto, ele sentiu a boca dela em seu pescoço, dando beijinhos, chupando o lóbulo de sua orelha, fazendo barulhinhos lindos.
Ele a colocou na cama e ela ficou de joelhos, olhando para ele. Com os lábios grudados aos dela, Preacher começou a desabotoar a camisa da mulher. Ela deslizou as mãos por debaixo da camiseta dele e afagou o peito suave, brincando com os mamilos. Abriu bem a camisa dela, fazendo-a passar pelos ombros e, depois, deixando-a cair. Ele olhou para ela: os hematomas tinham sumido, e a pele de Paige era perfeita. Ela alcançou o fecho do sutiã, desabotoou-o e jogou a peça longe. Por um instante, Preacher apenas a olhou, absorvendo com os olhos aquela pele viçosa e cor de mármore, os seios volumosos. Quando ele a encarou, ela estava sorrindo, satisfeita de notar seu olhar.
Preacher arrancou a camiseta, passando-a pela cabeça, e puxou Paige para junto de si. A calça de moletom já mostrava o prenúncio de uma bela ereção.

— Paige — disse ele, abraçando-a bem junto a seu corpo. — Isso pode acabar rápido demais...

Ela riu baixinho enquanto beijava o pescoço, o rosto, os lábios dele.

— Para nossa sorte, nós não temos só uma oportunidade.

Ele nunca tinha pensado nisso. Em seu apavoramento para fazer tudo certo, nunca tinha lhe ocorrido que aquilo era apenas o teste de admissão, não a prova final. Ele poderia se atrapalhar, como, de certo modo, esperava que fizesse, e ainda assim teria uma segunda chance. As mãos de Preacher abriram o botão da calça de Paige.

— Eu tenho camisinha, Paige.

— Você fez exames... desde a última vez...? Porque eu fiz, depois do aborto e da curetagem, e estou tomando pílula.

— Não fiz exames... — Ele a beijou outra vez, afogando-se em sua boca. Com as mãos na cintura de Paige, Preacher foi tirando a calça jeans dela bem devagarzinho. — Eu nunca tive alguém. É impossível eu ter algo. Ah, não acredito em como você é gostosa. Não acredito que eu posso tocar em você desse jeito...

Ela fechou os olhos, sentindo as mãos dele subirem e descerem nas laterais de seu corpo, passando em sua bunda, sua cintura e de novo subindo. As mãos dele eram tão grandes e poderosas, mas, como ela já esperava, seu toque era cuidadoso e provocante. Devagar e delicioso, deixando-a louca de desejo. Ela segurou os quadris dele; a calça escorregou com facilidade, ainda que houvesse ali o obstáculo de uma linda e incrível ereção.

— Olha só você — disse ela em um sussurro, sorrindo e admirando o peito largo e nu e também os quadris estreitos de Preacher. Finalmente, ela viu o restante da tatuagem que despontava sob a manga da camiseta apertada no braço esquerdo dele: uma águia americana.

— Diga do que você gosta — sussurrou ele contra a boca de Paige.

Ainda de joelhos, ela o puxou para baixo, direcionando os lábios de Preacher para seus seios. Com a língua macia e suave, ele circundou seu mamilo, o que a fez deixar a cabeça cair para trás, com um suspiro. Aquele mamilo ganhou vida sob a língua de Preacher e ele a puxou com mais força para sua boca, sugando a área com delicadeza, o que provocou um gemido profundo nos dois. Ele sentiu quando ela puxou sua mão, passando-a da lateral para a frente do corpo. A seguir, com a própria mão em cima da dele, ela foi deslizando-a para baixo, passando pela barriga, pelo monte macio de seu sexo e depois mais fundo. Os dedos dela estavam sobre os dele quando ela os pressionou para dentro de si, movendo-os.

— Aí — murmurou ela. — Aí.

Ele guardou na memória o lugar e o som. Os detalhes.

Ele não teria como saber que a habilidade que possuía como amante não seria um problema para Paige, mas o fato de que tudo que ele queria era satisfazê-la, deixá-la feliz, aquilo sim era imenso. Bastou que ela mostrasse a ele, por apenas um segundo, onde e como ela gostava de ser tocada para que ele agisse por conta própria, deixando-a absolutamente louca de desejo. Talvez não tivesse ocorrido a ele que não era o único que estava havia muito tempo sem sentir prazer. Para Paige, aquilo também tinha sido verdade a vida toda. E ela estava mais do que pronta para sentir tanto amor quanto prazer.

Preacher fechou os olhos com força e rezou para se controlar. Ele torcia para conseguir notar quando ela estivesse satisfeita — ele não tinha muita certeza de como a coisa funcionava. Ele nunca tinha prestado atenção antes. Ele imaginava que ela arfaria e se remexeria bastante. Quem sabe ele teria sorte e ela simplesmente diria a ele.

A sensação do seio dela em sua boca, de seus dedos nas dobras macias e úmidas de Paige deixou-o tonto. Então, quando ela tocou em sua ereção, John gemeu miseravelmente. Ele ergueu a cabeça.

— É melhor você não fazer isso ainda — pediu ele. — Desculpe. Eu queria tanto você que a gente teve sorte de conseguir chegar no quarto...

Bem devagar, ela se deitou na cama, puxando-o para cima dela.

— Isso não é um problema, John — sussurrou. — Eu também queria muito você. — Ele se sustentou por sobre Paige e ela recolocou o dedo dele naquele lugar, lembrando-o do jeito como ele deveria estimulá-la. — Aahhh — gemeu ela, logo antes de beijar Preacher mais uma vez, sua língua forte e doce dentro da boca dele. Ele continuou os movimentos e os gemidos dela ficaram mais intensos; ela pressionava os quadris contra a mão dele.

— Diga o que você quer que eu faça. Diga o que você quer. Eu vou fazer o que você quiser — disse ele. — Quero que isso seja bom para você.

E outra vez, com ousadia, ela o tocou, dizendo:

— John, vamos resolver isso agora mesmo. De uma vez. A gente pode experimentar mais tarde...

— Eu queria fazer primeiro para você — explicou ele. — Quero fazer você se sentir bem de verdade.

Ela riu de um jeito suave, com os lábios colados aos dele, e disse:

— Eu estou me sentindo muito bem.

Então, ela abriu as pernas para ele, que se deitou sobre ela. Conforme ela o guiava com a mão, ele a penetrou devagar e profundamente. A força de Paige o deixou impressionado, ele ficou maravilhado ao notar que ela não parecia nem um pouco subjugada por ele. Ao contrário, mostrava-se uma parceira formidável ao se erguer para encontrá-lo, ao puxá-lo para dentro de si.

— Ah — gemeu ela. — Assim está perfeito.

Ele escutou quando ela fez "hum" intenso, sentiu quando ela mexeu os quadris debaixo do corpo dele e mostrou a ele o ritmo que desejava. Ele percebeu que aguentaria segundos, não minutos, e torceu para que aquilo fosse o suficiente. Foi quando ele se lembrou do que a fizera gemer fundo e deslizou a mão entre os dois, alcançando mais embaixo, movendo o dedo bem devagar naquele ponto exato de que ela tanto gostava. E escutou mais uma vez:

— Ah, John...

Ela se moveu com mais vigor, jogando uma das pernas por cima dele e puxando-o cada vez mais fundo para dentro dela. Ele esfregou aquele botão firme ao mesmo tempo que impulsionava os quadris. Debaixo dele, Paige empurrava o corpo contra o dele, acompanhando-o em cada movimento.

Então, na mesma hora, algo aconteceu. O corpo de Paige se retesou em volta dele e ele sentiu um apertão, uma pressão, um pulsar. Tais sensações o surpreenderam, eram tão gostosas. Era incrível, e ele só conseguiu se segurar porque estava em um transe. Foi a primeira vez para ele; nunca sentira aquilo antes. Ele ficou imóvel à medida que ela prendeu a respiração e se contorceu contra ele, que sentiu em volta de si os espasmos quentes que o encharcavam de um líquido morno.

— Paige — sussurrou ele, se controlando. — Ah, Paige.

Ela gemeu baixinho várias vezes, agarrando-o com força, perdida em seu orgasmo. Então, sua boca voltou a encontrá-lo, devorando-o, chupando seus lábios e sua língua. Preacher balançou com ela enquanto Paige atingia o clímax, enquanto ela pulsava com força, até parecer que não havia restado mais nada dentro dela; então, devagar, ela começou a relaxar sob o corpo dele, fraca em seus braços. Fraca, mole e satisfeita, toda a força que ele sentira um instante antes se transformando em mera brandura em seus braços. Ele se sentia maravilhado com a resposta que ela dera. Olhando para Paige, afastando o cabelo de seu rosto, ele perguntou em um sussurro rouco:

— Foi isso?

Ela sorriu, como que sonhando.

— Foi isso.

— *Incrível* — constatou ele.

Ela deu uma risadinha.

— Pois é. Mas, John — continuou ela, movendo os quadris debaixo dele. — A gente ainda não acabou.

— É — disse ele sorrindo. — Acho que não.

Ela entrelaçou as pernas em volta do corpo dele. Preacher, com as mãos na bunda dela, empurrou-se para dentro dela até finalizar, e aquilo foi a coisa mais poderosa que ele sentiu em sua vida. Saber que ele poderia fazer aquilo por ela, sentir tudo aquilo com ela, o deixou chocado. Cada músculo de seu corpo se flexionou, depois tremeu e, enfim, bem devagar, começou a relaxar. Levou um bom tempo para parar de arfar; depois mais um pouco para respirar de maneira regular. Ele ergueu o corpo acima do dela.

— Paige — disse com a voz fraca. — Eu nunca na minha vida senti algo assim.

Ela tocou o rosto dele.

— Você é bom demais para ser verdade, sabia? — sussurrou ela. E depois o beijou. Ela sabia que seria daquele jeito: cada toque dele era poderoso, embora doce, e ele era assim em tudo. — John, me promete uma coisa.

— Qualquer coisa.

— Você pode me contar qualquer coisa, John. Nunca mais tenha vergonha de mim.

— Nunca mais — respondeu ele, e bem devagar levou a boca até o seio dela, aproximando-se com delicadeza do mamilo.

— Aaaah, John! — exclamou Paige.

Ele decorou onde ficava aquele ponto e o som que ela fez.

Então amar alguém era assim: você desejava satisfazer a pessoa em vez de apenas querer sua própria satisfação. Era prestar atenção naquilo que faz a pessoa ronronar e suspirar. Ele não sabia disso. Enquanto estava com ela nos braços, não conseguia parar de beijá-la, tocá-la, experimentá-la ou explorar seu corpo com toques gentis. Com beijos. Usando a boca, a língua.

— Acho que nunca vou enjoar de você — sussurrou Preacher.

— Que bom. Não estou nem um pouco cansada. E as suas mãos em mim... Elas parecem feitas de veludo. Você é muito cuidadoso, mas não deixa escapar nada. Eu sabia que ia ser assim, John. Você é tão perfeito.

— Paige, é assim que funciona? Os outros homens sabem tudo a respeito disso?

Ela riu baixinho.

— Eu não sei o que os outros homens sabem. Também não tenho muita experiência.

— Eu nunca... Eu nunca me senti assim, juro.

— Nem eu. Você é um amante maravilhoso. Maravilhoso.

— Eu não achei que você pudesse querer alguém como eu — confessou ele.

— Você não se reconhece... é o que eu acho. John, você é tão lindo, tão inteligente e tão forte. Você nem se dá conta de quão bonito é. E você tem o corpo mais incrível... tão grande e musculoso. Sem um pingo de gordura ou flacidez. — Ela correu a mão pequenininha pelo ombro dele, descendo pelos bíceps. — Suas mãos são tão perfeitas... poderosas e macias... Aposto que é por causa de todo aquele trabalho na cozinha. Suas mãos no meu corpo... É tudo que sonhei que seria. Você só não se vê.

— Não dava para acreditar que você realmente me queria. Achei que talvez...

— Shh... — pediu ela. — Você não acha que depois do tipo de vida que eu tive, eu reconheço um homem bom quando eu o vejo? Como você pode duvidar de mim?

— Desculpe por ter feito você se sentir daquele jeito antes — disse ele.
— Como seu eu não desejasse você. Quando, meu Deus, você era tudo o que eu queria desde... Praticamente desde o primeiro dia.

— Alguém disse alguma coisa — constatou ela, mas não em um tom de raiva.

— Mike disse que era melhor eu chegar junto, cuidar da minha garota, caso contrário eu poderia perder você.

— Eu acho que você tem que se contentar comigo. Mas dá no mesmo, que bom que você não esperou mais.

— Foi tão fácil com você — disse ele. — Tudo que eu queria era fazer você se sentir bem. Eu não sabia que também seria tão maravilhoso assim para mim. E quando eu senti aquilo... seu prazer... achei que fosse desmaiar, foi uma sensação tão boa.

Ela pousou a mão nele. Ele já estava se excitando de novo.

— Eu quero que você se sinta assim todas as noites, pelo resto da minha vida — disse ele.

— Eu até que gosto dessa ideia — respondeu ela. — John. Eu não quero te assustar, mas estou apaixonada por você.

Ele enterrou o rosto no pescoço dela, em seu cabelo macio.

— Ah, Paige, eu amo tanto você que acho que vou morrer.

— Está vendo? Isso é tudo que eu quero. Você. Você me amando. Eu amando você.

— E agora? — perguntou ele.

As mãos dela estavam nele, e as dele, nela.

— Agora a gente faz tudo de novo. Mais devagar.

Capítulo 13

O sol saiu e, embora o ar de dezembro estivesse frio, o dia estava luminoso e ensolarado. Quando Mel chegou à cidade, ela foi verificar com o doutor se tinha alguma coisa acontecendo. Depois, foi até o bar para beber um café com o marido.

Jack era, sem dúvida, um cara que gostava das manhãs. Era quando ele se encontrava mais disposto. Caso o tempo estivesse decente, ele se exercitava ao rachar lenha, e ele fazia aquilo o ano todo, mesmo durante o verão, quando ninguém precisava acender uma lareira. Ele deixava Mel dormindo e saía bem de mansinho. Gostava de estar perto do bar logo de manhã cedinho, ver o que Preacher tinha planejado em relação à comida, fazer um inventário do estoque, listar as tarefas que precisavam ser cumpridas, garantir que tudo estava pronto para o dia.

Ela o encontrou atrás do balcão, com sua caneca de café, Christopher sentado em um banco, uma tigela com cereal e um copo de suco de laranja empurrado ligeiramente para o lado enquanto ele pintava uma das páginas de seu livro de colorir. A caixa de giz de cera estava aberta, pronta para ser usada.

Mel se sentou em um banco ao lado do garoto.

— Bom dia, amigo. Tudo bem com você? — cumprimentou ela.

— Humm, tudo bem — respondeu Christopher, prestando atenção apenas na página.

Jack serviu a ela uma caneca com café.

— Christopher, conte para Mel o que você me disse hoje de manhã.
— Quê?
— Você sabe. Sobre como você está ficando grande.
— É. Eu estou ficando grande — disse ele.
— Está, sim — concordou Mel.
— E...? — instigou Jack.
— E John disse que tenho que ter a minha cama. Meu quarto. Porque *tô* ficando bem grandão.
— Bom, eu também acho — respondeu Mel.
Paige apareceu no bar, vindo da cozinha.
— Oi, Mel — saudou ela, a voz alegre.
As bochechas dela estavam rosadas, os olhos brilhavam por trás de pálpebras sonolentas e o sorriso da jovem trazia uma ponta de segredo. Os lábios estavam avermelhados, quem sabe um pouco inchados por causa dos beijos trocados madrugada adentro. Ela parecia deslizar pelo salão, serena. *É incrível como sempre dá para notar quando alguém fez sexo*, pensou Mel. *Muito sexo.*
— E esse cereal aí, filhote? — perguntou Paige a Christopher.
— Hum — respondeu ele.
— Eu acho que ele acabou — disse Jack. — Ele não tocou na comida desde a última vez que você veio ver.
— Certo — disse ela, recolhendo a tigela. — Mas, por favor, beba seu suco — pediu Paige, levando a tigela para a cozinha.
Mel olhou para o marido. Jack ergueu uma das sobrancelhas e deu um sorrisinho para a esposa. Mel se debruçou no balcão e agarrou a camisa de Jack, puxando-o para perto de si. Ela sussurrou:
— O que é que está acontecendo aqui?
— Está na cara, não?
— Eu quero que você me leve para casa agora mesmo e...
— Não posso — sussurrou ele em resposta.
— Por que não?
— Porque a gente tem companhia. E você grita.
— Meu Deus, isso é ridículo. Eu estou morrendo de inveja.
— Não tem a menor graça, com certeza. Bom — continuou ele, olhando por cima do ombro em direção à cozinha. — Alguém aqui está achando graça. Finalmente.

Em poucos minutos, Mike chegou. Ele disse um bom-dia para todos, bagunçou o cabelo já despenteado de Christopher e aceitou a caneca com café fumegante que Jack ofereceu.

— Todo mundo bem hoje? — perguntou.

— Está uma linda manhã — respondeu Jack, dando um gole em sua caneca.

— Com certeza está. Eu tive uma noite muito boa ontem.

O ex-policial encostou a bengala no balcão do bar e foi até a cozinha. Ele enfiou a cabeça pela porta e deu de cara com Paige e Preacher num beijaço. Sentindo-se um pouco responsável por aquele beijo ardente, ele observou a cena por um minuto. Os braços de Paige estavam ao redor do pescoço de Preacher enquanto ele mantinha as duas mãos imensas no traseiro dela, puxando-a para perto de si. Eles não faziam ideia de que estavam sendo observados. Mike não pôde resistir e pigarreou.

Paige deu um salto e soltou o pescoço de Preacher, mas ele se recusou a soltar Paige e suas mãos permaneceram no mesmo lugar. Ele deu uma olhada por cima da cabeça dela e estreitou os olhos.

— Que manhã linda — disse Mike. — Quando você tiver um tempinho, será que pode servir meu café da manhã? Estou morrendo de fome. — E então sorriu e foi embora.

Ao voltar para o bar, sentou-se com cuidado em um dos bancos e pegou a caneca.

— As coisas estão indo muito bem por aqui — comentou. — Acho que eu não fui o único a ter uma boa noite.

— É mesmo?

— Só espero que meu café da manhã seja servido antes do meio-dia.

Preacher desmontou o banco que usava para levantar pesos e colocou a parafernália no galpão que usava como armazém, mantendo consigo apenas alguns halteres e barras. No lugar do equipamento de ginástica, no apartamento, havia agora uma pequena árvore de natal, assim como outra no bar. Ele tinha levado Chris até a floresta para derrubar os dois pinheiros e eles as decoraram juntos. Debaixo da árvore que ficava no apartamento, havia presentes cuidadosamente escolhidos por Preacher e Paige, prontos para serem abertos no Natal. Alguns eles tinham comprado juntos, outros, em separado.

Mel e Jack haviam partido para Sacramento, onde teriam uma grande reunião familiar com os Sheridan uns dias antes do Natal, e Mike não pôde ser convencido a ir com eles. Ele também não queria ir para casa, em Los Angeles — não ainda. Estava em Virgin River havia poucas semanas e jurou que ficaria bem no chalé, de modo que Mike passaria tanto a véspera quanto o dia de Natal com Preacher e sua nova família.

Preacher ainda se encontrava em choque e eufórico diante da reviravolta pela qual sua vida passara. Fazia pouco mais de três meses desde que Paige aparecera, e os dois estavam mantendo um relacionamento íntimo havia poucos dias. Nada poderia tê-lo preparado para a alegria que sentia. Trabalhando ao lado de Paige ao longo dia, Preacher descobriu nela uma parceira completa. Eles dividiam tudo, desde a administração do bar e a coordenação da cozinha até a educação de Christopher, com total compatibilidade. Ela estava sempre a postos, buscando maneiras de ajudá-lo, assim como ele estava sempre por perto, cuidando de tudo que ela precisasse.

E de noite, quando o menino dormia, Preacher descobriu que se transformava em um amante magistral, algo que nem em seus sonhos mais loucos ele julgara ser possível. Ele nem sequer considerava aquilo. E, sobretudo, não imaginava qualquer coisa dessas com uma mulher daquelas — jovem, de uma beleza que ele considerava estonteante, e com a disposição de um anjo.

Não demorou muito para que ele aprendesse todos os jeitos de arrancar um suspiro dela, de fazê-la gemer. Preacher, que era quieto e costumava ficar constrangido facilmente, tinha ficado audacioso e ousado com Paige. Experimentava. Ele começara a confiar nas mãos que tinha, nos instintos, em grande parte para satisfazê-la. E aquela ideia de prestar atenção aos detalhes, guardando na memória os toques e sons, perguntando o que ela queria, do que gostava — bom, era uma ideia genial. Se ele não achasse aquela coisa incrível que tinha com Paige tão íntima, talvez ele até agradecesse a Jack pelo conselho.

Enquanto ele a abraçava, pele com pele, perguntava:

— Você vai me avisar se for demais? Se eu estiver sendo muito exigente?

— Vou, John — dizia ela, sem fôlego. — Você também vai me avisar?

A resposta dele foi uma gargalhada sensual.

— Vou. Com certeza. Mas, para isso, você vai ter que me desenterrar para perguntar.

— Faça então aquela coisa que você faz... de novo — pediu ela.

— E de novo, de novo, de novo? — perguntou ele em tom de provocação.

— Ahh, John...

Preacher achou aquela coisa do orgasmo feminino a melhor descoberta de sua vida. Era melhor do que os dos homens; melhor para um homem do que seu próprio orgasmo. A coisa que ele ainda nem sequer sabia que era capaz de fazer seria justamente a coisa na qual ele se tornaria um especialista. Ele estava bem certo de que não era tão divertido para ela quanto era para ele. Ele tinha uma dúzia de métodos, mas um de seus favoritos era torturá-la de um jeito delicioso: beijando todo o seu corpo, desde as pálpebras até os dedos do pé, passando um tempo a mais bem no centro do corpo dela. Ele gostava de começar com beijos suaves, terminar com uma língua potente e, quando ele sentia, quando sabia que ela estava prestes a explodir mais uma vez, ele a penetrava só para aproveitar o momento. Nada no mundo era parecido com aquilo — o espasmo quente e potente que às vezes a fazia gritar o nome de Preacher e agarrá-lo como se tivesse medo de que ele pudesse sair flutuando. Quando ele tremia com ela em meio àquele alívio milagroso, chegou a dizer, mais de uma vez:

— Acho que eu poderia fazer isso para sempre. Poderia viver disso...

Ele gostava de segurá-la enquanto ela voltava à terra, ofegante, sem fôlego, fraca depois de um orgasmo eletrizante. Sentia tanto prazer naquilo que se segurava, atrasava seu próprio alívio para poder fazê-la sentir tudo de novo. Ele a deixava se recuperar por um momento e recomeçava, devagar a princípio, com doçura e gentileza. As reações dela indicavam a ele quando era hora de ser mais agressivo, usar mais força. Era ela quem determinava a pressão e o ritmo, e, quando ele se lembrava de que estivera tão preocupado, achando que poderia machucá-la, começava a rir. Ela era como um aço bem temperado — e ela o surpreendeu com sua força. Seu poder.

Não era incomum que Paige prendesse as pernas na cintura de Preacher e se recusasse a soltá-lo, ou o empurrasse até deixá-lo de costas, para depois subir em cima dele, fazendo-o provar do próprio remédio ao tirar dele a escolha de esperar mais um pouco. Devolvendo a ele o que ela havia recebido.

Preacher não fazia ideia de que a vida poderia ser tão prazerosa. Tão completamente satisfatória. Nem considerara que a vida poderia ser tão divertida. O sexo entre eles era gostoso, depois eles riam, brincavam um pouco, traziam para a vida a leveza que equilibrava tudo.

— Como é que posso te amar tanto assim? — perguntava ele.

— Ou com tanta frequência? — contrapunha ela, rindo.

— Paige, eu quero que você saiba de uma coisa. Eu sei que está cedo demais para você pensar a respeito de uma vida inteira, mas não estou de brincadeira aqui. Não tenho qualquer expectativa, juro. Só quero que você saiba disso. Eu estou completamente nessa. Comprometido. Não quero que você sequer se preocupe se perguntando se você é só um passatempo para mim.

Ela passou a ponta dos dedos nos pelos curtos da têmpora dele.

— Você não tem um pouco de medo de que possa se cansar de mim, John?

Ele balançou a cabeça.

— Não sou esse tipo de cara. Eu vou devagar... às vezes devagar demais. Dou bastante tempo para as coisas... Eu me certifico de que se trata de uma coisa boa. Mas não mudo de ideia. Eu sei que para determinadas coisas isso pode ser ruim. Gosto que as coisas permaneçam as mesmas.

— Eu não vou prender você — disse ela. — Só estou tão feliz de estar aqui, assim, agora...

— Tem mais uma coisa que quero dizer a respeito disso, sobre nós. Não sou o tipo de cara que não quer que você responda ou que não tenha suas opiniões. Não espero que você nunca tenha um dia difícil quando, de fato, você vai estar mal-humorada e chateada. Eu quero tudo isso... Quero que você fale, exija coisas, insista no melhor tratamento possível e fique pau da vida se não o receber. Quero que você se sinta segura para gritar comigo só porque você está a fim. Se eu não for o que você quer para o longo prazo, tudo bem por mim. O que não estaria bem para mim seria você sentir medo de como eu vou reagir quando você está apenas agindo de maneira espontânea.

Foi impossível para ela evitar que seus olhos se enchessem de lágrimas.

— John... Ninguém nunca me amou assim...

— Bom, meu bem, eu amo. Na verdade, este é o único jeito que eu te amo. Cada pedacinho seu... forte e mandona, assustada e carente... Não importa. Se eu vou ter você, tem que ser por completo, não uma partezinha que me deixe seguro.

Ela deu um breve beijo nele. Ele enxugou uma lágrima no rosto dela.

— Eu sei que aquele bebê que você perdeu não tinha sido planejado e que, ainda assim, você ficou mal com a perda. Quem sabe, um dia, quando você estiver pronta, você converse comigo sobre aumentarmos a família. Sobre dar um irmãozinho ou uma irmãzinha a Chris.

— Você gostaria de ter filhos? — perguntou ela.

— Nunca achei que fosse querer. Mas com você, eu penso nisso. — Ele deu uma gargalhada. — Eu penso muito nisso. Temos tempo. É só uma ideia...

Ela fez um carinho suave no rosto dele.

— Você sabe que se tivermos um bebê entre nós pode ser que você precise pegar mais leve, né?

— Quão mais leve? — perguntou ele, unindo as sobrancelhas e franzindo o cenho daquele jeito que ela aprendera a adorar.

Paige deu risada.

— Você está me provocando — disse ele. — Certo, foi você quem pediu isso — anunciou ele, começando a beijar as pálpebras dela.

Ela segurou o rosto de Preacher e o impediu de continuar.

— John — disse ela. — Eu quero, sim. Tudo isso. Você por inteiro. Eu nunca estive tão feliz.

Ele sorriu.

— Tem mais de onde isso veio — informou ele. — Para sempre, se você quiser.

Mel estava tão animada com o Natal em Sacramento que mal conseguia se segurar. Todas as irmãs de Jack estariam lá com suas famílias, tanto na véspera quanto no dia de Natal, mas o bônus era que a irmã de Mel, Joey, o marido, Bill, e os três filhos do casal estavam indo para lá também. Havia bastante espaço na casa de Sam Sheridan para eles, porque todas as irmãs de Jack tinham casa na cidade. Mel e Joey, tendo sido por muito tempo a única família uma da outra, haviam sido atraídas de maneira generosa e afetuosa para o clã dos Sheridan. Aquela era apenas a terceira vez que Mel visitava a família de Jack e ela já se sentia como se estivesse indo para casa.

Ela deixou seu jipe em Virgin River para que o doutor pudesse usar, caso precisasse levar alguém ao hospital. A parte de trás da caminhonete de Jack estava abarrotada de presentes, muitos dos quais eles tinham comprado quando pararam em Redding para passar a noite e terminar as compras. E para aproveitar os confortos de um quarto de hotel, que não tinha paredes finas como papel nem um fuzileiro do outro lado do corredor.

Embora eles não considerassem de jeito nenhum que aquilo fosse um desperdício de dinheiro, aquela não foi uma noite de paixão, como teria sido alguns meses antes. Mel agora estava no sétimo mês de gravidez, com uma garotinha literalmente brincando dentro dela. O sexo ainda era ótimo, mas muito mais contido do que tinha sido na época em que eles conceberam aquela pessoinha. Em vez de gritar com paixão o nome de Jack nos finalmentes de seu orgasmo, Mel apenas disse:

— Agh.

— Sabe, se eu não fosse um homem incrivelmente seguro, isso realmente me deixaria incomodado — constatou Jack.

— Desculpe, querido. Minhas costas estão doendo, meus peitos estão doendo e eu acho que estou carregando uma banda marcial, não a sua filha.

— Acho que isso elimina a possibilidade de fazermos muito mais sexo esta noite.

— Estou começando a eliminar a possibilidade de muito mais sexo antes da primavera — informou ela.

Ela se deitou de costas, a barriga despontando como uma montanha no topo de sua pequena compleição física, e Jack não conseguiu manter as mãos longe dali. Embora tenha havido um tempo em que ele não conseguia manter as mãos longe do resto do corpo dela, e ela não tinha dúvida de que aquilo logo voltaria a acontecer, naquele momento eram as brincadeiras da filha que o entretinham. Jack deixava escapar um grito quando todo o abdômen dela se mexia, afundando em um dos lados enquanto o outro ficava bastante protuberante. E ele gostava especialmente quando parecia que um pezinho estava deslizando em um grande calombo em um dos lados. Ela poderia até tirar uma soneca enquanto ele se distraía com a gravidez dela. Aquilo a fez pensar que ele iria gostar de rolar uma bola no chão com a garotinha deles, balançá-la em cima do joelho, rodopiá-la no alto, erguendo-a acima da própria cabeça.

— A gente devia pensar no nome da sua nova amiguinha — comentou ela.

— Eu tenho uma sugestão — anunciou ele. — Emma.

— Eu gosto de Emma — respondeu ela. — Uma namorada antiga?

— Mãe. Minha mãe — respondeu ele.

— Ah, que fofo. Eu acho que sua mãe ficaria feliz de saber que você é, enfim, um homem comprometido.

— Mel? Você está nervosa com... você sabe... o parto?

— Nem um pouco. Sabe por quê, amigão? Porque eu vou encontrar o John Stone no Hospital Valley e, se tudo virar um inferno, eu vou tomar uma bela de uma anestesia. Depois vou comer um bife malpassado com uma cerveja bem grande.

— Mel — disse ele, passando a mão no cabelo dela até alcançar o ombro. — Eu quero que você tome a anestesia.

— Jack... *você* está nervoso?

— Ah, meu bem, *nervoso* não chega nem perto do que estou sentindo. Você é meu mundo. Eu não acho que assistir a você sentir dor seja algo que eu consiga fazer. Mas tenho que estar lá, sabe?

Ela sorriu e balançou a cabeça.

— Você sempre me pede para confiar em você, né? Bom, dessa vez é hora de você confiar em mim. Eu sei o que estou fazendo, Jack.

— É. Bom, então só um de nós sabe.

Enquanto eles se preparavam para sair, na manhã seguinte, e terminar a viagem até Sacramento, Mel secava o cabelo no banheiro do hotel, um cômodo grande e cheio de espelhos. No pequeno chalé onde moravam, no meio da floresta, havia apenas um espelho, que ficava pendurado na altura dos olhos. Jack ficou embasbacado pela visão dela nua diante daqueles espelhos. Ele nunca a vira de fato daquele jeito. Claro que já tinha visto a esposa nua, mas só deitada, ou de pé, quase trinta centímetros mais baixa que ele, enquanto eles tomavam banho. Agora, ele estava inclinado diante da esposa, olhando-a de perfil.

— Meu Deus, Melinda. Você está enorme.

Ela olhou para ele de um jeito que sugeria uma escolha diferente de palavras.

— Quer dizer, você está incrível, Mel. Olha só isso!

— Cala a boca, Jack — disse ela.

Quando eles chegaram à casa de Sam Sheridan, Mel se antecipou ao marido, caminhando em direção à porta da frente enquanto Jack carregava as bagagens e os presentes.

— Mel — chamou ele, fazendo com que ela se virasse para vê-lo com um sorriso luminoso no rosto. — Você está começando a andar como uma *pata* — comentou, cheio de orgulho.

— Argh! — exclamou ela, virando-se de costas para ele de maneira tão abrupta que fez o cabelo balançar.

Embora a noite da véspera de Natal fosse apenas no dia seguinte, todas as irmãs de Jack e quase todos os maridos, além de todas as crianças, já estavam ali para encontrá-los. A irmã de Mel e sua família haviam chegado antes deles, então, como sempre acontecia, estava uma confusão. Quando eles entraram, Joey foi correndo até Mel, abraçando-a, examinando quanto ela crescera, exclamando:

— Ai, meu Deus, você está *enorme*!

Diante do que Mel riu, toda feliz e orgulhosa, permitindo que todo mundo passasse a mão em sua barriga.

Joey berrou novamente:

— Você está andando feito uma pata!

E todos caíram na gargalhada, inclusive Mel.

Jack estava com a cara fechada, sombrio. Dois cunhados, Dan e Ryan, se aproximaram e perguntaram:

— Precisa de ajuda para descarregar o carro, Jack?

— Preciso — respondeu ele, a testa franzida.

— Qual é o problema? — perguntou Ryan.

— Eu disse exatamente essas duas coisas para ela, que ela estava *enorme* e andando feito uma *pata*, e ela ficou pau da vida.

Os homens riram. Bob segurou o ombro de Jack.

— Vamos, meu irmão. Vamos descarregar o carro, pegar uma cerveja para você e ensinar umas coisas sobre a vida. Lá nos fundos, onde poderemos ficar à vontade e as mulheres não vão nos ouvir.

Do lado de fora, no pátio, onde agora fazia frio demais para um piquenique, havia alguns aquecedores grandes colocados ali, atenciosamente, por Sam, que sabia que os homens da família gostariam de beber suas cervejas e fumar seus charutos sem serem incomodados. E onde Sam também gostaria de ficar, enquanto as filhas cuidavam da casa e davam ordens para as pessoas. Com Mel e Joey, eram seis mulheres, sem contar as netas — um grupo formidável e intimidador.

Foi ali que Jack aprendeu com a experiência de seus quatro cunhados e com os comentários ocasionais de Sam que, se ter filhos era um projeto entre parceiros, a gravidez era, sem dúvida, um esporte coletivo. Eram as mulheres que conheciam as regras. O que um homem dizia e o que as amigas ou as irmãs diziam eram vistos sob perspectivas completamente diferentes. Se sua irmã dizia que você está enorme, era uma medalha de honra. Se seu marido dizia isso, ele achava que você estava gorda. Se sua melhor amiga dizia que você andava como uma pata, era adorável. Se seu marido era quem dizia isso, ele achava que você andava de um jeito engraçado e que ele não achava você mais atraente.

— E cuidado — disse o marido de Joey, Bill, pai de três crianças —, se você tentar fazer amor com ela, ela vai achar que você é um pervertido, e se você não fizer amor com ela, ela vai acusá-lo de não achá-la mais desejável enquanto ela se sacrifica carregando sua filha.

— Da última vez que a gente fez sexo, em vez de gritar "Ah, Deus, Ah, Deus" ela disse "Agh".

Ryan cuspiu a cerveja que estava tomando e caiu na risada.

— Já aconteceu comigo, irmão — ele enfim conseguiu dizer.

— Você quer saber o que vai acontecer ou prefere que seja surpresa? — perguntou Bob.

— Ah, por favor, eu não aguento mais surpresas — respondeu Jack.

— Certo, você está prestes a chegar ao ponto em que você supostamente ama mais o bebê do que a ela. Tudo é a respeito do bebê... você a considera sua égua reprodutora.

— E o que é que você faz a respeito disso?

— Bom, para começo de conversa, nunca fale sobre reprodução.

— Humilhe-se — disse alguém. — Implore por perdão.

— Mas não cometa o erro de dizer que ela é *muito* mais importante do que o bebê, o que vai trazer uma nova série de problemas para você.

— Ai, Jesus.

— E, uma vez que você não tem um barrigão e não está com dor nas costas, seria melhor não mencionar que tudo isso é completamente natural. Ela pode socar você.

— E não se engane de achar que uma enfermeira obstétrica estaria acima dessas noções ridículas.

— Ah, a culpa não é dela. Tem uma explosão de hormônios lá dentro... está além do controle dela.

— Você vai querer ser especialmente cuidadoso ao admirar os seios dela — disse Dan, o marido de Jeannie. Ele deu um trago no charuto. — Sobretudo porque eles, você sabe, estão daquele jeito temporariamente.

— Meu Deus, isso vai ser tão difícil. Porque...

— Eu sei — riu alguém. — Eles não estão maravilhosos?

— Daqui a pouco vai chegar a hora do trabalho de parto e do parto — disse Bill. — E o amor da sua vida, cujas costas você estará tentando massagear e a quem você estará, com tudo o que estiver em seu poder, tentando encorajar e manter confortável, vai mandar você calar a boca e tirar a porra das mãos de cima dela.

Todo mundo riu muito quando aquilo foi dito, até mesmo Sam. Parecia que aquele era um fato universal.

— Pai — disse Jack, atordoado. — A mamãe alguma vez na vida falou *porra*?

Sam deu um trago preguiçoso em seu charuto.

— Eu acho que umas cinco vezes — respondeu ele, o que fez os homens caírem na gargalhada mais uma vez.

— Por que ninguém conta essas coisas antes? — perguntou Jack.

— Que diferença teria feito, Jack? Você não sabia que ia acabar engravidando Mel mesmo. Eu sei, eu sei... Você achou que sabia tudo que havia para saber a respeito das mulheres. Parece que você é tão idiota quanto o restante de nós.

Foram feitas mais algumas piadas antes que Jack dissesse:

— Está faltando alguém.

Todo mundo, até mesmo Bill, o marido de Joey, pareceu olhar para baixo. O marido de Brie, quase um ex, era o único cônjuge que não tinha comparecido. Brie era a única irmã que não estava mais casada; a única sem filhos. E ela queria tanto um bebê.

— Alguém viu ele? — perguntou Jack.

— Não — respondeu alguém, e todos no grupo balançaram a cabeça ao mesmo tempo.

— E como ela está? — perguntou ele.

— Ela diz que está bem, mas não está tão bem assim.

— De acordo com as irmãs dela.

— E ele está morando na casa nova, com a nova mulher, que para Brie é antiga, já que elas eram amigas. Está passando um Natal em família com ela e os filhos dela.

— Enquanto isso, minha irmã, que queria um bebê, está aqui com a gente — comentou Jack.

— É, ele é um filho da mãe.

— A gente não pode beber mais um pouco e ir até lá? — perguntou Jack. — Bater nele só um pouquinho, sei lá?

— Quem me dera. No fundo, no fundo, todas elas adorariam isso, mas a gente ficaria de castigo pelo resto da vida.

— A gente não pode enfrentar nenhuma daquelas mulheres?

— Não — disseram pelo menos três homens em uníssono.

— Eu só não entendo como o Brad pôde fazer isso — disse Jack pela milésima vez.

— Jack, você já se perguntou como seria se você estivesse casado com outra mulher quando Mel apareceu? O que você faria?

— Todos nós já nos perguntamos isso — disse Ryan, de maneira sombria.

Jack já tinha se perguntado, muito embora aquela fosse uma ideia insondável. Tinham existido muitas mulheres, e mesmo assim nenhuma antes de Mel. Jack tivera muito carinho por algumas, mas mesmo assim conseguira não se casar com nenhuma.

— Gosto de pensar que eu faria a coisa certa e me mataria. — Ele olhou para os garotos. — Ela vai sair bem dessa? Com a casa e tal?

— Merda. Não pergunte isso — aconselhou Dan.

— Ah, não me diga que...
— Ela vai ficar com a casa — disse Bob. — Ela está pagando para ele sair. E está dando uma pensão a ele.
— Qual é!
— A gente disse para você não perguntar.
— Como foi que isso aconteceu?
— Ela é promotora, ele é policial. É ela quem ganha mais dinheiro.
— Viu... A gente *precisa* ir lá bater nele.

Na véspera de Natal eles comeram presunto com batatas gratinadas, e no dia de Natal comeriam peru recheado. O clã começou a se reunir por volta das quatro da tarde e a casa pulsava com barulho e risadas. Eles comeram, beberam, se reuniram na sala de estar, ficaram *apertados* na sala de estar e cantaram canções natalinas. Os homens cantaram alto demais e fora do tom e as mulheres, todas elas, tiveram que dirigir na volta para casa. Mel e Joey conduziram os maridos até suas camas, onde eles desabaram e com certeza se arrependeriam de ter tomado cerveja, coquetéis e depois conhaque, além de ter fumado charutos. A única coisa que incomodava Mel mais do que Jack ter bebido demais na véspera de Natal era que ele não conseguia ficar de pé por tempo o suficiente para tomar um banho e tirar o cheiro dos charutos cubanos ilegais.

As crianças já estavam na cama e os homens dormindo, para dizer isso de um jeito educado. Joey estava de pijama e Mel vestia um conjunto de moletom macio e largo. Elas se encontraram na sala de estar. Mel levou uma colcha e travesseiros de seu quarto e elas se aconchegaram no sofá, tomando sorvete e conversando.

— Você está se sentindo bem, apesar da azia?
— Estou me sentindo maravilhosamente bem — respondeu Mel. — Para alguém que tem todo um parque de diversões dentro da barriga.
— E as coisas em Virgin River estão ótimas?
— Ah, Joey, você tem que ver Preacher e Paige... Eu nunca vi uma transformação como essa na minha vida. Eles estão tão apaixonados, tem praticamente um halo em volta dos dois. Quando eles se olham, sai faísca.

Um ruído fez as duas mulheres se inclinarem para a frente no sofá e olhar para a porta da frente, que se abriu. Brie entrou. Estava de casaco, a bolsa pendurada no ombro e tinha as bochechas manchadas de lágrimas. Ela ficou parada na frente delas.

— Eu não quero ir para casa. Sozinha. Na noite de Natal.

— Ah, querida — disse Mel, abrindo os braços.

Mel e Joey abriram espaço entre elas, agindo por instinto, de modo que Brie pudesse se sentar no meio das duas. Brie deixou a bolsa cair, tirou o casaco, descalçou com um chute os sapatos e subiu no sofá, naquele espacinho que estava livre. E chorou.

— Não que eu não tenha participado do divórcio das pessoas — disse ela. — Mas não dá para imaginar como é quando o homem que você ama, o homem que está morando com você, pede para que você seja só amiga dele.

— Meu Deus, que ousadia!

— Sabe o que é o pior? Eu o odeio depois do que ele fez... E mesmo assim não consigo parar de querer que ele volte.

— Ah, Brie...

— Se ele tivesse chegado para mim hoje e tivesse dito: "Eu errei muito feio", acho que eu o teria perdoado. Vocês sabiam que ele me pediu uma pensão? Que ele vai gastar com ela e com os filhos dela? Ela tem pensão para ela e para os filhos, que ela recebe do marido, eu também estou pagando e os dois têm bons empregos. Eles vão lucrar com o meu divórcio.

— Que desgraçado...

— E eu mal posso esperar para começar a odiá-lo por isso. Mas eu estou com tanto medo de começar a odiá-lo, porque isso acabaria com a possibilidade de eu deixá-lo voltar. Eu quero ele de volta — disse chorando. — Eu acho que ainda amo aquele filho da mãe.

Mel e Joey abraçaram Brie enquanto ela chorava.

— Desculpe — disse Brie. — É Natal. E eu aposto que este é o primeiro Natal bom de verdade que você teve em algum tempo, Mel.

— Nós somos uma família — afirmou Mel. — Nós nos alegramos juntos. Nós compartilhamos as dores. Você vai ficar bem aqui com a gente. A gente ia dormir no sofá mesmo. Aposto como ele abre.

— Por que vocês vão dormir no sofá?

— Porque nossos maridos bêbados estão fedidos — respondeu Joey.

Capítulo 14

Jack rolou na cama bem cedo na manhã de Natal dando um gemido bem alto e com uma dor de cabeça. Tinha uma vaga lembrança de aprender a verdade sobre mulheres grávidas em meio a muito álcool. Ou será que aquilo tinha acontecido na noite anterior àquela? Ele não tinha muita certeza. Pode ser que alguém tivesse feito uma piada inapropriada na frente das mulheres, mas ele esperava que todos estivessem bêbados demais para aquilo. Na boca, o gosto vagamente parecido com o da caixa de areia de um gato. Ele abriu um olho, injetado, e viu que o outro lado da cama estava vazio.

— Oh-oh — disse.

A súbita compreensão de que o único homem na família Sheridan que não estaria enrascado seria Sam não serviu de muito conforto para ele.

Jack arrastou-se para fora da cama e olhou o relógio: seis da manhã. Era hora de fazer as pazes antes que as hordas o atacassem de novo, mas, primeiro, ele precisava achar sua esposa. Estava torcendo para que ela ainda estivesse em Sacramento.

Ele enxaguou a boca e passou uma escova no cabelo, que estava espetado para todos os lados. Sua única esperança era que os cunhados barulhentos estivessem mais enrascados do que ele, que estava indubitavelmente ferrado, porque foram eles que fizeram aquilo a ele. Más influências, no mínimo.

Ele ainda vestia a calça do dia anterior. O que não era um bom sinal. De todo modo, Mel não o matara enquanto ele dormia — *aquilo* era um bom sinal. Ela provavelmente estava esperando para executá-lo mais tarde, quando ele pudesse sentir a morte. Empertigou-se diante do espelho. Estufou o peito cheio de pelos. Fez flexões, para evidenciar os bíceps tatuados. *Eu sou um fuzileiro*, disse a si mesmo. Ela tem um metro e sessenta. E, então, murchou visivelmente. *A quem estou enganando?*, foi o pensamento seguinte.

Ele saiu bem devagar do quarto e a casa estava silenciosa. Ah, ali estavam elas. Mel, Brie e Joey, no sofá-cama. Brie? Bom, ele descobriria o motivo disso mais tarde. Ele se ajoelhou ao lado de Mel e tirou o cabelo dos olhos dela em um gesto delicado. Um dos olhos se abriu e não havia sinal de sorriso nele.

— Querida, você está chateada? — perguntou ele, de maneira gentil.

— Estou.

— Desculpe. Eu devo ter bebido umas a mais.

— Eu sei. Espero que você esteja sofrendo.

— O que é que você está fazendo aqui na sala?

— Tentando não dormir com um cinzeiro.

— E o que Brie está fazendo aqui?

— A gente conversa sobre isso mais tarde.

— Eu serei punido? — perguntou ele.

— Será — respondeu ela. E fechou o olho.

No fim das contas, o grande amante Jack Sheridan não sabia lidar com as mulheres nem perto do que achava que sabia. Ele resolveu tomar um banho e se vestir, em uma tentativa de conquistar pontos pelo esforço. Feito isso, entrou de mansinho na cozinha para preparar o café e tomar uma aspirina. Ele não tinha qualquer condição de brigar; estava de ressaca. E dentro de algumas horas aquela grande turma estaria de volta à casa, rasgando os embrulhos dos presentes, gritando, rindo, fazendo a cabeça dele explodir.

Sam o encontrou ali.

— Vai ser divertido hoje — comentou. — Vocês, garotos, com certeza sabem como deixar as mulheres todas prontas para a ação.

— Nem precisa falar nada. Quer ajuda para preparar o peru?

— É, é melhor a gente fazer isso. Depois a gente faz o brunch.

— Brunch é uma boa pedida para mim — disse ele. — Você reparou que Brie está aqui?

— Reparei — respondeu Sam. — E reparei que, até agora, duas das cinco mulheres casadas desta família não passaram a noite com seus maridos na cama.

— Certo, *não precisa falar nada*. Uma vez que eu já vou ouvir mais tarde, não preciso do seu pitaco nisso.

— Como quiser, filho — disse ele. — Se a coisa ficar muito feia, você leva Mel até meu escritório e mostra a ela todas as suas medalhas, conta a ela como você mal conseguiu escapar da morte uma dúzia de vezes e diga que ela não te assusta.

Jack olhou para o pai. Sam riu, divertindo-se um pouco demais com a situação. A seguir, Jack ocupou-se de cozinhar. Refogou a cebola e o aipo na manteiga, lavou o peru, misturou o recheio, descascou as batatas. Percebeu que, quando Mel viu que ele estava cuidando das tarefas domésticas, pareceu mais calma.

Brie foi a próxima a entrar na cozinha, confortável dentro de uma das camisolas compridas de flanela de Mel — o tipo de camisola que ela usava quando estava perto de outras pessoas, porque em casa, com Jack, ela sentia tanto calor que mal conseguia vestir qualquer coisa. Brie abraçou Sam.

— Bom dia, papai. Não consegui ir para casa ontem à noite.

Aquilo dilacerou o coração de Jack e ele quis matar Brad. Queria abraçar Brie.

— Estou feliz que você esteja aqui, querida — disse Sam. — Você sabe que esta sempre será a sua casa. Fique aqui hoje à noite também.

— Pode ser — respondeu ela, enfiando o rosto no peito do pai enquanto ele retribuía o abraço.

Logo depois veio Mel. Ela ainda estava vestida com o conjunto de moletom da noite anterior. Mas, quando ela entrou sonolenta na cozinha, foi direto para os braços de Jack, que deve ter dado um suspiro de alívio bem alto, porque ela sussurrou:

— Você ainda vai ser punido. Mas não no Natal.

Ele sorriu e beijou o topo da cabeça dela, porque, se tinha uma coisa que ele sabia sobre as mulheres, era que qualquer tipo de atraso na execução tendia a vir acompanhado da perda de interesse. E se ela não estava chateada o bastante para puni-lo naquele momento, então ela não estava tão chateada assim.

O Natal em Virgin River foi muito mais tranquilo. Pela primeira vez desde a abertura, o bar ficou fechado no dia de Natal. Christopher recebeu seus presentes pela manhã, o que o deixou bastante ocupado ao longo do dia. Preacher fez um pato assado delicioso e todos os acompanhamentos enquanto Paige cuidou das tortas. Mike apareceu às cinco com presentes — livros para Christopher, um suéter de cashmere para Paige que tinha o mesmo tom de verde dos olhos dela e, para Preacher, itens especiais para a cozinha que ele comprou numa loja especializada.

— Isso é *ótimo*! — disse Preacher, entusiasmado.

— Eu nem sei para o que servem algumas dessas coisas — confessou Mike. — Mas com certeza são utensílios para alguém que ama cozinhar.

— Vamos ver, nós temos um fatiador manual, uma bandeja termostática... Jesus, essa coisa é incrível. Um separador de molho, que eu nem preciso, porque meu molho é perfeito. Uma espátula especial para virar comidas, uma concha que tem uma escumadeira embutida, um minirralador. Bom trabalho, Mike — disse ele, sorrindo.

Conforme eles se sentaram para comer, Paige entrou no bar já usando seu novo suéter e, como Mike percebeu, balançando no V do decote havia um lindo colar com pingente de diamante.

— Ora, alguém teve um Natal incrível — comentou ele.

Ela tocou o colar, que fora uma surpresa imensa e maravilhosa de seu homem. Quem diria que Preacher conseguiria comprar joias? Quem diria que Preacher saberia o que *era* uma joia?!

— Estou me sentindo mal, Mike. A gente não comprou nada para você.

— Estar aqui com vocês três é tudo que eu preciso de Natal — disse ele, com sinceridade.

— Você falou com sua família hoje? — quis saber Paige.

— Ah, falei... com uns cem deles. Todo mundo na casa da mamãe e do papai.

Preacher começou a fatiar o pato.

— Você não sente falta de estar lá, com eles?

— Ainda não — disse Mike. — Não até eu recuperar alguma coisa, sabe? Eu preciso de espaço. Eles são latinos... muito expansivos. Próximos. Intensos, sabe? Ansiosos e irritantemente bem-intencionados. Eu quero pelo menos conseguir cortar minha carne usando o braço direito antes de ir fazer uma visita.

— Entendo — disse Preacher. — É só esperar. Você vai conseguir isso rapidinho.

Depois do jantar, Paige deixou os homens jogando baralho em frente à lareira enquanto ela limpava as coisas. Um pouco mais tarde Christopher estava lá embaixo, limpinho, com um de seus velhos livros na mão. Ele foi andando devagar até o colo de Preacher, como se fizesse aquilo desde que começara a andar. E Preacher o pegou, como um pai faria.

— É este que você quer? — perguntou ao menino.

— Horton — respondeu ele.

— Não quer tentar um novo? Toda noite a gente lê Horton.

— Maroca, o pássaro preguiçoso... — apontou Christopher.

Mike virou a cadeira, deixando-a de frente para a lareira, e apoiou os pés no alto, deleitando-se com a voz de Preacher, que contava a história de cor, e com Christopher acrescentando trechos que Preacher tinha deixado de fora de propósito só por diversão. *Meu amigo Preacher*, pensava Mike, *todo suave e doce, a voz áspera como lixa, com uma criança no colo, como se tivesse feito isso a vida toda.* Aquele era um cara que você não queria ver vindo na sua direção com a cara fechada e os punhos erguidos. A imagem dele de farda, portando uma M16, os dentes à mostra como em um rosnado... O cara conseguia derrubar um exército inteiro. Mike olhava para ele agora com novos olhos. Transformado em um urso de pelúcia grande e fofinho. Leal. Devotado. Comprometido.

Não demorou muito para que ele parasse de ler, beijasse a cabeça do garoto, que dormia, e dissesse a Mike:

— Sirva uma coisinha para a gente. Já volto.

Mike escolheu o uísque que parecia ser o favorito de Preacher — um belo canadense suave — e levou a garrafa com dois copos para a mesa. Quando Christopher já estava na cama e Preacher tinha voltado, Mike levantou o copo para ele.

— A você, velho amigo. Eu acho que você tem tudo.

— Eu tenho que brindar a isso — disse ele. — É o seguinte: eu vou mesmo ter tudo. Quando ela tiver deixado para trás e se acalmado com toda essa porcaria com o Lassiter, a gente vai conversar sobre um compromisso para a vida toda. E filhos. Mais filhos, sabe, porque a gente já tem uma família perfeita. — Ele respirou fundo. — Cara, eu nunca achei que isso fosse acontecer comigo.

Mike, a princípio, ficou chocado, mas logo se recuperou.

— Bom, é — disse ele — Parabéns. Acho que tudo se resolveu da maneira como deveria.

— Caramba — deixou escapar Preacher, antes que conseguisse se conter.

Mike deu uma risadinha. *Fico feliz por ele*, pensou. Não que Preacher não tivesse esperado muito tempo para encontrar tal tipo de felicidade.

— Ela é ótima moça, Preacher.

— Você viu como aquele garoto é bom? — perguntou Preacher. — Porque ela é uma mãe incrível, é por isso.

— E ela vai ser uma ótima esposa também — disse Mike.

— Nós temos umas questões para resolver. Aquele lance com o ex dela... ainda está muito recente — disse Preacher.

Mike chegou para a frente na cadeira.

— Como assim?

— Bom, ele tem ligado para cá. Ele não deveria, mas tem ligado.

— Você contou a mais alguém sobre isso? — perguntou Mike, endireitando-se na cadeira.

— Contei, sim. A gente conversou com o advogado dela, que vai entrar em contato com o juiz. Ela não falou com ele, mas eu tive que contar para ela. Eu não vou ficar escondendo as coisas de Paige. Ele ligou umas vezes, achando que ela falaria com ele. Ele quer saber se dá para resolver alguma coisa, se ele poderia pelo menos pegar Chris para passar os fins de semana com ele ou algo assim. Jesus, cara... eu morreria de medo disso. Não consigo imaginar uma coisa dessas.

— Paige está bem? — perguntou Mike.

Preacher deu de ombros.

— Isso mexeu bastante com ela, mas ela aguenta firme. É corajosa. Eu vi isso nascer nela, cada dia mais coragem. Ela se recusa a ser tragada, mesmo que isso faça ela tremer um pouco. Mas, preciso dizer... eu ficaria tentado a pegar Paige e Chris e fugir disso se existisse qualquer chance de a Corte entregar o menino para aquele maluco. — Ele deu um gole na bebida e continuou: — Eu não poderia deixar isso acontecer. Tenho que ser melhor do que isso por Paige e Chris.

— É — disse Mike. — Eu entendo, com certeza.

— É? Entende?

— Claro que entendo. Você tem que cuidar da sua mulher. Da sua família. Custe o que custar.

— Logo depois que o Natal for resolvido, a gente vai telefonar para Brie. Ela sabe tudo sobre esse tipo de monstro. E ela conhece todo mundo na Califórnia. Ela vai ter um conselho.

— Boa ideia — concordou Mike.

— É. Sabe, nunca pensei que eu fosse um homem de família. Achei que eu pescaria e cozinharia para os outros pescadores neste barzinho pelo resto da minha vida. Sem falar que não existem mulheres por aqui. Quais eram as chances de uma mulher entrar aqui e precisar de mim?

— Ela mais do que precisa de você — argumentou Mike.

— É — concordou Preacher. — Verdade.

— Você e Jack — disse Mike com a ponta de uma risada na voz.

Os dois candidatos mais improváveis para a felicidade doméstica em que Mike poderia pensar. Jack porque ele sempre tinha uma mulher em algum lugar, mas nunca uma que prendera seu interesse por tempo o suficiente para qualquer tipo de compromisso. Jack costumava dizer: "Eu? Casamento? Eu duvido muitíssimo que seja possível". E Preacher, então, que parecia nem notar que as mulheres existiam.

— Jack — disse Preacher, balançando a cabeça. — Você tinha que ter estado aqui para ver — continuou ele, gargalhando. — Nosso Jack... Jesus, eu detesto pensar na quantidade de mulheres que já passaram por ele, e ele nunca perdeu um minuto sequer de sono. — Preacher olhou para Mike, que sorria. — Mel levou trinta segundos para transformar ele em uma grande pilha trêmula de mingau.

— Foi? — perguntou Mike, sorrindo.

— Depois ficou divertido — continuou o outro. — Ela não estava dando bola para ele.

— Peraí... Eu estava aqui ano passado, para pescar com os rapazes. Parecia que ele tinha controle sobre ela. Logo depois fiquei sabendo que ela estava grávida e que eles iam se casar. Eu supus que ele finalmente tinha encontrado alguém que tivesse conseguido tirá-lo do eixo.

Preacher assobiou.

— Que nada, não foi assim. Jack correu atrás dela feito um lince atrás de uma galinha e ela só se esquivava. Ele reformou o chalé onde ela morava sem ela nem ter pedido e eu acho que *talvez* ele tenha recebido um beijo por isso. Às vezes ela vinha beber uma cerveja no bar e ele ficava todo aceso, parecia uma árvore de Natal. E quando ela ia embora, ele ia tomar banho. Coitado. Ele correu atrás dela por meses. Acho que ninguém tinha dito não para ele antes.

Todas elas costumavam dizer sim para mim também, pensou Mike.

— Agora, quando você olha para eles, parece que os dois estão juntos desde que eram crianças — continuou Preacher. Depois, com mais suavidade na voz: — E é assim que eu me sinto com Paige. Como se ela sempre tivesse estado na minha vida.

Mike pensou nisso por um instante.

— Fico feliz por você, cara — disse ele. Então terminou seu drinque e se levantou. — Vou deixar você voltar para sua garota. Vou dormir cedo.

— Tem certeza, cara? Acho que Paige está ocupada guardando os presentes de Christopher.

— Tenho certeza, sim. Vou voltar para o chalé. Ei, o jantar estava fantástico. Um dos melhores que você já fez. — Com cuidado, ele alongou as costas, depois o braço. — Vejo vocês em algum momento amanhã, acho. Obrigado pelo Natal.

Engraçado como as coisas funcionam, pensou Mike. Jack e Preacher, dois homens que ele achava que nunca se comprometeriam, totalmente de quatro. Os dois estavam na palma das lindas mãos de suas mulheres.

Agora Mike, ele pensou que fosse estar de quatro. Na verdade, achou que seria automático, o que provavelmente fez com que ele entrasse em um casamento sem pensar muito bem no que fazia. Todos os seus irmãos tinham esposas gordas e felizes e um monte de filhos. As irmãs estavam bem casadas, haviam aumentado a conta dos netos. Mas ele tinha ferrado com seus casamentos, graças àquele bom e velho instinto, aquela coceira que precisa ser resolvida logo, sem pensar nas consequências. Bom, aquilo não era mais um problema.

Mas ele observava Jack e Preacher e era obrigado a imaginar como seria bom ter alguém na vida por quem ele até morreria. Droga, seria incrível. Ele nunca tinha se sentido assim com uma mulher.

Ele estava feliz, de certo modo, que isso ainda não tivesse acontecido com ele. Ele teria odiado ter uma esposa linda, sensual e devotada em sua cama e deixá-la insatisfeita. Então... as balas tinham decidido. Ele ficaria sozinho de agora em diante. Uma coisa ele descobrira: era mais fácil ficar sozinho ali do que em muitos outros lugares. Havia amigos fiéis e o ar era muito bom. Se ele seguisse em frente, se continuasse trabalhando e treinando, ele conseguiria pescar e atirar bem o suficiente com a mão e o braço esquerdo.

Jack estava dirigindo de volta a Virgin River quando saiu da estrada logo antes de chegar à cidade.

— Não estamos indo para casa? — perguntou Mel.

— Uma paradinha rápida — explicou ele.

Então entrou naquela estrada estreita e esburacada que subia a perder de vista até desembocar em uma clareira com uma vista que se estendia por quilômetros.

— Por que estamos aqui?

Ele esticou o braço e alcançou o porta-luvas na frente dela, abrindo-o e tirando de lá de dentro um documento grosso, que foi passado para ela.

— Feliz Natal, Mel. É seu. Eu vou construir uma casa bem aqui para você.

— Uau — disse ela, sem fôlego. — Meu Deus — gritou com lágrimas saltando dos olhos. — Como foi que você os convenceu?

— Foi fácil. Eu disse que era para você. Você faz ideia do quanto é amada nesta cidade?

Era com aquilo que Mel sonhara quando decidiu ir para Virgin River — gente boa e interiorana que fosse gostar da ajuda dela.

— Todos eles significam muito para mim também. E então apareceu você...

Eles ficaram sentados dentro da caminhonete por muito tempo, apenas admirando o terreno, conversando sobre a casa.

— Um salão grande com lareira, uma cozinha tão grande que sua família inteira vai poder se reunir dentro dela — disse ela.

— Uma suíte master com paredes a prova de som — continuou ele.

— E um banheiro com dois armários e duas pias — completou ela.

— Três quartos além do nosso, e talvez uma casa de hóspedes... Uma casa de hóspedes de um cômodo com uma geladeira e um banheiro espaçoso. Caso meu pai, você sabe...

— Caso seu pai o quê?

— Um dia precise ficar com a gente. Quando ficar velho.

— Ele não ia querer ficar com uma das suas irmãs?

— Na verdade, acho que ele está tentando fugir delas há anos. — Jack deu uma risada. — Você não percebeu como elas são mandonas? Não, você não deve ter percebido porque... — Ele se interrompeu de repente e deu uma olhada para Mel. *Eu sou o quê? Suicida?*, pensou ele. E depois continuou: — Porque vocês todas se dão muito bem.

— Bela saída — disse ela. — E por que tantos quartos?

— Nunca se sabe. — E ele deu de ombros. — Emma pode ter companhia.

— Companhia de irmãos? Jack, a gente não deveria nem estar tendo este bebê!

— Eu sei, mas mesmo assim...

— Isso nunca mais vai acontecer — determinou Mel, mas estremeceu.

— O que foi isso? — perguntou ele.

— Não consigo evitar. Às vezes, quando eu penso naquela noite... Naquela primeira noite... Você sabe, acho que ela foi concebida no instante em que você me tocou.

Ele tinha certeza de que ela estava certa.

— Então melhor manter os quartos — disse ele.

— E, Jack?

— Hum?

— Não vai ter nenhum animal morto na parede da minha casa.

— Ahh, mas...

— Nenhum!

* * *

Jack e Mel elaboraram na mesma hora uma planta baixa e o desenho de uma fachada para que pudessem mandar para Joe Benson, o arquiteto do esquadrão que morava em Grants Pass, Oregon. Depois da primeira vez que Joe servira no Corpo de Fuzileiros, ele fora para a reserva, se formara e abrira seu negócio, mas então foi chamado para o Iraque, onde serviu com os demais sob o comando de Jack. Ele ficou animado por ter sido convidado para desenhar os planos dos amigos. Em janeiro, as plantas iniciais estavam completas e Joe foi até Virgin River para entregar o material. Quando ele entrou no bar, Mel estava com Jack. Joe trazia as plantas enroladas debaixo do braço e Mel deu um pulo ao mesmo tempo que soltou um soluço de animação.

Joe parou à porta, um sorriso crescendo em seus lábios e uma ternura maravilhosa iluminando seus olhos enquanto ele a observava de cima a baixo.

— Ah, querida — disse ele em um só fôlego. — Olha só. Você está linda.

Mel riu. *Esses caras*, pensou ela. Todos eles adoravam uma grávida. Era muito incrível, muito sensual. Ninguém poderia apreciar melhor esse tipo de homem do que uma enfermeira obstétrica.

Ele deixou as plantas do projeto em cima de uma mesa e foi caminhando na direção de Mel, as mãos estendidas, hesitante.

— Vá em frente — assentiu ela.

Sem demora, as mãos dele pousaram na barriga da mulher.

— Ah, Mel. — A seguir, puxou-a para dentro de um abraço. — Prontinha — constatou ele. — Você está tão bonita.

— Eu estou bem aqui — disse Jack, atrás do balcão.

Joe deu uma gargalhada.

— Já vou falar contigo, camarada. Minhas mãos estão cheias de mulher no momento.

— É — respondeu Jack. — Da minha mulher.

— Você precisa de uma mulher para você — disse Mel.

Aquele era mais um homem que, como seu marido, era grande e bonito, um anjo e, embora tivesse com certeza mais de 35, ainda se encontrava completamente disponível.

— Preciso mesmo — rebateu ele, e tocou o nariz de Mel. — Por que você não arranja uma para mim?

— Vou começar agora mesmo — disse ela, saindo do abraço de Joe e pegando as plantas do projeto que estavam em cima da mesa.

Juntos, eles deram uma olhada nos desenhos, depois Jack e Joe foram até o terreno para fazer umas medições. Antes de fincar as estacas ou pintar no chão um contorno de como ficaria a casa, Mel e Jack tirariam pelo menos algumas semanas para considerar mudanças. Joe passou a noite, já que Grants Pass ficava entre quatro e seis horas de carro dali, e teve uma noite agradável com Preacher, Paige e Mike.

As plantas costumavam ficar no bar. Toda vez que alguém que estava interessado na casa entrava, pedia para ver as plantas.

— Muito espaço desperdiçado naquela cozinha — disse o doutor Mullins.

— Eu gosto de cozinha grande — justificou Mel. Embora não tivesse certeza do porquê disso, já que Jack parecia ser o responsável pela maior parte das refeições deles no bar. — Jack gosta de cozinha grande — emendou ela.

— Esse Jack — comentou Connie. — Você o treinou direitinho.

— Eu já o encontrei treinado — rebateu Mel.

— Adorei o banheiro — disse Connie. — Eu daria tudo por um banheiro assim.

— Tudo que eu preciso em um banheiro é um buraco no chão — brincou Ron.

Jack e Mel passaram a maior parte do tempo que ficavam juntos analisando as plantas, com gente olhando por sobre seus ombros. Certa manhã, Mel entrou no bar para tomar café com Jack, que estava rachando lenha. Preacher e Harv estavam sozinhos olhando os desenhos do projeto.

Mel saiu do bar e foi encontrar Jack nos fundos. Ele parou o que estava fazendo quando a esposa se aproximou.

— Você sabe o que está acontecendo lá dentro? Preacher e Harv abriram nossas plantas e estão olhando. Nossa casa virou um projeto comunitário.

— Eu sei. Não se preocupe com isso. A gente vai fazer o que a gente quiser.

— Mas você não fica incomodado que todo mundo tenha uma opinião para dar? Que geralmente está em desacordo com as nossas ideias?

Ele sorriu, orgulhoso.

— Contratei o serviço de escavação — anunciou ele. — Eles vão começar na primeira semana de fevereiro. Vão limpar e aplainar o terreno, alargar a estrada. Pedi para eles limparem e empilharem as árvores, para a lareira.

— Isso está acontecendo — disse ela. — Está mesmo acontecendo.

— É, está, sim.

— Jack? Nem mesmo peixes. Nada de animais mortos.

Rick estava limpando a máquina de gelo debaixo do balcão do bar, assobiando.

— Parece que você está melhor, nos últimos tempos — observou Preacher.

Rick se levantou.

— É, as coisas estão um pouco melhores. Provavelmente graças a Jack, que teve uma conversa com Connie.

— É? O que houve?

— Nós colocamos umas coisas em pratos limpos — respondeu ele. — Lizzie vai ficar comigo. Eu tenho que ficar com ela perto de mim, Preach. Manter ela segura, sabe.

— Claro. Você tem que ficar de olho.

— A gente passa as noites com minha avó... Acho que ela gosta de ter gente por perto. E minha avó sempre disse mesmo que a casa vai ser minha um dia. Não tem muito espaço lá — disse ele, dando de ombros —, mas é o suficiente agora. A gente tem um bercinho no quarto e umas coisas para o bebê. Lizzie está ajudando na loja durante o dia. Ela vai parar de ir à escola por um tempo. Não voltou depois das férias de fim de ano e está muito mais feliz. Mais calma. O bebê vai nascer daqui a alguns meses, aí ela vai precisar passar um tempo com ele. Ela vai ficar um pouco atrasada, mas eu vou me formar certinho. Depois a gente vai cuidar do diploma dela.

— Estão planejando ficar com o bebê?

— Não posso fazer outra coisa, cara. Não vai ser fácil. Eu vou tomar conta do bebê enquanto ela estiver na escola e, quando ela chegar em casa, de tarde, posso vir para cá e trabalhar até oito, nove, tanto faz. A gente não vai tentar se casar até completarmos um ou dois anos juntos. E até ficarmos um pouco mais velhos.

— Você já pensou na faculdade?

Rick deu uma risada.

— Faz alguns meses que não penso no assunto.

— Uma coisa de cada vez, amigo. Você precisa pensar na família que tem. Depois, dá para fazer uma faculdade aqui perto enquanto a Liz está no ensino médio. O que estou dizendo é: não precisa fazer tudo de uma vez. Não faz sentido assumir responsabilidades que só vão deixar você sobrecarregado. Você só tem 17 anos... tem tempo.

— Foi mais ou menos isso que Jack falou...

Preacher deu um sorriso.

— Foi, é?

Ele e Jack tinham conversado sobre o assunto. Bastante.

— Meu Deus — disse Rick, balançando a cabeça. — Vocês, caras. Vocês são os melhores amigos que eu já tive.

— Você também é meu melhor amigo, cara. Só precisa não entrar em pânico, jamais. As coisas vão se ajeitar.

— Pode ser — disse Rick.

— Com certeza vai ser. Você está se saindo bem, garoto. Dê um pouco de crédito a si mesmo. Você deixa seus velhos amigos aqui muito orgulhosos.

Mel foi até o bar de tarde, à procura de Jack. Preacher disse que ele estava no terreno deles, praticando tiro com Mike.

— Cadê Paige? — perguntou Mel, olhando ao redor.

— Está deitada com Chris, acho. Ela levou o garoto para tirar uma soneca e disse que talvez também fosse dormir um pouco.

Mel olhou para o relógio em seu pulso. Tinha vinte e cinco minutos livres até a próxima consulta marcada, e uma oportunidade como aquela era o que ela mais queria. Ela se sentou em um banco de frente para Preacher.

— Paige parece estar muito feliz — comentou ela.

A expressão no rosto de Preacher era reflexiva. Angelical.

— Parece, sim — concordou ele. — Eu fico bobo com isso.

Mel não pôde evitar dar uma risadinha.

— Será que você pode me servir um refrigerante? — pediu ela. — Faz um tempo que quero falar com você sobre uma coisa...

Ele serviu a bebida e colocou o copo em cima de um guardanapo na frente de Mel.

— É?

— Você se lembra daquela vez, há muitos meses, depois que os rapazes vieram pescar e jogar pôquer, quando Jack teve aquele ataque? Encheu a cara, desmaiou, teve que ser carregado para a cama? Você disse que o passado às vezes chega de mansinho e que levaria um tempo para ele recobrar a estabilidade. — Preacher fez um único aceno com a cabeça, indicando que sim, e depois franziu um pouquinho o cenho. — Então... você sabe o que foi aquilo, certo? Tenho certeza de que, se você serviu em combate, o Corpo de Fuzileiros falou um pouco sobre isso. — Ele apenas a fitou. — Transtorno do estresse pós-traumático.

— Ele tem tido problemas com isso? — perguntou Preacher.

— Não, ele está bem. Mas eu fico de olho. Quero contar uma história para você. Curtinha. Eu tinha uma amiga lá no hospital onde eu trabalhava em Los Angeles. Ela era administradora, mais velha que eu. Uma mulher brilhante. Quando eu a conheci, estava no segundo casamento havia vinte anos. Certa noite, enquanto tomávamos uma taça de vinho, ela me contou que o primeiro casamento, que tinha durado pouco, fora extremamente abusivo. Ela levara surras com frequência. E, embora o segundo marido fosse extremamente bom e amoroso, às vezes ela via uma expressão no marido ou um tom de voz, que para ele era completamente inocente, e a coisa invocava algo da antiga vida que ela levava com o ex-marido e várias emoções afloravam: medo, raiva. Terror. Essa situação a deixava apavorada, a deprimia, mudava até a capacidade dela de lidar com tudo. Ela disse que era como se o sistema nervoso estivesse programado para reagir de certo jeito, que foi o jeito que a ajudou a sobreviver ao primeiro casamento. Mas ela se sentia mal a respeito de como a reação dela poderia fazer o segundo marido se sentir. Como se ele tivesse feito alguma coisa de errada quando, na verdade, o erro tinha sido cometido anos atrás.

Preacher olhou para baixo.

— Você quer dizer que eu posso, de algum jeito, fazer Paige se lembrar daquele merdalhão? — perguntou ele.

— Não, na verdade, não — respondeu Mel. — É muito mais sutil que isso. Alguma coisa inofensiva e inocente "sugere" aquela época anterior... porque... — A explicação de Mel morreu.

Depois de um instante em silêncio, Preacher disse:

— Entendi. Como um veterano de guerra que escuta fogos de artifício e de repente sente que está de volta em um tiroteio.

— Exatamente — disse ela. — E depois tem a coisa da vergonha. Minha amiga me contou que às vezes ela era perseguida por esse sentimento. É difícil entender por que uma mulher que não fez nada de errado e que sofreu abuso se sentiria envergonhada... É a vergonha de ter se colocado em tal situação, ou de não ter saído dela mais rápido, vergonha de ter deixado isso acontecer. John, eu queria que você soubesse essas coisas. Caso você depare com elas.

Ele ficou calado por um minuto. Enfim, disse:

— Tem alguma coisa especial que eu deva fazer?

— Não — respondeu ela, sacudindo a cabeça. — Se você perceber um problema ou comportamento crônico que você não entende ou não consegue explicar, considere a ajuda de um terapeuta. Talvez nada disso aconteça com Paige. Só estou contando a você porque é uma possibilidade. Pode acontecer. Você deve estar ciente. Eu acho que você precisa fazer as coisas que vêm intuitivamente... ser amoroso, perdoar, ter paciência, ser compreensivo. Sabe aquela noite com Jack? Eu fiquei abraçada com ele e disse que estava tudo bem.

Mais uma vez, ele ficou calado por um tempo.

— Essa mulher, sua amiga. Quando o marido fez alguma coisa... Ela deixou de amá-lo? Mesmo que por pouco tempo?

— Não. Nunca teve nada a ver com amor. Além disso, ele salvou a vida dela quando a amou daquele jeito tão puro. Tinha a ver com ter sido muito machucada uma vez. Com um pouco de tempo, ela percebendo a real dimensão das coisas, um parceiro sólido... Ela sempre conseguiu voltar ao prumo. Um pouco parecido com Jack. Que tem sorte de ter boas pessoas por perto. Sorte por estar seguro.

O sorriso que Preacher deu foi discreto.

— Se alguma vez você perceber que algo está errado, não guarde isso só para você. Deixe-me ajudá-lo. Eu sei umas coisinhas a respeito disso. — Ela deu uma olhada no relógio em seu pulso. — Está na hora de atender um paciente. Tenho que ir. Só queria conversar com você sobre isso. Fique tranquilo — disse ela. E se levantou.

Capítulo 15

Wes Lassiter não precisou ir à ao tribunal. A acusação e a defesa chegaram a um acordo de pena, o que não trouxe paz a Paige. O juiz se mostrou desapontado com Lassiter, pois ele violou as condições de sua fiança ao telefonar para Paige e tentar influenciá-la, mas, no fim das contas, ele sentenciou o homem a quarenta e cinco dias na cadeia, cinco anos de condicional e duas mil horas de serviço comunitário. Também exigiu que ele comparecesse a uma reunião diária nos Narcóticos Anônimos, reforçou a medida restritiva e o acordo da guarda de Chris foi mantido. Lassiter foi imediatamente para a cadeia.

— Sei que não parece, mas você saiu ganhando — consolou Brie pelo telefone. — Ele foi exposto... e não vai sair dessa com nada. Ainda que ele tenha pegado pouco tempo de prisão, pode ser o suficiente para mudar seu comportamento. Prisão é um horror. Cheia de maldade e perigosa. E corre o boato de que ele precisa liquidar os bens para pagar o advogado, o que significa que você vai ter o acordo do divórcio.

— Eu não ligo para isso. Não ligo para dinheiro. Só quero ficar segura, longe dele.

— Eu sei — disse Brie. — Mas no panorama geral, quarenta e cinco dias, com o risco de um juiz pirar e dar uma sentença de dez anos se ele pisar na bola é melhor do que de três a cinco. Sério.

— Por que não parece uma coisa boa?

— Porque você está com medo — explicou Brie. — Eu também estaria. Mas isso é bom. Ninguém está deixando ele sair dessa. E a possibilidade de ele telefonar ou se aproximar de você nos cinco anos de condicional e acabar punido... isso é uma tremenda intimidação. Durante esses cinco anos ele pode realmente seguir em frente. Eu não tenho muita esperança de que ele vá se tornar outro ser humano, mas, que Deus me livre, ele pode encontrar um novo alvo. Ai, que Deus me livre mesmo.

— Eu não sei se isso soa encorajador ou se é a pior coisa que já ouvi.

— Eu sei — disse Brie. — É assim que funciona no nosso meio.

Paige recebeu um aviso de que a casa tinha sido colocada à venda e que a assinatura dela era necessária na transação. O advogado mandou a papelada referente à liquidação dos fundos de aposentadoria. Ela também recebeu a prestação de contas da conta-corrente e dos fundos de investimentos que foram encerrados, assim como outras contas-correntes e o saldo da hipoteca.

Em um momento tranquilo, Preacher perguntou:

— Você está preocupada com o dinheiro?

— Não, eu estou preocupada com nunca me livrar dele. Eu não quero mais ter medo.

— Eu não sei o que posso fazer a respeito disso além de prometer que vou fazer o que puder para manter você segura. Mas parece que você vai ganhar um dinheirinho... talvez alguma coisa que você possa guardar para uma emergência. Em relação à parte de ficar com medo, vamos ter que ir levando. Vou fazer o que puder para ajudar.

— Eu sei que você vai, John. Sinto muito que você esteja preso comigo, esta inútil que tem medo da própria sombra.

— Eu não estou preso — disse ele, sorrindo. — Nunca me preocupei muito com dinheiro, na verdade. Talvez a gente devesse conversar um pouco sobre isso. Dinheiro.

— Podemos não fazer isso? — pediu ela. — Dinheiro e coisas materiais... eram tão importantes para Wes. Deixaram ele louco, tentando ficar rico, ter um monte de coisas para parecer que era bem-sucedido. Sinto um gosto tão amargo na boca que, caso chegue um cheque, é capaz de eu nem conseguir sacar o dinheiro!

— É compreensível — disse ele. — Mas eu não quero que você pense que, se você e Chris são minha família, você precisa se preocupar com o futuro de vocês. Com o futuro dele.

— Quando vejo a diferença entre a vida que eu levava e a que estou vivendo agora, eu me sinto mais rica. Tenho tudo de que preciso. Chris e eu... nós estamos muito melhor.

Preacher decidiu deixar a poeira baixar, pelo menos por um tempo. Ele nunca tinha conversado com ninguém a respeito de dinheiro. Ele e a mãe tinham sido de classe média baixa, talvez até pobres. Moravam em uma casa de dois quartos feita de blocos de concreto com um alambrado em volta do quintal e um telhado nada confiável. Não havia calçada ou postes de iluminação pública no quarteirão deles. Ela mantinha a casa toda arrumada, mas ele não tinha qualquer lembrança de um móvel novo em sua vida, mesmo que barato. Quando ela morreu, havia uma apólice que pagou pela casinha, mais um seguro de vida e uma pequena pensão que ela recebia da igreja. Era um imóvel no subúrbio de Cincinnati localizado em uma vizinhança decadente mais uma quantidade modesta de dinheiro. Ele tinha apenas 17 anos e não ligava para o que uma venda poderia trazer — ele queria a mãe, a casa onde moravam juntos.

Quando entrou para os Fuzileiros, ele teve que abrir mão daquela ideia e precisou entender que nunca mais teria aquela vida de volta. O total da herança foi de cento e quarenta mil dólares, uma fortuna para um rapaz de 18 anos sem família a não ser o bando de garotos com que ele se alistou. Preacher tinha se sentido um pouco feito Paige: como se ele não fosse ser capaz de sequer descontar o cheque. Então, ele fez a segunda melhor coisa que poderia ter feito. Ele colocou o dinheiro em um lugar seguro: um fundo CDB. Alguns anos mais tarde, ele colocou o dinheiro em outro lugar: um fundo mútuo de investimento. Uma vez que Preacher não tinha qualquer apego e que aquilo significava tão pouco para ele, era bem tranquilo só movimentar um pouco a grana, aqui ou ali. Ele já tinha seu primeiro computador nessa época, e ele pesquisava as coisas, seu passatempo favorito, além de pescar, praticar tiro e ler sobre história militar. Ele aprendeu um pouco sobre investimentos com a ajuda do computador, e então começou a investir on-line. Em catorze anos, seus investimentos cresceram de maneira considerável, chegando perto de novecentos mil dólares.

O único prazer que Preacher teve com o pé-de-meia foi assistir ao saldo crescer: ele não tinha com o que gastar. Mas agora tinha um menino que iria para a faculdade em quinze anos, mais ou menos. Com alguma sorte, ele teria mais filhos precisando ir para a faculdade. Ele poderia manter aquilo — investindo e reinvestindo —, mas então ocorreu a ele aplicar algumas centenas de milhares de dólares em obrigações, que são títulos de créditos seguros, para que, desse modo, quando precisasse, o dinheiro estivesse à mão.

Mais tarde, quando chegasse a hora certa, ele diria a Paige que, se ela não conseguisse descontar o cheque do acordo do divórcio, não teria qualquer importância. Ela, de fato, tinha tudo de que precisava. Apenas não sabia disso ainda.

A mente de Mel provavelmente estava vagando um pouco — uma coisa típica de mulheres grávidas. Ela estava em Clear River, onde estava colocando gasolina no jipe, mas, depois de parar no único sinal de trânsito da cidade, ele ficou verde e ela não se mexeu. Quando ela olhou para cima para ver se o sinal tinha mudado, houve um estrondo bem alto e um solavanco; o jipe foi empurrado para o cruzamento. Quando ela saiu do veículo, com uma das mãos pressionando as costas e a barriga grande como o Monte Kilimanjaro, o homem na caminhonete que bateu em sua traseira ficou completamente pálido. Ela reconheceu o homem — ele usava o chapéu de caubói e tinha praticamente sequestrado Mel para que ela fizesse um parto em um trailer em uma plantação ilegal de maconha alguns meses atrás.

Mel olhou o para-choque do jipe. Um dos lados estava bem amassado.

— Merda — disse ela.

— Você está bem? — perguntou ele, uma expressão de pânico se espalhando em seu rosto.

— É, acho que sim.

— Ai, Jesus, eu não quero mesmo ter que lidar com seu marido por causa disso — disse ele.

— Nem eu.

— Eu tenho seguro. Eu tenho licença. Eu tenho qualquer coisa de que você precise. Só me diga que você está bem.

— Fique frio — disse ela. — Só tente não pirar em cima de mim. Não fuja ou faça qualquer coisa idiota.

— Está bem — disse ele, nervoso. — Certo.

Não havia polícia local em Clear River, então Mel caminhou de volta até o posto de gasolina e ligou para a Polícia Rodoviária da Califórnia. Ela ligou para Jack, garantiu que estava bem, sabendo que aquilo não serviria de nada e que ele atravessaria as montanhas voando.

Cerca de trinta minutos mais tarde, a Polícia Rodoviária da Califórnia atendeu ao chamado, parando no cruzamento com as luzes acesas para sinalizar o acidente para os outros veículos em trânsito. Quando o patrulheiro saiu do carro, ele encontrou Mel sentada no lado do passageiro do jipe, a porta aberta e os pés no asfalto. Ela auscultava o feto com um estetoscópio. O patrulheiro franziu o cenho ao ver a grande barriga de Mel.

— Ai, Deus — disse ele. — Você está bem? — perguntou.

— Estou — respondeu ela, passando uma das mãos na barriga. — Estou bem.

— Hum. Você está muito grávida — comentou ele.

— Não diga.

— Você é médica?

— Enfermeira obstétrica.

— Então eu acho que você sabe do que precisa — continuou ele.

Naquele exato momento, a caminhonete de Jack veio cantando pneu pelo cruzamento e ele saiu de dentro do veículo, correndo na direção deles. Mel olhou para o oficial.

— Bom, isso vai ser, provavelmente, irrelevante.

Jack deu uma olhada em seu velho amigo de chapéu de caubói e ficou todo agitado. A pulsação em sua mandíbula ficou compassada, suas feições ficaram escuras e furiosas. Mel colocou a mão no braço dele.

— Eu sei que tecnicamente foi culpa dele, mas o sinal tinha aberto e eu não saí do lugar. Então tente não levar para o lado pessoal e deixe o policial fazer o trabalho dele.

Jack deu uma olhada no policial, que recolhia as informações do homem, e disse:

— Pode ser mesmo bem difícil para mim não levar para o lado pessoal.

— Certo, então — argumentou Mel. — Vamos tentar ser pelo menos racionais.

Quarenta minutos depois, ela estava deitada na mesa de exames em Grace Valley, a máquina de ultrassom apitando ao lado dela. Jack estava quase distraído, mas ninguém mais se encontrava particularmente preocupado. O dr. Stone dissera que não fazia mal dar uma olhada, para ter certeza de que tudo estava bem. O bebê, claramente, não estava traumatizado: pulava feito uma ginasta. June Hudson e Susan Stone estavam espiando por cima da grande barriga de Mel, olhando para o bebê no monitor enquanto o médico movia o transdutor. Então, Stone disse:

— Ah, que merda.

— Ai, caramba — disse a esposa do médico.

— Isso não é muito comum de acontecer — comentou June.

— O quê? — perguntou Jack. — O quê?

— Mas eu tenho todas aquelas coisas cor-de-rosa! Do Natal! — disse Mel com a voz aguda.

— O que é? — repetiu Jack. — Que diabos é isso? O bebê está bem?

— O bebê está ótimo — explicou Stone. — Só que não é Emma, com certeza. Olhe... fêmur, fêmur, pênis. Eu errei feio. E sou tão bom nisso, não sei como pode ter acontecido.

— Provavelmente você olhou um pouco cedo demais — disse June. — A gente deveria ter feito outro exame com vinte semanas, só para ter certeza.

— É, mas eu sou *tão* bom — insistiu John.

— Pênis? — perguntou Jack.

Mel olhou nos olhos do marido e disse:

— A gente vai ter que pensar em outro nome.

Jack trazia uma expressão idiota no rosto. Mel não se lembrava de tê-lo visto com aquela cara antes.

— Cara, eu acho que eu não sei o que fazer com um menino — comentou ele, sem fôlego.

— Bom, essa novidade veio bem na hora — disse June, saindo da sala de exames.

— É, logo antes do chá de bebê — acrescentou Susan, indo atrás da outra mulher.

— Eu realmente achei que tivesse acertado — disse Stone. — De certo modo, estou me sentindo traído.

Mel olhou nos olhos de Jack e observou um sorrisão surgir devagar no rosto dele.

— No que você está pensando, Jack?

— Que eu mal posso esperar para telefonar para meus cunhados, aqueles frouxos.

Alguns dias depois, Mel estava prestes a encerrar o expediente, sair da clínica, atravessar a rua e jantar com o marido quando Connie chegou na porta da frente, ajudando Liz. A mão de Connie estava sob o cotovelo de Liz, que segurava a barriga. Um fluido escuro deixava uma mancha que descia pelas pernas da calça jeans da garota e ela estava chorando.

— Está doendo — gritou. — Está *doendo*!

— Certo, querida — disse Mel, aproximando-se e segurando a outra mão de Liz. — Vamos ver o que está acontecendo. Quando foi a última vez que você viu o dr. Stone?

— Algumas semanas atrás. Ahhh.

— Ela está em trabalho de parto? — perguntou Connie.

— Talvez. Vamos descobrir em um minuto. Vamos para a sala de exame e eu vou dar uma olhada em você. Aí vamos ver se você precisa ir para o hospital.

Mel e Connie ajudaram Liz a tirar a roupa, puxando a calça jeans molhada e ajudando-a a vestir uma camisola, para que ela pudesse subir na mesa de exames.

— Agora é comigo — disse Mel a Connie. — Quero ver em que pé estamos.

— Ligue para o Rick! — gritou Liz. — Por favor, tia Connie! Por favor! Eu preciso dele!

— Claro, querida.

Connie saiu da sala, fechando a porta atrás de si. Mel posicionou o fetoscópio na barriga de Liz, embora a garota se contorcesse. Mel esperou que a contração passasse, mas aquela fora uma das longas e difíceis. Finalmente o útero de Liz se relaxou, não que aquilo tenha dado muito alívio a ela.

Os gritos de Liz ficaram mais baixos e Mel se empenhou em ouvir, movendo o aparelho por todo lado. Então, ela pendurou o fetoscópio no pescoço e pegou o monitor cardíaco fetal. Ela moveu o aparelho sobre a barriga de Liz com o máximo de calma possível, a despeito das contorções e gemidos de Liz.

— O coração está batendo direitinho? — perguntou a garota.

— E difícil escutar com as contrações agora. Eu vou tentar de novo depois de examinar o colo do seu útero. — A seguir, calçou luvas. — Certo, Liz, deixe-me examinar você. Pés nos estribos, deite-se para mim. Eu vou ser o mais delicada que conseguir. Isso. Respire fundo e devagar algumas vezes. — Com cuidado, ela deslizou a mão para dentro do canal vaginal de Liz. Seis centímetros. Não, sete. Fluido com sangue. — Liz — disse ela. — Chegou a hora. Você vai dar à luz em pouco tempo.

Mel tentou usar o monitor cardíaco fetal mais uma vez, com o coração apertado. Liz estava entrando em trabalho de parto um pouco antes da hora; ela nem sequer tinha começado as visitas semanais que deveria fazer a John Stone no último mês. Ela provavelmente não tinha tido um exame interno desde aquele feito por Mel quando ela voltou a Virgin River.

Mel aferiu a pressão da garota e auscultou seu coração. Normal, dadas as circunstâncias. Ela tentou o monitor cardíaco fetal de novo.

— Você vem sentindo contrações há muito tempo? — perguntou.

— Eu não sei. O dia todo, eu acho. Mas eu não sabia o que eram. Só foram piorando, piorando. Não eram iguais aquelas coisas de Braxton. Parecia uma *faca*!

— Certo, querida. Está tudo bem. Você tem sentido o bebê se mexer bastante?

— Não. Só as minhas costas que estão doendo e muito... E uma dor de estômago que vem e que vai. São gases, eu acho. Poderia ser gases?

— Eu não sei, querida. Quando foi a última vez que você sentiu o bebê se mexer? — insistiu Mel.

— Não sei muito bem — chorou Liz. — Está tudo bem com ele?

— Tente respirar assim — indicou ela, demonstrando como inspirar profundamente e expirar devagar. Mas Liz já estava avançada demais. Mel mostrou como ela poderia arfar, pequenos arquejos, o que pareceu funcionar um pouco melhor. — Isso, assim. Eu vou lá ver se sua tia Connie ligou para o Rick. Tudo bem?

— Tudo bem. Mas não me deixe sozinha.

— Vai ser só um minuto. Tente respirar.

Mel saiu da sala, fechando a porta.

— Connie, você achou o Rick?

— Jack mandou ele para Garberville para buscar carne para o bar. Ele deve estar de volta daqui a pouco.

— Daqui a pouco quando? — perguntou Mel.

Sua intuição dizia para contar imediatamente para Liz que não havia batimentos cardíacos nem movimento do feto. Mas ela era tão nova, vulnerável, tão dependente de Rick.

— Questão de minutos, disse Jack — respondeu Connie.

— Certo, que bom. Liz está em trabalho de parto e está com dilatação. Você pode, por favor, ir ficar com ela uns minutinhos? Eu tenho que ligar para o dr. Stone. Não vou demorar.

O dr. Mullins a interceptou no corredor.

— O que está acontecendo? — perguntou o médico.

Mel se inclinou para a frente, chegando mais perto, e sussurrou:

— Não temos batimentos cardíacos no feto, nem movimentos fetais, sete centímetros de dilatação e ela não se lembra de quando foi a última vez que sentiu o bebê se mexer.

As sobrancelhas brancas do homem se uniram cada vez mais enquanto Mel falava.

— Mas que *droga*! — disse ele quando ela terminou de falar.

— Você pode ir lá dentro e tentar? Por favor?

— Seus ouvidos são bem melhores que os meus.

— Use o monitor cardíaco fetal e tente mesmo assim — pediu ela. — Eu vou ligar para John Stone. Ele tem visto ela.

Mullins pousou a velha mão no ombro dela.

— Você não poderia ter feito nada.

— Eu sei. Mas, por favor, tente, doutor — pediu ela.

Embora soubesse que ele não encontraria nada. O feto falecera dentro do útero. Eles poderiam tentar transportá-la para o Hospital Valley, mas, avançada como Liz estava no trabalho de parto, não mudaria nada, não ajudaria o bebê, e ela estaria em um estágio avançado demais para receber uma anestesia que aliviaria sua dor. Mel estava focando em fazer Liz atravessar o trabalho de parto e em tirar o bebê de lá de dentro o mais rápido possível. No entanto, primeiro ela precisava telefonar para o dr. John Stone. Felizmente, ele atendeu à ligação na mesma hora, e ela explicou a situação.

— Eu vi Liz há umas duas semanas — disse o médico. — Estava tudo bem naquele momento. Ela está com pré-eclâmpsia?

— Não. A pressão sanguínea está boa e não vai adiantar checar a urina dela com a presença de sangue. Não quero usar um cateter agora, com tanta coisa acontecendo. Mas eu estou dizendo que não... Não vejo qualquer edema. Ela teve uma dor na barriga, não se lembra quando sentiu o feto se mexer pela última vez e as contrações estão vindo avassaladoras... o útero dela está trabalhando duro. Ela estava com sete centímetros alguns minutos atrás.

— Tudo que você pode fazer é tirar o bebê — disse John. — Quer que eu vá para aí?

— O que você vai poder fazer?

— Posso fazer o parto para você, Mel. Eu odeio que você passe por isso grávida. É traumático.

— Eu posso ajudá-la — garantiu ela. — Mas que droga!

— É, que droga — disse ele, baixinho.

— Pelo menos parece que as coisas estão indo rápido — comentou ela antes de desligar. Então, imediatamente, ela telefonou para Jack. — Eu preciso de ajuda aqui — disse ela. — Liz está em trabalho de parto avançado e eu não consigo levá-la lá em cima.

— Estou indo — disse ele.

Mullins saiu da sala de exames na mesma hora que Mel estava se encaminhando para lá. Ele balançava a cabeça, triste. Tudo em que Mel pôde pensar foi: *Ah, Deus, as coisas não podiam ficar piores para aqueles garotos?* Como se ter um bebê jovem demais já não fosse difícil o bastante, ter um bebê que não estava vivo era horrível.

Aguente firme, disse a si mesma. *Vai ter muito choro... Aguente firme. Alguém precisa ser forte. Alguém precisa ajudá-los a passar por isso.*

— Jack já está chegando — disse ela a Mullins. — Ele pode nos ajudar a levar Liz lá para cima. Mande ele entrar direto, certo? — Então, ela voltou para a sala de exames. — Liz, vou ser direta com você... isso está indo bem rápido. Não vai dar tempo de ir para o hospital. Nós vamos levar você lá para cima, para a cama. Eu vou lhe ajudar.

— E aquela injeção para dor? — perguntou ela, já suando em profusão.

— Eu não quero diminuir o ritmo ou fazer você apagar, querida. Eu posso dar alguma coisa quando a gente chegar lá em cima... Mas vamos continuar com isso. Eu vou lhe ajudar com a respiração. E Rick vai chegar aqui já, já.

Jack entrou na sala. Ele era perceptivo demais para não entender tudo. Sua expressão dizia que ele já sabia que as coisas não estavam indo bem, ainda que não soubesse exatamente o que estava errado. Mel se afastou da mesa de exames e Jack se debruçou sobre Liz.

— Vamos lá, querida — disse ele com doçura. — Vou levar você lá para cima. — Conforme ele a ergueu os braços, o lençol que a cobria escorregou, o que a deixou com as nádegas expostas. Mas aquela era a menor das preocupações de Jack. — Vamos lá. Devagar e com cuidado.

Ele a carregou escada acima até o quarto no qual Mel tinha atendido o primeiro parto que fizera ali, na cidade. Liz se contorceu e chorou enquanto Jack a pousou nos lençóis brancos e limpos. Ao retirar o braço de baixo da garota, viu que uma de suas mangas estava molhada com um fluido ensanguentado.

— Rick? — perguntou ela.

— Está vindo, Liz. Ele vai chegar aqui a qualquer momento.

— Eu preciso dele aqui, comigo — choramingou ela.

— Ele está vindo, querida — garantiu Jack.

Mel usou o monitor cardíaco fetal mais uma vez, rezando para que um milagre acontecesse enquanto ela buscava o batimento do feto, mas não houve qualquer som. Nada, exceto contrações fortes e nenhuma vida ali dentro.

— Doutor, você pode ficar um minutinho com Liz, por favor?

— Claro — respondeu ele. Ele foi até a garota, segurou sua mão e começou a incentivá-la. — Vamos tentar aquelas respirações curtinhas, Lizzie — sugeriu.

Mel foi até o corredor com Jack e Connie. Jack estava dobrando a manga suja quando a porta da frente da clínica se abriu e Rick gritou:

— Liz? Mel?

A enfermeira colocou a mão no braço de Jack, sinalizando para que ele ficasse.

— Aqui em cima, Rick — chamou ela.

Ele subiu saltando os degraus. Linhas de ansiedade sulcavam seu rosto jovem. Ele estava apavorado e obviamente assustado.

— Está cedo demais? — perguntou ele.

Mel tomou nas suas uma das mãos de Connie, uma das mãos de Rick e começou:

— Rick, eu tenho uma coisa para contar para você, e eu preciso que você seja mais forte do que jamais foi. Por Liz. Você vai nos ajudar a passar por isso. — Jack deu um passo para trás do jovem, aproximando-se, e colocou as mãos fortes nos ombros dele. — O bebê, Rick. Não tem batimentos. — Ela não se incomodou com a terminologia médica. — Ele morreu, Rick.

— O quê? — perguntou ele, a confusão franzindo sua testa. — O que foi que você disse?

— Não tem batimento cardíaco. Não tem movimento. Liz está em trabalho de parto e ela vai dar à luz logo, e o bebê não vai estar vivo.

Connie entendeu de primeira e começou a chorar bem baixinho, de cabeça baixa, os ombros chacoalhando. Rick precisou de um minuto para entender. Ele balançou a cabeça, negando, tentando fazer com que aquilo não fosse verdade.

— Por quê? Como? — perguntou ele.

— A gente não sabe, Rick. Eu conversei com o dr. Stone há alguns minutos... Estava tudo bem da última vez que ele a viu. Liz não parece ter tido qualquer complicação. Mas já faz um tempo desde a última vez que ela sentiu o bebê se mexer. Pode ter acontecido há algumas horas, alguns dias... Essas coisas são raras, mas acontecem. E a gente vai ter que contar para ela.

— Eu achei que ele só estivesse quietinho ontem à noite. Ele estava...? — perguntou Rick. — Ontem à noite, quando eu a abracei, eu não... Não — disse ele, balançando a cabeça. Os olhos dele ficaram úmidos, embora ele tenha se mantido firme. — Não — repetiu.

Mel deu um abraço naquele garoto grande e sólido, um pai muito jovem e enlutado cedo demais. Ele se apoiou em Mel dentro do abraço, balançando a cabeça, dizendo *não, não, não, não, não* diversas vezes. Ela pensou que talvez fosse melhor se ele desabafasse um pouco antes de encontrar Liz, mas então um grito veio de dentro da sala de parto e ele ergueu a cabeça de repente, como se tivesse escutado um tiro. Ela conseguia enxergar a luta corajosa do garoto para controlar as próprias lágrimas.

— Ela vai precisar tanto de você. Não vai ficar pior do que isso.
— Talvez a gente não devesse. Contar para ela.
— A gente tem que contar para ela. É o bebê dela. Você pode fazer isso comigo? Porque eu realmente preciso da sua ajuda.
— Está bem — disse ele, engolindo o choro e usando a manga da camisa para limpar o nariz. — Eu acho que consigo. Ai, meu Deus — disse ele, desesperando-se por um instante. — Eu fiz isso com ela!
— Não, Rick. Isso apenas aconteceu. É cruel e horrível, mas ninguém tem culpa. A gente tem que superar isso, de algum jeito.
— E se a gente correr e levar Liz para o hospital? — perguntou ele.
— Eu sinto muito. Isso não ajudaria em nada. Vamos lá, vamos...
— Mas talvez você esteja *errada*.
— Você não sabe como eu queria estar errada... Venha comigo. Ela está chegando perto e precisa ficar sabendo. — Mel segurou a mão de Rick. — Você vai estar lá por ela. — Ela o empurrou para dentro da sala e, conforme eles entraram, o doutor saiu, deixando que Mel fizesse seu trabalho.
— Rick! — gritou Liz, esticando os braços na direção dele. Ela estava encharcada de suor, com o cabelo empapado e as feições distorcidas.
Rick correu até ela e a pegou nos braços, sustentando-a contra seu corpo enquanto lágrimas silenciosas desciam por suas bochechas. Liz estava tomada por tanta dor que não se perguntou o que havia de errado com ele. Quando a contração passou, Mel pegou na mão da garota e disse:
— Liz, Rick e eu temos que contar uma coisa...
Rick levantou a cabeça, que estava apoiada no ombro dela, e olhou-a nos olhos com uma expressão firme, apesar das bochechas molhadas.
— O quê? — perguntou ela, sem força. — Qual é o problema?
Rick afastou o cabelo que caíra na fronte de Liz e sussurrou:
— O bebê, Liz. Ele não está bem.
— O quê? — repetiu ela.
Rick olhou para Mel, implorando.
— O bebê não está mais vivo, Liz — explicou Mel, lutando contra as próprias lágrimas.
— Como é que você sabe? — perguntou ela, de maneira bruta e erguendo-se na cama, subitamente alerta e apavorada. — Como é que você sabe disso?

— Ele não tem batimento cardíaco, querida. Já faz um tempo.

Liz foi tomada por uma nova contração.

— Você pode dar alguma coisa para ela? — perguntou Rick.

Mel calçou um par de luvas para examinar Liz.

— Vou dar alguma coisa para amenizar um pouco sem tirá-la do ritmo ou apagá-la. Mas preciso que o parto continue — explicou ela aos dois. — Deixe-me dar uma olhada, querida. Dobre os joelhos. Isso, garota. Assim. Bom... estamos chegando perto. Não vai demorar muito.

— Por quê? — perguntou ela entre soluços. — Por quê? O que foi que aconteceu?

— Ninguém sabe, meu amor — disse Rick. — Um capricho da natureza... Ninguém sabe.

— Ah, meu Deus, Rick!

— Eu estou aqui, meu amor. Não vou deixar você. Eu te amo, Liz. Eu te amo tanto. A gente vai superar isso.

— Ninguém pode fazer nada? — gritou ela, a voz desesperada.

— Se eles pudessem, fariam. Eu estou aqui, meu amor. Não vou deixar você sozinha.

Enquanto choravam juntos, eles se deram as mãos durante as contrações dolorosas. Mel sentia um orgulho trágico daquelas duas crianças, ajudando uma à outra em meio à mais terrível experiência que alguém poderia viver, em qualquer idade.

— Eu vou pedir para você fazer força a qualquer minuto, Liz. — Ela foi até a porta e a abriu, e do outro lado encontrou o doutor Mullins, aguardando. — Está quase na hora — avisou ela. — Ela está bem perto de dez centímetros.

De volta à sala, ela guiou Liz e Rick durante o expulsivo, um processo árduo. Liz foi heroica, e entre cada forte contração ela soluçava de maneira incontrolável. Então, John Stone entrou na sala.

— Achei que talvez você precisasse de ajuda — explicou ele. — Estou bem aqui, se você precisar de mim.

Mel disse um "obrigada" sem emitir som, apenas movimentando a boca, e, na sequência, voltou a olhar para a área onde estava acontecendo a ação do nascimento. John calçou as luvas, preparou as pinças e a tesoura.

Liz fazia força e se agarrava a Rick entre as contrações. Mel olhou Rick nos olhos algumas vezes e reparou que, de modo notável, ele estava se mantendo firme. De repente, constatou como ele e Jack eram parecidos: os olhos estavam límpidos, mas as bochechas estavam fundas e a mandíbula contraída. No entanto, quando ele baixava o rosto para beijar a fronte de Liz, sua expressão se suavizava e ele murmurava com doçura para ela, dizendo que a amava.

Mel viu que os lábios vaginais de Liz estava se separando e que o bebê estava coroando. Ele ia nascer bem rápido; tratava-se de um bebê prematuro e, por isso, menor que a média.

A cabeça do bebê surgiu. Na mesma hora, Mel pôde ver o desenvolvimento suspenso, o tom ligeiramente azulado, apesar de a pele ainda se encontrar intacta — ele devia ter morrido um dia antes, no máximo.

— Mais uma vez, Liz, aí acaba.

Ela manejou um dos ombros do bebê para fora.

Mel deixou o bebezinho flácido e sem vida na cama, entre as pernas de Liz, enquanto John cortava o cordão. A seguir, Mel enrolou o bebê na manta, com amor e gentileza, como se ele estivesse vivo, o rosto de fora. Ele estava de olhos fechados, os braços e pernas frouxos.

— Dê ele para a gente — pediu Liz. — Dê ele para a gente!

Mel entregou o bebê nos braços de Liz. Rick e Liz o seguraram, choraram, sempre de mãos dadas. Enquanto os ombros de Rick se sacudiam em silêncio, os gritos de Liz eram doloridos. Mel, então, assistiu quando os dois desenrolaram o bebê, examinaram cada centímetro, como se ela tivesse entregado a eles um bebê vivo. A visão de Mel ficou turva por causa das lágrimas que lhe desciam pelo rosto. Dentro de seu corpo, seu próprio bebê deu um chute.

Mel massageou o útero de Liz com delicadeza durante alguns minutos, então a placenta saiu. Enquanto examinava para verificar se tinha saído por completo, ela refletiu que tinha sido ali onde o bebê vivera e morrera. Aquilo não fazia sentido. Quando olhou para Liz e Rick, apesar das lágrimas que escorriam em seus rostos, eles estudavam o bebê, que agora estava nu. Acarinhavam-no com amor, seguravam os dedinhos minúsculos em suas mãos. Mel olhou para baixo, tentando se controlar.

A mão de John estava no ombro da enfermeira. Ele sussurrou em sua orelha:

— Que tal eu terminar isso para você?

Ela assentiu e se afastou. Normalmente, ela teria insistido em completar a limpeza, mas a combinação daquela perda repentina e intensa com sua própria gravidez a colocou em uma posição bastante diferente. Ela observou enquanto o médico examinava Liz para ver se ela precisaria levar pontos e depois colocava uma coberta sobre ela. Ele verificou se Liz e Rick estavam bem, embora nenhum deles parecesse estar ciente da presença dele. A seguir, ele passou um dos braços por cima dos ombros de Mel e disse:

— Vamos dar um tempinho para eles. Venha.

Ele puxou Mel para fora do quarto e, uma vez do lado de fora, ela se encostou no médico e começou a soluçar. Stone a abraçou enquanto ela chorava copiosamente. Nesse abraço, ele sentiu o bebê se mexer dentro de Mel e, embora quisesse ser forte diante da situação, seus olhos se encheram de lágrimas. Depois de bastante tempo, ela deu um suspiro entrecortado e olhou para o amigo. Ela sorriu e enxugou um pouco a bochecha.

— Obrigada por ter vindo.

— Eu não deixaria você passar por isso sozinha — garantiu ele.

— Eu não estava sozinha — disse ela, baixinho. — Eu estava com as duas crianças mais fortes e corajosas que eu já conheci.

O dr. Mullins transportou o bebê até o Hospital Valley, onde uma autópsia seria realizada, mas não era incomum, em uma situação como aquela, não encontrar uma causa distinta para a morte. Correu tudo bem para Liz durante o parto, apesar do resultado devastador. Mel precisou de algumas horas, com a ajuda de John, para arrumar e limpar as coisas. John deu um calmante a Liz e ela dormiu logo depois disso. A essa hora, Mullins já tinha voltado e Rick se encontrava deitado na cama estreita, ao lado da garota, abraçando-a com seus braços fortes. Mel ofereceu um calmante para Rick também.

— Não — respondeu ele, estoico. — Eu vou ficar acordado. Liz pode precisar de mim.

Eram dez horas quando John saiu e Mel atravessou a rua para ir ao bar, arrastando cada passo, miseravelmente deprimida. Quando ela entrou no estabelecimento, descobriu que não só Jack tinha ficado ali, mas também Paige, Preacher e Mike tinham permanecido acordados, esperando por ela. Jack se levantou da mesa.

Ela entrou, olhou para eles e balançou a cabeça.

— Aqueles pobres garotos — disse ela.

Jack a envolveu em seus braços e, por um momento, ela se encostou no peito dele. Depois, disse:

— Estou gelada por dentro... preciso do fogo. E de um conhaque. Só um golinho de conhaque, por favor.

Jack a conduziu até em frente à lareira e, quando ela se sentou ali, Paige esticou uma das mãos na direção dela.

— Foi ruim?

— O bebê morreu antes do parto. — Para todos os demais ela poderia ter falado que aquela era uma notícia muito ruim. Para aqueles, que eram íntimos, ela disse: — Meu coração se partiu em um milhão de pedacinhos, estou arrasada por eles.

Jack trouxe para Mel um golinho de conhaque. Com a mão trêmula, ela levou o copo até os lábios e bebeu um pouco, pousando-o depois sobre a mesa. Ela ajustou o casaco, para que ficasse mais junto ao corpo, de costas para o fogo.

— Você nunca sabe onde vai encontrar coragem — comentou. — Meu Deus, aquelas duas crianças. Eles se agarraram um ao outro e passaram pelo pior dia da vida deles.

— Pelo menos eles são jovens — constatou Paige.

— É, pelo menos isso.

O salão ficou em silêncio enquanto Mel absorvia o calor do fogo, em silêncio, tomando metade de seu conhaque. Então, disse:

— Jack, quero que você vá para casa e descanse um pouco. Eu vou passar a noite com aqueles garotos, para o caso de eles precisarem de mim.

Jack endireitou as costas na mesma hora.

— Mel, o doutor pode fazer isso. Ou você poderia ter pedido para Stone ficar... Liz é paciente dele, afinal de contas. Você...

— Eu vou ficar na clínica. E gostaria que você fosse para casa e tentasse dormir. Rick vai precisar de você amanhã.

— Eu vou esperar aqui para o caso de...

— Por favor — insistiu ela. — Não vamos discutir sobre isso. Você deve saber que eu não vou deixá-los agora...

— Mel...

— Eu já me decidi, Jack. Vejo você pela manhã.

Embora Preacher tenha oferecido a Jack sua cama ou pelo menos o sofá em seu apartamento, Jack fez o que lhe fora pedido e foi para o chalé. Claro que ele não dormiu. Em uma noite como aquela, ele realmente precisava da barriga da esposa pressionada contra ele, sentindo seu filho se mexer, vivo. Mas ele entendeu; Mel era tão teimosa quanto forte e, se tivesse ido para casa com ele, teria ficado a noite toda preocupada com Liz e Rick.

Ele aguentou o máximo que pôde, até às quatro da manhã. Então saiu da cama e se arrumou. Ele vestiu sua jaqueta pesada de suede e luvas de couro e foi de carro até a cidade. Estacionou a caminhonete do lado de fora da clínica, bem ao lado do carro de Rick, saiu do veículo e ficou apoiado na porta. Ele poderia ter entrado no bar e começado a fazer café, mas não fazia sentido acordar a casa; Preacher e Paige deveriam ter o direito de dormir o quanto conseguissem. A situação devia ter afetado bastante a eles também.

Jack ficou ali, sem ligar para o frio, com sua respiração formando uma nuvem espiralada acima dele, até os primeiros raios de um sol invernal começarem a rastejar por cima da montanha mais de duas horas mais tarde. Ele estaria bem ali quando Mel saísse, quando desistisse de sua vigília, e ele daria a ela café da manhã e a levaria para casa para garantir que ela descansasse um pouco. Ele passou bastante tempo apenas olhando para o chão, se perguntando como uma coisa tão cruel podia ter acontecido.

Quando a porta da clínica se abriu, ele ergueu a cabeça. Não era Mel, mas Rick, que saiu da casa e parou na varanda. Tudo em que Jack conseguiu pensar foi que aquele era um jeito horroroso de se tornar um homem. Rick ficou ali por um instante, então seguiu bem devagar para a rua. Ele olhou nos olhos de Jack e havia ali uma dor imensa, um dano sem tamanho.

Jack caminhou em direção a ele e colocou a mão na nuca do garoto, puxando-o na direção de seu ombro. Ele ouviu Rick dar um suspiro profundo e dolorido. Jack passou o outro braço ao redor dele e Rick desabou. Ele se deixou cair contra o corpo de Jack e as lágrimas começaram.

— É, amigo. Deixe sair. Estou aqui contigo.
— Por que eu não pude fazer nada? — perguntou Rick, baixinho.
— Nenhum de nós pôde, filho. É horrível. Eu sinto muito.

Rick chorou bem de mansinho e bastante sentido, seus ombros chacoalhando enquanto Jack o segurava. De todos os desafios daquela gravidez, toda a tristeza ao redor da situação de Liz e Rick e a luta que os dois travaram para superar tudo aquilo feito adultos, com um pouco de dignidade, nada poderia ter preparado nenhum deles para encarar o que aconteceria. O garoto que se tornou um homem, que assumiu a responsabilidade, se apoiou contra o corpo de Jack, despedaçado, chorando baixinho na angústia do luto. Seu coração estava destroçado e Jack sentia dor ao segurá-lo.

Uma lágrima solitária desceu pelo rosto de barba curta de Jack.

Capítulo 16

Liz ficou duas noites no quarto hospitalar da clínica e Rick permaneceu com ela o tempo todo. Eles choraram muito e apoiaram um ao outro. Mel passou boa parte do tempo ali, tentando confortá-los. Ela disse a eles que era importante que se lembrassem de duas coisas: que não fora nada do que eles fizeram ou que outra pessoa tenha feito e que não existia razão para acreditar que aquilo aconteceria de novo. Era extremamente raro haver uma morte intrauterina que não fosse causada por eclâmpsia ou outra complicação na gravidez, mas, infelizmente, acontecia de tempos em tempos.

Jack e Mel organizaram o enterro do bebê de Liz e Rick. Liz quis levá-lo para Eureka, onde ela crescera e onde seus avós estavam enterrados. Depois, ela quis ficar com a mãe, que passou a ser muito mais sensível em relação ao jovem casal, dada a tragédia que viveram. Ela se mostrou hospitaleira com Rick e disse que ele era bem-vindo para ir lá sempre que tivesse vontade e ficar o tempo que quisesse, pois o suporte que ele oferecia estava sendo desesperadamente necessário para ajudar Liz naqueles dias sombrios.

Mel sofreu. Com certeza não fora a primeira fatalidade da vida dela, mas praticar medicina e enfermagem em uma cidade pequena fazia com que seus pacientes fossem seus amigos, e aqueles jovens eram muito especiais para ela. Jack, sem saber muito bem o que fazer para a esposa, levou-a até a casa de June Hudson, em Grace Valley, onde estavam John e Susan Stone, com June e Jim e o velho dr. Hudson. Eles tiveram um jantar solene, conversaram sobre seus piores momentos, suas perdas trágicas. Foi longe de ser um evento animado, mas ajudou Mel a lidar com a situação — lembrando-a de que aquele era o lado ruim da medicina e que ela não estava sozinha.

Durante o jantar, passou pela mente de Jack que a necessidade que aqueles profissionais de saúde tinham de partilhar suas histórias de guerra não diferia do que os soldados faziam, do que seus fuzileiros tinham feito. Aquilo funcionava como um nivelador, lembrava as pessoas que todo mundo tinha um papel no suporte que ofereciam uns aos outros, dividindo as vitórias e as tragédias.

Rick tirava sua força de Jack e Preacher, que o observavam bem de perto, passando longas horas no fim do dia conversando e dando a ele a firmeza de seus ombros, a camaradagem de suas experiências partilhadas. Aqueles homens, que estiveram em uma guerra, tinham enterrado as pessoas que amaram, jovens vidas interrompidas tragicamente cedo demais. A perda não era algo estranho a eles. E Rick tinha se juntado a suas fileiras cedo demais.

Toda a cidade parecia sofrer por Rick e Liz, mas estava claro para Paige que a dor de Mel era singular. Conforme ela ficava mais redonda, com o próprio parto de seu bebê iminente, uma época que deveria trazer grande alegria para ela, Mel foi ficando cada vez mais quieta. Paige estava a par da história de como Mel tinha chegado a Virgin River e como ela estava prestes a ir embora quando um bebê recém-nascido abandonado foi encontrado na varanda da clínica. Mel deixou suas próprias necessidades de lado para ficar ali e cuidar daquela menininha até que ela pudesse encontrar um lar. Durante muitas semanas e meses depois que Lilly Anderson ofereceu um lar temporário ao bebê, Mel tinha ido até o rancho dos Anderson para segurar aquela menininha em seus braços. O vínculo entre elas era forte.

Por isso, Paige foi até a clínica certa tarde e pediu para que Mel desse uma volta com ela — Paige tinha que comprar umas coisas e não queria ir sozinha, foi o que disse. Ela, então, dirigiu até o rancho dos Anderson e Mel perguntou:

— O que é que a gente está fazendo aqui?

— Tomando um bom remédio — respondeu Paige. — Venha.

Paige passou o braço por cima dos ombros de Mel e a conduziu para a varanda. Quando Lilly apareceu à porta, Paige disse:

— Alguém está precisando segurar um bebê vivo.

Mel olhou para a amiga e começou a balançar a cabeça, mas Lilly tomou a mão da enfermeira e disse:

— Claro que está precisando.

E a levou para dentro da casa.

A pequena Chloe estava dormindo, mas isso não importava para Lilly. Se havia algo de que Mel precisava, não havia uma única pessoa em Virgin River que não moveria céus e terra para ajudá-la. Chloe já tinha quase 1 ano de idade agora. Lilly tirou a filha do berço e a entregou a Mel, que segurou aquela pequena vida contra o próprio corpo, retirando forças daquele abraço e dos suspiros que a bebê dava durante o sono. Não era a mesma coisa que segurar um recém-nascido que tivesse acabado de sair do útero da mãe, mas servia a seu propósito. Lilly deixou Mel sozinha no quarto da bebê e Mel ninou Chloe por muito tempo enquanto Paige e Lilly tomavam um chá na cozinha. A tepidez daquela vida encostada ao peito de Mel pareceu trazer um pouco de cura para ela. Dentro dela, o bebê chutou e se remexeu, anunciando sua presença. A cada movimento, mesmo durante aqueles que eram desconfortáveis, Mel agradecia.

No caminho de volta para a cidade, ela perguntou a Paige:

— Como você sabia que eu precisava disso?

Paige deu de ombros.

— Não faz muito tempo, Mel. Não era um bebê a termo, mas...

Por um instante, Mel ficou chocada e sem palavras. Então, esticou a mão para alcançar a de Paige enquanto ela dirigia.

— Ah, Paige, eu sinto muito.

— Obrigada, Mel. Mas...

— Não. Eu sinto *muito*! Nós estávamos tão concentrados em como seu marido era perigoso que o fato de perder o bebê dele não pareceu... Ai, meu Deus, eu, acima de todas as pessoas! Aquele era o *seu* bebê! Paige, por favor me perdoe. Eu deveria ter ajudado você a passar pelo luto. E, em vez disso, você está me ajudando com o meu.

Paige deu um sorriso doce.

— Estou muito feliz em poder ajudar. Quanto a mim, eu vou ter mais uma chance. E da próxima vez vai ser mais fácil e mais seguro. Mais suave.
Mel apertou a mão da amiga.
— Eu já disse como fiquei feliz por você ter vindo para esta cidade?

A primeira semana de fevereiro chegou, trazendo com ela a equipe que faria as escavações no novo terreno. A segunda semana de fevereiro trouxe dois chás de bebê, um em Virgin River, na casa de Lilly Anderson, e o segundo em Grace Valley, organizada por June Hudson e Susan Stone.

Conforme fevereiro avançava e a hora de Mel se aproximava, ela começou a andar mais devagar, mas seus olhos estavam mais vivos e ela parecia brilhar. Joe Benson levou para Virgin River os desenhos finais do projeto da casa e Mel se sentou ao lado do marido dentro da caminhonete e observou enquanto eles assentavam as fundações de sua casa e da casa de hóspedes para, em seguida, derramarem o concreto.

À medida que ficava mais pesada, ficava evidente que ela não atenderia muitas mais chamadas de emergência com o doutor Mullins — se é que atenderia alguma. Mel não tinha nenhuma paciente com bebês por nascer e, apesar de ir à cidade todos os dias, ia trabalhar um pouco mais tarde pela manhã. E o marido nunca ficava longe dela.

Quando Mel e Jack saíram juntos do bar no fim do dia, Paige se recostou em Preacher e sussurrou:

— Mal posso esperar para estarmos assim.

— Gordos? — perguntou ele, rindo.

— Gordos, cheios, prontos para parir um novo bebê. Estou pensando em parar de tomar pílula — anunciou ela.

— Quando você estiver pronta — disse ele, abraçando-a. — Eu já disse, estou totalmente dentro.

— Hum, isso é tão bom. Eu vou dar banho em Christopher enquanto você limpa e fecha o bar.

— Subo em um minuto — disse ele, dando um tapinha amoroso na bunda dela.

Era naquela hora do dia que Preacher enxergava a mágica que fazia sua vida funcionar. Cada pedacinho. Ele gostava de limpar a cozinha e nunca deixava de se sentir agradecido por tudo que era dele. Se não estivesse ali, trabalhando para seu melhor amigo, ele não teria encontrado Paige, e Christopher, que se tornara seu filho.

Ele trancou a porta e subiu para o quarto de Christopher, encontrando-o já na cama, esperando pelo livro que seria lido. Preacher se sentou ao lado dele. Chris se arrastou, chegando mais perto de Preacher, depois subindo em seu colo e tocando as ilustrações do livro enquanto o homem lia baixinho. Logo, o garotinho dormiu e Preacher pôde dar um beijo nele, aconchegá-lo na cama e apagar as luzes.

Em seu próprio quarto, ele encontrou Paige diante do espelho do banheiro escovando o cabelo. Ela estava com a parte de cima do pijama, cujo comprimento alcançava a coxa. Ele veio por trás dela e puxou o cabelo dela por cima de um dos ombros a fim de beijar seu pescoço. Ao mesmo tempo, subiu sua grande mão pela coxa de Paige, chegando ao quadril. Para sua felicidade, descobriu que ela estava nua debaixo do pijama. Não que ela precisasse ser vidente para prever aquilo — ele a desejava o tempo todo. Ela queria ser desejada, e ela queria que ele soubesse disso.

Preacher deslizou as mãos pelo corpo de Paige, subindo por debaixo da camisa até que tivesse com um seio em cada mão. Ela inclinou a cabeça para trás, encostando-se nele, e gemeu de prazer. Ele retirou as mãos e, bem devagar, começou a desabotoar a camisa, observando a cena dos dois no espelho. Paige ergueu o braço direito, alcançando, atrás de si, o ombro e depois segurando a nuca do homem. Com a camisa agora desabotoada e aberta, Preacher escorregou uma das mãos para dentro da roupa de Paige e segurou novamente seu seio enquanto a outra mão pousava no macio monte púbico dela. E ele olhou o reflexo. A cabeça dela virada e seu corpo encostado no peito dele, os olhos fechados, um dos braços levantados acima da cabeça para abraçá-lo, o outro repousando de leve no braço cuja mão segurava seu seio. Ele nunca ousara esperar por isso — ser a metade de um casal, um casal lindo, sensual, amoroso e perfeito. E algo o surpreendeu: ele não se sentia nem um pouco assustado. Parecia um homem apaixonado, um homem que segurava sua mulher com mãos seguras, fortes e gentis. E a mulher dele, recostada em seu abraço, cheia de desejo por ele, os lábios semiabertos em meio a um gemido suave. Gemidos que em breve ficariam potentes, à medida que ela se entregasse a ele por completo. Dentro da adoração dela, ele havia florescido.

Preacher não fazia ideia de que ele pudesse ser desse jeito, tão sexy, tão confiante, tão profundamente apaixonado. Ele virou a cabeça para beijar o topo da cabeça de Paige.

— Meu amor, eu vou fazer você se sentir tão bem.

— Eu sei, John — murmurou ela. — Eu sei.

Na noite em que Mike Valenzuela ficou deitado na cama e escutou Jack se virar de um lado para o outro depois da perda do bebê de Liz e Rick, ele soube que havia chegado a hora. E ainda assim: hora de quê? Ele não tinha qualquer vontade de voltar para Los Angeles, embora já tivesse passado da hora de visitar sua família. Não havia mais onde ele pudesse ficar em Virgin River. Mas três meses dividindo o mesmo pequeno espaço com Mel e Jack já era demais — ainda que ele nunca tivesse sentido que aquilo era um peso para eles.

Naquela noite ele soube. Eles precisavam ter sua casa de volta. Aquilo provocou o pensamento, fez Mike ter ideias.

Ele chegara tão longe — seu braço direito estava mais forte, seu ombro doía menos. A mão tinha força suficiente para segurar as coisas. Ele ainda não podia lançar a linha e o anzol com o braço direito, mas tinha esperança de conseguir fazer aquilo, porque já era capaz de atirar segurando a arma com a mão direita, desde que usasse a esquerda como apoio. Além disso, ele havia aperfeiçoado a mira com a mão esquerda, tanto usando o rifle quanto a pistola. Ele conseguia acompanhar Jack com facilidade, que tinha sido condecorado como atirador de precisão.

Mike percebeu, sem muita surpresa, que aquele era o lugar certo para ele. Não sabia o que faria ali, mas aquilo não importava de verdade, porque ele poderia se aposentar em qualquer lugar que quisesse. Ele tinha uma pensão por invalidez. E não custava nada morar ali. Até mudar de ideia, ele queria viver aquela vida simples em uma cidade pequena e tranquila. Quando Jack estivesse pronto para começar a erguer as paredes da casa, no começo do verão, seu braço e seu ombro estariam fortes o bastante para que ele ajudasse ao amigo. Ele acrescentaria seu próprio peixe ao menu do restaurante de Jack; ajudaria as pessoas da cidade quando fosse preciso. Viveria como Jack e Preacher tinham vivido, em um lugar que apreciava o bom trabalho deles e a amizade leal que ofereciam.

Agora, de pé em frente ao espelho, despido até a cintura, ele via um peito, ombros e braços musculosos. Seu lado direito ainda estava menor que o esquerdo na região do ombro e dos bíceps, mas aquela era uma longa jornada e mal dava para notar a diferença. Abdominais eram fáceis; seu tanquinho já tinha voltado.

Também estava mais fácil urinar, graças a uma rodada de antibióticos prescritos por Mel. Mas o outro problema podia ser definitivo. Ele teve dois alarmes falsos, acordando com uma bela ereção matinal. E se agarrou àquilo como um homem se afogando, cheio de esperanças. Mas que nada. Seu membro apenas voltou a baixar, como a doce lembrança que se tornara. Ele estava com medo de ter esperança, mas, sendo homem, esperava por um milagre.

Então, Mike foi de carro até Eureka, onde comprou um motor-home — seu novo lar. Sua meta era deixar o chalé antes que o bebê chegasse, assim Jack e Mel poderiam ter sua vida de volta. Ela poderia estacionar em qualquer lugar que precisasse — atrás do bar, do lado de fora do chalé de Mel e Jack, até mesmo na propriedade em que construiriam a casa. Quando ele levou o veículo para a cidade, com seu SUV a reboque, estacionou bem em frente ao bar. Era o fim do dia de trabalho — hora do jantar. Preacher e Paige estariam cozinhando, Rick trabalhando, Jack e Mel bebendo algo com o doutor depois do expediente. Amigos e vizinhos se reuniriam ali em breve.

Ele puxou as paredes expansíveis do quarto e da sala de estar e apertou o interruptor que abria o toldo, para obter o efeito máximo. Uma vez que as paredes foram puxadas para fora, o quarto e a sala de estar ficaram confortavelmente grandes. A seguir, ele buzinou, fazendo com que todos saíssem até a varanda do bar.

Ele pulou do veículo — deixara de usar bengala havia semanas — e ficou de pé diante do motor home, encostado nele. Mel foi a primeira a sair, com Jack vindo logo atrás.

— Meu novo apartamento — declarou Mike.

— Quando...? O quê...? — gaguejou Mel.

Ele estendeu a mão esquerda para ajudá-la a descer os degraus da varanda. Quando ela alcançou o chão, ele passou um dos braços por cima dos ombros dela.

— Eu queria sair do chalé antes de o bebê chegar... É hora de montar o quartinho, e eu vou ajudar.

— Mas onde é que você está indo? — perguntou ela, olhando para ele com olhos que se encheram de lágrimas de repente.

— Eu não vou a lugar nenhum, querida. Eu amo este lugar. Mas preciso da minha própria casa. E, mais importante, vocês precisam da própria casa.

Quando ele disse aquilo, Mel se apoiou nele e começou a chorar.

— Ah — disse ele, abraçando-a com o braço bom. — Eu espero que sejam lágrimas de alegria.

Ela ergueu a cabeça e olhou para ele.

— Eu não queria que a gente perdesse você — sussurrou ela, e na sequência enxugou os olhos de um jeito impaciente. — Meu Deus, me desculpe. Você não faz ideia de como é estar grávida. Minhas emoções são como uma avalanche.

— Que nada, estou honrado, Mel. Vocês... Vocês têm sido tudo para mim nestes últimos meses. Eu comecei a achar que estava bem o bastante para ir para casa... só que então percebi que eu me sinto em casa aqui.

Ela deu um abraço bem apertado nele, passando os braços ao redor da cintura do homem.

— Estou tão feliz de ouvir você dizer isso.

— Quer fazer um tour pelo interior?

— Claro. Jack — chamou ela —, traga Preacher, Paige e Rick.

Quando Rick chegou à varanda, seu rosto se abriu em um enorme sorriso, e aquilo fez com que Mike se sentisse pleno. Rick vinha lidando muito bem com as coisas desde sua perda, mas aquele garoto bobalhão que todos os fuzileiros aprenderam a considerar como um irmão mais novo tinha sido substituído por um jovem sombrio e calado.

— Mas que diabo? — perguntou Rick.

— Meu novo alojamento. Que tal?

— Achei o máximo — respondeu ele, deixando a varanda em um salto e juntando-se ao grupo para fazer o tour.

Eles examinaram com cuidado o motor-home, admirando os itens extras. Cozinha completa com uma geladeira quase tamanho padrão, freezer, máquina de lavar e secar roupas, um quarto espaçoso com uma cama tamanho *queen*, um closet grande que ocupava toda uma parede, banheiro também grande e equipado com um chuveiro para duas pessoas, televisão tanto no quarto quanto na sala de estar e com antena via satélite. Muito espaço nos armários e no closet para alguém que era solteiro, e ainda havia compartimentos de armazenamento debaixo do veículo.

Não demorou muito para ter uma quantidade de gente deixando um rastro de sujeira pelo motor-home — Connie e Ron, Hope McCrea, os Bristol e os Carpenter. Christopher amou a cama grande, encaixada na parte de trás do veículo.

— Onde é que você vai estacionar essa coisa? — perguntou Preacher.

— Sei lá. Provavelmente atrás da casa de Jack e Mel, até eu pensar melhor nisso. E eu posso sempre estacionar lá atrás do bar, perto da fileira de árvores, onde todos os rapazes se sentam quando vêm para cá pescar. Ou posso até mesmo procurar um terreno. Mas não ainda. Por ora, vou só ficar por aqui. Perto dos meus amigos.

Ao longo do jantar, eles conversaram sobre o quarto do bebê, o reboco, a tinta e o papel de parede que Mel queria colocar. Mike disse a eles que planejava desocupar o quarto pela manhã e que depois queria ajudar a aprontar aquele cômodo para o bebê. Ele levaria Mel até Ukiah, onde havia uma grande loja de coisas de casa, para ela escolher o que quisesse. E, ele disse aos amigos, depois que o quarto estivesse pronto, ele dirigiria até Los Angeles para ver sua gente, irmãos e irmãs, de modo que pudesse estar de volta quando Mel desse à luz.

— Imagino que eu seja um dos muitos tios, então é aqui onde devo estar quando chegar a hora.

— Aqui é onde você deve estar — repetiu ela, tomando a mão dele entre as suas.

Quatro dias mais tarde, Mel estava de pé na porta do segundo quarto daquele pequeno chalé e olhava para um cômodo pintado de amarelo com detalhes em azul e forrado com um papel de parede que trazia a estampa de marcas de mãozinhas e pezinhos. Um berço branco e uma cômoda com trocador em cima estavam prontos para acolher o próximo Sheridan, e todos aqueles pequenos cobertores, macacões, roupinhas, meias e outros itens tinham sido lavados e dobrados com amor. Enquanto ela admirava o quarto, Jack entrou no chalé carregando a cadeira de balanço mais linda de todas — e o novo móvel parecia combinar perfeitamente com o berço que Sam dera a ela.

Ela passou a mão pelas bordas e pelos braços. Ela mal podia esperar para ninar seu bebê ali, naquela cadeira.

Na primeira semana de março, Paige recebeu um cheque de cento e vinte e tantos mil dólares — o saldo final depois da venda de uma casa de três milhões de dólares, da liquidação dos fundos de aposentadoria e uma modesta quantidade em dinheiro líquido, menos os débitos e taxas.

— Eu mal consigo tocar nisso — confessou ela a Preacher.

Preacher olhou o valor e pensou como era patético que aquele homem — que fora capaz de ganhar o suficiente para viver em uma pequena mansão, que investira em previdência descontando o valor de seu salário bruto e que fumara ou injetara um monte de pó branco — tivesse um patrimônio líquido tão baixo. Provavelmente era por causa do pó branco.

— Deixe isso de lado um pouco, mas não perca de vista — aconselhou ele. — Depois que o choque passar, posso te ajudar a encontrar algum tipo de investimento para fazer no nome de Chris. Você não precisa do dinheiro, de verdade.

— Eu odeio até mesmo ter esse dinheiro. Tudo o que eu queria desse casamento, desde a lua de mel, era poder *sair* dele.

— Eu entendo. Mas em algum momento você vai ter que pensar de maneira lógica e ver como tirar algo de bom da situação. Use o dinheiro para ajudar seus filhos, sei lá.

Ela entregou o cheque a ele.

— Você guarda o cheque, então. Se um dia eu superar tudo, a gente decide o que fazer.

Pouco tempo depois daquela conversa, aconteceu — eles vinham tentando se preparar para aquilo, já que era inevitável. Wes Lassiter foi liberado da prisão. O procurador do distrito telefonou e informou que Lassiter retornara a Los Angeles para começar a frequentar as reuniões dos Narcóticos Anônimos, fazer relatórios da condicional e prestar serviço comunitário, conforme lhe fora requisitado. Mas o serviço comunitário ainda não tinha sido escolhido e aprovado pelo tribunal, as reuniões da condicional não haviam começado e os Narcóticos Anônimos não cooperariam com ninguém que perguntasse se ele estava comparecendo às reuniões.

— Vamos ficar de olho nele — garantiu Preacher. — Os vizinhos vão ajudar a vigiar, não se preocupe. Esta é uma cidade bem enxerida.

Mas Paige tinha lágrimas nos olhos e correu até o quarto para chorar.

Quando Rick chegou para trabalhar, Preacher estava encostado na bancada de trabalho da cozinha, olhando para o nada.

— Ei — saudou Rick. — Cadê o garoto?

— Soneca — respondeu ele, lacônico.

Rick levantou a cabeça, ouvindo. Dava para escutar os soluços de Paige, ainda que abafados.

— Está tudo bem? — perguntou o jovem.

— Vai ficar — respondeu Preacher.

Quando Rick chegou ao bar, encontrou Jack atrás do balcão com sua prancheta, riscando itens, enquanto Mike ouvia o amigo reclamar de como não queria que Preacher passasse o inventário e as notas fiscais para o computador. O jovem foi andando até perto de Jack.

— Tem alguma coisa errada na cozinha — disse ele. — Preacher está pau da vida e Paige está chorando. Dá para ouvir ela lá em cima. Talvez eles tenham tido uma superbriga, sei lá.

Jack e Mike se olharam rapidamente, depois se levantaram e foram até a cozinha. Eles também estavam contando os dias. Rick foi atrás.

— O que houve, cara? — perguntou Jack a Preacher.

O cozinheiro respondeu baixinho:

— Ele saiu. Disseram que voltou para Los Angeles, mas não tem como a gente verificar. Paige está com medo. Chateada. Eu não sei muito bem o que fazer.

— Prepare-se para qualquer coisa — aconselhou Jack. — Não foi para isso que nós fomos treinados?

— É, mas tem o Chris. A gente tem que tomar muito cuidado com como a gente vai fazer isso. Eu não quero assustar ele, sabe? E eu não quero que ele fique pensando que isso é sobre o pai dele.

— A gente pode trabalhar com isso — garantiu Jack. — A gente não vai deixar uma arma carregada debaixo do balcão nem nada disso. Mas, se tivesse acontecido um roubo em uma cidade aqui perto, a gente poderia carregar uma pistola por um tempo, até que tudo ficasse tranquilo. Uma pistola, por aqui, não chega a ser nem interessante. Quanto a Chris, ele tem que ficar bem perto da gente, porque teve um roubo em uma cidade aqui perto, né?

Preacher balançou a cabeça, negando.

— Eu não quero que ele fique assustado.

— Eu sei — respondeu Mike. — Mas um pouco nervoso é melhor do que um pouco sequestrado. A gente tem que ser esperto, Preach.

— Eu acho que Paige está pirando — disse Preacher.

— Você devia ir lá em cima — sugeriu Jack, apontando com o queixo para o apartamento de Preacher. — Diga a ela que a gente vai manter uma ou duas armas por aqui, mas que elas nunca vão ficar ao alcance da criança. A gente vai fazer isso até as coisas melhorarem, certo?

— Quanto tempo você acha que vai ser?

— Não sei — disse Jack. — Consigo fazer isso por um ano sem sentir o esforço. Você consegue cozinhar com uma pistola? Só porque a cidade aqui perto está tendo problema?

Ele estava fazendo que não com a cabeça de novo, mas não era uma negação, era mais um gesto de frustração.

— Eu ia passar uma semana em Los Angeles, para ver minha família, mas posso ficar — disse Mike. — Posso ver todos eles depois.

— Não, vá — rebateu Preacher bem rápido. — Quem sabe você tem um ou dois contatos por lá que possam nos contar se ele está lá, fazendo o que mandaram ele fazer? Isso pode ajudar.

— Posso ver isso — garantiu Mike. — Não vou demorar e vou ver se consigo descobrir qualquer coisa. Que tal?

— Bom — respondeu Preacher. — Obrigado.

— Eu vou andar armado aqui no bar — disse Rick. Quando todos os três homens viraram a cabeça para olhar para ele, franzindo o cenho, ele emendou: — Que foi? Eu tenho porte! Por que eu não entraria nessa?

— Não — disse Jack.

— Você vai se arrepender quando alguém me pegar desarmado.

— Não vai acontecer nada disso — rebateu Mike, em um tom calmo. — Ele não vai irromper aqui no bar e levar um tiro. Se ele for fazer alguma coisa, provavelmente vai ser ligar para Paige, para tentar convencê-la de que mudou, ver se consegue fazer um acordo com ela para tirar a ordem de restrição, quem sabe tentar reaver a guarda do menino. Ele faz o tipo manipulador.

— Ele a atacou uma vez — argumentou Preacher. — Bem aqui, no meio da rua.

— Então, faz sentido pensar em defesa. E vigiá-lo também. Mas lembre-se de que isso foi antes de ele estar correndo risco de receber uma sentença de muitos anos de prisão. Ele é um escroto, mas é um escroto esperto e manipulador. Vamos ver se ele foi para casa...

— A casa já era — informou Preacher. — Foi vendida.

— Jesus, achar esse cara pode ser um desafio, então. Mas qualquer pessoa pode ser encontrada.

— Preach — disse Jack. — Vá falar com Paige. Diga a ela que estamos juntos nessa. Nós vamos fazer tudo que pudermos para garantir que ela e Chris fiquem seguros. Na melhor das hipóteses, a gente vai descobrir que ele está fazendo tudo certinho em Los Angeles, tentando retomar a vida, e nós vamos poder seguir em frente. Mas a gente não desiste fácil, hein? Diga isso para ela. A gente não desiste fácil.

— É — concordou Preacher. — Isso aí.

Não foi fácil para Mel se acostumar a ver Jack portando uma arma atrás do balcão do bar. Ela se acostumara ao fato de que todo mundo em Virgin River tinha uma arma por necessidade. Eles tinham problemas com a criação de animais, preocupações com a vida selvagem. As armas nos bagageiros das caminhonetes estavam sempre carregadas; as crianças eram ensinadas desde cedo sobre como ficar em segurança perto de armas. Mas, do lugar de onde ela viera, em Los Angeles, as pessoas que usavam armas ou eram profissionais da lei, ou pessoas perigosas.

Paige ficou compreensivelmente chateada quando descobriu que o ex-marido tinha sido libertado da prisão, mas, uma semana mais tarde e após um telefonema que recebera de Mike, que estava em Los Angeles, dizendo que Wes vinha cumprindo sua condicional e seus acordos de serviço comunitário, ela ficou mais tranquila. Aquilo lhe deu a esperança de que talvez toda aquela precaução pudesse ser apenas um exagero.

Enquanto isso, a barriga de Mel estava ficando mais baixa e suas costas doíam. Ela era uma mulher pequena para tamanha carga, e a pressão que sentia podia ser intensa. A dor nas costas ia e vinha. Às vezes, se ela fazia uma pausa e se deitava um pouco, a dor sumia. Ela sabia que estava chegando a hora.

— Está começando a parecer que você precisa parar de trabalhar — comentou Mullins.

— Eu estou começando a parecer alguém que vai dar à luz a um time inteiro de futebol — devolveu ela. — O que vou fazer se não vier trabalhar? Ficar o dia todo sentadinha esperando no chalé e assistir TV com chuvisco?

— Descanse — respondeu ele. — Você vai desejar ter feito isso.

— Sabe, só estou desejando uma coisa agora. Minha boca se enche de água só de pensar naquela maldita anestesia...

— Que tal um joguinho de cartas? Depois que você me rapar, pode ir para casa e tirar uma soneca.

— Por mim, está ótimo.

Ela pegou as cartas, mas, antes que pudesse montar o jogo, um paciente entrou na clínica. O doutor se levantou para ver quem tinha entrado pela porta da frente, Mel foi logo atrás.

Carrie Bristol segurava sua filha de 13 anos, Jodie, pelo cotovelo, enquanto Jodie segurava a barriga.

— Uma dor de barriga horrível — explicou Carrie.

— Vamos dar uma olhada — disse o doutor, conduzindo-as pelo corredor e dando um passo para o lado a fim de que pudessem entrar na sala de exames antes dele. Alguns minutos mais tarde, ele chamou Mel na sala de exames. — Eu tenho um possível positivo para apêndice — informou ele, querendo dizer que a garota poderia estar com apendicite.

— Hum — comentou Mel. Ela foi até a sala de exames e deu uma olhada em Jodie, que apertava os olhos. — Está doendo bastante, hein?

— Febre, vômito, dor — disse o doutor.

— Você bateu na sola do pé dela? — perguntou Mel. Se aquela técnica causasse uma vibração dolorosa do apêndice, era um sinal.

— Claro. Coloque ela no soro para mim, por favor? Eu acho que nós vamos levá-la.

— Vocês vão ter que operar? — perguntou Carrie. — Como têm certeza?

— Sabe de uma coisa, a gente costuma não ter certeza — explicou Mel. — Na verdade, os cirurgiões removem uma quantidade considerável de apêndices saudáveis simplesmente porque é mais seguro passar por uma cirurgia desnecessária do que arriscar uma ruptura. Se houver tempo no hospital e se o apêndice não estiver muito inflamado, eles vão fazer uns exames de sangue para ver se a série branca dela está elevada... Essa é uma indicação de que ela precisa retirar o apêndice. Mas os sintomas que Jodie apresenta são fortes indícios. É melhor nos apressarmos e irmos. Vamos deixar o cirurgião decidir.

Mel pegou o equipamento para fazer um acesso intravenoso e procurou uma veia. Logo depois eles já estavam prontos para colocá-la na maca.

— Você quer que eu vá? — perguntou Mel.

— Claro que não — respondeu Mullins. — Carrie pode ir atrás com ela. Eu não preciso de um parto no meio do caminho.

— Já estaríamos indo para o lugar certo — observou ela.

— Apenas feche a clínica, vá para casa e durma.

— Bem, pelo menos você não vai na parte de trás de uma picape. Leve o jipe — ofereceu ela.

— Certo. Vamos lá. Carrie, me ajude com a maca, Melinda está prestes a parir.

Mel os acompanhou até o lado de fora e deu um tapinha carinhoso na mão de Jodie.

— Você vai ficar bem.

Ela ficou parada na porta da clínica durante alguns minutos depois que os três partiram. Ela notou que Cheryl Chreighton andava em ziguezague, passando pela lateral da igreja, cujas janelas tinham recebido placas de madeira para proteção. Havia uma inconfundível garrafa na mão da mulher. Mel passou uma das mãos na barriga e jurou para si mesma, em nome de seu filho, que depois que o bebê nascesse ela encontraria um jeito de ajudar aquela mulher. Era irrelevante o fato de ela não ser uma paciente. Ela era um ser humano que precisava de ajuda. Quando Mel via uma necessidade, buscava supri-la.

A brisa se intensificou e se transformou em um vento forte à medida que o céu escurecia. Algumas gotas pesadas caíram na rua, em frente a Mel, e ela pensou em como gostava quando a chuva forte caía em uma tarde preguiçosa. Mel levou apenas alguns minutos para chegar à conclusão de que o doutor estava provavelmente certo — ela deveria tirar o resto do dia de folga. Estava morrendo de dor nas costas. Um banho quente e uma soneca pareciam ótimas pedidas.

Ela foi até o bar e se sentou em um banco.

— Olá, linda — disse Jack, debruçando-se em cima do balcão para dar um beijinho na mulher. — Como você está se sentindo?

— Imensa — respondeu ela. — Como vão as coisas por aqui?

— Calmas. Em paz. Bem.

— Você pode me dar um refrigerante, por favor?

— É pra já. O que está havendo?

— O doutor levou uma paciente para o Hospital Valley no jipe... uma possível apendicite. Então vou tirar a tarde de folga. Posso pegar sua caminhonete emprestada? Você pode pedir para Preacher ou Rick lhe darem uma carona para casa mais tarde?

— Acho que sim. Quer que eu pare um pouco aqui e leve você para casa? — perguntou ele.

— Isso é muito gentil, mas gosto de ficar com a caminhonete. Eu detesto ficar presa lá fora sem rodas. Se você precisar do carro, posso dar uma fuçada e procurar as chaves do carro de Mullins...

— Não, pode pegar. Prefiro que você fique com minha caminhonete.

Ela deu um gole em seu refrigerante e olhou para o alto, na direção de onde se ouviu o estrondo bem alto de um trovão.

— Acho que vou tomar um banho quente, colocar meu pijama de flanela e deixar a chuva batendo no telhado me ninar.

— Eu posso ir em casa para acordá-la um pouco mais tarde — sugeriu ele. — Eu vou fazer uma massagem nas suas costas.

— Eu estou ficando louca com isso — comentou ela, pressionando uma das mãos na parte de baixo da coluna. — Esse garoto deve estar sentado na minha espinha. Isso quando ele não está dançando em cima dos meus rins.

Jack segurou as duas mãos de Mel por cima do balcão do bar.

— Eu sei que tem sido difícil ultimamente, Mel. Logo, logo ele vai estar aqui com a gente e você vai começar a sentir melhor.

Ela sorriu de um jeito lindo enquanto olhava nos olhos dele.

— Eu sei que não trocaria isso por nada.

— Foi a coisa mais grandiosa que alguém já fez por mim — disse ele. — Eu te amo tanto. — Ele deu a volta no balcão, pegando as chaves no bolso.

E a acompanhou até a varanda. Mel respirou fundo. — Está sentindo esse cheiro? Você não ama o cheiro de chuva? É ela que vai nos trazer as flores.

Ele deu um beijo no topo da cabeça da esposa.

— Vejo você daqui a algumas horas. Tente dormir um pouco. Eu sei que você não dorme a noite toda.

Ela deu um tapinha na bunda de Jack e desceu as escadas da varanda, indo até a caminhonete de Jack. Ao fazer o retorno e sair da cidade, ela acenou. Suas costas começaram a latejar com bastante intensidade conforme o vento que soprava na estrada aumentava, ganhando força e fazendo os galhos atingirem a caminhonete de maneira furiosa. Então, os raios emitiram uma série de clarões e a chuva castigou o para-brisa em uma poderosa tempestade. Faltava menos de meio quilômetro para ela chegar ao chalé quando uma dor cortante atingiu a parte da frente de seu abdômen. Quando ela pressionou a mão ali, sentiu que o útero estava contraído e duro feito pedra. *Merda!*, pensou ela. *Sua idiota. Quem deixou você ser uma enfermeira obstétrica? Você está em trabalho de parto! O bebê deve estar virado, e essa dor nas costas são contrações! Você passou o dia todo em trabalho de parto! E parte do dia de ontem também!*

Bem em frente, um pinheiro estava caído na estrada, obviamente derrubado por um raio, e era tarde demais para ela conseguir parar. Pelo menos, ela não bateu de frente, pois conseguiu dar uma guinada com o carro, mas atingiu a árvore com o lado esquerdo do para-choque, o que fez a roda direita dianteira do veículo se soltar do eixo.

Distraída por uma contração, ela quase sofreu um acidente. Melhor dizendo, um acidente ainda pior. Pelo menos o airbag não foi acionado, o que teria sido bem ruim, dado o estado avançado de gravidez no qual se encontrava. Ela precisava voltar para onde Jack estava; ir para o hospital.

Mel engatou a ré e os pneus giraram. Ela tentou diversas vezes, sacudindo a caminhonete. *E agora*, pensou ela, *me meti numa bela confusão. Por que não fiquei mais dez minutinhos no bar? Teria sido o tempo de as contrações fortes terem começado!*

Ela não tinha opção, a não ser ir caminhando até o chalé e, de lá, telefonar para Jack. Não era longe; ela não deixaria aquele pequeno acrobata cair no chão. *Mas*, pensou ela, *eu vou ficar bem molhada. E eu vou ter um bebê um pouco mais cedo do que imaginava.*

Capítulo 17

Mel, com a barriga e tudo mais, precisou passar por cima do grosso tronco da árvore, repleta de galhos, o que tornou aquilo ainda mais desafiador. Ela carregava sua bolsa com equipamentos médicos e sua gola estava puxada para cima. Para vencer o vento, foi obrigada a se inclinar um pouco para a frente à medida que avançava com dificuldade. Não tinha ido muito longe quando outra contração se apoderou dela. *Uau*, pensou. A última contração acontecera havia pouco. Mas, como era o primeiro bebê, ela ainda tinha bastante tempo. Sem dúvidas, já fazia horas que estava em trabalho de parto, e depois teria de fazer força para o bebê sair por mais de uma hora. *Sem pânico... tenho bastante tempo.* E ela odiava a ideia de tentar voltar para o veículo e ter que passar por cima daquele tronco de árvore de novo. *Bom*, pensou ela, *Jack vai precisar me carregar. Que bom que eu escolhi um homem forte e grande!*

Na varanda do chalé, de novo. Outra contração. Ela contou — foi uma contração boa e longa. Havia pouca dúvida — estava na hora.

Quando ela entrou, foi na mesma hora até o telefone, sem nem tirar as botas ou o casaco. Ela pegou o telefone sem fio na base e apertou alguns números, depois ficou escutando. Não tocou. Ela desligou e ouviu de novo. Sem tom de discagem. *Ai, merda*, pensou.

Está tudo bem chorar agora, disse ela a si mesma. E começou a fungar um pouco, enquanto tentava calcular em que estágio do trabalho de parto ela estaria quando finalmente ocorresse a Jack pegar uma carona para ir para casa. Ela mexeu no interruptor. Nada. *Certo, definitivamente estava tudo bem chorar.* Sem eletricidade, sem telefone, sem médico, apenas uma enfermeira obstétrica no recinto. E o bebê estava chegando. Chegando.

Mel se sentou à mesa da cozinha, a mão em cima da barriga, e tentou se recompor. Respirou fundo diversas vezes, para se acalmar. Não havia o que fazer, a não ser se preparar, para o caso de o bebê nascer em casa. Ela estava pingando, encharcada de chuva. Tentaria verificar a dilatação, o que poderia ser um desafio, dada a grande protuberância em seu caminho. Mas, antes, ela precisava encontrar uma maneira de proteger o colchão, juntar algumas toalhas e cobertores, uma bacia ou uma panela, deixar sua bolsa com material médico ao lado da cama. Ela tomaria um banho rápido — se conseguisse descalçar as botas. Aquilo sempre se mostrava mais difícil do que ela pensava que seria, e antes que ela conseguisse pensar uma segunda vez sobre o assunto, veio a próxima contração.

Mel encontrou alguns sacos de lixo. Ela retirou o lençol que cobria a cama e espalhou os sacos em cima do colchão. Por cima dos plásticos, ela esticou algumas toalhas, recolocando, a seguir, o lençol com elástico. Posicionou, então, mais algumas toalhas por cima do lençol. Ela tirou alguns travesseiros extras do armário para se apoiar. Juntou as velas da cozinha, da sala de estar, do quarto e as arrumou na cômoda e na mesinha de cabeceira. Ah, ela realmente esperava não precisar parir sozinha e à luz de velas. No meio de tudo aquilo, ela foi atingida mais uma vez — uma contração das grandes. Ela precisou se sentar na beirada da cama durante alguns instantes para que ela passasse. Depois, pegou os cobertores de bebê e mais toalhas e colocou tudo ao lado da cama.

Com as coisas enfim prontas, foi para o chuveiro. Abriu a água, para que fosse esquentando, tirou as roupas molhadas, chutando-as para o lado, lavou as mãos com cuidado e esperou, impaciente, por mais uma contração. Quando ela passou, Mel se colocou de cócoras com as pernas abertas. Uma das mãos segurou na pia do banheiro para manter o equilíbrio. Então deslizou a outra mão por debaixo da barriga e inseriu os dedos no canal vaginal. Aquela era uma manobra difícil à beça. Um, dois, três dedos e algum espaço… *Meu Deus.* Já estava com mais de sete centímetros de dilatação. Mel estava lascada. Soube, naquele momento, que não iria a lugar algum.

Quando retirou a mão de dentro de seu corpo, saiu também um jato de líquido amniótico, molhando o chão entre suas pernas.

Certo. Nada de ir para o chuveiro.

Ela jogou umas tolhas no chão para secar o líquido e, na sequência, tentou se secar também. Se aquele fosse o parto de alguém que ela estivesse acompanhando, ela faria a mãe caminhar, se agachar, rebolar, usando a gravidade para ajudar o bebê a descer e depois sair, mas aquilo era diferente. Ela queria companhia — pelo menos Jack, e de preferência John Stone ou Mullins.

A camisola de flanela não seria uma boa escolha para usar durante o trabalho de parto, então ela pegou uma camiseta bem grande de Jack. Ela enrolou a camiseta em volta dos seios, colocou em cima da cama umas toalhas bem grossas, cobriu a barriga com o lençol e torceu para que o trabalho de parto ainda demorasse um pouco. O bastante para que alguém visse a caminhonete batida na árvore; o bastante para que alguém tentasse ligar para ela e descobrisse que o telefone não estava funcionando.

Ela tirou o fetoscópio da bolsa e ouviu, muito agradecida, o batimento cardíaco do bebê, forte e regular.

Felizmente Jack era um homem muito preocupado, mesmo quando não era necessário. Aquilo seria útil pelo menos uma vez na vida. Ela sentiu outra contração e olhou o relógio. Dois minutos de duração. Ela esperou; menos de três minutos depois, mais uma, e a cada contração mais líquido amniótico saía. Mais alguns minutos... Ai, Jesus, aquele menino ia sair voando de dentro dela.

Jack tentou ligar para Mel, só para ter certeza de que ela conseguira voltar para o chalé sem problemas, porque a tempestade tinha realmente se intensificado logo depois que ela saíra. Mas ninguém atendeu. Talvez ela tenha levado um pouco mais de tempo para chegar, considerando a chuva. Ele tentou de novo dez minutos mais tarde, mas mesmo assim nada.

— Ela já atendeu? — perguntou Rick.

— Ainda não. Ela disse que queria ir para casa, tomar um banho e deitar um pouco. Ela deve estar no banho, provavelmente.

Estava chegando a hora do jantar e havia algumas pessoas no bar. Jack serviu bebidas aos clientes, depois voltou ao telefone. Ninguém atendeu.

— Será que ela desligou o telefone? — perguntou Preacher.

— Provavelmente. Porque assim eu não fico ligando a cada dez minutos para saber como ela está.

Paige estava preparando pãezinhos para assar. Ela riu do amigo.

— Jack, se ela precisasse de você, ela ligaria.

— Eu sei — respondeu ele, mas ligou de novo. Nada.

Um pouco mais tarde, ele começou a andar de um lado para o outro.

— Será que ela não está acordando com o toque do telefone? — perguntou Preacher.

— Eu ficaria surpreso se ela de fato dormisse — disse Jack. — Ela está morrendo de dor nas costas.

— Espero que não sejam contrações — comentou Paige, um tanto distraída. — Com Christopher, eu senti dor nas costas durante as contrações. Foi horrível.

— Ela saberia se estivesse em trabalho de parto — argumentou Jack.

— É, eu acho que sim. Mas eu não sabia — disse Paige. — Não até eu começar a sentir as contrações na parte da frente da barriga, e nessa hora eu já estava com a dilatação bem avançada.

Jack olhou para Preacher, para Rick — um olhar de quem fora atingido por algo. Havia quanto tempo que ela saíra? Um hora?

— Certo, estou indo — anunciou Jack. — Venha, Rick, vamos lá.

— Vai ficar tudo bem, Jack — disse Paige.

— Eu sei — respondeu ele, mas, ao dizer aquilo, ele já estava saindo todo apressado atrás de seu casaco e passando pela porta dos fundos, com Rick logo atrás.

Jack entrou no lado do motorista da picape de Rick, porque não ia conseguir deixar Rick dirigir. Jack estava tenso demais, preocupado demais. Rick entrou no jogo do amigo, sabendo que era melhor não discutir naquela hora. Ele, então, arremessou as chaves para Jack, que deu a partida na picape, engatou a marcha e saiu da cidade antes que Rick conseguisse fechar a porta.

O trajeto até o chalé durava longos dez minutos, e durante todo esse tempo Rick tentou acalmar Jack.

— Ela sabe o que está fazendo — argumentou o jovem. — Você não precisa se preocupar com Mel... Ela telefonaria. — Jack não disse uma palavra. Ele voava pela estrada, fazendo aquelas curvas acentuadas com muita velocidade e bem fechadas. Rick sentiu seu próprio pânico começar a crescer depois de tudo pelo que tinha passado. Tentou não deixar o sentimento transparecer. — Você sabe que vai ficar tudo...

Rick nem completou a sentença, pois Jack freou, parando bem atrás de sua própria caminhonete, cuja parte esquerda dianteira estava batida em uma árvore caída.

— Meu Deus — disse ele, saltando da picape de Rick e correndo até seu veículo. — Mel! — gritou ele, ao mesmo tempo que abria a porta do motorista. Ao encontrar a cabine vazia, ele procurou por sangue e pela bolsa dela. Nenhuma das duas coisas estava evidente, então ele saiu correndo a toda velocidade, saltando a imensa árvore e disparando em direção ao chalé.

Ele entrou em casa e escorregou no piso de madeira, quase caindo sentado, as botas e as roupas pingando por causa da chuva e terra.

— Mel! — gritou.

— Jack! — gritou ela de volta, a voz baixa e cansada.

Ele viu um brilho suave vindo do quarto e foi até lá. Ela estava apoiada em travesseiros na cama, o lençol puxado sobre seu corpo.

— Está nascendo — disse ela.

Ele se apressou e se ajoelhou ao lado dela.

— Eu vou levar você agora. Vou levar você para o hospital.

— Tarde demais — respondeu ela. — Eu não posso entrar no carro agora... o trabalho de parto está muito avançado. Mas você pode ir buscar Stone, ver se ele pode vir... — Ela grunhiu durante uma contração, agarrando a mão de Jack. — O telefone não funciona — explicou ela. — Volte para a cidade, chame Stone, diga que minha bolsa estourou e que estou com oito de dilatação. Você consegue se lembrar disso?

— Pode deixar. — Ele correu de volta até Rick e repetiu a mensagem, e o garoto foi embora. Jack correu de volta até Mel e segurou sua mão. — Diga o que eu preciso fazer — pediu ele.

A contração passou e ela soltou o ar.

— Certo. Certo, me escute. Seque o chão antes que você morra escorregando em uma poça, vista roupas secas, veja se consegue fazer este quarto ficar um pouco mais iluminado e depois nós vemos como estamos. Vai demorar um pouquinho. Talvez Stone consiga chegar. Uau — disse ela, recostando-se. — Eu acho que nunca estive tão feliz em ver você.

O rosto dela ganhou uma expressão de dor e ela começou a fazer uma respiração curta e superficial, ofegando, enquanto Jack olhava para ela, impotente. Quando ela se recuperou, disse:

— Jack, vá fazer o que eu disse para você fazer.

— Ok — disse ele, aturdido. — Ok.

Primeiro, ele foi buscar uma toalha no banheiro para enxugar as poças que tinha criado dentro de casa e encontrou as roupas de Mel, descartadas com pressa, a calcinha com um pouco de sangue e as toalhas molhadas que tinham sido deixadas em uma pilha no chão. Ele chutou tudo para o lado, abrindo caminho no banheiro. Ele escolheu usar o esfregão da cozinha e foi limpando o rastro de água que se estendia da porta da frente até o quarto. Ele deixou as botas ao lado da porta de entrada. Sem demora, tirou a calça jeans e a camisa, acrescentando-as à pilha de toalhas e roupas molhadas, vestiu peças limpas e secas, inclusive meias, e voltou para ficar ao lado da cama, junto a Mel.

— Nós temos mais alguma vela? — perguntou ela.

— Não que eu saiba.

— E lanternas?

— É, eu tenho algumas.

— Pegue a mais potente. Se ele começar a sair antes de Stone chegar, talvez eu consiga segurar a lanterna para você.

— Para... mim?

— Jack, estamos só nós dois aqui. Um de nós vai empurrar o bebê para fora, o outro vai pegá-lo. Que trabalho você quer fazer?

— Ah — disse ele, indo buscar a lanterna.

Quando ele voltou, mostrou para ela a intensidade do brilho mirando o feixe de luz bem nos olhos de Mel. Ela fechou os olhos e ele desligou a lanterna.

Mel esfregou os olhos.

— Ai. Talvez você devesse empurrar o bebê para fora. Eu estou mais calma. É, eu voto em você para fazer isso — disse ela.

Ele se ajoelhou ao lado da cama, perto dela.

— Melinda, como é que você consegue ser sarcástica numa hora dessas?

— Sabe de uma coisa, você é dono de um bar e não tem nada alcoólico em casa — disse ela, sem fôlego. — Eu poderia ter bebido alguma coisa... às vezes isso desacelera o trabalho de parto.

— Bom, da próxima vez eu vou ter alguma coisa alcoólica à mão.

— Você fica falando como se isso fosse acontecer — disse ela. — É impossível.

— Eu acho que meu histórico fala por si. Mas, Mel, eu só quero fazer os bebês, não o parto deles.

— Sei como é, amigão — disse ela, e então foi tomada por mais uma contração. Ela tentou arfar, mas estava ficando mais difícil, as contrações vinham mais longas e menos espaçadas. Ela olhou o relógio em seu pulso. — Ai, droga — comentou, sem fôlego. — Isso vai fazer de mim uma enfermeira obstétrica muito mais compreensiva. Aiiii.

— O que é que eu faço?

— Puxe uma cadeira... ou algo assim. Tudo que a gente faz agora é passar pelo trabalho de parto.

Jack foi até o quarto do bebê e pegou a cadeira de balanço, carregando-a até o lado da cama, onde Mel estava. Sentou-se na beira e se inclinou na direção da esposa.

— Você bateu na árvore? — perguntou ele, pegando uma toalha que estava na cama e enxugando com delicadeza a fronte suada de Mel.

— Um pouco. Eu tive uma contração, a primeira forte para valer, e isso me distraiu, só que a árvore estava bem ali, no meio da estrada.

— Então não foi a batida que fez você entrar em trabalho de parto?

— Não. Acho que eu passei o dia todo em trabalho de parto e não percebi... Eu senti todas as contrações nas costas. Estava morrendo de dor!

— É por isso que estou aqui. Foi o que Paige disse que tinha acontecido com ela.

— Graças a Deus pela Paige, hein? Ai — disse ela, segurando a barriga e passando por mais uma contração, que pareceu durar uma eternidade. Enfim, ela relaxou nos travesseiros de novo, fechou os olhos e respirou fundo. — Nossa, isso é mais difícil do que parece. Pelo menos minhas costas não estão mais doendo.

— Meu Deus, eu queria poder fazer isso por você.

— Somos dois. — Ela fechou os olhos por um instante. Dois minutos depois, foi tomada por mais uma contração. Ela arfou enquanto a sentia. Jack foi até o banheiro e molhou uma toalha pequena, que passou na testa e no pescoço de Mel. — Isso é bom — comentou ela.

— Você tem que esperar Stone chegar — disse ele.

— Estou fazendo o meu melhor, Jack.

Ele segurou a mão da esposa e passou a toalha molhada na testa dela ao longo de várias contrações, murmurando:

— Está tudo bem, meu amor. Está tudo bem...

— Eu sei que está tudo bem! Pare de falar isso! — disse Mel com rispidez.

Ah, ele tinha ouvido a respeito daquilo: quando você está fazendo todo o possível, mas ainda assim ela te odeia.

— Desculpe — disse ela. — É a transição falando.

— Transição? — repetiu ele.

— Está chegando perto. — Quando a contração seguinte passou, ela disse: — Certo, tem alguma coisa um pouco diferente. Eu acho que ele está descendo. Sinto como se em um minuto...

Antes que conseguisse terminar a frase, ela foi praticamente levantada da cama pela urgência de fazer força. Ela pareceu se segurar, parar a si mesma enquanto arfava. Dois minutos é um tempo bastante longo quando você está passando por isso. Quando você está vendo alguém passar por isso. Quando acabou a contração, ela desabou de novo sobre os travesseiros e teve dificuldades para recuperar o fôlego.

— Jack — começou ela, sem ar. — Você vai ter que dar uma olhada. Pegue a lanterna e mire diretamente no meu assoalho pélvico. Veja se o canal vaginal está se abrindo. Diga se você está vendo o bebê saindo.

— Como é que eu vou saber o que eu tenho que procurar? — perguntou ele.

Ela estreitou os olhos para ele.

— O bebê tem cabelo — disse ela em um tom bem arrogante.

— Tudo bem, não fique chateada. Eu não trabalho com isso.

Ela levantou os joelhos e abriu as pernas ao mesmo tempo que Jack posicionava a lanterna.

— Uau — disse ele. E olhou por cima dos joelhos de Mel, para o rosto dela. Ele estava um tanto pálido.

— Mostre para mim em quanto está, assim — pediu ela, formando um círculo ao unir o polegar e o dedo indicador. Ele respondeu mostrando um círculo maior do que o que ela sinalizou. — Ai, cara — disse ela.

Ele desligou a lanterna.

— Melinda, eu quero que você espere por Stone...

— Estou de saco *cheio* de você ficar me dizendo para esperar por Stone! — disse ela, o tom de voz bem cruel. — Jack, ouça. Eu vou ter este bebê. Ponto. E você vai prestar atenção e ajudar. Entendeu?

— Ah, Melinda...

Ela agarrou o pulso dele e enterrou as unhas ali.

— Você acha que esta é minha escolha *número um*?

Ele ponderou rapidamente a respeito de sugerir mais uma vez que ela tentasse se segurar. Mas ele sabia que ele não estava no comando ali. Além disso, estava resistindo à vontade de olhar para o pulso para ver se estava sangrando. Seria impossível fazê-la ouvir a voz da razão. Ele sempre fora bom em seguir ordens — ele faria assim mais uma vez.

— Entendi — disse ele.

— Ok, você vai fazer o seguinte. Estenda um cobertor no pé da cama, lá embaixo. Um cobertor pequeno, para o bebê. Certo?

— Certo.

— Bom, aqui na minha bolsa, tire duas pinças e uma tesoura. A pera de sucção. Você vai precisar de uma bacia para colocar a placenta, uma tigela grande ou uma panela servem. Depois, vá até o banheiro, arregace as mangas e lave as mãos até a altura dos cotovelos com sabão, muito sabão e com a água mais quente que você conseguir suportar. Seque com uma toalha limpa. Quando você voltar, depois de ter feito isso, o círculo vai estar maior. Certo?

— Certo.

Ele abriu a bolsa. Ele precisou erguer algumas coisas antes de ela confirmar que aquilo que ele tinha nas mãos era uma pinça. A pera de sucção era um mistério completo. Enquanto aquele processo acontecia, ela se ergueu dos travesseiros e, com um grito alto e primitivo, começou a dar à luz. Ela segurou as próprias coxas e fez força até seu rosto ficar todo vermelho. Jack pegou a lanterna por puro instinto e posicionou o feixe de luz na direção do assoalho pélvico de Mel. *Ai, Deus*, pensou ele. Aquele círculo cheio de cabelo, que era a cabeça de seu filho, estava mesmo ficando cada vez maior. Ele imaginou que não fazia sentido dizer para ela parar.

— Quanto tempo a gente tem?
— Vá. Lave as mãos. Não perca tempo.
— Pode deixar — disse ele.

Mas era horrível, ficar em frente à pia, se lavando com água e sabão, enquanto ela estava no quarto, gemendo e grunhindo e empurrando o bebê para fora dela. Ele queria gritar para que ela parasse com aquilo, mas sabia que aquilo só a deixaria pau da vida. Quando ele voltou para a cama, esticou a mão para pegar a lanterna e ela berrou:

— Não! Não toque nisso! Pegue com uma toalha limpa! E passe para mim!

Ele olhou ao redor e localizou as toalhas ao lado do travesseiro dela, então pegou uma e passou a lanterna para Mel. Ela conseguiu se sentar com um pouco de esforço e segurou a lanterna, apontando o feixe para baixo.

— Puta que pariu, Mel! — exclamou ele.

Ela entendeu o que ele queria dizer. Mel desabou sobre os travesseiros de novo e olhou para o relógio. Já fazia quase uma hora e meia desde que Rick saíra às pressas dali. Onde é que estava Stone, caramba?

— Ele está saindo, Jack — disse ela, sem forças.

Usando a toalha, ele pegou a lanterna das mãos dela e disse:

— Passa isso para cá. — Ele apoiou a lanterna em uma toalha enrolada de um jeito que iluminasse a área onde o parto estava acontecendo. E continuou: — Certo, agora você consegue pensar em uma coisa só.

— Dar à luz?
— Duas coisas — corrigiu ele. — Dar à luz e me dizer o que fazer.

Na próxima contração, ela puxou o próprio corpo para cima, usando as coxas para se apoiar enquanto fazia aquilo, e a cabeça do bebê ficou maior.

— Puta que pariu — repetiu Jack. Com mais três empurrões, a cabeça do bebê saiu por completo. — Ai, meu Deus — disse ele.

— Jack, veja se tem um cordão ao redor do pescoço do bebê. É roxo e parece uma corda. Ahhh — disse ela, lutando com outra contração. —

Use seu dedo indicador para ver se consegue sentir alguma coisa ao redor do pescoço do bebê. Ahhh!

Bem nesta hora, a porta da frente se abriu de supetão, com um estrépito.

— John! — gritou Jack. — John, vem *aqui*!

O dr. John Stone, ensopado e caminhando em um ritmo que estava calmo demais para o gosto de Jack, apareceu. Jack começou a se levantar, mas o médico disse:

— Volte para lá, meu caro. — Ele deu uma olhada no que estava acontecendo ali. — Ótimo. Você está sentindo um cordão?

— Estou, mas eu sei de alguma coisa, cacete?

Stone deixou o casaco cair de seus ombros. Ele pegou a lanterna e a trouxe mais para perto.

— Ótimo — comentou. — Jack, coloque suas mãos ali... Ela vai empurrar o bebê. Prepare-se.

— Você perdeu a cabeça, porra? — perguntou Jack, já no limite daquela situação.

— Você está aí, Jack. Agora. — Ele olhou por cima dos joelhos levantados de Mel. — Mais um empurrãozinho, Mel — disse o médico.

Mel grunhiu, deu um empurrão e o bebê saiu deslizando, perfeito feito uma torta.

— Segure o bebê com o rosto para baixo, coloque sua mão no peito dele e esfregue as costinhas — orientou Stone. Antes que Jack sequer completasse as ordens, o bebê começou a chorar. — Ah, bom — disse o médico, abrindo um lençol em cima da barriga de Mel. — Bom trabalho. Coloque ele bem aqui. Vamos secá-lo e deixá-lo quente e bem embrulhadinho.

As mãos de Jack tremiam enquanto ele limpava o corpinho do filho das secreções do nascimento. Mel estava se esticando toda para vê-lo, os dedos tentando alcançar para tocar o bebê. Por um instante Jack ficou paralisado. Em choque. Antes que pudesse fechar o cobertor em volta do bebê, Jack ficou olhando para o filho, totalmente maravilhado. Seu filho. Saído diretamente do corpo de sua mulher. Nu, coberto de secreções, chorando, a coisa mais linda que ele já vira na vida. Agitando os bracinhos e as perninhas, a boca aberta em um grito. *Ele era tão pequenininho*, Jack estava pensando, quando o médico falou:

— Jesus, Melinda, ele é grande. Onde é que você estava escondendo esta criança?

— Ah — disse Mel. — Estou me sentindo *muito* melhor.

O dr. Stone finalmente entrou em jogo, massageando o útero de Mel com delicadeza.

— Que mulher — comentou o médico. — Nem precisa de pontos.

Ele clampeou o cordão umbilical, passou a tesoura para Jack e indicou onde cortar. Jack, enfim entorpecido por aquele acontecimento, que o fizera se sentir completamente impotente, fez o que lhe pediram que fizesse, liberando o bebê de suas amarras.

— Bom trabalho — elogiou Stone. — Dê o bebê para Mel, Jack. Eu vou me lavar e ajudar com a limpeza.

O médico desapareceu no banheiro enquanto Jack levantava o bebê com amor. Mel puxou a camiseta que usava ao mesmo tempo que Jack lhe entregava o bebê. Ela segurou aquele pequeno ser com o rosto colado ao seu seio morno, passando os dedos naquela cabecinha perfeita. O bebê parou de chorar e pareceu olhar ao redor. Mel deu uma olhada para Jack e abriu um pequeno sorriso.

— Vamos lá, carinha — disse ela, de um jeito amoroso e sereno, totalmente concentrada no filho. — Faça seu trabalho. Estanque o sangramento, faça essa placenta descer.

Ela pinçou o mamilo para que coubesse na boca do bebê, tentando estimulá-lo a mamar. Jack sentiu uma onda de emoção atingi-lo. Ele não sabia se estava prestes a sair cantando ou se ia desmaiar. Ele se ajoelhou para ficar mais próximo dos dois e observou enquanto Mel fazia cócegas na bochecha e na boca do bebê, que então virou a cabeça, instintivamente, abocanhou o seio e começou a sugar.

— Meu Deus! Você é bom nisso — disse Mel. Então, ela olhou para Jack, que, ajoelhado ao lado da cama, estava pasmado. Ela sorriu um pouquinho e completou: — Obrigada, querido.

Ele se inclinou, chegando mais perto dela, colocando o rosto perto da cabeça do filho.

— Meu Deus, Melinda — disse, baixinho. — O que foi que a gente acabou de fazer?

* * *

Uma hora depois, a eletricidade voltara e Preacher estava na varanda de Jack, querendo notícias. Stone tinha ajudado a limpar Mel, dado um banho no bebê, ajudado Jack a trocar os lençóis da cama e estava pronto para ir embora.

— Não tem por que tirar eles de casa com um tempo desses — explicou o médico. — Eles estão bem. Você precisa de um calmante, rapaz? — perguntou ele a Jack, rindo.

— É, seria bom. Tem um uísque do bom aí nessa sua bolsa?

— Isso não seria ótimo? — E, então, deu um tapa nas costas de Jack e completou: — Você fez um bom trabalho, meu amigo. Estou orgulhoso de você.

— É mesmo? Eu não tive escolha, né? E foi ela quem fez tudo.

— Vá mostrar o bebê para o tio Preacher. Estou indo para casa. E acho que você vai ter uma *tonelada* de roupa para lavar.

— Uma tonelada — concordou Jack, rindo.

Jack foi até a sala de estar com o bebê no colo e deixou Preacher dar uma olhada.

— Você fez o parto? — perguntou Preacher.

— Não foi ideia minha — respondeu o outro.

Preacher deu um imenso sorriso.

— Parece que você se saiu bem.

— Mas espero não fazer isso de novo — rebateu Jack. Ele, porém, sorriu. — Cadê Paige? Chris?

— Rick está montando guarda — disse Preacher. — Com minha pistola. Ele está um pouco feliz demais com isso.

— É? Bom, melhor você voltar lá. Tirar a arma dele.

Jack colocou o bebê de volta no bercinho ao lado de Mel, cujo rosto voltara a exibir a expressão suave e bonita que tinha antes do trabalho pesado que acabara de fazer. Ele foi recolhendo as roupas, toalhas e lençóis espalhados pela casa. Lavou tudo, limpou, colocou a casa em ordem outra vez. Às nove da noite, alguém bateu à porta bem de levinho. Ele abriu e descobriu que Preacher voltara. Ele ergueu uma garrafa.

— John disse que pode ser que você precise de um calmante — explicou o amigo.

— É. Entre. Fique bem quietinho.

Jack encontrou dois copos e Preacher virou a garrafa sobre eles. Depois, ergueu o copo, e Jack levantou o dele. Preacher sussurrou:

— Parabéns, papai.

Jack virou o copo e, quando voltou a cabeça para o lugar, seus olhos estavam cheios de lágrimas.

— Minha esposa — disse ele, bem baixinho. — Você não faz ideia da força que ela precisou fazer. Ela foi incrível. Eu vi o rosto dela... Ela foi para um lugar onde eu nunca estive, um lugar cheio de poder. E aí, quando eu passei o bebê para ela, quando ela colocou meu filho no peito... — Ele tomou mais um gole. — Quando ela amamentou meu filho, ela estava em outro planeta... Tinha tanto paz e amor ali... Meu Deus — disse ele.

— É — concordou Preacher. — Aquilo foi Deus.

Preacher abriu os braços e deu um grande abraço no amigo, batendo de leve nas costas dele.

— Eu nunca vi nada assim na minha vida — sussurrou Jack.

Preacher segurou os braços do amigo com força, chacoalhando-o um pouquinho.

— Estou muito feliz por você, cara.

E, logo depois, foi embora. Jack fechou a porta bem devagar atrás dele.

À meia-noite, Jack apagou a maioria das velas e se sentou na cadeira de balanço ao lado da cama de Mel. De sua cama. Ele pegou o bebê para entregar a Mel às duas da manhã e observou, fascinado, enquanto ela o amamentava por alguns minutos de cada lado, depois ela o colocou para arrotar e o devolveu para Jack, instruindo, sonolenta, que ele trocasse a fralda. O que ele fez.

Às cinco da manhã, ele repetiu o processo de pegar o filho que chorava, levá-lo para os braços da mãe e, mais uma vez, observá-la enquanto ela o amamentava. Mais uma vez, ele trocou a fralda e o limpou. Depois ficou com ele no colo, ninando-o por uma hora antes de colocá-lo de volta no berço. Às oito horas, aconteceu tudo de novo, o bebê foi alimentado, trocado e Jack não tinha tirado mais que um cochilo. Ele assistiu a cada vez que o peito do filho subiu e desceu, cada respirada, esticando a mão de tempos em tempos para tocar de levinho aquela cabecinha perfeita.

Às nove da manhã, ele escutou o som de serras e foi até a varanda. Ele não conseguia enxergar tão longe na estrada por causa da árvore caída, mas ele sabia o que estava acontecendo — Preacher estava limpando a pista.

Ao meio-dia, Mel saiu da cama. Ele ficou impressionado com ela, que se sentou, colocou os pés no chão, se levantou e se espreguiçou.

— Ah — disse ela. — Acho que vou tomar um banho.

— Você está bem? — perguntou ele.

— Estou me sentindo muito melhor. — Ela colocou as mãos na parte de baixo das costas. — Minhas costas não estão doendo mais. — Ela foi até ele, deu um abraço bem apertado no marido e disse: — Obrigada, Jack. Eu não teria conseguido sem você.

— É, eu acho que teria conseguido, sim.

Ele a olhou de cima a baixo.

— Qual o problema? — perguntou Mel.

— Depois de ver o que você fez na noite passada, não dá para acreditar que você consegue ficar de pé.

Ela riu baixinho.

— É incrível, não é? O jeito como o corpo feminino pode se abrir, parir uma criança daquele tamanho. Você ainda não sabe, mas foi uma experiência muito maravilhosa que você teve. Fazer o parto do seu próprio filho.

Ele beijou a testa de Mel.

— O que faz você achar que eu ainda não sei disso?

Ela tocou o rosto de Jack.

— Você dormiu?

— Não consigo — respondeu ele, balançando a cabeça. — Ainda estou ligadão.

— Bom, talvez você já saiba, então. Eu vou tomar um banho rápido, depois eu tenho coisas para você fazer.

— Que coisas? — perguntou ele. — Eu já lavei a roupa.

Ela riu dele.

— Jack, a gente não comeu nada. E você precisa dar uns telefonemas. Precisa ir à cidade. Eu ouvi serras... Você acha que a sua caminhonete já foi retirada de lá a essa altura?

— Está em frente ao chalé.

Ela balançou a cabeça.

— Este lugar. O jeito como as pessoas agem, por puro instinto, sem ninguém pedir nada. Certo, estou morrendo de fome. Vou tomar um banho.

Quando ela saiu do chuveiro, ele tinha preparado uma tigela de sopa quente, que esperava por ela.

— Tem certeza de que você vai ficar bem aqui sozinha? — perguntou Jack.

— Eu assumo daqui em diante, caubói — respondeu ela, tomando a sopa com gosto.

Jack se apressou nos telefonemas enquanto Paige e Preacher embrulhavam uma boa quantidade de comida para ele levar: um cozido delicioso, pão, alguns sanduíches, frutas e torta. Ele surrupiou rapidamente um pouco de comida da cozinha: ovos, queijo, leite, suco. Jack não conseguia ficar longe deles por muito tempo, então logo se apressou em voltar para o chalé. Ele encontrou Mel e o bebê dormindo, de modo que alimentou o fogo e se recostou no sofá, os pés esticados em frente a lareira, em cima do baú que servia como mesa de centro. Uma espécie de doçura recaiu sobre ele, quase como se ele tivesse tomado um calmante. Pensou que talvez estivesse visitando o paraíso, de tão agradável que era a sensação.

Algumas horas mais tarde, ele sentiu os dedos de Mel passando por seu cabelo e abriu os olhos. Ela estava sentada a seu lado no sofá, segurando o bebê.

— Ele mamou? — perguntou Jack.

— Ele mamou e mamou e mamou.

— Dê ele para mim — pediu, esticando os braços na direção do filho. Ele, então, beijou a cabecinha do bebê — Meu Deus — disse. — Ainda não consigo acreditar. Sabe como estou me sentindo? Como se eu nunca tivesse sido tão feliz na minha vida, porque isso é tão... É muito maior do que a vez que eu me senti mais feliz na vida antes disso. — Ele tocou o rosto da esposa. — Ninguém nunca fez algo tão bom assim por mim, Melinda.

— Que bom, Jack — respondeu ela, dando uma risada.

— Me dê um beijo — pediu ele, inclinando-se na direção dela.

Ela concedeu ao pedido e cobriu os lábios de Jack com um beijo profundo e amoroso.

— Você fez todas as ligações?

— Aham. Joey está vindo, mas eu espero que você não se importe... pedi para ela nos dar mais alguns dias. Eu quero ficar aqui com você, só nós, um pouquinho mais.

— Tudo bem. Até você voltar para a Terra. E as coisas no bar? Eles não precisam de você lá, por causa de Paige?

— Ron e Bruce estão se revezando, vão ficar pela área. Eu vou voltar para a Terra? Acho que isso não vai acontecer.

— Isso vai acontecer — garantiu ela. — Mas espero que não seja agora. Eu realmente estou gostando de ver você assim. Todo gentil e emocionado.

— Eu também estou gostando de estar assim.

Depois da escola, Rick foi até o chalé de Mel em vez de ir para o trabalho. Ele bateu de levinho na porta e Mel foi atender. Ela abriu um sorriso meigo.

— Você está bem? — perguntou ele.

— Estou ótima — respondeu ela, sussurrando. Jack estava dormindo no sofá com os pés apoiados no baú. Ela fez um gesto, indicando a cadeira. — Passe a jaqueta para mim e sente-se — disse ela. Ele tirou a jaqueta, entregando-a a Mel, e fez o que lhe fora pedido enquanto Mel saía da sala. Ela voltou após alguns segundos, carregando aquele embrulhinho. A seguir, levou o bebê até Rick e entregou o filho nos braços do rapaz. Então, ajoelhou-se sobre um dos joelhos, de um jeito bem ágil para alguém na condição dela, e passou o braço sobre os ombros do jovem, seu rosto perto do dele.

Rick segurou aquela jovem vida, o filho de Jack, e admirou a linda cabecinha redonda, a boca pequenininha, rosada e em formato de coração. O bebê se remexeu um pouco nos braços dele, fazendo uns sons bem baixinhos e muito bonitinhos.

Jack abriu os olhos, mas não se moveu. Ele viu, a poucos metros, do outro lado da sala, Rick segurando o bebê e Mel segurando Rick. Havia um brilho discreto na bochecha de Rick.

— É assim que deveria ter sido — sussurrou Rick.

— É assim que vai ser — murmurou Mel de volta. Ela deu um beijo suave no rosto de Rick. — Na hora certa.

Então, ela foi até o sofá e se aconchegou junto a Jack. O braço do homem a trouxe mais para perto em um gesto automático e eles permaneceram daquele jeito, os quatro, por quase uma hora.

Capítulo 18

Mike Valenzuela tinha um amigo que trabalhava no departamento responsável pelas condicionais, um homem que ele usou como fonte de informação quando trabalhava na unidade de gangues. Era um jeito excelente de ficar de olho nos membros das gangues que tinham sido libertados da prisão e tinham voltado para as ruas, com obrigações impostas pela liberdade condicional. Embora ele não estivesse mais no emprego, ainda se tratava de uma simples questão de perguntar se alguém estava cumprindo os requerimentos da condicional. Mike tinha sido um oficial altamente respeitado. As pessoas confiavam nele.

— Ele está indo aos compromissos semanais, trazendo as fichas das reuniões no NA — contou Mike a Paige e Preacher. — Ele está trabalhando duas noites por semana em um sopão comunitário e está tentando recuperar o antigo emprego.

— Sopão? — perguntou Paige. E balançou a cabeça. — Difícil de imaginar.

— A próxima notícia vai ser mais fácil para você imaginar. Ele já está tentando fazer com que o compromisso dele com o serviço comunitário seja reduzido e que as reuniões da condicional deixem de ser semanais e passem a ser mensais. E... ele está vivendo com uma mulher que ele conheceu durante o tratamento.

— Ai, Deus — disse Paige. — Brie disse que podia acontecer uma coisa assim...

— É previsível, na verdade — disse Mike. — Eles desencorajam qualquer tipo de envolvimento durante o primeiro ano de sobriedade... com qualquer pessoa, mas aconselham especialmente que não haja envolvimento com outro adito. Ainda assim, isso acontece o tempo todo. Paige, é impossível acreditar que ele tenha se esquecido de você, mas o foco dele agora parece estar em tornar mais leve o fardo da sentença. E, talvez, em uma nova mulher.

— Ele não telefonou, nem nada do tipo — disse ela. — Você achou que talvez ele pudesse fazer isso.

— Achei — concordou Mike. — Se a missão dele ainda fosse a guarda de Chris ou fazer você reconsiderar o relacionamento, eu esperaria um telefonema antes de qualquer outra coisa. Com um telefonema, o juiz poderia ficar bem chateado, mas se ele colocasse os pés em Virgin River para assediar ou ameaçar você de qualquer maneira, ele iria direto para a prisão. É um belo jeito de intimidar alguém... Sobretudo um homem que já foi preso. Lá não é nada legal.

— Você acha que a gente pode relaxar? — perguntou ela.

— Só um pouco, talvez. Tente ficar alerta. Eu acho que ele vai voltar a aparecer algum dia. Caras como ele guardam rancor, raramente abandonam suas obsessões, e eu não acredito que eles mudem. Mas ele está bem ocupado agora. Pode ser que leve dez anos até que você precise voltar a lidar com ele.

Preacher abraçou Paige, puxando-a para perto de si.

— De qualquer maneira, você pode verificar isso de vez em quando?

— Com certeza — prometeu Mike. — Toda semana.

Preacher esperava que Paige se sentisse pelo menos um pouco aliviada; sem dúvida Mike tinha trazido boas notícias. Mas ele notou que Paige estava triste. Quem sabe um pouco deprimida. Quando o dia estava chegando ao fim, perto do momento especial que tinham juntos, ele a abraçou, ergueu o queixo dela e perguntou:

— Por que você não está nem um pouquinho feliz? É por que você não pode confiar nele? Em Wes?

— Ah, eu não posso. *Nós* não podemos. Mas é a ideia de que talvez eu nunca me livre dele, e que eu trouxe isso para a sua vida. Insanidade e problema. Quem sabe até perigo. Ai, John... Ficar comigo foi um mau negócio para você.

Ele sorriu e tocou os lábios dela com os dele.

— Você não pode acreditar nem por um segundo que eu me sinta assim. Paige, eu não ligo se você tem um exército de bárbaros armados na sua cola. O dia em que você e Chris surgiram na minha vida foi o maior milagre que já me aconteceu. Eu não trocaria isso por nada.

Ela o abraçou com força.

— Você sabia que é o homem mais gentil que existe?

Ele riu.

— Está vendo? É isso. Até você chegar, eu era só um pescador e cozinheiro. Olhe para mim agora. — Ele deu um sorriso para ela. — Agora não sou só o homem mais gentil do mundo, mas também, provavelmente, o maior amante.

Aquela era a beleza de John. Ele conseguia mudar o humor dela bem rápido, bastava só falar o que estava pensando. E se tinha uma coisa que Paige sabia a respeito dele era que ele dizia o que sentia.

— Você acha, é? — perguntou ela, sorrindo de volta para ele.

— Bom, vamos ver se estou melhorando. Que tal, hein?

Joey fora a primeira a chegar quando o bebê, David, tinha cinco dias de vida. Depois foi o vovô Sam, que tentou com muito esforço não impor sua presença, mas descobriu que não conseguia ficar longe. Mike, ainda estacionado do lado de fora do chalé de Jack e Mel, foi dormir no sofá do motor-home e deixou sua cama para Sam. Depois, uma de cada vez, todas as irmãs de Jack e alguns sobrinhos também vieram. Dia após dia, quase todos os moradores de Virgin River telefonaram, levaram um prato, um bolo ou um pote de biscoitos. Foram semanas com gente visitando e comemorações, e pareceram passar bem rápido. O único membro da família que ainda não tinha aparecido era Brie, que estava no meio de um dos maiores julgamentos de sua jovem carreira — um caso de estupro que tinha se transformado em um circo midiático.

Maio trouxe um sol brilhante, flores e cervos no jardim. E um bebê que ficava tanto tempo no colo que os lençóis do berço mal precisavam ser trocados. Jack estava começando a se perguntar se alguma outra mulher tinha tido filhos antes de Mel, porque ele nunca tinha visto uma transformação tão espantosa. Que distraísse tanto. Ela perdeu bem rápido um monte de peso que tinha ganhado com a gravidez, graças à milagrosa dieta da amamentação. A primeira mudança foi o formato de seu rosto, que voltou à forma oval de antes com as maçãs do rosto salientes. E ela resplandecia de felicidade. Tudo nela parecia mais brilhante. Embora ela reclamasse que ainda faltava muito para reconquistar sua antiga forma, do ponto de vista de Jack ela nunca estivera mais sensual. Ele venerava o corpo de Mel, sobretudo depois de ter ajudado no parto do filho. A barriga aos poucos foi diminuindo e seus seios estavam fartos e cheios; a risada vinha fácil e era contagiante. E quando ela segurava e amamentava o filho dele, parecia brilhar como se tivesse uma luz dentro de si. Para Jack, ela era uma visão. Ele estava morrendo de amor.

Jack estava morrendo. Ele vinha rachando mais lenha e tentava evitar ver Mel tomando banho. Ela estava tendo um efeito terrível sobre ele. Sem aquela barrigona entre eles, Jack se pegou ansiando pelos dias em que ele poderia tirá-la do chão, segurando-a em seus braços, depois levá-la bem rápido para a cama e cair em cima dela, esfomeado. Faminto. E vê-la juntar sua própria fome à dele, o que era impressionante. Ele se pegou fantasiando sobre ser um pouco selvagem, pronto para revisitar aquele calor e aquela força que os dois tinham no começo, antes de ela começar a inchar com o pequeno David; antes de ele sentir a necessidade de protegê-la da força de seu próprio desejo.

Nos últimos dias, quando ele a beijava, quando ela abria a boca sob a dele e deixava a língua de Jack entrar ali, ele gemia tão fundo que ela sabia. E ela sussurrava contra os lábios dele:

— Falta pouco, Jack. Muito pouco.

Nem de perto seria pouco o bastante, era só no que ele conseguia pensar. O que fez com que ele ficasse egoísta e impaciente. Foi quando Brie chegou. Ela precisava descansar para se recuperar do julgamento que tinha acabado mal para ela; precisava se conectar com o irmão, a cunhada e o novo sobrinho. Apesar de Jack sempre ficar feliz de ver a irmã, sobretudo ao ver que ela se recuperava muito bem de um caso difícil e frustrante e que vinha reconquistando sua antiga confiança na vida desde o divórcio, só conseguia pensar que teria que esperar mais uma semana.

Brie descobriu que a vida no pequeno chalé do irmão tinha mudado de muitas maneiras. Mel e Jack estavam mantendo o bebê perto da cama e, de noite e de manhã cedo, ela conseguia ouvi-lo se mexer e reclamar e também os murmúrios suaves do irmão e da cunhada. Ela deveria saber que Jack acordaria a cada mamada, geralmente se levantando com David, trocando a fralda, levando-o para Mel na cama.

Outra mudança era o motor-home na clareira. Nas horas antes da alvorada, ela saía sorrateiramente do chalé e se sentava em uma das espreguiçadeiras da varanda para escutar a suave melodia do violão espanhol que vinha da janela aberta do outro lado do quintal. Ele não sabia que ela estava ali, que ela o escutava, que aquela música mexia com ela. A mão direita ainda estava um pouco insegura ao pressionar as cordas, mas com a esquerda ele tangia e dedilhava o instrumento com habilidade. Era comum que parasse para recomeçar. Ela imaginava que, uma vez que a força dele fosse completamente recuperada, o som de seu violão seria nada mais, nada menos que magnífico.

Às vezes ela se recostava, fechava os olhos e imaginava que ele tocava para ela. Mike. Ela o conhecera alguns anos atrás, em Sacramento, durante a última folga de Jack antes de partir para o Iraque. A última missão de Jack. Brie tinha acabado de se casar na época. Ela o vira de novo no casamento de Jack e Mel — o que fazia deles quase velhos conhecidos. O verdadeiro nome dele era Miguel — ela sabia disso. Apesar de ter nascido nos Estados Unidos, ele conseguira se manter próximo das raízes culturais que possuía, do romance daquele país. Dava para ouvir aquilo na música. Naquele violão sensual.

Fazia mais de seis meses desde que Brad a deixara. Logo ela estaria pronta para receber um pouco de atenção de um homem. Mas deveria ter mais cuidado desta vez. Ela não se deixaria seduzir por outro homem que não tivesse a capacidade de se comprometer. Brie sabia tudo a respeito de Mike — ele fazia parte da vida de Jack já havia bastante tempo e se tratava de um conquistador inveterado. Ele provavelmente tinha criado aquela imagem para si de amante latino; ela ouvira que ele tivera duas esposas e uma centena de namoradas. Não era de admirar. Ele era bonito e sensual. As mulheres provavelmente caíam a seus pés. Ela gostava da música e da fantasia; o homem era, sem dúvidas, tóxico.

Brie estava achando maravilhosa aquela visita. Com o bebê a reboque, ela e Mel dirigiam pela floresta de sequoias, iam a Grace Valley ver os amigos, faziam compras nas cidades costeiras, batiam papo com os habitantes da cidade. Mel lidava com destreza com o bebê, usando um *sling* para mantê-lo junto ao corpo. E quando sentia que precisava de um descanso, alargava as tiras do carregador tipo canguru para que se ajustassem a Jack e passava o filho aos cuidados dele. As pessoas em Virgin River estavam se acostumando a ver suas bebidas serem servidas por um homem que trazia um bebê pendurado ao corpo.

Em uma típica noite no bar, Mel deixava Brie e Mike na mesa e entregava o filho ao marido, para que pudesse ir ao banheiro. Cada vez que ela passava David para Jack, os olhos do homem ficavam suaves e calorosos, repletos de amor e orgulho ao receber o bebê. E, então, ao observar a esposa se afastando dele, outra expressão tomava seu rosto. O ângulo de seu olhar descia até a bunda de Mel e a mandíbula se tensionava.

— Meu irmão — disse Brie a Mike certo dia, quando estavam sentados amistosamente ao bar. — Eu nunca achei que veria ele assim, com esposa e filho. Ele parece estar mais do que feliz. Apesar de que, de vez em quando, acho que vejo uma expressão de preocupação no rosto dele. Talvez ele só esteja sobrecarregado com a responsabilidade.

— Eu não sei se é bem isso o que você está vendo — rebateu Mike, tendo acabado de olhar para o rosto de Jack. — Eu tenho quatro irmãos casados. Os homens conversam.

— E sobre o que eles conversam? — perguntou ela.

Em vez de responder, ele fez outra pergunta:

— Há quanto tempo David nasceu?

— Há quase seis semanas. Por quê?

Ele sorriu e cobriu a mão de Brie.

— Por que você não vem pescar comigo amanhã? Você pode pegar o equipamento e as galochas de Mel emprestados. A gente pode passar algumas horas lá no rio.

Ela puxou a mão de debaixo da dele.

— Ah, obrigada, mas Mel e eu vamos...

— Você pode dizer a Mel e Jack que você vai passar algumas horas no rio — disse ele. — *Horas*.

— Mas...

Ele revirou os olhos.

— Brie, vai ser divertido. Eu garanto.

Ela chegou mais perto dele.

— Escute, Mike... você precisa entender uma coisa. Eu estou aqui para ver Mel, Jack e o bebê, não para...

Ela deu uma olhada para o bar e reparou que Mel estava de volta, pegando o bebê do colo de Jack.

— A gente devia ficar longe deles por algumas horas. Acredite em mim, eu não estava pensando na gente. Eu estava pensando *neles*.

Ela olhou bem rápido por cima do ombro para o irmão e a cunhada. Eles deram um beijinho breve por cima da cabeça do bebê. Então, Brie olhou de volta para Mike.

— Você acha?

— Eu já vi aquele olhar antes. Se você for pescar comigo amanhã, você não vai ver aquele olhar de novo no rosto de seu irmão quando voltar. A maioria daquelas rugas vão desaparecer. Tenho certeza.

— E se eu não gostar muito de pescar? — quis saber ela.

— Apenas diga que você vai pescar. A gente pensa em alguma outra coisa para fazer. Alguma coisa que demore *horas*.

Ela se aproximou dele.

— Você vai trazer seu violão? — sussurrou ela.

E a resposta que recebeu foi uma expressão que era parte surpresa, parte choque.

Quando Mel voltou à mesa, Brie disse:

— Mel, você ficaria muito decepcionada se eu fosse pescar com Mike amanhã? Se eu pegasse seu equipamento emprestado?

— Não — respondeu ela, a cabeça balançando em uma negativa. — Tudo bem. Nossa, eu nem sabia que você gostava de pescar.

— Bom, eu vou receber uma aula grátis — respondeu ela. — Se você não se importar, a gente vai ficar fora quase o dia todo.

— Tudo bem — disse ela. — Você já está pronta para ir para casa?

— Com certeza — respondeu Brie. — Que horas, Mike?

— Que tal às dez? Eu vou pedir para Preacher colocar nosso almoço para viagem.

Quando as mulheres saíram, Mike foi até o bar.

— Que tal um café? — pediu ele a Jack.

— É pra já — respondeu o amigo, servindo a bebida em uma caneca.

Preacher trouxe da cozinha uma caixa cheia de copos e os guardou debaixo do balcão.

— Ei, Preach, posso pedir um favor a você?

— Do que é que você precisa, camarada?

— Eu vou levar Brie até o rio amanhã. Vamos pescar um pouquinho. Você pode colocar uma comida para viagem? Uma coisa legal... para ela pensar que eu sou sofisticado? E será que você pode colocar uma garrafa de vinho na cesta?

— Claro — disse Preacher, sorrindo.

Jack pegou um copo e usou um pano de prato para limpar qualquer marca de gota que pudesse ter ficado após a lavagem.

— Você está pensando em aprontar com minha irmã mais nova? — perguntou ele. — Porque ela passou por maus bocados e não precisa de...

— Não, Jack. — Mike riu. — Eu não vou aprontar com ninguém, acredite em mim. Mas achei que, se eu deixasse Brie ocupada por umas horinhas, talvez você pudesse aprontar com a mãe do seu bebê.

Jack estreitou os olhos.

Mike deu um gole na caneca.

— Eu vou ficar fora com ela na hora da soneca — explicou. — Talvez algumas sonecas.

Jack chegou mais perto de Mike.

— É melhor você não ficar de galinhagem com minha irmã mais nova. Lembre-se de que eu conheço você e sei como trata as mulheres, e estamos falando da minha irmã.

Mike deu uma gargalhada.

— Você acha que eu quero levar outro tiro? Camarada, tudo isso é coisa do passado. Eu juro que vou tratar Brie feito uma irmã. Você não precisa se preocupar.

— Coisa do passado, hein? E como foi que essas coisas viraram passado?

— Com três balas. — Ele bebeu um pouco do café, deixou a caneca em cima do balcão e enfiou a cabeça na porta da cozinha. — Preach — chamou o ex-policial. — Vou passar por volta das dez para buscar meu almoço amanhã, tudo bem?

Jack achou estranho se sentir ainda mais inseguro de conquistar o afeto de sua esposa agora do que na época em que estava correndo atrás dela. Ele se arrependeu muito de não ter falado com ela que os dois poderiam passar um tempo juntos, só eles dois — fora um grande erro tático. Ele deveria ter esperado uma resposta dela, porque morreu de medo de ir ao chalé, cheio de tesão, todo excitado, só para ouvi-la dizer que era cedo demais, que ela não estava pronta.

Mas ele não falou nada, optando por uma estratégia mais romântica, surpreendendo Mel no meio do dia, galanteando-a, seduzindo-a. Ela também soubera que Brie ficaria fora de casa o dia quase todo com Mike, e Mel não era tímida. Ela poderia ter sugerido que eles aproveitassem a oportunidade. E ela não tinha feito aquilo.

Como é que um cara sabe que a esposa está pronta para fazer sexo logo depois de ter um bebê? Ele sabia que o sangramento pós-parto tinha parado fazia tempo, porque era ele quem todo dia levava o lixo na parte de trás da caminhonete até a cidade para colocar na caçamba. Os absorventes haviam ficado mais escassos, depois desapareceram, sendo substituídos por mais daqueles embrulhinhos bem-feitos de fralda descartável. E os movimentos de Mel, antes vagarosos, tinham passado a ser ágeis; ela parara de reclamar de dor e não tomava mais banho de banheira havia pelo menos três semanas.

Quanto mais perto ele chegava do chalé, mais pensava nessa aventura. Ela teria sua consulta com Stone em menos de uma semana, para ter certeza de que tudo estava bem depois do parto — ela estava, sem dúvida, esperando pela consulta. Quando ele chegou em casa, Mel estava na cozinha, terminando de dar banho em David.

— Ora, ora — comentou ela, sorrindo. — Eu não costumo ver você no meio da manhã.

— Está bem calmo lá no bar — disse ele de um jeito vago.

— Quando eu terminar aqui, tenho que amamentar David e colocá-lo para dormir — disse ela. E começou a fazer barulhinhos, sorrir e fazer caretas para o bebê, absorvida pelas necessidades dele. — Depois eu venho ficar com você.

E voltou a olhar para David, beijando o bebê e fazendo barulhinhos engraçados para ele.

Jack foi até a varanda. Ele se sentou nos degraus e deixou a cabeça pender. Ele se sentia um bruto. Como um touro excitado que estava prestes a roubar o leite da boca de seu bebê. Aquele não era o jeito de reivindicar seus direitos conjugais — saltando na primeira oportunidade que via de tirar proveito da própria esposa.

Ele respirou fundo e passou um sermão em si mesmo. *Beba um café com sua esposa*, disse para si mesmo. *Passe um tempinho com ela, conversem, entre no assunto com gentileza e delicadeza e diga que você mal pode esperar para que ela esteja pronta para ser levada para a cama. Pergunte se ela está esperando o médico liberá-la e, pelo amor de Deus, vá devagar. Dê a ela todo o tempo de que ela precisa.* Tudo seria melhor daquele jeito. Ser difícil não iria ganhar nenhum ponto agora — Mel tinha um bebê no qual pensar.

— O que é que você está fazendo aí fora?

Ele se virou e viu Mel na porta da casa, usando apenas a camisa dele. Seu coração quase explodiu. Ele admirou os seios fartos, as pernas esguias dela.

— Você nem tirou as botas. Eu poderia jurar que você apareceu aqui para voltar a se familiarizar com o corpo da sua mulher.

Ele engoliu em seco.

— Isso vai acontecer? — perguntou ele, hesitante. Cheio de esperança.

— Já era hora — disse ela. E se virou, entrando na casa.

Ele descalçou as botas na varanda, tirou a camisa na sala de estar, tirou e chutou para longe a calça na porta do quarto.

Mel se deitou na cama, mal coberta pela camisa, que ela começou a desabotoar bem devagar, primeiro o botão de cima. *Calma, rapaz*, disse ele a si mesmo. *É melhor você descobrir com o que está lidando aqui. Ela acabou de ter um bebê.* Ele se deitou ao lado dela, puxou-a para perto e, beijando-a e abraçando-a, perguntou:

— Está tudo bem por você? Tem certeza?

— Jack, nunca vou ser exatamente como eu era antes de ter o bebê. Meu corpo mudou.

— Você está de brincadeira comigo, certo? Para mim, seu corpo é incrível. Depois do que você fez... Eu fiquei praticamente com inveja, de um jeito esquisito. Eu venero seu corpo.

Ela riu para ele.

— Sabe os últimos dois, três meses?

— Sim?

— Todas as coisas que a gente teria feito se eu não estivesse incrivelmente grávida? Se a gente não tivesse acabado de ter um bebê?

— Sim?

— Será que você pode fazer tudo isso comigo agora? Uma de cada vez. Até você ficar quase morto de cansaço. Por favor?

— Ah, mas é claro.

Ela abriu a camisa e revelou o corpo nu. Ele absorveu tal visão de maneira sedenta. Ela estava mais cheia, mais curvilínea, exuberante; havia uma nova riqueza em suas formas que fez Jack ficar enlouquecido.

— Vamos lá, garotão. Estou doida, cheia de tesão em você.

— Melinda — disse ele, enchendo as mãos com o corpo delicado de Mel. — Eu já disse como gosto de estar casado com você?

— Shh. Apenas mostre.

Mike não tinha pedido que o vinho fosse acrescentado à cesta de piquenique para fazer Brie relaxar ou conversar. Ele apenas achou que talvez fosse um bom toque, já que ele estava quase certo de que eles não pescariam. E ele estava certo. Em vez disso, eles atravessaram um bosque de sequoias de carro até uma parte do rio que ficava mais embaixo e que era mais rasa, onde o banco de areia era largo e salpicado de grandes rochas. Ele estendeu um cobertor em um pedregulho enorme que ficava perto do rio, debaixo de um dossel formado pelas copas das árvores altas. Não havia muito o que fazer no piquenique, a não ser conversar e, por insistência dela, aventurar-se no violão. Ele estava tão enferrujado que odiava submetê-la a sua música, mas ela não parecia notar os muitos erros que ele cometia. Ela se recostou na pedra e fechou os olhos, os lábios curvados em um sorriso discreto, escutando enquanto ele tocava. No passado, Mike já estaria deitado com Brie no cobertor — mas esse tempo tinha ficado para trás.

Era difícil imaginar que aquela mulher pequenininha, de aparência jovial, era uma das promotoras mais duronas em Sacramento Valley. Ela era uma coisinha usando uma calça jeans justa, sapatos mocassim, uma camisa de linho azul-claro amarrada com um nó na cintura. Tinha uma cabeleira castanha e grossa que solta descia pelas costas até quase chegar à cintura. A pele era quase sem marcas, cor de mármore, e devia parecer seda nas mãos de um homem. Seus olhos, ainda fechados, eram castanhos e calorosos, e seus lábios rosados estavam contraídos, em sinal de apreciação.

Brie estremeceu com a brisa e Mike pousou o violão ao lado. Ele foi até o carro e pegou a jaqueta, que estava no banco de trás. A seguir, levou a jaqueta até Brie, colocando-a sobre os ombros dela e observou, com os olhos carinhosos, enquanto ela fechava o agasalho em volta do corpo. Então, ele a viu cheirar a gola e sentiu-se enfraquecer. Ele não a considerava uma irmã.

— A julgar por sua música, o braço já está quase bom — comentou ela.

— Quase lá — respondeu ele, sentando-se novamente sobre o cobertor. — Eu acho que vou ficar cem por cento, ou quase isso.

— E tudo mais está recuperado, certo?

— Não tudo — disse ele, surpreendendo-se com a revelação. — De vez em quando eu tenho dificuldade de encontrar a palavra certa e fico preocupado com meu cérebro... mas eu reparo nisso mais do que qualquer outra pessoa, então posso estar exagerando. E eu fui atingido na virilha. Um lugar ruim.

— Ah — disse ela. Dava para ver que ela não queria perguntar.

— Nada que colocasse minha vida em risco — complementou ele. *Você não precisa se preocupar com nada*, Mike queria acrescentar. *Você não precisa ir perguntar para Jack se eles acertaram o tiro lá naquele lugar.*

— E você está pensando em ficar por aqui?

— Por que não? — perguntou ele, dando de ombros. — Meus amigos estão aqui. É um lugar calmo e cheio de paz. Não tem pressão. — Ele riu um pouquinho. — Eu já tive minha cota de pressão. Eu vivia no seu mundo. Quando ainda estava na ativa, trabalhei com um monte de promotores públicos. Você tem o quê? Trinta? Trinta e um? E sua profissão é mandar gente para a prisão?

— O máximo de gente que eu conseguir. E eu tenho 30. Trinta e já fui casada e estou divorciada.

— Ei, isso não é uma mancha em seu currículo, Brie. E, pelo que Jack contou, não teve nada a ver com você.

— O que Jack contou?

Mike olhou para baixo. *Segunda estupidez*, pensou ele. *Primeiro o tiro na virilha, agora a história do divórcio.* Ele ergueu os olhos.

— Jack disse que Brad quis o divórcio. E que você ficou arrasada.

— Brad me traiu com minha melhor amiga — contou. — Ele me deixou, se mudou para a casa dela e eu estou pagando pensão para ele. O ex-marido dela paga pensão para ela e também para as crianças. Eu dei a ele um cheque bem gordo, pela metade da casa, e sabe o que ele me falou? Ele disse: "Brie, espero que a gente possa ser amigo".

Ela deu uma risada carregada com todo a raiva que estava sentindo.

— Ai, *Dios* — comentou ele. — Sinto muito que isso tenha acontecido. *Tu no mereces esto*. Você não merece isso — traduziu ele.

— Qual o problema de alguns homens? — perguntou ela, ainda com raiva. — Por que um cara faria uma coisa dessas?

Ele riu de um jeito triste.

— Pelo menos eu nunca fiz isso — disse ele, quase que para si mesmo. E, então, se perguntou como tinha deixado escapar aquela indiscrição.

— Tenho certeza de que você ainda precisa ser perdoado por um monte de coisas — disse ela.

— Sabe de um coisa, Brie? Eu errei muito, não consigo nem contar quantos erros foram. E sei muito bem que nunca vou ser perdoado. Se eu cometi um milhão de erros, eu tive pelo menos a mesma quantidade de desculpas. Pode ser que Brad acabe como eu... arrependido de verdade. E que se sinta assim tarde demais.

— Policiais — comentou ela, com certo desgosto. — Vocês, rapazes.

— Ah, qual é... Não são só os policiais. Apesar de que, eu reconheço, um monte de caras com uniformes arrumadinhos e uma arma se dão bem com as garotas, facilmente. Mas, se ele se mostrou ser esse tipo de cara, então você está melhor sem ele.

— Suas ex-mulheres estão melhor sem você?

— Você não faz ideia — respondeu ele, balançando a cabeça, constrangido.

— Um pequeno consolo — disse ela.

— Brie, você é linda, brilhante e forte. Um homem que trai alguém como você simplesmente não te merece. — Ele esticou a mão e cobriu a mão dela com a sua. — Brie, você tem valor demais para ficar com um homem daquele.

Ela puxou a mão.

— E como foi que você estragou seus casamentos?

— Eu fui completamente irresponsável — admitiu ele. — Eu sabia ser um amante, mas não sabia amar. Os homens demoram muito tempo para se tornar homens, eu acho. Para as mulheres é mais fácil... Você pelo menos amadureceu antes de ficar velha.

— Você acha que finalmente cresceu, então?

— Pode ser — respondeu ele, dando de ombros. — Quase morrer costuma te dar um belo choque de realidade.

— E se você pudesse recomeçar? O que você faria diferente?

Ele pensou por um instante.

— Para começar, eu não me casaria tão rápido. Não até encontrar a mulher certa, sentir o tipo de coisa que não deixa dúvida. Jack fez o correto... Ele evitou se comprometer até a garota certa aparecer. Preacher também, embora eu ache que ele não tenha feito de propósito. É óbvio que eles acharam aquela coisa para a vida toda, eterna, apesar de que, para nenhum deles, isso tenha acontecido cedo. Ou de um jeito fácil. Eu não esperava por isso. Eu fiquei à espreita e cacei, mas acho que a caçada era mais importante para mim do que a caça que eu pegava. — Ele ergueu os olhos castanho-escuros. — Admito que era um idiota. Ai, *mija*, você não sabe o que eu daria para recomeçar. — Ele se inclinou, chegando perto dela, e disse: — Se eu tivesse uma mulher como você em minha vida, acho que eu daria o devido valor.

Brie riu dele.

— Deus pai, você é tão óbvio. Você está dando em cima de mim!

Alguns hábitos são difíceis de mudar, pensou ele. Mas ele estava próximo demais, conseguia sentir o doce perfume dela, e aquilo deixou seu cérebro um pouco embotado.

— *Dios*, não! Eu não ousaria fazer isso! Estou admirando você, só isso.

— Bom, você pode parar de me admirar... Eu nunca mais chego a menos de duzentos quilômetros perto de um de vocês.

— Um de... mim?

— Você passou por duas esposas e centenas de outras mulheres. Não é exatamente um bom currículo, Mike.

Ele se recostou, apoiando-se nas mãos, e sorriu para ela.

— Por um tempinho, achei que você gostasse de mim.

Brie ergueu as sobrancelhas.

— Eu não vou ser enganada por um homem sedutor.

Ele deu de ombros.

— Se for, isso será mantido em segredo, Brie — rebateu ele, sorrindo para ela.

— Este lugar é lindo — comentou ela. — Por que não tem gente pescando aqui?

— É raso demais para os peixes grandes. É aqui que os jovens vêm quando querem ficar sozinhos — explicou ele. — Aqui, onde a grama é macia, as árvores são altas e onde existem umas pedras grandes atrás das quais dá para se esconder. O rio sussurra para eles enquanto eles sussurram um para o outro. Esta velha pedra aí, onde você está recostada, viu umas coisas deliciosas.

— A coisa mais deliciosa que ela vai ver hoje é o almoço que Preacher preparou — respondeu ela, mas disse aquilo sorrindo.

— Graças a Deus — retrucou ele, provocando. — Admito que eu estava bem preocupado. Estava me perguntando, se eu lhe desse vinho e música e você começasse a me seduzir, como é que eu...

— Escaparia dessa? — perguntou ela, divertindo-se com a situação.

— Não exatamente, *mija*. — Ele sorriu. — Como eu faria para Jack não me matar.

— Não me entenda mal, Mike, não é nada pessoal, mas Jack não é responsável pelo que eu faço. Ele acha que é. Mas não é.

— Irmãos mais velhos — comentou Mike. — São muito chatos... — Então ficou sério e disse: — Eu sinto muito sobre seu divórcio, Brie. E o julgamento. Eu não sei dos detalhes, mas Jack disse que foi uma experiência horrível para você.

— Pior que horrível — corrigiu ela. E tirou o cabelo de debaixo da gola da jaqueta, balançando-o nas costas e olhando para cima. Ele se pegou torcendo para que alguns fios ficassem presos quando ela devolvesse a jaqueta. — Tem um monte de gente assustadora lá fora e que precisa ser presa, e algumas são piores que as outras. Foi uma derrota difícil... Era um dos maiores casos da minha carreira. Um estuprador em série... e eu perdi. Ele foi solto, e era culpadíssimo. Isso nunca mais vai acontecer comigo.

— O que foi que deu errado?

— Minhas testemunhas, minhas vítimas fugiram feito coelhos. Eu não posso provar, mas desconfio que ele as ameaçou. Se algum dia eu conseguir apanhá-lo, vou mandá-lo para sempre para a prisão. Mas esse tipo de bandido simplesmente sai da jurisdição. Ele vai embora da cidade... É assim que eles fazem.

— É preciso muita força para segurar uma barra dessas — disse ele com admiração. — Você é incrível. — Então, se levantou e estendeu a mão para ela. — Você pode voltar daqui a algum tempo e partir meu coração, *mija* — anunciou ele. — Mas, neste exato momento, vamos voltar para a cidade. Pegar um café e dar mais uma hora para os amantes ficarem juntos.

— Partir corações me interessa — confessou ela, dando a mão a ele, para se levantar. Mas, quando os dois ficaram de pé, ela não tirou a mão da dele.

Ele deveria ter soltado a mão de Brie e ido recolher o cobertor, mas ele não queria soltar aquela mãozinha macia, porém forte. Ele sorriu para ela.

— Acho que a última vez que eu me senti assim quando uma garota segurou minha mão foi aos 13 anos. Você vai ser boa nisso, eu acho. Em partir corações. — Ainda assim, ela não puxou a mão, não quebrou o encanto. Foi ele quem finalmente a soltou, indo fechar a cesta e recolher o cobertor. Ele a entregou o cobertor dobrado. — Obrigado por hoje, Brie.

— Foi um dia ótimo — disse ela, com um sorriso genuíno. — Você não parece estar tendo qualquer dificuldade de encontrar as palavras certas.

E Mike pensou que não existiam palavras para definir o que ele estava começando a sentir...

Paige saiu pela porta dos fundos com um saco de lixo na mão, amarrado com um nó bem apertado para que nem um traço do cheiro escapasse e servisse de tentação para a vida selvagem. Ela atravessou o quintal de terra onde ela, John, Jack e, com frequência, Rick gostavam de estacionar seus carros. A caçamba de lixo ficava debaixo da grande árvore e era usada por todos da rua, não apenas pelo bar. Ela levantou a tampa pesada, mas antes que pudesse jogar a sacola ali dentro, uma mão segurou seu pulso com força e a puxou para o lado, fazendo-a sair da vista do bar ou mesmo da rua. O saco de lixo caiu no chão e ela sentiu algo duro e frio debaixo de seu queixo. Ela prendeu a respiração, olhando nos olhos letais de seu ex-marido, a ponta do cano de um rifle levantando seu queixo.

— Você facilitou — disse Wes, com a voz baixa e ameaçadora. — Eu achei que eu fosse precisar entrar para ir atrás de você. A gente tem duas opções. Você pode vir comigo agora, devagar e em silêncio, ou a gente pode entrar de novo por aquela porta, atirar nos lugares certos e pegar meu filho.

— Wes — sussurrou ela. — Meu Deus. Não.

— Foi você que fez isso comigo, Paige. Você sempre dá um jeito de me provocar, de me deixar louco. Você me mandou para a *prisão*, porra!

— Por favor — implorou ela, baixinho. — Qualquer coisa...

— Vá em frente, Paige. Pode me testar. É só você agora. Ou nós três, e *ele* fora de cena.

Ela piscou uma vez, as lágrimas saindo dos olhos e escorrendo pelas bochechas. Em vez de rezar para que John a escutasse e viesse até ela, Paige rezou pelo contrário. Se fosse só ela, Christopher ficaria bem. John nunca deixaria qualquer coisa acontecer com ele, criaria o menino direito. Ela se deixou ser conduzida até uma caminhonete velha que estava atrás da caçamba. Ele a empurrou pela porta do motorista, entrando a seguir e ficando ao lado dela.

— Wes — disse ela, a voz trêmula, lágrimas escorrendo pelo rosto. — Você vai piorar muito as coisas. Não só para mim, mas para você também.

Ele se virou para olhá-la, os olhos estreitos, mas ainda assim ela pôde ver que as pupilas dele estavam minúsculas. Ele estava drogado.

Wes riu de um jeito cruel.

— Eu acho que não, Paige — disse ele. — Finalmente vou sair dessa confusão.

Ele deu a partida na caminhonete, fez um retorno atrás da caçamba e dirigiu para longe do bar em vez de passar na frente dele. Paige se esticou, mas não conseguiu ver uma única pessoa na rua, ninguém nas varandas. E, até onde ela sabia, ninguém a tinha visto.

Ela sabia que era melhor não tentar argumentar com ele. Aquilo superava qualquer pesadelo de sua vida. Paige sabia que John não levaria muito tempo para olhar para fora da porta da cozinha e ver aquela sacola de lixo ali, abandonada. Ela tomou a decisão de que se jogaria da caminhonete e, se sobrevivesse, correria. Mas só faria isso depois que já estivessem longe da cidade. Não até que John tivesse tido tempo de ver que algo estava terrivelmente errado e pudesse proteger a si mesmo e a Christopher.

Wes não falou nada. O rifle estava atravessado em seu colo e ele estava sentado mais para a frente do banco, agarrado ao volante. Aquela mandíbula tensa e os olhos estreitados de que ela se lembrava muito bem encaravam fixamente a estrada à medida que eles andavam sem pressa por ali. Os trancos na caminhonete eram incômodos, o assento era duro, o que a fazia quicar. Eles estavam dirigindo montanha abaixo, indo na direção da Rodovia 101, que os levaria a qualquer uma das cidades da região onde eles compravam materiais: Garberville, Fortuna ou Eureka. Ou até mesmo para mais longe, ao sul, talvez Los Angeles, se ele seguisse viagem. Eles cruzaram com poucos veículos, e nenhum que ela reconhecesse.

Depois de dez minutos dirigindo em silêncio, ele pegou a saída para Alderpoint e voltou a subir a montanha, na direção de Virgin River. Usando aquela estrada, eles não atravessariam a cidade, e sim a contornariam. Pelo menos ela fazia uma vaga ideia de onde estava. Em um movimento repentino e desesperado, ela agarrou a maçaneta da porta e tentou abri-la, furiosamente. Ela olhou ao redor, procurando uma trava, ao mesmo tempo que empurrava a porta, mas ela não cedeu. Ela puxou o botãozinho na porta que ficava perto da janela, para cima e para baixo, várias vezes, mexendo na maçaneta, empurrando. Nada.

O braço de Paige recebeu um aperto firme e ela virou os olhos, rasos de água, apavorados, na direção de Wes. Ele franziu o cenho sombriamente, e na sequência seu semblante fechado se dissolveu em um sorriso carregado de maldade.

— Travada, Paige. Você acha que eu sou idiota?

Ela engoliu em seco e perguntou:

— Você planeja deixar nosso filho sem mãe?

— É claro — disse ele com uma calma aterrorizante. — Mas não sem antes eu me certificar de que ele vai ficar sem um potencial padrasto também.

— Meu Deus — murmurou Paige, sem forças. — Por quê? John não fez nada para você!

— Não? — perguntou ele. — Só roubou minha família. Virou minha família contra mim.

— Não — rebateu ela, balançando a cabeça. — Não, não foi isso que aconteceu, Wes. Eu fugi de você.

— Claro que fugiu, Paige. E, se não fosse por aquele cara, você ainda estaria fugindo. Fugindo e fugindo, e eu encontraria você todas as vezes. Mas o que você fez... acabar com tudo para sempre e me mandar para a porra da *prisão*, isso foi *ele*. Nós dois sabemos que você não tem coragem para fazer isso. — Ele virou a cabeça na direção dela e sorriu malevolamente. — Ele vai vir atrás de você, eu sei que vai.

Eu sou uma isca, pensou ela. *Nada além disso.*

— Eu não acharia ruim tirar um pedaço daquele outro também — disse ele. — Sheridan.

Algo ocorreu a Paige. Algo que parecia surgir bem de dentro, de seu centro. *Você não tem coragem para fazer isso...* A ideia de que aquele maluco perigoso pudesse, sem misericórdia ou consciência, machucar John e o próprio filho começou a se agitar dentro dela como se fosse óleo fervente. O medo que ela sentia aos poucos deu lugar à fúria.

— Você vai queimar no inferno — murmurou ela.

Mas ele não conseguia escutar nada com o barulho da velha caminhonete.

Quando Brie e Mike entraram no bar, o lugar estava deserto, mas eles conseguiam escutar Preacher na cozinha e, mesmo com a voz abafada, ele soava irritado. Mike foi até a cozinha e encontrou o amigo andando de um lado para o outro com o telefone na mão, falando mais rápido do que Mike conseguia se lembrar de já tê-lo visto fazer. Preacher nunca falava muito, e quando o fazia, era de um jeito comedido e devagar. Mas não agora. Antes que ele pudesse entender o que Preacher estava falando, ele escutou:

— Mike voltou. Venha, então. Agora.

Preacher desligou o telefone e olhou para Mike.

— Tem algo errado. Alguma coisa aconteceu. Paige. Ela foi levar o lixo para fora e desapareceu. O saco está lá fora, jogado no chão do lado da caçamba, e ela não voltou aqui para dentro. Chris está lá em cima, dormindo, e eu não posso sair. Eu liguei para Jack... Ele está voltando para a cidade.

— Você ligou para a casa de Connie? Para a clínica?

— Liguei, ela não está lá.

— Faz quanto tempo? — perguntou Mike.

— Quinze minutos ou menos. Eu teria ido lá fora olhar mais cedo, mas eu estava abrindo a massa e achei que ela pudesse ter passado por mim sem que eu notasse e ido para nosso quarto. Eu tenho que ir até o fim da rua, ver se ela está por perto...

— Certo, ok. Eu vou também — disse Mike. — Brie vai ficar aqui, com Chris.

— Tem algo errado — repetiu Preacher, balançando a cabeça. — Tudo isso está errado. Ela não faz coisas desse tipo. Ela sempre diz onde está indo. Ela é muito, muito cuidadosa.

Mike e Brie se entreolharam. Brie franziu o cenho.

— Vá falar com os vizinhos.

Ela enfiou a mão na bolsa e puxou uma carteira. Depois, abriu-a, tirou dali de dentro um cartão de visitas e tirou o telefone do gancho. Preacher saiu pela porta dos fundos, rápido.

— No que é que você está pensando? — perguntou Mike.

Ela pousou o olhar firme nele.

— Que tem algo errado, como ele disse. Vá e volte logo. Quem sabe você consegue a ajuda de algum vizinho para sair batendo de porta em porta. Eu vou dar uns telefonemas. Ver se consigo descobrir alguma coisa.

Mike foi na outra direção, de volta para seu SUV. Ele destrancou o porta-luvas e tirou de lá de dentro o revólver, só para prevenir. Ele prendeu a arma no cinto e foi encontrar Preacher mais adiante na rua. Quando eles chegaram à casa de Joy e à propriedade dos Carpenter, eles tinham duas mulheres que se dispuseram a bater de porta em porta para que os dois pudessem voltar para o bar.

— Não se esqueçam de perguntar, em todos os lugares que forem, se alguém viu um veículo estranho, se ouviram algum barulho esquisito — instruiu Mike.

Assim que voltaram, Jack estava saindo de sua caminhonete seguido por Mel, que trazia o bebê amarrado a seu corpo. Rick parou atrás do bar, apresentando-se para o trabalho depois da escola. Todos eles entraram e encontraram Brie de pé atrás do balcão, uma expressão muito descontente no rosto.

— Certo — começou ela. — O promotor assistente do distrito está entrando em contato com o xerife e a polícia local nas cidades maiores. Alguém vai tentar localizar Lassiter em Los Angeles, ver se conseguem encontrá-lo. Eu dei queixa do desaparecimento de Paige. Talvez isso possa ser resolvido com alguns telefonemas. Enquanto isso, vamos ver se conseguimos encontrá-la aqui por perto.

O rosto de Preacher desabou.

— Ai, Jesus! — exclamou ele, baixinho. — Ele fez isso. Eu sei que foi ele...

— A gente não sabe se ele veio até aqui, Preacher — argumentou Brie.

— Essa é a única coisa que pode ter acontecido. Paige não desapareceria assim. O carro dela está aqui, caramba. A bolsa dela. O *filho* dela!

— Não existem evidências de que houve um crime. Ainda — insistiu Brie.

Ela alcançou a bolsa de novo, desta vez tirando de lá de dentro uma Glock 9 milímetros. Ela tirou a arma do coldre e verificou que a câmara estava carregada e que havia mais uma bala na agulha, depois recolocou a Glock no coldre e, então, dentro da bolsa.

— Vocês, homens, deveriam ir dar uma olhada pela cidade, ligar lá da casa de Connie e da clínica para as fazendas que ficam afastadas e para os ranchos, para manter o telefone daqui livre. Alguém pode ir ver aquela velha igreja, com muito cuidado — disse ela. — Mel e eu vamos ficar aqui com Chris, e, se tivermos qualquer problema, eu resolvo. Eu vou atender o telefone aqui.

— Você está armada? — perguntou Mike, indo em direção a ela.

— Hum. Eu precisava — respondeu ela. — E, sim, eu sei como usá-la. E, não, eu não tenho medo de fazer isso.

Preacher já tinha saído pela porta quando Jack disse:

— Precisava?

— Não é tão incomum assim receber ameaças — explicou ela. — Não para alguém com meu trabalho. As pessoas que eu processo são perigosas, muitas vezes violentas. E... eu não tenho mais um marido armado dentro de casa, como você se lembra.

— Brie...

— Agora não, Jack.

— Ok — disse ele, infeliz.

A ideia de sua irmã mais nova estar sendo ameaçada apenas fez com que aquela tensão repentina que ele estava sentindo se intensificasse. Ele concordava com Preacher: alguma coisa ruim estava acontecendo. Paige relaxara um bocado, mas ainda assim ela sentia muito medo de ficar longe de Preacher — fazia apenas oito semanas desde que Lassiter saíra da prisão. Ele foi até a clínica, para usar o telefone, e pediu para que Jim Post saísse de Grace Valley e fosse a Virgin River, para o caso de eles precisarem estender a busca. Jim trabalhara sob disfarce na divisão de narcóticos antes de se aposentar e se casar com June Hudson, e ele sabia muito sobre os campos que ficavam escondidos atrás das montanhas.

Dentro de uma hora, eles não encontraram nada na cidade. Ninguém nos ranchos ou fazendas para onde eles telefonaram tinha visto ou ouvido qualquer coisa. Mas, então, as más notícias vieram pelo telefone. Algumas ligações revelaram que Wes Lassiter tinha comprado uma passagem aérea de Los Angeles até Eureka no dia anterior. Ele não poderia ter levado uma arma de fogo, a não ser que estivesse escondida e tivesse sido colocada ilegalmente na mala que ele despachara. Mas ele alugara um carro. E uma caminhonete tinha sido roubada de manhã cedinho em Fortuna. Uma Ford 1983 na cor bege, que pertencia a um fazendeiro, havia desaparecido. E tinha um rifle no porta-malas.

— Ele está com ela — afirmou Preacher. — É isso, ele está com ela.

— Se isso for verdade, eles vão encontrar o carro alugado não muito longe da propriedade do fazendeiro — disse Brie. — A polícia de Fortuna está dando uma olhada por lá agora mesmo.

Preacher foi direto para seu apartamento enquanto todo mundo ficou por ali, olhando uns para os outros. Dentro de cinco minutos ele estava de volta, colocando alguns coletes, rifles e pistolas em cima de uma das mesas. Ele também tinha jaquetas e lanternas, porque a noite chegaria e ficaria escuro e frio. Ele estava pronto para seguir, com ou sem mais informações.

Mike foi até seu veículo e voltou com o próprio rifle, colete à prova de balas e colete com recheio de pena. Não havia motivos para ele carregar um colete à prova de balas no veículo, mas, quando ele trabalhava com gangues, sempre trazia tal equipamento consigo, caso qualquer coisa, inclusive um tiroteio, acontecesse enquanto ele estivesse na área. Desde que Lassiter fora libertado, ele estivera a postos.

Jack balançou a cabeça e saiu para pegar o equipamento que estava na parte de trás de sua caminhonete. Quando ele jogara as coisas ali, estivera pensando: *Ela vai aparecer. Vai voltar e falar que estivera mais adiante na rua, sentada na varanda de Lydie Sudder, tomando chá, aproveitando o sol da tarde.* Mas Preacher não costumava exagerar as coisas e, diante das chances de algum sinistro estar acontecendo, Jack queria estar preparado. Mel tinha dito:

— Ah, pelo amor de Deus! Isso não é um pouco demais?

— Espero que seja — respondera ele. — Eu realmente espero que seja.

Quando ele voltou para dentro do bar, Rick estava vestindo um dos coletes à prova de balas.

— Ahn, Rick. Eu acho que alguém podia ficar aqui na cidade para ajudar as mulheres...

— Peça ao doutor — cortou Rick, ajeitando o colete, que era grande demais para ele porque era um dos de Preacher, e apertando as tiras de velcro. — Ele pode ficar aqui ajudando. Ele atira bem.

Agora, vestindo seu próprio colete à prova de balas, Jack perguntou a Preacher:

— Qual seu plano?

— Desculpe, Jack. Não tenho nada na cabeça. Só sei que tenho que tentar encontrar Paige.

— Certo. Ok, o plano é o seguinte. O xerife, a Polícia Rodoviária e o Departamento Florestal vão receber as descrições do veículo e de Paige. Eles vão controlar as estradas, então nós vamos nos concentrar em voltar para a floresta. Vamos procurar velhas estradas usadas para escoamento de madeiras cortadas ou galhos quebrados que indiquem a passagem de um veículo. Se ele está com aquela caminhonete velha, não vai se embrenhar muito na mata... Ele vai precisar de uma estrada para atravessar. Vamos esperar por Jim Post. Ele conhece muito bem a área, talvez melhor do que a gente. Vamos nos concentrar em descobrir áreas de acampamento, evidências de movimento, quem sabe um veículo que esteja escondido...

— Ele já pode estar longe agora — interrompeu Rick.

— Não, ele não vai longe — disse Preacher. — Ele não pode fugir, não com Paige. Paige mudou desde que estava com ele... Ela não vai mais segui-lo em silêncio. Esse cara exibido com uma casa de três milhões de dólares.... Ele não vai voltar para Los Angeles, para um motelzinho fuleiro com a mulher que acha que é dele. Ele está se escondendo. Ele vai fazer alguma coisa ruim.

— Preacher pode estar certo — concordou Mike. — Rick, precisamos dos mapas dos condados de Trinity e de Humboldt. Vá até Connie e pegue uns. Vamos planejar um trajeto, escolher pontos de encontro. Desse jeito, a gente pode voltar aqui para buscar novas informações. Jack, tem umas caixas com garrafas de água mineral?

— Vou pegar.

— Preacher, tem fotos de Paige em algum lugar? Talvez na carteira dela?

— Vou ver — respondeu ele, saindo na mesma hora.

As pessoas começaram a se mover outra vez, resolvendo as coisas. Cerca de quarenta minutos haviam se passado enquanto eles reuniam armas e estudavam mapas quando Jim Post entrou, já todo paramentado — o colete à prova de bala evidente debaixo da camiseta, com pistolas. Ele dava uma olhada nos perímetros de buscas e nos pontos de encontro quando o telefone da cozinha tocou. Brie foi atender e voltou para o bar com uma cara horrível.

— As notícias não são boas. Fortuna encontrou o carro alugado. Sinto informar que deve ser ele. Na caminhonete.

Preacher foi até Mel, que estava de pé, embalando nervosamente o bebê, que se encontrava deitado em seu ombro.

— Mel, Chris vai acordar da soneca daqui a pouco. Será que você pode dar um jeito para ele não ficar preocupado?

— Claro — respondeu ela. E pousou a mão no rosto do amigo, dizendo: — Vai ficar tudo bem.

Ele fechou os olhos por um instante.

— Já não está tudo bem, Mel.

— John — chamou uma voz baixinha. Ali, de pé na porta da cozinha, estava Chris, com seu ursinho favorito, aquele com a perna feita de flanela xadrez azul e cinza. — Que que você *tá* fazendo, John?

O rosto de Preacher se derreteu em um sorriso suave e ele foi até o menino. Pegando-o no colo.

— Caçando — respondeu. — Só uma pequena caçada.

— Cadê a mamãe?

Preacher beijou a bochecha rosada do menino.

— Ela vai voltar logo, logo. Ela foi fazer umas coisas na rua. E você vai ficar com Mel e Brie enquanto a gente caça.

Enquanto Wes dirigia, ele falava. Não olhava para Paige — seus olhos vagavam de um jeito um tanto selvagem, como se procurasse por algo fora do lugar. Ela se perguntou se aquilo era efeito das drogas ou se ele estava perdido naquelas colinas, já que, com frequência, ele parecia estar andando em círculos. Ele pegava uma estrada e logo depois ou fazia o retorno ou dava ré. No entanto, enquanto isso, ela escutava.

Ela descobriu como ele odiava a vida que levava em Los Angeles: a mulher era apenas um meio para alcançar o que ele queria, já que tinha um lugar onde poderia ficar. De jeito nenhum que ele ia se apresentar toda semana para um funcionário, ir para aquelas reuniões imbecis todos os dias, mas ele sabia como jogar o jogo. E eles faziam testagens aleatórias para detectar drogas, disse ele.

— Você sabia disso? Eles sempre queriam meu xixi. — E então ele gargalhou. — Tem um monte de lugar onde dá para conseguir um bom xixi.

Foi quando ela percebeu que ele conseguira se manter um passo à frente deles por pelo menos dois meses. Ele estava usando alguma coisa e, como ele já era louco, as drogas estavam piorando a situação.

Paige não respondeu. Ela escutou e observou. Não só estava escuro ali, em meio às árvores e naquelas estradas cheias de curvas, mas o sol estava se pondo. Muito embora fosse maio, fazia frio na floresta à noite e ela estremeceu. Paige não fazia ideia de onde estavam.

— Você faz ideia de como é na cadeia? — Ele virou o rosto de repente na direção da ex-mulher. — Já assistiu a um filme sobre prisão, Paige? É pior do que o pior filme sobre prisão que você já tenha visto.

Ela ergueu o queixo, pensando: *Eles bateram em você, Wes? Como foi que você se sentiu? Hein?*, mas não disse nada.

— Ainda não acredito no que você fez comigo. Ainda não consigo acreditar, porra! Como se você não soubesse o quanto eu te amo! Jesus, eu dei tudo para você. Você algum dia tinha imaginado morar numa casa como aquela que eu comprei para você? Tinha? Eu tirei você daquele buraco onde você vivia e coloquei você num lugar decente, um lugar com um pouco de classe. O que você precisava que eu não dei?

E seguiu discursando com violência, sem parar. Enquanto o escutava, a primeira coisa em que pensou foi que Wes estava delirando tanto que a situação era tão chocante quanto assustadora. Ele de fato acreditava que aquela casa bacana e alguns bens materiais tornavam o abuso tolerável.

Ela pensou em John — bom e amoroso. Ela se lembrou do que ele tinha dito a respeito de sentir medo. *Encare o medo, finja coragem.* Cada músculo em seu corpo parecia tremer com sua raiva crescente. Nem a pau que ela deixaria aquele doido delirante tirar dela ou de Chris aquele homem tão doce.

A próxima coisa que lhe ocorreu foi que Wes nunca mencionava Christopher. Não desde que ele a abduzira — e ele apenas usou o nome do garoto para tirar vantagem, não porque ele queria o filho. Ele nunca quis um filho, nunca quis criança alguma. Ele não a tocara sexualmente enquanto ela estava grávida; era como se o bebê que estava a caminho atrapalhasse seu foco. Era para ter sido, sempre, só eles dois.

Ela deveria ter percebido que aquelas surras intensas foram intencionais, para que ela perdesse o bebê. Fora um milagre Chris ter nascido.

Ele seguiu por uma estrada que subia em espiral até o topo de uma pequena elevação com poucas árvores. Olhando para baixo, ela conseguia ver não apenas a estrada que subia, sinuosa, mas também a estrada abaixo que se conectava a ela. Reparou em uma caminhonete lá embaixo, passando em um zunido e desaparecendo atrás da montanha.

— Aqui deve estar bom — disse ele, colocando o veículo em ponto morto e desligando o motor.

— Bom para quê? — perguntou ela.

Ele a olhou e, embora sua expressão transparecesse maldade, ele colocou a mão no rosto de Paige. Com gentileza. Ela estremeceu ao toque. Ele ainda não tinha batido nela, e era isso que ele fazia de melhor.

— Por que você não fugiu? — perguntou ela, em um sussurro. — Se você não queria enfrentar o tribunal de novo, ou a possibilidade de ir para a prisão, por que você não fugiu? Você tem dinheiro, Wes. Você poderia ter fugido.

Ele deu uma risadinha abafada.

— Você não entende muito de condicional, não é, Paige? Meu passaporte foi confiscado. Além disso, quanto mais eu pensava nisso, em nós dois, mais eu achei que seria melhor assim. A gente vai terminar assim. — Ele deu um sorriso discreto, depois alcançou debaixo do assento e pegou um rolo grosso de fita adesiva extraforte.

— Vamos, Paige. A gente vai sair.

Jack, Preacher, Jim Post, Mike e Rick saíram apressados por volta das quatro, uma hora depois que Paige desaparecera. Eles deixaram um rascunho de mapa para trás, que mostrava os mesmos pontos de encontro que estavam no mapa que Jack carregava. Eles percorreriam círculos cada vez mais largos ao redor de Virgin River. Se eles não encontrassem nada logo de cara, planejavam voltar à cidade por volta das oito e depois de novo à meia-noite, para ver se Paige tinha aparecido ou fora resgatada pela polícia. Mas nenhum deles planejava desistir antes de ela ser encontrada. Partiram em duas caminhonetes, dirigiram primeiro para o norte da cidade, nas colinas. Estacionaram em uma curva aberta da estrada e, com lanternas, entraram a pé na floresta, procurando qualquer tipo de trilha para seguir.

Sempre que deparavam com uma casa ou um veículo, paravam, mostravam uma foto de Paige e descreviam a caminhonete roubada e Wes Lassiter.

Quando voltaram a Virgin River, às oito, encontraram Buck Anderson e seus três filhos adultos, Doug Carpenter e Fish Bristol, Ron e Bruce, além de alguns outros homens. Todos deram uma olhada no mapa e, dessa vez, seguiram em direção à Rodovia 36, subindo as curvas das montanhas do condado de Trinity. Brie informou que o departamento do xerife e Polícia Rodoviária da Califórnia não tinham nada novo para reportar.

Enquanto a maioria das caminhonetes dos homens seguiram, Jack, Preacher e Jim pararam em Clear River. Preacher e Jim conversavam com as pessoas na rua, e Jack foi até um lugar que era seu velho conhecido —

um barzinho onde trabalhava uma garçonete com quem ele costumava sair antes de Mel entrar em sua vida. Ele viu com emoção como os olhos dela se iluminaram quando ela o viu entrar. Charmaine era linda, uns dez anos mais velha que Jack, e uma das mulheres mais bondosas que ele já conhecera.

— Ei, parceiro. Faz tempo.

— Charmaine — disse ele ao mesmo tempo que fazia um aceno com a cabeça. — Eu não estou aqui para fazer uma social. Uma mulher da nossa cidade desapareceu — explicou ele, mostrando uma foto. — Nós desconfiamos que foi o ex-marido abusivo, que acabou de sair da cadeia. A mulher, o nome dela é Paige, é namorada do meu cozinheiro.

— Ai, Jesus, Jack, isso é horrível.

— Todo mundo está procurando. Você pode espalhar a notícia para todo mundo que aparecer por aqui para beber?

— É claro.

Jack descreveu a caminhonete desaparecida, o ex-marido e explicou que eles não tinham certeza da conexão, mas que era bem provável que ele estava com a moça. Paige tinha medo dele e não teria ido embora. O carro e a bolsa tinham sido deixados para trás.

— Eu vou contar isso para quem estiver disposto a ouvir — prometeu ela.

— Obrigado. — Ele se virou para ir embora, mas então voltou-se novamente para ela. — Eu me casei.

Charmaine fez que sim com a cabeça.

— Fiquei sabendo. Parabéns.

— Nós acabamos de ter um bebê. Um menino. Umas seis semanas atrás.

Ela sorriu.

— Está dando certo, então.

Ele aquiesceu.

— Você não valeria porcaria nenhuma se não tivesse dado certo.

— Essa é a mais pura verdade. Qualquer coisa que você possa fazer para ajudar, Charmaine, eu vou considerar como um favor pessoal.

— Eu não estou fazendo isso por você, Jack. Todo mundo se ajuda em situações como essa. Aposto que está frio lá fora, mesmo que ainda seja quase verão. Espero que ela esteja bem.

— É — disse ele. — Eu também.

Quando ele saiu, um homem de jaqueta jeans e usando um chapéu de caubói chegou de mansinho pelo outro lado do bar e se aproximou de Charmaine.

— O que foi isso?

— Agora você quer conversar? — perguntou ela com um sorriso, ao mesmo tempo que limpava o balcão do bar. — Você provavelmente escutou... Uma mulher de Virgin River desapareceu. Eles acham que foi o ex-marido que acabou de sair da cadeia, que talvez esteja dirigindo uma caminhonete Ford 1983. Bege.

— Sério?

Ele terminou a cerveja e deixou ali uma nota de dez dólares, deu um toque no chapéu e saiu do bar.

Paige agora entendia o que estava acontecendo. Wes a pousou no chão, as costas dela contra uma árvore, e, usando a fita adesiva, amarrou as mãos dela na frente do corpo, seus tornozelos juntos e colocou uma mordaça sobre seus lábios.

— Isso cai bem em você, Paige — comentou ele. — Pelo menos uma vez você não vai poder responder.

Ele posicionou algumas lanternas viradas para ela, de modo que Paige ficasse visível na escuridão. Então, por praticamente uma hora, Wes ficou sentado no chão, não muito longe dela, e falou sobre as decepções que sofrera na vida, desde a infância infeliz que teve até o curto período que passara na cadeia, que, da maneira como ele descreveu, parecia ter durado anos. Ele reclamou muito do casamento deles — aparentemente, na cabeça dele, ela fora a única culpada pela briga. Ela fazia com que ele abusasse dela, porque Paige o criticava e o questionava o tempo todo, estava sempre discordando. Mas ele falava devagar. Tinha a calma e a compostura estoica de um suicida.

Ele decidira que Paige faria John ir atrás dela, e quem sabe também Jack; eles não estavam muito longe da cidade, por isso que parecera que ele dirigia em círculos. Ali em cima, ele veria os veículos deles se aproximando. Quando Wes terminou de falar, deixou a caminhonete no topo da colina, bem à vista, perto de onde ele estava sentado, ligou as lanternas e foi até as árvores, de onde ele poderia observar se qualquer pessoa com a intenção de resgatar Paige se aproximasse. Ele planejava atirar em John, depois em Paige e, enfim, em si mesmo.

— Para mim chega dessa charada — disse ele. — Você ganhou. — Ele sorriu. — Mais ou menos.

Embora Paige, com os lábios presos por fita adesiva, não pudesse responder, ele não podia impedi-la de pensar. E o que ela pensou foi: *Você não conhece John. John e seus amigos. Eles não são só mais fortes que você, eles são mais espertos.* E, então, ela fechou os olhos e rezou: *Por favor, faça com que eles sejam mais espertos do que nunca.*

Quando a lua começou a subir no céu, o grupo de buscas já contava com mais de vinte homens, alguns dos quais reclamavam, dizendo que não era muito esperto procurar na floresta densa durante a noite quando, na verdade, ela já podia estar em São Francisco ou até mesmo a caminho de Los Angeles. E se ela estava sendo mantida na floresta, poderia ser impossível — ela poderia estar perdida nos muitos quilômetros de mata e nunca ser encontrada.

— Você está preocupado com a possibilidade de encontrá-la, Preach? — perguntou Rick.

— Estou preocupado com a possibilidade de encontrá-la tarde demais — disse ele.

Eles percorreram estradas nas montanhas, velhas estradas para escoamento de madeira, caminhos e trilhas, acenderam lanternas potentes em barrancos e sarjetas, mas não encontraram nada. Na parte de trás da caminhonete de Jack havia arreios e cordas, para o caso de eles acharem algo embaixo de um despenhadeiro e precisarem descer de rapel pela encosta íngreme a fim de chegar mais perto, mas, até agora, nada disso se fizera necessário. A maioria das pessoas estava lutando contra a exaustão, mas Preacher estava determinado, e, enquanto ele estivesse assim, seus amigos seguiriam em frente com ele.

Um homem com nenhum outro nome além de Dan estava bebendo em um bar de Clear River quando escutou os detalhes de uma busca que estava sendo feita na região e pensou que vira a tal caminhonete mais cedo. Havia, provavelmente, mais do que uma velha Ford bege naquelas colinas, mas aquela trazia um homem e uma mulher dentro; o homem estava agarrado ao volante de um jeito bastante intenso, olhando com raiva através do vidro dianteiro, dirigindo de um jeito nervoso. Dan era um observador treinado e tinha reparado nisso tudo antes mesmo de ouvir a respeito da suspeita de sequestro.

Ele era um conhecido plantador de drogas na região. Ao longo do tempo, ficara amigo dos outros homens que plantavam por ali; eles formavam um grupo coeso. Extremamente desconfiados. Eles farejavam uns aos outros com facilidade: compravam coisas típicas de plantadores, transportavam cocô de galinha para suas plantações na parte de trás de suas caminhonetes, puxavam maços de dinheiro fedorento de seus bolsos, mas *nunca* mostravam uns para os outros suas plantações ou plantas. Depois de cerca de três anos, ele entrara no círculo.

A maioria deles vivia nas plantações. Dan, porém, preferiu contratar gente para ajudá-lo. Aquilo dava a ele liberdade para se deslocar para onde quisesse em vez de ficar preso em um lugar só. Aquilo também permitia a ele ter uma série de plantações em todos os três condados. E viver em outro lugar, longe dos caras com que ele tinha se empenhado tanto para ter uma relação próxima.

Dan não se ofereceu para se juntar à busca — talvez eles achassem aquilo ruim. Ele tampouco mencionou que ia procurar por conta própria. Mas ele estivera no bar de Virgin River algumas vezes e vira a mulher, a namorada do cozinheiro. A esposa do dono do bar, a enfermeira obstétrica local, tinha feito um favor a Dan havia algum tempo; uma mulher que trabalhava para ele o surpreendera com um parto e ele achou melhor procurar ajuda. E aquilo acabou sendo a melhor coisa que ele já fizera. Sem a ajuda de Mel Sheridan, aquele bebê não teria sobrevivido. Sem contar que, não fazia muito tempo, ele batera na traseira do carro da enfermeira e eles foram bem civilizados.

Dan passara um tempão vagando por aquelas montanhas e sabia se locomover pela área. Decidiu, então, dar uma olhada em uns lugares que talvez ninguém mais pensasse em olhar. Se alguma coisa aparecesse, quem sabe ele poderia devolver o favor. De maneira anônima.

Ele sabia exatamente onde esconder a caminhonete fora da estrada, onde ficavam as estradas agora abandonadas e que antes eram usadas para escoamento de madeira e também as trilhas secretas. Ele não costumava andar com uma pistola, mas nesta missão ele achou melhor levar a arma. Se a mulher tivesse, de fato, sido sequestrada pelo ex-marido perigoso, a coisa poderia ficar feia. A noite estava escura, mas ele sabia onde estava indo, por isso manteve a lanterna na menor potência, apontando para baixo. De tempos em tempos, ele via aquele comboio de busca passar zunindo por ali em uma frota de caminhonetes, então ele sabia que eles não estavam procurando onde ele estava. Aquilo só o estimulou a seguir adiante.

Aquela jovem, a namorada do cozinheiro, parecia ser uma garota bacana, mais ou menos da mesma idade e do mesmo tamanho da esposa de Dan. Ex-esposa agora, mas ele realmente não conseguia imaginar o que teria feito se ela tivesse sido levada embora dele daquele jeito. O provável era que ficasse louco.

A lua subia no céu quando ele encontrou a caminhonete e a mulher. Bastou uma olhada para saber que algo ruim estava acontecendo. Qual o sentido de deixar uma mulher amarrada a uma árvore, com lanternas iluminando-a, o veículo à vista, se aquilo ali não fosse uma armadilha? Ele achou que ela talvez estivesse morta e servindo de isca, mas, então, viu a moça se mexer. Ela ergueu a cabeça, estremeceu e encostou a cabeça na árvore. Talvez ela estivesse viva e servindo de isca, e só de pensar nisso Dan ficou enjoado. Até onde ele conseguia enxergar, não havia mais ninguém por perto. Ele deu uma espiada nas janelas e na caçamba da caminhonete — ninguém.

Enfiou a lanterna no cinto e voltou, em silêncio, para a estrada de terra. Desceu tudo, até conseguir dar a volta pela esquerda e começar a retornar. O lugar mais óbvio para olhar seria bem em frente a ela. Ao alcançar o fim da trilha, enquanto se preparava para subir, encontrou dois grandes desafios. O primeiro era que ele não poderia usar uma lanterna e o lugar estava mais escuro que o Inferno. O segundo, ele tinha que tentar não tropeçar ou escorregar no escuro para não fazer barulho, caso ele estivesse certo e houvesse alguém observando a moça.

Ele planejava traçar um largo perímetro ao redor da mulher e, se não encontrasse nada nem ninguém, iria chegando mais perto e avaliaria. Procuraria alguma armadilha.

Ele mal começara a subir de volta quando a lua, alta e cheia, iluminou uma área, pelo que ele se sentiu incrivelmente grato. Sempre que a brisa noturna soprava por entre os galhos dos pinheiros mais altos, criando um efeito sonoro de sussurros e gemidos, ele dava um passo, com muito cuidado. Ele quebrou um graveto algumas vezes, e, quando aquilo acontecia, ele ficava imóvel e escutava. Ficava parado feito uma pedra; nem sequer respirava.

Não tinha subido muito quando conseguiu ver que tinha alguém lá no topo, se escondendo atrás de uma árvore. Ele ouviu que, ao longe, os veículos se aproximavam e levantou a cabeça. Encoberto pelos sons dos motores, Dan desceu bem rápido, de volta à estrada. Ele saiu de seu lugar escondido pela floresta e se colocou de pé no meio da estrada. Girando a lanterna, sinalizou para que eles parassem.

Jack baixou a janela.

— Mas que diabo...?

— É o seguinte — disse Dan, baixinho. — Passem por esta colina bem devagar, para parecer que vocês estão indo embora. Bem ali na frente, à esquerda, tem um lugar espaçoso na estrada. Tirem as caminhonetes da estrada bem ali, voltem a pé e eu vou levar vocês lá em cima. Apaguem as lanternas. Eles estão lá — disse ele, indicando a colina com um gesto de cabeça. — Vamos lá.

Preacher se inclinou para a frente.

— Ela está bem?

— Acho que sim, até agora. Vamos, vamos, não podemos chamar a atenção dele. *Passem* a colina.

Jack engatou a marcha na caminhonete e seguiu adiante, e Dan instruiu a segunda caminhonete com a lanterna.

Ele esperou alguns instantes e, então, pôde ouvir os homens voltando a pé. Quando cinco homens se reuniram ao redor dele, explicou:

— Ele tem um plano. A mulher está amarrada e bem à vista, e eu vi um pedacinho dele entre as árvores, se escondendo. Não deu para ver o homem por completo, mas eu aposto que ele tem uma arma apontada para a mulher, esperando. Esta velha estrada vai até lá em cima, onde ele estacionou a caminhonete dele. Alguém pode me seguir até a parte de trás da colina... mas não tem trilha. Alguém aqui é bom de caminhar bem de levinho e sem fazer barulho?

— Eu sou — respondeu Jim.

— Eu vou dar cobertura... Sou bom nisso — disse Mike.

— Certo, vamos fazer um círculo. Vocês, garotos, subam por esta estrada devagar, com cuidado. Talvez com uma lanterna acesa, mas na menor potência e voltada para o chão. Deem alguma vantagem para a gente... Nós não temos uma estrada. Com alguma sorte, nos encontramos lá em cima.

Antes que ele pudesse guiar Jim e Mike para que dessem a volta e chegassem à parte de trás da colina, Jack agarrou a jaqueta dele.

— Por que é que você está fazendo isso?

— Ei, eu estava no bar em Clear River quando você chegou — disse ele, na defensiva. — Eu conheço as colinas daqui muito bem. Você não acha que eu...

Jim Post colocou o grande braço entre Jack e Dan e disse:

— Vamos fazer isso. Qual é. Depois a gente se resolve.

E com isso o time se separou — Jack, Preacher e Rick subindo pela estrada em fila indiana, Preacher na frente, movendo-se um pouco rápido demais, Mike, Jim e Dan dando a volta no pé da colina para alcançar Lassiter pelas costas. A subida foi fácil para o grupo de Preacher, mas não tão ágil para Jim e Mike, que estavam sendo conduzidos por um matagal sem trilha na lateral da montanha.

Quando Preacher chegou no topo da colina, ele logo viu a velha caminhonete. Ele parou e se agachou, esgueirando-se até lá, Jack e Rick logo atrás dele. E não muito longe dali, ele viu Paige encostada na árvore, o queixo afundado no peito. Ela poderia estar morta ou dormindo.

No segundo em que Preacher viu Paige amarrada àquela árvore, ele chamou o nome dela em um sussurro atordoado. Seguiu cegamente na direção dela. Jack sussurrou para que ele não fosse e tentou segurá-lo pelo ombro, mas não conseguiu. Assim que as passadas de Preacher começaram a martelar o solo, indo até ela, Paige ergueu o queixo, os olhos arregalados de medo, e a próxima coisa de que ele se deu conta foi um par de braços em volta de seus tornozelos, e ele foi jogado no chão. No meio de tudo aquilo houve um tiro, e uma dor pungente e aguda, como se fosse uma faca, atravessou seu bíceps esquerdo. Ele desabou no chão feito um pedregulho, rolando com Jack.

Não houve um segundo tiro, mas houve uma agitação nas árvores. Rick permaneceu atrás da caminhonete, a arma pronta, mas sem ter onde mirar. Os sons que se ouviam em meios às árvores sugeriam que Lassiter pudesse estar fugindo, apenas para ser capturado por Mike e Jim em sua descida, se tudo desse certo.

Preacher se soltou dos braços de Jack aos chutes e rastejou de barriga até Paige a uma velocidade incrível. Foi para trás da árvore e esticou os longos braços ao redor do tronco, segurando o braço da mulher com mais força do que jamais fizera, puxando-a a seguir, ainda completamente amarrada, para junto dele, em segurança. Primeiro, colocou os dedos na fita que cobria a boca de Paige.

— Isso vai doer, querida — sussurrou ele, e na sequência deu um puxão rápido e seco.

Ela fechou os olhos com força e, corajosa, ficou em silêncio. Então, disse:
— John, ele ficou esperando. Ele queria atirar em você e em mim.

Preacher puxou seu canivete suíço do bolso e, com gestos rápidos, cortou as amarras ao redor dos pulsos e tornozelos de Paige.

— Que filho da puta maluco — murmurou enquanto cortava a fita.

Ele deu uma olhada ao redor da árvore; alguém definitivamente estava fugindo colina abaixo. Quem sabe até já tivesse sido capturado e estivesse lutando para escapar.

Ela tocou o ombro dele, logo acima do braço. O sangue escorria pelo braço.

— Você está ferido — sussurrou ela.

Ele colocou o dedo sobre a própria boca e eles ficaram imóveis, escutando. O barulho nas árvores tinha diminuído, não passando de um farfalhar; fora isso, a noite estava silenciosa.

Um minuto tenso se passou, depois houve um grito.
— Ei! Pegamos seu bandido! Estamos levando ele aí.

Paige sussurrou:
— Esse não é Wes.

Preacher espiou por trás da árvore mais uma vez. Ele viu Jack deitado de bruços, o rifle para cima e apontado na direção das árvores. O homem que guiou Jim e Mike até o topo da colina perdera o chapéu, mas arrastava em meio às árvores Wes por trás, pelo cinto, dobrado direitinho ao meio, inconsciente. Wes caiu com um baque; o homem limpou a testa com mão. Depois, balançou a cabeça.

— Complicado — comentou.

Preacher ajudou Paige a ficar de pé e, mantendo-a atrás de si, se aproximou com cautela.

— Que diabo você fez? — perguntou Jack, se ajoelhando para depois se levantar.

— Ai, merda. Eu devia saber que vocês não iam esperar até a gente conseguir chegar pelas costas dele. Eu não falei para vocês esperarem? Até a gente conseguir subir aqui?

Ele se agachou, puxou um par de algemas da parte de trás do cinto e, puxando as mãos de Wes para as costas do homem, algemou-o. Jim foi o próximo a sair de entre as árvores, segurando dois rifles, o dele e o do guia. Logo atrás dele vinha Mike, e os dois homens arfavam.

Jack olhou para o homem.

— Ele está morto?

— Que nada. — Ele ainda segurava a lanterna. — Mas vai ficar com uma dor de cabeça horrível. Foi ótimo que ele não tenha me visto... Não posso me envolver nisso. Por motivos óbvios.

— Você está confiando que muita gente vai protegê-lo. Alguém pode simplesmente falar a verdade, por acidente.

— Bom, essas merdas acontecem. Não vai ser a primeira vez que eu vou ter que ser realocado. Mas garanto... Agora, aqui, a vida está boa. Eu preferiria ficar fora disso.

Wes Lassiter estava deitado com o rosto voltado para o chão, inconsciente. Mike Valenzuela deu um passo em direção a Dan, ainda tentando retomar o fôlego.

— Você enfiou a mão nele?

— Bom, seu amigo ali me ofereceu uma distração, e eu não consegui ver bem o suficiente para atirar nele...

— Você anda com algemas?

Dan deu um sorriso.

— É. Você sabe. Sexo não convencional... Você devia experimentar.

— Acho que vou, sim — respondeu Mike.

Dan olhou para Jack.

— E se a gente fizer uma troca aqui? Lanternas?

Ele puxou um trapo do bolso e limpou as digitais da lanterna que segurava.

— Não essa aqui — disse Jack. — Eu usei para ajudar no parto do meu filho. — E sorriu. — Eu não consegui achar uma enfermeira obstétrica.

Dan riu.

— Percebi que devia uma a você. Pelo menos uma. Mas, sério... eu não devia estar metido nisso.

— Pegue a minha — ofereceu Jim Post, e aquilo fez com que Jack ficasse apenas um pouco mais solícito. Jim jogou a lanterna para Dan e recebeu a lanterna que substituiria a sua do mesmo modo.

Dan tocou a testa.

— Perdi a porcaria do meu chapéu — comentou. — Vocês vão ficar bem agora. Ele vai embora para sempre. Chega de problemas com isso. Ouvi falar que sequestro é coisa grande.

Ele se virou e desceu a colina por entre as árvores.

O silêncio reinou por alguns instantes enquanto os sons que ele fazia ao descer a colina enfraqueciam. O homem no chão começou a se remexer e gemer. Preacher grunhiu e puxou um dos pés para trás, mas se segurou e não o chutou com uma bota que trazia atrás de si mais de cento e dez quilos de pura fúria.

Jim Post inclinou a cabeça de lado, indicando a partida do homem com quem trocara de lanterna.

— Você conhece o cara?

— Não — disse Jack. — Ele veio beber no bar com um maço imenso de notas de cem fedorentas. Depois levou Mel até uma plantação de maconha para fazer o parto de um bebê e eu achei que fosse pirar, fiquei apavorado. Quando nos reencontramos, eu disse que esse tipo de coisa simplesmente não poderia voltar a acontecer. — Ele deu de ombros. — Ele disse que ela não estava em perigo, mas que não aconteceria de novo. Agora isso.

— Isso — repetiu Post.

— Até agora, a parte mais louca do nosso relacionamento — comentou Jack.

— Bom, ele estava subindo um pouco mais rápido que a gente — disse Jim. — Ele deve ter ouvido que vocês chegaram no topo da colina, porque largou a arma e saiu correndo morro acima, no meio do mato. Eu ouvi o tiro, depois a luta. Ele estava apostando alto ali. Se esse aí fosse um pouquinho melhor com a arma, ele teria atacado nosso cara. Nosso amigo.

— Ele é um grande amigo meu — disse Preacher.

Paige veio até ele e Preacher ergueu o braço bom para passá-lo por cima dos ombros da garota, em um abraço, o outro braço pendendo ao lado do corpo, o sangue escorrendo.

Jim olhou nos olhos de cada um dos homens e nos de Paige.

— Eu bati na nuca desse cara, certo? Estamos todos de acordo nisso? Porque nosso amigo caubói lá... Acho que ele não é o que parece ser.

— Será que a lei não deveria decidir isso? — perguntou Jack.

Jim Post tinha vivido sob disfarce naquelas montanhas, na plantação de maconha, quando conhecera e se apaixonara por June.

— Deixa essa comigo, certo? Eu ainda conheço umas pessoas. Deixa pra lá. A gente deve uma a ele.

— Pelo menos uma — concordou Paige.

Wes Lassiter acordou da pancada que tomara na cabeça no hospital, algemado à cama, sem fazer ideia do que o atingira. Ele alegou não se lembrar de ter sequestrado a esposa e que era, é claro, uma vítima, não o perpetrador, de acordo com sua visão.

Mas havia muitas testemunhas — desde Paige até o grupo de busca, passando por Jim Post, o homem que o encontrou apontando uma arma para o local onde Paige estava amarrada e presa. Um testemunho que, estranhamente, nunca foi necessário. O procurador assistente prometeu que eles não aceitariam qualquer pedido de acordo — para as inúmeras violações da condicional por posse de drogas, pelo descumprimento de uma ordem de restrição, sequestro e tentativa de assassinato —, mas, no fim das contas, aceitou. Vinte e cinco anos sem livramento de condicional por sequestro. As outras acusações seriam sentenciadas mais tarde, com uma possível condicional, mas Wes seria um homem muito, muito velho antes que uma condicional fosse sequer uma possibilidade para ele. Se ele fosse a julgamento, seria possível pegar prisão perpétua sem direito a condicional. Paige e a cidade de Virgin River estavam extremamente gratas.

Não era raro Paige acordar no meio da noite com um grito em seus lábios, tremendo de medo. John a abraçava e dizia:

— Estou aqui, meu amor. Estou aqui. Eu sempre vou estar aqui.

Ela se acalmava. Estava segura.

— Acabou de verdade — murmurava.

— E nós temos o resto de nossas vidas — ele sempre sussurrava de volta.

Capítulo 19

Rick tirou uma tarde de folga do trabalho no bar depois da formatura no ensino médio e foi para Eureka visitar Liz. Ele perguntou se Jack e Preacher ainda estariam no bar até a hora de fechar — queria conversar com eles quando voltasse à cidade. Eram quase nove horas quando ele chegou.

— Obrigado por esperar, Jack — agradeceu ele. — Preacher ainda está na cozinha?

— Está. Como vai Liz?

— Tudo indo. Ela voltou para a antiga escola dela... Fez cursos durante o verão para tirar o atraso... e está fazendo terapia. — Ele deu de ombros. — Tem uns dias que ela fica bem triste, mas parece que está segurando a onda. Melhor do que eu achava que ela seguraria.

— Fico feliz de ouvir isso — comentou Jack.

Rick sentou em um dos bancos.

— Já tenho 18 anos — disse ele. — Ainda é meio ilegal, mas e se a gente bebesse junto? Eu, você e Preach. Pode ser?

— Estamos comemorando alguma coisa? — perguntou Jack, pegando três copos.

— Estamos. Eu me alistei.

A mão de Jack congelou no ar. Ele precisou se forçar para completar o movimento e pousar os copos no balcão. Em seguida, bateu na parede que separava a cozinha do bar, para chamar Preacher.

— A gente podia ter conversado antes — disse Jack.

— Não tinha nada para conversar — respondeu Rick.

— Mas que diabo... — começou Preacher, chegando apressado da cozinha com uma expressão confusa no rosto.

— Rick se alistou — disse Jack.

O rosto do cozinheiro passou de assustado para apavorado.

— Ah, Rick, que diabo!

— A gente vai beber para comemorar isso, se vocês se controlarem — avisou Rick.

— Não vai ser fácil para mim beber em comemoração a isso, cara — disse Preacher.

Jack serviu um bom uísque nos três copos.

— Quer nos contar o que passou pela sua cabeça?

— Claro. Eu preciso fazer alguma coisa — explicou ele. — Não posso acordar todo dia de manhã esperando que talvez o dia seja um pouco menos triste. Preciso de alguma coisa difícil. Alguma coisa que me mostre o valor do que eu tenho. Que me mostre de novo quem eu sou. — Ele focou os olhos claros no rosto de Jack, depois no de Preacher. — Porque eu não sei mais.

— Rick, a gente podia ter achado uma coisa que fosse difícil, mas que não fosse tão perigosa. Este é um país belicoso. Os fuzileiros têm que enfrentar muita coisa. Nem todos voltam para casa.

— Às vezes eles nem conseguem sair do útero da mãe — argumentou Rick, baixinho.

— Ah, Rick... — disse Preacher, deixando a cabeça pender. — Foi um ano bem difícil mesmo.

— Foi. Eu pensei em fazer um monte de coisas. Faculdade, vagar pelo país por um ano, derrubar árvores, construção. Eu podia implorar para Liz se casar comigo... mas acontece que ela ainda só tem 15 anos. — Ele deu sorriso triste. — Essa é a única coisa que eu posso fazer, Jack. Preach. É meio o que eu fui criado para fazer, se pensarem bem.

— Então, como se já não fosse ruim o bastante o que você está fazendo, você ainda vai nos culpar por isso? — perguntou Jack.

Rick deu um sorriso.

— Se eu me sair bem, vocês vão receber todo o crédito.

Eles ficaram em silêncio por alguns instantes, então Jack disse:

— Isso é seu aviso prévio?

— Na verdade, não, Jack. Eu tenho que ir logo. Queria saber se vocês podem me levar até o ônibus em Garberville.

— Quando é esse logo?

— Amanhã.

— Você já fez o juramento? — perguntou ele, ao que Rick aquiesceu.

— A gente não tem nem tempo para se despedir de você?

Rick balançou a cabeça, negando.

— Eu só queria ter certeza de que Liz estava bem. De que eu podia ir sabendo que ela vai ficar ok.

— E...?

— Ela não está empolgada, mas é bem durona. Disse que vai me escrever, mas sabe o quê? Ela é tão nova. Quando eu ficar fora de cena por um tempo, ela vai ter a oportunidade de recomeçar, sem essa coisa pela qual passamos juntos pairando sobre ela feito uma nuvem cinza. Eu vou ficar quase mais feliz se ela não me escrever. Isso significaria que ela seguiu em frente.

— Você quer que ela siga em frente, cara? — perguntou Preacher.

— Esse é um dos motivos pelos quais eu preciso fazer alguma coisa assim. Eu também não sei. Quem sabe o que eu e Liz tivemos? Além de um bebê que não sobreviveu. — Ele olhou para baixo. — Eu estava me esforçando tanto para fazer o melhor que eu pudesse que eu nunca tinha tempo para ver o que eu estaria sentindo se não houvesse qualquer pressão. E nem ela. Não é justo com ela.

— E quanto à faculdade, Rick? — perguntou Preacher. — Eu achei que, de nós três, pelo menos um faria faculdade.

— Eu tenho tempo, se quiser fazer isso. Não me alistei para sempre. Me alistei por quatro anos.

— Só uma coisa — comentou Jack. — Isso não é uma ideia idiota que apareceu na sua cabeça para nos deixar orgulhosos, é? Porque você sabe que temos orgulho de você. Você sabe que não poderíamos ter mais orgulho de você. Você sabe disso, certo?

Rick sorriu.

— Eu quero que vocês tenham orgulho de mim, mas não. Não foi por isso. Acho que se passar mais tempo de luto, vou morrer por dentro. Eu tenho que ir. Fazer alguma coisa. Começar alguma coisa importante. Preciso de alguma coisa que me dê um empurrão.

— O Corpo de Fuzileiros vai te dar um empurrão, Rick — disse Preacher. — Um empurrão com muita força, se você quiser.

Jack levantou o copo.

— Vamos beber à dificuldade?

— Pode ser — disse Rick. — Digam que vocês me apoiam. Digam que respeitam minha escolha.

— Você é um homem, Rick. Você pensou bem nisso, tomou uma decisão. Um brinde a você.

Eles beberam. Preacher virou a cabeça e fungou.

— Você está acabando comigo, cara — disse ele.

Rick estendeu a mão por cima do balcão e segurou o braço saudável do grandalhão, dando uma sacudida nele. E engoliu em seco com dificuldade.

— Vocês vão cuidar da minha avó? Garantir que ela está bem?

— O que é que ela acha disso, Rick? — perguntou Jack.

Ele levantou o queixo, com coragem.

— Ela disse que entende. Que sente muito orgulho de mim, sabe? Ela não quer que eu fique aqui tomando conta dela. E ela sabe que tem sido bem difícil para mim.... que preciso superar isso. De qualquer jeito que eu consiga.

— Ela é uma boa mulher — comentou Preacher. — A gente vai cuidar dela.

— Obrigado. — Rick se levantou do banco. — Vocês vão ficar bem?

— Ei — respondeu Jack. — Nós somos durões. Que horas a gente vai?

— Sete da manhã. Até lá.

A manhã chegou cedo demais para todos eles. Rick apareceu com a bolsa já preparada, mas não pôde escapar da reunião no bar. Mike estava lá para se despedir dele. Não havia qualquer chance de Mel deixá-lo ir embora sem dar um abraço choroso. Nem Paige, nem Mullins. Até mesmo Chris estava de pé bem cedinho e, ainda de pijama, agarrou Rick pelo pescoço e precisou ser arrancado. Connie e Ron também estavam presentes, emotivos com a partida do rapaz. Preacher quase o matou com seu abraço bem apertado de um braço só.

— Meu Deus — disse o cozinheiro —, é melhor você tomar cuidado.

— Ei, é só o treinamento. Eles não podem fazer muita coisa comigo durante o treinamento. Mas pode deixar, Preach. Vou tomar bastante cuidado, não precisa se preocupar com isso.

Foi bem difícil conversar ao longo do caminho até Garberville. Jack estava sentindo uma dor fortíssima no peito. E um bolo na garganta.

— Estou animado, Jack. É a primeira vez que eu me sinto assim em meses. Você se lembra como você se sentiu da primeira vez que serviu? — perguntou Rick.

— Com um medo do cacete.

— É. — Ele riu. — Também estou um pouco assim.

— Rick, eles vão tentar tirar seu couro. Você vai achar que é pessoal. Mas não é.

— Eu sei.

— Você vai querer desistir, e você não pode.

— Eu sei.

— Você não tem que lutar, sabe. Existem dois grupos de fuzileiros: os que lutam e a equipe de suporte. Você não precisa lutar, se não tiver certeza de que quer fazer isso.

— Você tinha certeza? — perguntou Rick.

— Não, filho. — Jack olhou para ele. Rick estava sentado com as costas eretas. Firme. — Não, Rick. Eu não tinha certeza até ser treinado, e então eu continuava sem ter certeza. Eu só senti que era o que queria fazer naquela hora, e segui em frente sabendo que eu poderia estar errado. Mas eu fui em frente.

— É assim que estou. É só uma sensação. Mas, cara, é bom sentir alguma coisa de novo. Uma coisa que não dói.

— É — disse Jack, baixinho. — Eu posso imaginar.

No ônibus, eles se deram um último abraço.

— Vejo você depois do treinamento — despediu-se Jack. — Você vai se sair bem. Tenho orgulho de você.

— Obrigado — respondeu Rick.

E, embora os olhos de Jack estivessem úmidos, os de Rick estavam secos. Motivados e confiantes, mais uma vez. Talvez um pouco como Jack tinha estado um tempo atrás, quando tinha mais ou menos aquela idade.

Rick jogou sua sacola de roupas para o motorista e embarcou. Jack ficou na calçada até que o ônibus tivesse partido. Então, ele seguiu pela rua até encontrar um orelhão. Ele inseriu uma série de moedas no aparelho e discou. Sam atendeu.

— Ei, pai? — Abraçado ao aparelho, ele apoiou a cabeça no braço. — Pai?
— Jack. O que houve?
— Pai, eu acho que sei como você deve ter se sentido. Quando eu fui servir como fuzileiro. Você deve ter querido morrer.

Era o começo de junho quando toda a família Sheridan foi em massa para Virgin River. Eles alugaram motor-homes, levaram barracas de acampamento chiques e trailers. Os fuzileiros também estavam presentes — alguns com a família, dessa vez. Zeke levou Christa e quatro filhos, incluindo um bebê novinho. Josh Phillips estava com Patti e os bebês. Corny levou Sue e as duas menininhas. Tom Stephens chegou de Reno, mas teve que deixar a família em casa. Joe e Paul vinham de Grants Pass. Todo mundo estava acampando no novo terreno da família Sheridan; quadriciclos e bicicletas sujas tinham sido levados para entreter o grupo. Caminhões-plataforma haviam carregado mesas de piquenique uns dias antes, além de churrasqueiras e banheiros portáteis. Jack passara os últimos dois meses preparando a madeira para o esqueleto da construção e, no dia anterior, em meio a muita comida, bebida e comemoração, os homens ergueram a estrutura da nova casa de Mel e Jack.

Mas não era só isso que estava acontecendo naquele lugar durante aquela reunião. Uma vez que todos estavam ali presentes, havia mais uma ocasião especial. Um casamento.

Paige e Chris estavam na casa de Mel enquanto Paige se arrumava e colocava um lindo e simples vestido floral e sandálias de salto alto. Enquanto ela se arrumava, os homens e mulheres da família Sheridan varriam as fundações do esqueleto da casa e enrolavam grinaldas nas vigas. Várias cadeiras dobráveis alugadas foram levadas ao local e arrumadas — uma centena delas —, mas mesmo assim não seriam o suficiente. Quase toda a cidade apareceria.

— Você nunca esteve tão linda — sussurrou Mel a Paige. — Está nervosa?

Paige balançou a cabeça.

— Nem um pouco.

— Quando você descobriu? — perguntou Brie. — Quando teve certeza de que ele era absolutamente perfeito para você?

— Demorou um pouco — admitiu ela. — Eu não queria nada com um homem que dissesse que podia tomar conta de mim, por motivos óbvios. Mas John agiu bem devagar. — Ela deu uma gargalhada. — *Bem* devagar. Foi o jeito como o rosto dele ficava mais suave, bem aos poucos, quando ele me olhava, o jeito como a voz dele ficava toda carinhosa e gentil quando falava comigo. O cuidado dele, a timidez. Dar um passo é um grande esforço para um homem feito John. Ele tem que ter certeza de tudo. Quando ele conseguiu dizer que me amava, eu já achava que ficaria esperando por ele até morrer. Mas ele é um homem cuidadoso... e não muda de ideia.

— Como foi que ele fez? — quis saber Brie. — Como ele te pediu em casamento?

— Hum — pensou ela. — Bom, a gente vinha conversando sobre isso há um tempo... sobre se comprometer quando as coisas ficassem sob controle. Ele me disse, na época do Natal, que queria ficar comigo para sempre, aumentar a família, e eu também queria isso. Mas o pedido exato, o oficial, foi quando ele estava descascando batatas. Ele parou o que estava fazendo e olhou para mim, do outro lado da cozinha. Eu estava descabelada, toda suada por causa do calor do forno e estava lavando a louça. Aí ele disse: "Quando você estiver pronta, eu quero me casar com você. Estou *louco* para me casar com você".

— Bom — comentou Brie, nada impressionada. — Você deve ter ficado muito emocionada com isso.

— Fiquei, sim — respondeu Paige, com um suspiro. — John é a única pessoa que eu já conheci que me olha no meu pior estado físico e emocional e acha que eu sou perfeita.

Mel tomou a mão da amiga.

— Vamos lá. Estamos quase atrasadas. Temos que ir agora.

As mulheres colocaram Chris e David no jipe e partiram para o terreno. A estrada, agora alargada, estava cheia de carros e caminhonetes e, no topo da colina, havia mais veículos, motor-homes e trailers. Mel foi até o alto e estacionou bem perto da estrutura que um dia seria sua casa. Mesas de piquenique se encontravam repletas de comida, o esqueleto da casa estava todo enfeitado com guirlandas de flores enroladas e as cadeiras colocadas ali dentro estavam cheias de gente, com pessoas de pé atrás delas e do lado de fora, no jardim. Fumaça subia das grelhas aquecidas e as crianças corriam. Uma cerimônia, um piquenique, uma festa e um pouco de brincadeira. E, pelo menos dessa vez, Preacher não cozinharia.

Paige, Mel e Brie saíram do carro. Na mesma hora, alguém entregou a elas buquês simples e pegou David para que Mel pudesse participar da cerimônia; uma flor foi colocada na camisa de Christopher e ele agarrou o Urso, colocando o bichinho debaixo do braço.

Não havia música, mas aquele não era um casamento tradicional, não fora feito para parecer qualquer outro casamento, porque Preacher e Paige queriam que o dia refletisse quem eles eram — simples, gratos por terem pessoas que amavam umas às outras mais do que ao evento. O bar não era grande o suficiente e a igreja estava fechada com tapumes nas janelas havia anos. Foi Preacher quem disse:

— Quando a gente erguer a estrutura da casa de Jack, não só todo mundo que a gente gosta vai estar lá, como também vai ter bastante espaço.

Quem é que se casa no esqueleto de uma casa?, foi o primeiro pensamento de Paige. Mas, um instante depois, ela pensou: *Pessoas como John e eu.*

E, olhando agora para o lugar enfeitado com flores, era tudo tão lindo que por um segundo Paige não conseguiu respirar. À esquerda havia uma vista que se estendia ao infinito; à direita, as montanhas majestosas. A estrutura havia sido transformada em uma igreja a céu aberto, repleta de amigos.

Chris andou na frente dela, indo em direção à tábua que conduzia à fundação da construção, e Mel e Brie seguravam cada uma das mãos de Paige. Ela sorriu para as pessoas, muito mais gente do que ela esperava ver. Eles não enviaram convites — colocaram um aviso no bar que dizia que todos que tivessem interesse poderiam comparecer, e todos compareceram, em bando. Claro que ela ficou emocionada ao pensar em quanto respeito as pessoas nutriam por ela, mas, ainda mais profundamente, ela sentiu o respeito que tinham por Preacher. Ele agia corretamente com todo mundo que encontrava, não apenas com ela.

Uma vez que as fundações da casa ficavam um pouco acima do solo, ela conseguia ver apenas os convidados que estavam sentados ou de pé. Chris correu na frente, subiu à tábua e percorreu o corredor. Ela seguiu com muito cuidado pela tábua até chegar à fundação, suas madrinhas logo atrás dela.

Foi quando ela o viu. De pé, lá na frente, no lugar onde a lareira seria erguida. Chris estava de pé diante dele; as mãos de John pousadas nos ombros da criança. Jack e Mike se encontravam a seu lado. Mesmo de longe ela conseguiu ver o brilho nos olhos de Preacher. Ele era uma muralha, provavelmente quase dois metros em cima daquelas botas. Naquele dia, pela primeira vez na vida, ele usava uma camisa social de linho e ela desconfiava que a calça jeans era nova, mas Paige duvidava que ele algum dia usasse uma gravata. Antes mesmo que ela pudesse caminhar para ir ao encontro dele naquele altar improvisado, ele se afastou dos padrinhos de casamento e foi até ela a passos largos, estendendo a mão para acompanhá-la pelo restante do caminho. Os movimentos dele não eram mais vagarosos, não que ela se importasse. Aquele homem salvara sua vida, mudara sua vida. Lá no fundo, ele era pura bondade. E era tão forte, tão autêntico.

Ele era magnífico.

Este livro foi impresso pela Lis Gráfica, em 2020,
para a Harlequin. A fonte do miolo é Minion Pro.
O papel do miolo é pólen soft 70g/m², e o da capa
é cartão 250g/m².